Plongée dans le doute

Menaces dans l'ombre

MARIE FERRARELLA

Plongée dans le doute

Traduction française de
ESTELLE BELHIS

BLACK ROSE

HARLEQUIN

Collection : BLACK ROSE

Titre original :
THE AGENT'S SECRET BABY

Ce roman a déjà été publié en 2012

HARPERCOLLINS FRANCE
83-85, boulevard Vincent-Auriol, 75646 PARIS CEDEX 13
Service Lectrices — Tél. : 01 45 82 47 47 - www.harlequin.fr
ISBN 978-2-2804-7227-2 — ISSN 1950-2753

Composé et édité par HarperCollins France.
Imprimé en février 2022 par CPI Black Print (Barcelone)
en utilisant 100% d'électricité renouvelable.
Dépôt légal : mars 2022.

MIXTE
Papier issu de sources responsables
FSC® C159065

Pour limiter l'empreinte environnementale de ses livres, HarperCollins France s'engage à n'utiliser que du papier fabriqué à partir de bois provenant de forêts gérées durablement et de manière responsable.

1

Plusieurs secondes s'écoulèrent avant que Léna se rende compte qu'elle venait de pousser ce long soupir qui avait résonné dans le bureau.

Préoccupée et perdue dans ses pensées, elle l'avait d'abord attribué à Tessa, le berger allemand qu'elle avait sauvé des griffes d'un propriétaire sadique deux ans plus tôt.

Il arrivait assez souvent à la chienne de soupirer bruyamment et, si l'on considérait la vie qu'elle avait menée avant son sauvetage et celle qu'elle menait depuis, ce comportement semblait justifié. Léna était persuadée que ce qui était autrefois des manifestations de désespoir témoignait aujourd'hui du contentement d'un animal qui ne croyait toujours pas à sa bonne fortune.

Depuis peu, Léna semblait elle aussi s'être mise à prendre de grandes bouffées d'air, comme si quelque chose l'oppressait.

Elle se répétait qu'elle n'y pouvait rien, et mettait ces soupirs sur le compte des hormones même si, en toute honnêteté, elle savait qu'une raison plus profonde en était la cause.

Après tout, même dans ses rêves les plus farfelus, elle ne s'était jamais imaginée dans une telle situation : frisant la trentaine, célibataire, seule et enceinte.

Des larmes lui montèrent aux yeux et il lui fallut beaucoup de volonté pour les contenir. Elle se montrait très émotive, ces derniers temps.

Mais elle ne pleurerait pas. Hors de question !

Elle poussa un autre soupir.

Comment en était-elle arrivée là ?

Si elle aimait la bonne compagnie et les divertissements, elle avait aussi les pieds sur terre. Elle avait toujours été quelqu'un de stable, celle vers qui les autres se tournaient en cas de crise.

D'ailleurs, lorsque sa mère était morte subitement, le lendemain de son entrée au collège, c'était elle qui avait soutenu son père Warren ainsi que sa grande sœur Angela — et non le contraire —, alors qu'elle aurait tant eu besoin que quelqu'un la console.

Or, elle n'avait pas eu le loisir de se laisser aller, ni de s'apitoyer sur son sort, même si c'était tentant. On comptait sur elle, et elle avait dû tenir le cap.

En dépit de son sourire avenant et chaleureux, elle semblait avoir fait sienne la devise : « Réfléchis avant d'agir. » Comme si ça ne suffisait pas, elle essayait aussi, pour chaque situation qui se présentait, d'anticiper tous les scénarios possibles. Non parce qu'elle détestait les surprises, mais parce qu'elle ne supportait pas d'être prise au dépourvu.

Et elle n'avait jamais été du genre à laisser les sentiments prendre le dessus ou à perdre tout sens commun, surtout pas à cause d'un homme qu'elle connaissait à peine.

Ou, plus précisément, dont elle ignorait tout, se reprit-elle avec amertume.

Elle expira longuement et passa la main dans sa chevelure, une crinière vaporeuse blond foncé. Puis elle concentra son attention sur l'écran de son ordinateur, à l'affût de réponses qui, elle s'en doutait, n'apparaîtraient pas comme par magie. Elle avait bien besoin d'un peu de distraction.

« Mon royaume pour un peu de fantaisie ! » songea-t-elle.

Après avoir fermé la clinique vétérinaire pour la nuit, ce lieu familier dans lequel elle avait grandi, entourée d'animaux débordant d'affection et d'un père aimant, elle avait regagné sa maison et s'était installée à son bureau.

Ensuite, elle avait allumé son ordinateur avec l'intention de faire quelques recherches sur la pathologie qui affectait un teckel pratiquement aveugle admis en cours de journée.

Elle espérait trouver un moyen de stopper l'avancée de sa maladie, sinon de la vaincre — pour cela, il faudrait certainement un miracle.

Par quel mystère était-elle finalement arrivée sur un forum pour mères célibataires ? Certainement de la même manière qu'elle s'était retrouvée dans cet état.

Les mystères de la procréation n'en étaient bien évidemment pas pour elle, mais c'était le concours de circonstances qui l'avait menée là qui la stupéfiait encore.

Avec le recul, cela paraissait impossible.

Aussi loin qu'elle puisse remonter dans son passé, elle avait toujours su ce qu'elle voulait faire de sa vie personnelle et professionnelle.

Sur le plan professionnel, elle n'avait pas dévié du chemin qu'elle s'était tracé : elle était vétérinaire et s'occupait de ses patients avec autant de passion que l'avait fait son père.

Il n'en allait pas de même pour sa vie privée. Elle avait eu envie de suivre un parcours traditionnel : se marier et fonder une famille… mais plus tard.

Elle n'avait jamais eu l'intention de faire les choses dans le désordre, mais il semblait qu'elle n'avait plus vraiment le choix.

A moins, comme le lui suggérait sa sœur, qui habitait Sacramento, d'abandonner le bébé.

Pour Léna, c'était totalement exclu. Non parce qu'elle considérait le petit être qu'elle portait comme un enfant de l'amour, le témoignage vivant de la passion qui avait existé entre Adam et elle. Ce n'était pas cela.

Ce bébé qui, selon les estimations de sa gynécologue, devrait naître dans deux semaines était le prolongement d'elle-même, une petite personne que, pour des raisons obscures, Dame Nature avait décidé de lui confier.

Elle avait hâte de le tenir dans ses bras, mais pas vraiment d'avoir à s'en occuper seule quand le soutien psychologique d'un papa l'aurait tant aidée.

Quoi qu'il en soit, elle ne pouvait s'en prendre qu'à elle-même.

Personne ne l'avait contrainte à boucler ses valises au milieu de la nuit et à quitter Santa Barbara pour retourner à Laguna Beach auprès de son père.

— Mais comment aurais-je pu faire autrement ? marmonna-t-elle.

Tessa, qui moins d'une seconde plus tôt était dans les bras de Morphée, leva la tête et l'observa un instant de ses grands yeux bruns. Puis, constatant qu'aucun danger ne la menaçait, elle se rendormit.

Léna se pencha et caressa la chienne, espérant par ce geste retrouver une certaine sérénité. Le contact avec les animaux l'avait toujours apaisée.

Cette fois, ce fut sans effet.

Son agitation intérieure persistait.

Peut-être était-ce dû à l'ambiance de cette soirée de Halloween, se rassura-t-elle. Ou parce qu'elle ne pouvait se défaire de l'impression que quelqu'un la surveillait…

Elle soupira une nouvelle fois.

Adam Smythe était si beau que c'était presque caricatural, et elle préférait ne pas se rappeler à quel point il était sexy. Sans compter son charme, qui lui avait coupé le souffle dès l'instant où elle avait mis les pieds dans sa boutique de livres rares. Quand il avait posé les yeux sur elle, elle avait eu le sentiment qu'une flèche lui transperçait la poitrine.

Ce jour-là, elle était à la recherche d'un cadeau d'anniversaire original pour son père, qui nourrissait une passion pour tout ce qui était né sous la plume de Mark Twain. Elle ignorait alors que celui qui avait fait battre son cœur en dénichant un exemplaire de la première édition d'*Un Yankee à la cour du roi Arthur* le lui briserait.

Comme ils se trouvaient en Californie, elle s'attendait à ce que ce superbe mâle aux cheveux sombres et aux yeux verts lui annonce qu'il ne travaillait dans cette librairie qu'en attendant le rôle de jeune premier qui le propulserait au firmament du septième art.

Au lieu de cela, Adam parlait doucement, avec une sorte de réserve, et il émanait de lui une aura d'autorité et un charisme qui l'avaient immédiatement fait se sentir en sécurité.

En songeant à sa crédulité, Léna ne put s'empêcher de rire et de secouer la tête.

Elle l'avait décidément mal jaugé. Non seulement Adam ne lui avait pas apporté la tranquillité d'esprit, mais il lui avait totalement fait perdre le contrôle de sa vie. Dire qu'au lycée, puis à l'université, on l'avait surnommée « la Princesse de glace » !

— Il ne lui a pas fallu longtemps pour me faire fondre, murmura-t-elle à sa fidèle compagne endormie.

Cette fois, Tessa ne broncha pas.

Un dîner.

Il n'en avait pas fallu davantage pour qu'elle oublie totalement le code de conduite qu'elle s'était fixé et auquel elle s'était toujours conformée jusque-là.

Quand Adam s'était penché vers elle pour écarter une mèche de cheveux qui lui caressait la joue, elle s'était embrasée. Tout son corps avait semblé dévoré par une flamme inextinguible.

Lorsqu'il l'avait embrassée, elle avait eu le sentiment de vivre une expérience surnaturelle.

Puis, soudain, il s'était écarté d'elle, et elle avait eu l'impression de s'écraser sur Terre avec la violence d'une météorite, complètement désorientée.

Elle voyait alors les hommes comme des conquérants, qu'elle avait parfois dû tenir diplomatiquement à l'écart, en veillant à ne pas blesser leur ego.

Avec lui, c'était le contraire. Adam était celui qui freinait leur élan, et elle avait eu l'impression que les rôles s'inversaient.

Plus simplement, Adam l'avait chavirée. Et les nuits passées ensemble relevaient du pur fantasme.

Il n'avait pas fallu longtemps pour que toutes ses pensées s'axent sur lui. Elle n'avait de cesse de le retrouver, était impatiente d'entendre le son de sa voix, de humer l'odeur de son eau de toilette.

Adam était devenu son rayon de soleil, et chaque instant passé loin de lui semblait la plonger dans une obscurité qui lui dévastait l'âme.

N'importe quoi !

Comment avait-elle pu devenir si sourde, si aveugle, elle qui était jusqu'alors si clairvoyante, si perspicace ?

Elle s'était sentie comme l'une de ces très jeunes filles éperdues d'amour, et n'avait plus rien eu en commun avec la vétérinaire responsable, pragmatique et dévouée à son métier qu'elle avait été auparavant.

Elle avait été conquise.

Malheureusement, dans chaque paradis il y a un serpent, et elle ne l'avait pas démasqué à temps. Adam et elle avaient déjà fait l'amour…

Fait l'amour.

La phrase résonnait dans sa tête comme un refrain agaçant.

Aujourd'hui encore, en parfaite connaissance de cause, elle avait du mal à refréner l'excitation qui s'emparait d'elle au souvenir de ces moments exquis et précieux passés entre les bras d'Adam, en plein abandon.

Aussi incroyable que cela paraisse, il savait se montrer l'amant le plus doux, le plus gentil et le plus passionné qui soit. Et il avait été sien.

Avec le recul, elle se dit qu'ils n'avaient pas seulement fait l'amour, mais aussi… de la poésie.

A ces souvenirs, elle sentit son corps s'embraser.

— Arrête ! s'admonesta-t-elle.

Tessa se releva, prête à s'enfuir, comme si elle pensait avoir causé quelque déplaisir à sa maîtresse et craignait de se faire corriger.

En la voyant ainsi apeurée, Léna se sentit coupable.

— Non, tu n'as rien fait, ma belle, dit-elle d'une voix douce tout en caressant la tête de la chienne. C'est à moi que je parle, ajouta-t-elle en lui souriant tristement. Quel dommage que tu ne parles pas ! Je ne laisserais sûrement pas mes pensées s'échapper de la sorte, si tu risquais de les répéter !

Rassurée, Tessa se recoucha et posa la tête sur ses pattes avant. Elle se rendormit en moins d'une minute et se mit à ronfler doucement.

Léna secoua la tête.

— Je t'aime telle que tu es mais, parfois, j'aimerais tant que tu sois un être humain !

Elle avait de plus en plus besoin de compagnie, d'une personne à qui se confier. Malheureusement, son père l'avait quittée.

Il était mort moins d'un mois après son retour. Faisant abstraction de son chagrin, elle avait entrepris toutes les démarches liées aux funérailles. Angela était arrivée avec sa famille juste avant la cérémonie et repartie peu après, avec une litanie d'excuses pour se justifier. Léna ne lui en avait pas voulu.

Après tout, sa sœur avait sa propre vie.

Ce n'était que plusieurs jours plus tard, alors qu'elle tournait en rond dans la maison vide en se demandant ce qu'elle allait faire, qu'elle dut finalement reconnaître ce qu'elle avait jusqu'alors désespérément feint d'ignorer : elle était enceinte.

Heureusement, elle avait épargné cela à son père, s'était-elle dit, en tentant le voir les choses du bon côté.

Elle savait qu'il l'aurait soutenue, contrairement à sa sœur, quelle qu'ait été sa décision quant au sort de ce bébé. Mais elle ne pouvait ignorer qu'il aurait certainement été déçu, car il avait toujours pensé qu'elle était parfaite.

De nouveau elle secoua la tête ; le sourire penaud qu'elle tenta d'esquisser ne parvint même pas à relever les commissures de ses lèvres.

— Mon pauvre papa... Si tu savais, tu ne trouverais jamais le repos.

Une douleur fulgurante lui coupa soudain le souffle. Le bébé lui donnait encore de terribles coups ; il s'était agité toute la journée.

Il en avait certainement assez d'être ainsi confiné. A moins que, comme elle, il ne soit claustrophobe.

Machinalement, elle retira une main du clavier pour la poser sur son abdomen, et se mit à masser la zone qui la tiraillait, mais cela n'y changea pas grand-chose.

Etait-ce le fruit de son imagination ou prenait-elle de l'ampleur d'heure en heure ?

— Ce ne sera plus très long, bébé, murmura-t-elle à son ventre.

Plus que deux semaines.

Une partie d'elle-même était pressée d'en finir, de donner naissance à ce petit être qui avait mis sa vie sens dessus dessous. Cependant, elle appréciait aussi sa situation actuelle, car la perspective des épreuves à venir la terrifiait.

Il ne s'agissait pas seulement des souffrances qui l'attendaient — elle avait aidé suffisamment d'animaux à mettre bas pour savoir à quoi cela pouvait ressembler —, mais aussi du fait de devoir reprendre pied avec la réalité une fois que ces douleurs seraient dissipées.

Lorsque le véritable défi commencerait.

— C'est vraiment égoïste de ta part de vouloir le garder, lui avait répété Angela pour la centième fois lorsqu'elle l'avait appelée la semaine précédente.

Elle s'exprimait avec condescendance, comme si elle était infaillible. D'ailleurs, elle avait tendance à croire qu'elle savait toujours tout mieux que tout le monde.

— Il aura besoin d'un père et d'une mère, avait-elle ajouté. Certes, tu as choisi de poursuivre cette grossesse, mais tu devrais sérieusement songer à le faire adopter.

— C'est mon bébé ! avait rétorqué Léna, qui n'avait pourtant pas pour habitude de perdre son sang-froid.

Elle était profondément perturbée par la manière à la fois insistante et cavalière dont sa sœur usait avec elle. Angela semblait persuadée d'avoir son mot à dire car elle avait suivi ce qu'elle considérait comme un parcours sans faute : elle était mariée et avait bénéficié du choix du roi, puisqu'elle avait deux enfants, une fille et un garçon.

— Ce qu'il lui faut, c'est une maman qui l'aime de tout son cœur.

— Voyons, Léna, pourquoi ne rappelles-tu pas à son père qu'il a des responsabilités…

Léna l'avait interrompue fermement.

— Je ne le ferai pas, un point c'est tout. Cette discussion est close.

Elle refusait d'exposer à Angela les raisons qui la poussaient à laisser Adam à l'écart.

Même dans des circonstances idéales, elle aurait répugné à demander au père de son enfant d'« assumer les conséquences de ses actes », comme l'avait suggéré Angela lors d'une précédente conversation.

Si elle se mariait un jour, ce serait parce que l'homme qui lui avait volé son cœur le souhaitait lui aussi, et non parce qu'il s'y sentait obligé.

En l'occurrence, les circonstances étaient loin d'être parfaites. Elle n'avait même pas révélé à Angela l'identité du papa, et encore moins ce qui l'avait incitée à fuir les tourments dans lesquels Adam Smythe, en admettant que ce soit son vrai nom, l'avait plongée.

Léna ferma les yeux et se remémora cette soirée-là. Si elle n'avait pas surpris cette conversation téléphonique, elle serait toujours à Santa Barbara, et exercerait encore dans la plus prestigieuse clinique vétérinaire de la ville.

Elle était partie plus tôt que prévu pour faire une surprise à Adam en arrivant en avance à leur rendez-vous. Lorsqu'elle était arrivée, Adam était plongé dans une conversation téléphonique et lui tournait le dos. D'après ce qu'elle avait entendu, elle avait compris très vite qu'il ne s'agissait pas d'un amateur de livres rares, mais d'une personne cherchant à acheter de la drogue.

Cette découverte l'avait emplie d'horreur. L'homme qui illuminait sa vie faisait partie de la lie de la société : c'était un trafiquant !

Sa librairie n'était donc qu'une couverture…

La déception lui avait broyé le cœur. Elle n'avait pu se résoudre à l'affronter, à exiger qu'il lui dise pourquoi il ne l'avait pas prévenue qu'il naviguait dans ce monde glauque avant qu'ils commencent à se voir de manière régulière.

Avant qu'elle tombe amoureuse de lui.

Elle s'était sentie si perdue, si trahie, qu'elle avait quitté aussitôt la librairie sur la pointe des pieds.

Arrivée à son appartement, elle l'avait appelé. Essayant tant bien que mal de dissimuler à quel point elle était blessée et furieuse, elle lui avait expliqué qu'elle ne se sentait pas bien. Comme il lui proposait de venir lui tenir compagnie, elle avait refusé, sous prétexte que son mal était peut-être contagieux. Elle avait ensuite raccroché, en lui promettant de le rappeler le lendemain pour lui donner de ses nouvelles.

Il lui avait fallu moins d'une heure pour boucler ses valises.

Elle lui avait laissé une note disant qu'elle savait quel milieu il fréquentait, et le suppliant d'en sortir avant de finir dans la rubrique nécrologique du journal local.

Ensuite, après avoir appelé la clinique et prévenu son assistante qu'elle devait faire face à une urgence familiale et s'absentait pour une durée indéterminée, elle avait finalement pris la route.

Tout cela appartenait désormais au passé, se dit-elle avec lassitude. On ne pouvait pas revenir en arrière. Adam était ce qu'il était — et elle était enceinte. Elle n'avait plus qu'à s'accommoder de cette situation.

Et, ce moment précis, elle en était réduite à une extrémité qu'elle n'aurait jamais crue envisageable : elle racontait ses problèmes à une parfaite étrangère par le biais d'internet !

En y réfléchissant, c'était ce qui la mettait à l'aise et lui permettait d'être totalement franche, puisqu'elle ne rencontrerait jamais Maman Mystère, la modératrice du site qu'elle avait découvert quelques semaines plus tôt.

A cette époque, elle n'avait pas pensé s'y attarder et encore moins y retourner. A sa grande surprise, le fait d'avoir exprimé son point de vue et vidé son sac l'avait rendue presque euphorique. Se libérer de ce poids tout en bénéficiant du couvert de l'anonymat lui avait fait du bien.

Ne disait-on pas que la confession soulageait l'âme ?

Ce soir, lorsqu'elle s'était assise à son bureau, elle n'avait pas eu l'intention d'aller sur ce site. Mais, après plusieurs heures passées à la recherche de réponses aux souffrances de son patient atteint de cécité, son moral n'était pas brillant, au vu des perspectives peu encourageantes.

Elle s'était donc tournée vers Maman Mystère, dont elle enviait le pragmatisme nonchalant. Elle avait l'impression d'avoir trouvé une oreille attentive, et c'était exactement ce dont elle avait besoin : une amie qui semblait parfaitement comprendre ce qu'elle ressentait.

Une fois connectée, il avait suffi de quelques questions de la part de son interlocutrice pour qu'elle s'ouvre à elle. Très vite, elle s'était rendu compte qu'elle pianotait à une telle cadence que son ordinateur risquait la surchauffe.

Demain, elle regretterait peut-être ce moment de faiblesse, mais quelle importance ? Sa situation n'aurait pu être pire. Terriblement amoureuse neuf mois plus tôt, puis tout aussi terriblement déçue, et maintenant sur le point d'accoucher.

Quel tableau pathétique ! songea-t-elle en faisant part de sa frustration à Maman Mystère.

Puis elle se laissa aller contre le dossier de son fauteuil avant de se tourner vers la chienne assoupie.

— Espérons que Maman Mystère n'est pas une espèce de vieux pervers aux doigts velus, empestant le cigare, qui prend un malin plaisir à se faire passer pour une jeune mère célibataire, dit-elle à Tessa.

Celle-ci se contenta d'ouvrir un œil puis de bâiller avant de se rendormir.

Léna s'apprêtait à écrire une nouvelle phrase lorsque la sonnette retentit.

D'autres enfants avides de friandises…

Elle poussa un soupir et s'extirpa du fauteuil en prenant appui sur les accoudoirs.

Sa perte d'agilité lui était pénible, mais ça aurait pu être pire. Il lui restait la maigre consolation de voir encore ses orteils, alors qu'Angela, quand elle était enceinte de son premier enfant, n'avait plus vu ses pieds dès le septième mois de grossesse.

Déterminée à ne pas la quitter d'une semelle, Tessa s'était levée et trottinait derrière elle.

Léna jeta un coup d'œil au miroir de l'entrée.

— Bon, tout va bien, je n'ai pas tout à fait l'air d'une montgolfière, marmonna-t-elle.

Lorsqu'elle ouvrit la porte, un lutin, une princesse de conte de fées, et ce qui semblait être un robot, la saluèrent d'un retentissant :

— Un bonbon ou un sort !

Amusée, elle prit une poignée de bonbons dans le saladier qu'elle avait placé sur la console de l'entrée, et en donna quelques-uns à chaque enfant.

Le lutin, qui semblait se délecter d'avance de son butin, l'observa un instant avant de demander :

— C'est quoi, votre déguisement ?

Léna n'hésita qu'une fraction de seconde.

— Une citrouille !

Cela sonnait quand même mieux que : « Une baleine échouée. »

— Mais vous n'êtes pas orange ! s'exclama le robot.

Elle fit claquer ses doigts.

— Je savais bien que j'avais oublié un détail ! Merci de me l'avoir signalé.

La princesse se contenta d'un : « Merci », tout en la dévisageant avec un petit sourire complice, comme si elle avait déjà conscience du lien existant entre toutes les représentantes de la gent féminine.

Ses petits visiteurs partirent en courant, hilares, sous le regard distant mais attentif de l'un des parents.

En refermant la porte, Léna fut de nouveau assaillie par l'impression étrange qu'on l'observait.

Désireuse d'en avoir le cœur net une bonne fois pour toutes, elle ouvrit la porte en grand et inspecta les environs du regard.

Rien.

Elle fronça les sourcils, puis referma la porte. Ne trouvant plus rien d'attrayant dans le vestibule, Tessa fit demi-tour pour regagner sa couche.

— Si quelqu'un essaie d'entrer par effraction, promets-moi que tu en feras de la charpie, Tessa.

La chienne ne sembla pas juger nécessaire de marquer son approbation, et se contenta de se réinstaller sous le bureau.

— Je me sens tellement plus en sécurité quand tu es près de moi ! marmonna Léna, sarcastique, avant de s'asseoir devant l'écran de l'ordinateur pour trouver un peu de compassion auprès de Maman Mystère.

Si elle ne croyait pas forcément à l'adage selon lequel « Peine partagée est moins lourde à porter », elle se disait que connaître quelqu'un ayant vécu la même chose qu'elle et s'en étant sorti haut la main était réconfortant.

Cela lui donnait un espoir auquel se raccrocher.

2

Après deux années d'enquêtes menées en sous-marin, se fondre dans l'obscurité ne présentait plus aucune difficulté pour Adam Serrano.

Cependant, les individus qu'il surveillait d'ordinaire étaient généralement des personnages peu ragoûtants qui trempaient dans les affaires juteuses du commerce sans cesse grandissant de la drogue. Là, il s'agissait d'une vétérinaire aux jambes sublimes, aux yeux d'un bleu limpide, et dotée d'une pureté d'âme à faire mourir Blanche-Neige de jalousie.

Le message anonyme qui était apparu hier sur son ordinateur disait vrai ; Léna Walters se trouvait bien ici, à Laguna Beach, pratiquement sous son nez.

Qui l'aurait cru ?

Il ne pouvait qu'apprécier l'ironie de la situation.

Léna était sortie de sa vie huit mois plus tôt, en prenant la décision à laquelle il n'avait pu se résoudre : elle l'avait quitté.

En lisant le petit mot qu'elle lui avait laissé, et qu'il conservait précieusement, il avait eu l'impression qu'on lui transperçait le cœur.

Sa première réaction avait été de se lancer à sa poursuite, de la retrouver et de la ramener auprès de lui.

Il s'en était cependant gardé. Ça n'avait pas été facile,

mais son bon sens avait pris le dessus. Cela valait mieux comme ça.

Même si Léna lui manquait bien plus qu'il ne souhaitait le reconnaître, il comptait bien lui laisser sa liberté, car le fait d'être trop proche de lui l'aurait mise en danger.

La nature de ses « affaires », c'est-à-dire la mise au jour des nouveaux circuits de distribution d'héroïne, l'avait mené jusqu'ici, dans le sud de la Californie. Force était d'admettre qu'en dépit des efforts de son agence gouvernementale l'usage de stupéfiants demeurait toujours aussi répandu, partout dans le pays, et toutes classes sociales confondues.

A ceci près que les nantis n'avaient pas à braquer un magasin ou à dévaliser quelque personne âgée pour s'offrir leur dose. Papa et maman assumaient le coût d'une telle addiction, en tentant de masquer le problème à coups de dollars plutôt que d'aider leur progéniture gâtée à devenir des citoyens dignes de respect.

Hélas ! la vie était ainsi faite, et elle réservait quantité de surprises. Et l'une d'elles l'avait amené à s'installer dans la même ville que Léna.

Il n'aurait cependant pas cherché à l'épier, en passant de longues heures dans des voitures banalisées ou en se dissimulant sous des porches tel un ange gardien un peu dérouté, sans ce mystérieux e-mail qui l'avait laissé pantois.

Léna est enceinte de ton bébé.

Cette simple phrase était accompagnée d'une adresse. Rien de plus.

Il avait déduit qu'il s'agissait de celle de Léna, et s'était alors souvenu de l'avoir entendue mentionner son enfance dans les environs, et la clinique vétérinaire fondée par son père.

Une recherche toute simple sur son ordinateur lui avait permis de trouver très vite une liste de praticiens, parmi lesquels figurait un « L. Walters ». Se rappelant que le prénom du père de Léna était Warren, il se dit qu'elle devait avoir pris la tête du cabinet familial.

En dépit de cela, pensant qu'il pouvait s'agir d'un guet-apens visant à l'amener à se mettre à découvert, il avait envisagé d'ignorer le message.

Après tout, même si la missive disait vrai, il ne pouvait pas faire grand-chose. Son corps lui appartenait, et c'était à elle de décider si elle souhaitait garder ce bébé ou non.

Son dilemme avait duré une dizaine de minutes, tout au plus, avant qu'il n'admette qu'il devait s'assurer par lui-même qu'il ne s'agissait pas d'un coup monté.

Il ne s'agissait pas non plus d'une blague de mauvais goût, même s'il l'avait vaguement espéré. Elle était bel et bien enceinte et, au fond de lui, il savait que c'était de son enfant.

Après avoir organisé son emploi du temps de manière à être libre pour la soirée, il s'était garé au volant d'un véhicule ordinaire dans la rue jouxtant la maison de Léna.

Il avait pris soin de se positionner à l'extrémité opposée, d'où il pourrait cependant apercevoir la seule femme qui ait réussi à faire tomber les barrières qu'il avait soigneusement érigées autour de lui.

C'était Halloween, et il savait ce que Léna pensait des enfants ; elle éprouvait pour eux les mêmes sentiments que pour ses patients à quatre pattes.

Elle n'était pas du genre à aller dîner en ville ce soir-là pour ne pas être dérangée, ni à faire semblant de ne pas entendre la sonnette ou le vacarme que font les cohortes de gamins costumés sur le perron.

Pour sa part, il n'avait jamais aimé cette tradition. Il côtoyait la lie de la société depuis dix ans et ne savait que trop bien ce qui pouvait arriver à des petits trop crédules.

Heureusement qu'il n'avait pas d'enfants !

Enfin, pas encore… Il allait en avoir un bientôt, s'il savait encore compter correctement, se corrigea-t-il.

Tout cela lui semblait irréel, et il ne s'était toujours pas fait à cette idée.

Il allait être père…

Après tout, ce bébé n'était peut-être pas le sien. Une femme aussi jolie que Léna devait avoir de nombreux soupirants, qui n'attendaient que l'occasion de la mettre dans leur lit, songea-t-il.

Mais il savait que c'étaient des balivernes.

Léna n'était pas femme à coucher avec le premier venu. Il l'avait su avant même qu'ils fassent l'amour et qu'elle lui annonce, à son immense surprise, qu'elle était vierge. Il avait été son premier amant.

Comment cela s'était-il donc produit ? se demanda-t-il une fois de plus. Soucieux des conséquences d'une étreinte non protégée, il avait interrompu leur élan passionné pour mettre un préservatif.

Ce fut le dernier sursaut de son bon sens avant que Léna ne lui fasse totalement perdre la tête. Sans cela, il aurait repris le contrôle de la situation et, au lieu de tendre la main vers la boîte de préservatifs, il aurait saisi son jean et serait parti.

Il secoua la tête.

Qui cherchait-il à convaincre ? Même un saint n'aurait pu s'éloigner de Léna, pas alors que les choses avaient atteint ce paroxysme.

Pas avec cette bouche sublime, ni ce corps rendu fébrile par le désir et offert.

Il n'était pas un saint, loin de là.

Il n'était qu'un homme, et elle l'avait rendu vulnérable. Tant qu'il n'avait pas de famille, il se fichait du danger. Dorénavant, il en irait différemment.

Elle était enceinte ; il allait donc devoir la protéger. Si

les bons à rien qu'il côtoyait découvraient son existence, et si les choses tournaient mal, il y avait de fortes probabilités qu'ils s'en prennent à elle.

Il savait qu'ils ne reculeraient devant rien, en particulier son intermédiaire, un étudiant qui semblait déjà planifier sa carrière de trafiquant de drogue.

Danny Soderholm n'hésiterait pas à kidnapper Léna ou le bébé si cela lui fournissait un moyen de pression quelconque sur lui. Dans ce « business », personne ne faisait confiance à personne.

Las d'être confiné dans sa voiture, Adam remua sur son siège. Où étaient donc passées ces bandes d'enfants qui arpentaient les rues et sonnaient aux portes, au grand plaisir des dentistes locaux ? Seraient-ils finalement devenus raisonnables et auraient-ils abandonné la tradition ?

« Calme-toi, Serrano ! »

D'ordinaire, il n'était pas si impatient ; il se serait senti beaucoup moins nerveux s'il avait su d'où provenait ce message.

Il gardait à l'esprit qu'il pouvait s'agir d'un piège. Comme il n'était pas néophyte en matière d'informatique, il avait passé une bonne partie de la journée précédente à essayer de remonter la trace de cet e-mail.

En vain.

Il avait fini par passer la main et contacté son supérieur, Hugh Patterson, qui s'était à son tour attelé à la tâche avant d'appeler à la rescousse Spenser, un petit génie de l'informatique. Lorsque celui-ci s'était finalement avoué vaincu, Adam avait compris qu'il avait affaire à un expert.

Celui-ci était-il du côté des bons ou des méchants ?

Adam n'en avait pas la moindre idée. A première vue, son mystérieux informateur ne semblait pas avoir de plan précis, si ce n'est lui communiquer cette information.

Restait à savoir dans quel but.

Etait-ce pour le déstabiliser, pour lui faire sentir à quel point il était vulnérable, ou pour l'inciter à assumer ses responsabilités ? Le messager ne cherchait-il qu'à se distraire en jouant les démiurges, tout en restant dans l'ombre ?

Il aurait vraiment aimé en avoir le cœur net !

En dépit de cette incertitude, il savait ce qui lui restait à faire.

Laura Delaney s'assit à son bureau et se connecta au site internet.

Jérémy venait enfin de s'endormir. Les négociations avaient été laborieuses. Après qu'une partie des bonbons récoltés dans la soirée avait trouvé le chemin de l'estomac sans fond de son fils, elle s'était efforcée de fixer des règles. A savoir la répartition du butin sur les semaines à venir à raison de deux friandises par jour.

Elle avait proposé ce marché, tout en sachant qu'ils arriveraient à un compromis final de cinq, voire six bonbons par jour.

Au souvenir des mimiques de Jérémy pour la faire fléchir, elle sourit.

Elle aimait cette période de Halloween, et avait transmis ce goût à son jeune fils.

Prenant exemple sur elle, il avait commencé à réfléchir à son costume dès la rentrée du mois de septembre.

Rien ne la comblait plus que l'excitation qui animait ses yeux d'un brun profond ; du point de vue de Jérémy, tout paraissait si neuf, si positif ! Après les années passées au sein de la CIA, cette fraîcheur était une véritable bénédiction.

En définitive, tomber enceinte de Jérémy avait été la plus belle chose qui lui soit arrivée, même si, à l'époque, elle n'avait pas vu cela ainsi.

Lorsqu'elle s'en était rendu compte, moins d'une semaine

après un débriefing musclé à Singapour, ça l'avait complètement chamboulée.

Sa rencontre avec le père de Jérémy, un homme magnifique, débordant de dynamisme, et qui lui avait littéralement sauvé la vie, était digne d'une scène de film d'aventures ; celle où le héros prend la main de l'héroïne et lui murmure d'une voix rauque : « Si tu tiens à la vie, suis-moi. »

Coincée dans une situation inextricable, sachant qu'elle serait morte à l'aube si elle restait, elle n'avait eu d'autre recours que de fuir avec ce parfait inconnu.

A la manière d'un chevalier en armure, il avait fait barrière de son corps pour la protéger et l'avait sortie de ce guêpier.

Alors qu'elle avait été capturée par ceux que la CIA l'avait chargée d'espionner, il était apparu, semblant surgir de nulle part, alors qu'elle s'était résignée à ne plus jamais voir un autre coucher de soleil.

A sa grande surprise, elle avait contemplé celui du lendemain pelotonnée contre son sauveur dans une petite hutte de pêcheurs.

La proximité avec la mort avait éveillé d'étranges désirs en elle, une envie de tout savourer et de profiter au maximum de ce qui s'offrait.

Leur fuite et la poursuite qui s'était engagée avant qu'ils se réfugient dans ce petit village avaient exacerbé sa volonté de vivre, et le destin lui avait envoyé un homme dont elle ignorait jusqu'au nom.

Elle avait appris qu'il ne fallait pas avoir peur de prendre la vie à bras-le-corps, et lui le savait aussi.

Ils étaient attirés l'un par l'autre comme les deux moitiés d'une même entité cherchant à se reconstituer. Leur étreinte fut telle que le monde sembla trembler sur ses bases.

Puis le soleil s'était levé sur une nouvelle journée et ce qu'elle ignorait encore être une nouvelle vie.

Il l'avait ensuite fait sortir du village et embarquer dans un avion de fret avant de disparaître de sa vie, bien trop précipitamment.

Elle avait par la suite interrogé nombre d'agents dans l'intention d'apprendre enfin de qui il s'agissait. De temps à autre, elle avait obtenu des réponses évasives, mais personne ne semblait savoir exactement qui il était ni d'où il venait.

Un véritable fantôme…

Lorsqu'elle avait découvert sa grossesse, ses questions s'étaient faites plus pressantes, mais sans plus de résultat.

Personne ne paraissait en mesure de la renseigner.

Les quelques pistes qu'elle avait suivies débouchèrent toutes dans des impasses, la menant jusqu'à des agents qui n'étaient pas celui qui lui avait sauvé la vie et en avait fait naître une autre en elle.

Se trouvant dans l'obligation de penser à son bébé à venir, elle avait pris le parti de tirer un trait sur sa carrière.

Etant donné qu'elle adorait les animaux et qu'elle avait grandi dans un ranch, elle s'était lancée dans l'élevage de chevaux, afin d'offrir une vie stable et normale à son fils.

Sa vie passée lui semblait aujourd'hui tout droit sortie d'un roman ou d'un film qu'elle aurait vu bien des années plus tôt…

La seule chose qui lui rappelait qu'elle avait autrefois été un agent du gouvernement était sa capacité à exploiter les informations reçues, émanant souvent de sources très spécialisées, pour retrouver des personnes disparues. L'ironie du sort voulait qu'elle ne soit jamais parvenue à reprendre contact avec le père de Jérémy.

En dépit de cela, dès qu'elle avait lu le premier e-mail de Léna Walters, dans lequel elle racontait sa mésaventure, Laura n'avait pas ménagé ses efforts pour en apprendre davantage sur le supposé trafiquant de drogue qui lui avait fait tourner la tête.

Son intuition lui avait soufflé que le père de ce bébé n'avait rien d'un malfrat.

Laura ne connaissait que trop bien les mensonges nécessaires pour rendre une couverture crédible, et un je-ne-sais-quoi — qu'elle aurait été incapable de formuler avec des mots — lui disait que ce fameux Adam faisait partie, lui aussi, d'une agence gouvernementale.

Quelques coups de fil à de vieux amis suffirent à le lui confirmer.

Adam Smythe s'appelait en réalité Adam Serrano, et il avait intégré deux ans plus tôt la brigade des stupéfiants, au sein de laquelle il travaillait en sous-marin.

Elle aurait pu en apprendre plus sur lui. Mais elle avait obtenu les réponses qui l'intéressaient et ne voyait pas de raison valable pour aller fouiner davantage dans les affaires de cet homme, alors que sa situation personnelle lui rappelait sans cesse à quel point elle appréciait le respect de sa vie privée.

Elle n'outrepasserait donc pas ses droits en ce qui concernait Adam Serrano.

Forte de ces conclusions, il ne lui avait pas fallu bien longtemps pour dénicher l'adresse e-mail de l'agent. Dès que la transmission avait été sécurisée, elle lui avait envoyé son bref message.

Si Adam était comme elle, s'était-elle dit, il se découvrirait instantanément un esprit de famille, lui qui avait été jusque-là seul au monde.

Elle était tout autant persuadée qu'il se mettrait aussitôt en quête de la mère de cet enfant dont il ignorait jusqu'alors l'existence.

Elle avait été tentée de prévenir Léna de l'arrivée imminente d'Adam, mais elle avait craint de la bouleverser, ce qu'il valait sans doute mieux éviter à ce stade avancé de sa grossesse.

Léna éprouverait malgré tout un choc, mais elle recevrait tout ce dont une future maman avait besoin. Ce qu'elle-même aurait tant aimé avoir, avait songé Laura avec mélancolie.

Sauf lors de rêveries occasionnelles, elle avait renoncé à l'idée qu'un jour le père de Jérémy viendrait sonner à sa porte, comme elle se représentait Adam en train de le faire dans un futur très proche.

Très contente d'elle-même, elle ouvrit l'e-mail qui venait d'apparaître sur son écran, envoyé par une autre maman célibataire.

La sonnette retentit.

Léna se mordit la lèvre. Elle venait d'éteindre son ordinateur après avoir jeté un regard à sa montre qui indiquait 9 heures.

Il n'était pas tard, mais elle ne parvenait plus à garder les yeux ouverts.

« Tu parles d'une fêtarde ! »

Elle se rappelait qu'à l'université il lui arrivait de passer deux nuits sans dormir sans vraiment s'en ressentir. Et même une fois trois nuits d'affilée. Mais ça ne risquait plus de se produire aujourd'hui ; la grossesse, ainsi que le stress, l'avaient vidée de ses forces, l'épuisant bien plus qu'elle ne voulait le reconnaître.

Ce n'était toutefois rien à côté de ce qui l'attendait quand son enfant apprendrait à marcher, songea-t-elle, tout en ayant hâte de vivre ces moments précieux.

La sonnerie se fit entendre de nouveau.

Quel genre de parents pouvaient donc laisser leur progéniture dehors à une heure pareille ? Les enfants auraient dû déjà dormir ou au moins être bien au chaud sous leurs couvertures.

Il s'agissait sûrement de lycéens, se reprit-elle en se

levant péniblement. Elle en avait déjà vu plusieurs, ce soir, de ces adolescents déguisés qui la dépassaient d'une bonne tête. L'un d'eux avait même de la barbe.

Elle détestait la manière dont ils vampirisaient Halloween, récupérant à leur compte une fête destinée aux petits. Mais, après tout, il lui restait encore beaucoup de friandises qu'il valait mieux qu'elle distribue.

Ce serait plus raisonnable.

Elle connaissait ses faiblesses, et si des bonbons traînaient à portée de main, elle aurait beau faire, elle n'y résisterait pas indéfiniment.

Son problème, conclut-elle, résidait dans le fait qu'il n'y avait ni friandise ni chocolat qu'elle n'aimât pas.

— Il est temps de se débarrasser de ces tentations, expliqua-t-elle à Tessa.

La chienne, qui ronflait doucement, l'ignora superbement.

Léna se dirigea vers la porte d'entrée et prit le saladier.

— Tu parles d'un chien de garde ! marmonna-t-elle, moqueuse.

Alors qu'elle s'apprêtait à ouvrir, elle dut marquer une pause, car une douleur la cloua sur place. Le souffle coupé, elle se plia en deux.

Ça devenait très inconfortable. Des gouttes de sueur perlèrent sur son front. Heureusement après quelques secondes qui lui semblèrent une éternité, l'élancement se calma.

Elle expira longuement et, de sa main libre, ouvrit la porte. Cette fois, cependant, elle ne fut pas accueillie par un chœur rieur de : « Un bonbon ou un sort ! »

Au lieu de cela, le grand homme brun qu'elle découvrit sur son perron, et dont la beauté affola son rythme cardiaque, lui dit :

— Bonsoir, Léna.

Elle eut soudain le sentiment que les lumières de l'entrée

venaient de perdre de leur intensité, et que sa tête s'était mise à tourner.

Bien qu'elle s'efforçât de reprendre le contrôle de la situation, elle avait l'impression de perdre pied avec la réalité, et tout le reste, d'ailleurs.

Le saladier lui échappa et alla se fracasser sur le carrelage gris clair.

Léna s'estima heureuse de ne pas l'avoir suivi dans sa chute.

3

Adam ? Ici ?

Comment était-ce possible ?

Abasourdie, son premier réflexe fut de dissimuler son ventre proéminent pour qu'il ne remarque pas son état.

Trop tard !

Il avait déjà baissé son regard vert émeraude sur la partie la plus saillante de sa silhouette.

Léna avait la bouche aussi sèche que si elle avait mâché une boule de coton, et son cerveau semblait s'être paralysé à la vue de cet homme dont le simple contact avait autrefois fait trembler la terre sous ses pieds.

A sa grande surprise, alors qu'elle le dévisageait, Adam s'agenouilla devant elle.

L'espace d'une fraction de seconde, elle se prit à imaginer qu'il allait se confondre en excuses, lui jurer sur tout ce qu'il avait de plus précieux qu'il avait changé de vie et qu'il avait passé les huit derniers mois à la rechercher sans relâche. Ce n'était qu'un tour de son imagination, elle le savait. Adam n'était pas homme à supplier ; ça ne correspondait absolument pas à sa personnalité.

Mais que savait-elle de la personnalité d'un intellectuel qui vendait de la drogue pour s'assurer de confortables fins de mois ? songea-t-elle non sans une pointe de sarcasme.

Elle reprit peu à peu pied avec la réalité, mais il lui fallut tout de même quelques secondes pour respirer de nouveau correctement et être en mesure de prononcer quelques mots.

— Que fais-tu là ? finit-elle par lui demander, tout en fixant son regard sur sa chevelure noire et épaisse.

— Eh bien, en ce moment même, je ramasse des éclats de verre ainsi que des bonbons, répondit-il.

Le saladier s'était brisé en une multitude de morceaux, bien plus qu'il n'en pouvait tenir. Il leva alors les yeux vers elle.

— Aurais-tu un carton dans lequel je pourrais mettre tous ces débris ?

Sa question semblait si normale, si naturelle, comme s'ils n'avaient jamais été séparés ! Comme s'il s'agissait de n'importe quelle soirée passée ensemble.

Or, ce n'était pas vraiment le cas ; ils étaient restés sans nouvelles l'un de l'autre pendant des mois et n'auraient jamais dû se revoir.

Pourtant, le simple fait de l'avoir en face d'elle exacerba le manque qu'elle ressentait presque quotidiennement. Elle se rappela alors ces paroles d'une chanson dont elle avait oublié le titre : « le quitter fut bien plus facile que de rester loin de lui »…

Jamais mots n'avaient sonné plus juste à ses oreilles.

Elle mourait d'envie de se jeter dans ses bras, de s'enfouir dans ce cocon de douceur. En fait, elle cherchait simplement à se cacher du véritable Adam en trouvant refuge auprès de celui qu'elle avait cru connaître.

Etait-ce insensé ?

Complètement !

Sa tête lui faisait mal, et son cœur aussi.

— Ou alors, reprit Adam, comme elle restait immobile et silencieuse, je peux aller en chercher un moi-même si tu me dis où je peux en trouver.

Elle avait besoin de se ressaisir, d'empêcher la panique

de la submerger, pour enfin lui dire, en termes choisis, de quitter les lieux.

Mais les mots lui manquaient.

Cherchant à gagner du temps, et devant aussi lutter contre une nouvelle vague de douleur irradiant dans tout son ventre, Léna tourna les talons et se dirigea tant bien que mal vers la cuisine.

Elle dut s'appuyer d'une main au comptoir pour réussir à ouvrir le dernier tiroir, à droite de l'évier, et qui débordait de sacs plastique du supermarché attendant d'être pliés.

Elle en prit un et retourna vers l'entrée, tout en priant pour que ce qui venait de se passer au cours des cinq dernières minutes n'ait été qu'une hallucination.

Hélas !

Adam était toujours là, accroupi, des débris de verre à la main, et l'observait.

Sa simple présence bouleversait tous les scénarios qui lui étaient venus à l'esprit depuis des mois, y compris celui où ils coulaient ensemble des jours paisibles après qu'elle se fut rendu compte qu'elle avait finalement rencontré l'âme sœur dont elle avait toujours rêvé.

Avant Adam, elle n'était jamais tombée amoureuse, et n'avait jamais ressenti une telle attirance pour personne.

A vingt-neuf ans, elle s'était faite à l'idée de passer sa vie seule. Il lui avait suffi de pousser la porte d'une librairie pour que tout bascule.

Elle en avait même plaisanté avec son père lorsqu'elle lui avait, peu après, offert cette édition originale de Mark Twain achetée dans la boutique d'Adam ; elle qui n'avait jamais cru au coup de foudre, et qui pensait fermement qu'il ne s'agissait que d'un mythe, venait d'en être victime.

Victime.

C'était le mot approprié.

Car c'est bien ainsi qu'elle se voyait. Et son bébé aussi.

Des victimes de sa stupidité et de sa nature trop confiante. Sinon, elle aurait remarqué que quelque chose ne tournait pas rond, des détails auxquels elle aurait prêté attention. Des signes, des avertissements.

Il y en avait eu, certainement, mais son désir d'aimer l'avait aveuglée.

Elle retint un soupir. Elle n'était pas préparée à cela, à affronter Adam. Surtout pas maintenant, alors qu'elle se sentait aussi dynamique qu'un éléphant auquel on aurait administré une dose massive de tranquillisants.

Il prit le sac qu'elle lui tendait en murmurant « Merci », et son sourire en coin, si sensuel, lui rappela qu'elle n'était pas encore immunisée contre son charme.

S'efforçant de ne rien penser, de ne rien ressentir, elle se tint immobile pendant qu'Adam rassemblait les derniers fragments du saladier et les mettait dans le sac.

Tessa, qui jusque-là ne s'était pas manifestée, pointa enfin son museau à la porte du bureau.

Lorsqu'elle le reconnut, elle se rua sur Adam en remuant la queue à la vitesse d'un métronome emballé.

— Salut, Tessa ! s'exclama-t-il en flattant la chienne surexcitée et en essayant de garder son équilibre. Comment vas-tu, ma belle ?

En guise de réponse, Tessa lui lécha joyeusement le visage.

« Tu parles d'une alliée ! » songea Léna.

Tout en caressant Tessa, Adam leva les yeux vers sa maîtresse.

— Je pense que j'ai tout ramassé, mais il serait plus prudent de passer l'aspirateur dans les environs.

Puis il se leva en prenant garde à ne pas laisser la chienne le bousculer, et ajouta en souriant :

— Il vaudrait peut-être mieux que tu me dises où tu le ranges. Je peux le passer pour toi.

Parant à toute protestation, il reprit :

— C'est le moins que je puisse faire, puisque c'est à cause de moi que tu as lâché ce plat.

Instinctivement, Léna redressa les épaules.

« Ne le laisse pas prendre d'ascendant sur toi. Surtout pas ! »

— Je peux me débrouiller, assura-t-elle d'une voix un peu tremblante.

Il l'observa, dubitatif, et son sourire s'estompa.

— Tu es sûre ? Le fait de pousser quelque chose d'aussi lourd pourrait déclencher un accouchement prématuré.

Elle voulait qu'il s'en aille, avant qu'elle ne craque.

— Tu as ouvert un cabinet médical, depuis notre dernière rencontre ? rétorqua-t-elle aigrement.

Il la regarda droit dans les yeux, et elle dut rassembler toutes ses forces pour ne pas flancher, pour ne pas baisser les bras et se précipiter vers lui, car sa volonté faiblissait de seconde en seconde.

— Beaucoup de choses se sont passées depuis notre dernière rencontre, dit-il à mi-voix, mais je n'ai pas commencé d'études de médecine.

Il employait ce ton qui naguère la faisait frissonner de désir, mais ça ne fonctionnait plus.

Plus du tout ! songea-t-elle avec détermination.

— Je fais seulement preuve de bon sens, ajouta-t-il.

Elle était bien décidée à le faire déguerpir.

— Il faut une première à tout, répliqua-t-elle, sarcastique.

Adam garda le silence, afin de lui laisser la possibilité de s'épancher une bonne fois. Comme elle n'en faisait rien, il leva un sourcil.

— C'est fini ? lança-t-il. Tu n'as donc plus de flèches dans ton carquois ?

Il savait qu'il la provoquait, mais il avait le sentiment qu'il devait lui donner l'occasion d'exprimer sa colère avec des mots.

Elle l'avait amplement mérité.

Or, elle se contenta de le dévisager, et ses yeux semblèrent perdre leur éclat. Cela le blessa bien plus que n'importe quelle phrase qu'elle aurait pu lui jeter à la figure, car il se savait responsable de ce changement.

— A quoi bon ? fit-elle tristement en haussant imperceptiblement les épaules.

— Ça te ferait peut-être du bien. Cela pourrait sûrement rétablir une espèce d'équilibre.

« Il m'en faudrait bien plus ! »

— J'aurais aimé ne t'avoir jamais rencontré.

Adam s'attendait à ce genre de commentaire. Il regrettait lui aussi de l'avoir rencontrée, mais uniquement parce qu'il l'avait mise en danger et qu'il avait fini par la blesser, ce qui n'avait jamais été son intention.

Sinon, d'un point de vue strictement personnel, il était heureux d'avoir su profiter de ces précieux moments passés ensemble.

Même si Léna l'ignorait encore, elle avait déjà eu sa revanche sur lui. Elle avait fait basculer ses certitudes, en lui montrant tout ce qu'il avait négligé pour être ce qu'il était, et pour faire ce qu'il faisait.

Il savait maintenant ce que son quotidien aurait pu être, s'il avait fait d'autres choix.

Au moins était-il encore en vie.

Mona, elle, n'avait plus cette chance.

Brillante, magnifique, sa petite sœur avait eu le don d'illuminer une pièce par sa simple présence. Ses proches étaient persuadés qu'elle mettrait le monde à ses pieds d'un simple claquement de doigts.

Au lieu de cela, elle s'était éloignée d'eux pour se perdre dans un brouillard d'héroïne et de méthadone, jusqu'à ce que même ceux qui l'aimaient ne la reconnaissent plus.

Il avait eu beau alterner les phases où il pestait contre

elle et celles où il l'implorait d'arrêter, Mona ne tenait jamais les promesses qu'elle lui faisait.

Puis, un matin, il l'avait retrouvée face contre terre dans l'appartement dont il payait le loyer, victime d'une overdose. Malgré une tentative de réanimation, il n'avait pu la sauver.

Sa petite sœur l'avait quitté, et faisait désormais partie de ces statistiques soulignant l'échec de plus en plus cuisant de l'Etat dans la guerre contre la consommation de drogue.

Sa croisade avait commencé ce jour-là.

Et, jusqu'à ce qu'il rencontre Léna, il était convaincu que cela ne lui avait demandé aucun sacrifice.

— Où ranges-tu ton aspirateur ? répéta-t-il sur un ton un peu plus insistant.

— Je viens de te dire que je peux le faire moi-même ! s'exclama-t-elle.

Il abandonna la partie. Elle ressentait peut-être le besoin de lui montrer qu'elle n'avait pas besoin de lui.

Haussant les épaules, il se baissa pour ramasser les friandises éparpillées. Les bonbons et les barres chocolatées serrés contre sa poitrine pour ne pas les faire tomber de nouveau, il demanda :

— Où veux-tu que je les mette ?

Une réponse peu courtoise brûla les lèvres de Léna. Elle ne la formula cependant pas car elle n'avait pas pour habitude de s'exprimer de la sorte, même si c'était parfois tentant et que, dans cette situation particulière, cela lui aurait permis de se débarrasser d'Adam une bonne fois pour toutes.

Il avait peut-être perdu sa dignité, mais pas elle.

« Est-ce pour cette raison que tu portes le bébé d'un trafiquant de drogue ? » railla une petite voix dans sa tête.

— Là-bas, ce sera bien, finit-elle par dire en désignant d'un mouvement de la tête la petite table du salon.

Elle le suivit des yeux tandis qu'il allait y déposer les sucreries. A la vue de ses larges épaules, une image lui traversa l'esprit. Adam nu, quittant le lit après qu'ils avaient fait l'amour.

Son estomac se noua.

Elle devait cesser de se torturer. Il n'était pas la réponse à ses prières, mais plutôt l'incarnation d'un cauchemar, même si l'enveloppe était particulièrement attirante.

Ses lèvres lui paraissant tout à coup très sèches, elle se passa la langue dessus pour les humidifier.

— Pourquoi es-tu venu ? se força-t-elle à demander sur un ton accusateur.

Adam se retourna et l'observa. Avait-elle toujours semblé si fragile ?

— J'ai appris que tu étais enceinte…

Léna écarquilla les yeux. Ils n'avaient pas d'amis communs, et peu de chances de fréquenter les mêmes personnes.

— Qui te l'a dit ?

Il balaya la question d'un geste de la main.

— Peu importe. Mais je voulais en avoir le cœur net.

Elle se redressa autant qu'elle le pouvait et écarta les bras afin qu'il ait une vue imprenable sur sa silhouette. Après quelques instants, elle laissa retomber ses bras.

— Voilà, tu as vu. Alors maintenant, va-t'en !

Il ne parut pas vouloir obtempérer.

Tessa, qui l'avait suivi, appuya sa truffe contre sa cuisse, quémandant une caresse qu'elle reçut aussitôt, puis il prit une grande inspiration, comme pour se donner du courage.

— Est-ce mon bébé ?

— Non.

La réponse avait fusé avec la rapidité et la puissance d'un projectile, mue par un instinct quasi animal, proche de celui d'une maman ourse cherchant à protéger son petit.

Adam ne la crut pas, même si cette réponse l'aurait

finalement arrangé. En effet, tout aurait été plus simple, puisque cela lui aurait épargné ce sentiment de culpabilité, mais aussi de responsabilité.

Sans compter que, si ce bébé n'était pas le sien, il ne se sentirait pas contraint de veiller à leur protection à tous deux.

Du moins était-ce ce qu'il se plaisait à croire. Car, au fond de lui, il ne pouvait se faire à l'idée que cette vie qui grandissait en elle venait d'un autre que lui.

Même s'il avait pensé ne jamais la revoir — ce qui se serait sûrement produit sans ce mystérieux e-mail — Léna restait malgré tout son âme sœur.

Il avait compris que, quel que soit le nombre de femmes qu'il rencontrerait ou qui finiraient dans son lit, Léna conserverait une place à part dans son cœur.

Elle compterait toujours plus que toutes les autres réunies.

Et elle aurait beau prétendre le contraire, il était intimement convaincu que cet enfant était le sien.

— Je ne te crois pas, dit-il calmement.

Léna sentit la panique la gagner.

Pourquoi était-il venu ? Pourquoi ne la laissait-il donc pas tranquille ? Et pourquoi sa simple présence la mettait-elle dans tous ses états ?

Elle se sentait lourde, lasse, et les femmes dans son état n'aspiraient généralement pas à des étreintes passionnées, encore moins avec des types qui traînaient avec la lie de la société.

— Je me fiche de ce que tu penses, répliqua-t-elle froidement, en faisant de son mieux pour paraître distante.

Puis, repoussant une mèche de cheveux derrière son épaule, elle ajouta :

— Maintenant, sors d'ici. Je ne veux plus jamais te revoir.

« C'est le moment de tirer ta révérence », songea Adam.

Elle le lui avait d'ailleurs dit sans ambiguïté. Il était

venu, avait constaté qu'elle était effectivement enceinte ; il était temps pour lui de s'en aller.

Il travaillait encore en sous-marin, et les risques n'avaient jamais été si grands, car il était en ce moment sur la trace du chef du cartel, la clé de voûte de ce trafic qui approvisionnait en héroïne les universités de la région.

Il ne pouvait pas mettre sa couverture en péril.

De plus, Léna lui avait clairement signifié qu'elle ne voulait pas de lui dans les parages. Donc, il pouvait partir la conscience tranquille.

Mais il en était incapable.

Léna avait été avec lui un peu moins de neuf mois plus tôt. Avec lui, dans tous les sens du terme.

Il savait que ce bébé était le sien. Et, après tout, les types du réseau risquaient d'aboutir à la même conclusion. Il était trop tard pour faire machine arrière ou feindre qu'elle n'avait jamais fait partie de sa vie.

A cause de leur lien avec lui, Léna et son bébé étaient en danger. Ils avaient besoin de sa protection, et il ne tenait pas à les avoir sur la conscience s'il leur arrivait quoi que ce soit.

Aussi répondit-il calmement :

— On dirait que mon calendrier te donne tort, pourtant.

— Tu devrais peut-être en acheter un nouveau, dans ce cas, marmonna-t-elle. Ce n'est *pas* ton enfant !

Sa voix vibrait maintenant de colère.

— Tu ne comprends donc pas ? Je ne veux rien de toi ! Tu es libre de t'en aller. Alors va-t'en ! lui ordonna-t-elle en lui indiquant la porte d'entrée qui était restée ouverte.

Il se dirigea vers la porte, mais pour la refermer. Le cliquetis du pêne résonna dans la tête de Léna qui dut se retenir pour ne pas hurler de rage et de frustration.

— Est-ce la raison pour laquelle tu es partie ? demanda-t-il, ses yeux désignant son ventre rebondi. Parce que tu as découvert que tu étais enceinte ?

Ces mots la heurtèrent, sans qu'elle sache exactement pourquoi. Ses hormones semblaient avoir engagé un bras de fer avec ses émotions.

— Non, répliqua-t-elle avec véhémence. Parce que j'ai découvert que tu étais un trafiquant de drogue !

Adam soupira intérieurement. Il devait s'assurer qu'elle soit en sécurité, mais il ne pouvait rester en planque dans ce quartier.

C'était le genre de rue où une voiture inconnue attirait l'attention si elle y stationnait plus de dix minutes, et cela risquait d'aboutir à un signalement au commissariat.

Or, il ne tenait pas à ce que la police locale s'implique dans son affaire — pas tant que le cerveau de cette organisation de grande envergure aurait encore quelque influence.

Ses collègues et lui ne voulaient pas voir deux ans d'enquête réduits à néant, et encore moins qu'un nouveau baron remplace le précédent.

Il le devait bien à Mona.

Et pour parvenir à ses fins il devait mentir.

A Léna. Encore une fois.

— Dans ce cas, tu seras heureuse d'apprendre que j'ai pris mes distances avec ce milieu. Je suis redevenu un simple libraire.

Elle soutenait son regard, et il détestait ce qu'il était en train de lui faire, mais il n'avait pas le choix.

L'espace d'un instant, Léna sentit son cœur bondir dans sa poitrine, tant elle jubilait.

Ce qu'elle venait d'entendre ressemblait à une promesse, mais elle gardait à l'esprit qu'il lui avait déjà menti — qui sait combien de fois ? Lorsque ce type d'incident se produisait, la relation de confiance qui existait entre deux personnes se trouvait sérieusement remise en question.

Et il n'y avait rien de plus difficile que de reconstruire ce lien ténu.

— Qui me dit que c'est la vérité ? le défia-t-elle tout en priant pour qu'il ait une réponse satisfaisante à lui fournir.

— Personne, à part moi. Tu vas être obligée de me faire confiance.

Il venait de mettre le doigt sur ce qui la taraudait : elle voulait le croire, plus que tout au monde. Hélas ! ce n'était pas aussi simple. Il devait d'abord faire ses preuves et lui donner de bonnes raisons de croire en lui.

A cet instant, le bébé recommença à donner des coups, mais bien plus fort que les fois précédentes.

Prise au dépourvu, et bouleversée par les déclarations d'Adam, elle sentit les larmes lui monter aux yeux.

Tessa, qui sembla percevoir l'angoisse et la douleur de sa maîtresse, se mit à lui tourner autour, tandis que Léna plaquait les mains sur son ventre, comme pour calmer le bébé.

— Que se passe-t-il ? Est-ce que je peux t'aider ? demanda Adam, dont la voix trahissait l'inquiétude.

Il scrutait son visage, en quête d'une réponse.

« Serre-moi dans tes bras, Adam. Tiens-moi contre toi, et tous mes problèmes s'envoleront », murmura une petite voix dans la tête de Léna.

4

Il détestait la manière dont elle s'était raidie quand il l'avait attirée contre lui, et plus encore le fait que sa respiration était saccadée.

Pourquoi ne lui répondait-elle pas ?

Lorsqu'il la tint à bout de bras afin de scruter de nouveau son visage, ce qu'il vit ne le rassura pas : elle souffrait, c'était évident.

— Parle-moi, Léna ! Qu'est-ce qui ne va pas ?

— Rien, parvint-elle à articuler en se disant que, si elle réussissait à y mettre suffisamment de conviction, cela deviendrait vrai.

Malheureusement, elle se trompait. La douleur se fit plus intense. Pourquoi ne cessait-elle pas ?

— C'est le bébé qui bouge… Il n'a pas arrêté de toute la journée.

— *Il* ? répéta Adam. C'est donc un garçon ?

Pour peu, il aurait presque admis avoir eu un sursaut de fierté.

Comme elle s'efforçait de faire abstraction de la douleur, Léna l'entendit à peine.

— Oui, répondit-elle machinalement.

Puis, comprenant enfin ce qu'il venait de lui demander, elle rectifia.

— Enfin… sauf si c'est une fille.

Adam ressentit une pointe de déception, mais seulement parce qu'il aimait savoir les choses à l'avance.

Il était toujours bon d'anticiper.

Quant au fait qu'il puisse avoir une fille plutôt qu'un garçon, l'idée ne lui déplaisait pas, loin de là. Si elle tenait de sa mère, il risquait de ne pas s'ennuyer.

— Tu veux dire que tu ne sais pas ?

— Non.

Se rendant compte qu'il la tenait toujours par les épaules, elle se dégagea d'un mouvement sec. Décidée à avoir ce bébé sans subir d'examens superflus, elle n'avait donc pas cherché à connaître son sexe.

— Après tout, j'ai l'habitude de rester dans l'ignorance, déclara-t-elle en lui adressant un regard appuyé. Mais, contrairement à ce qu'écrivait George Orwell, c'est loin d'être une force. Ça mène plutôt droit vers la chute.

Cette fois, elle vit qu'elle avait fait mouche.

— Léna, je n'ai jamais eu l'intention de te faire du mal. Je te le jure ! s'exclama Adam.

Elle aurait aimé le croire, songea-t-elle tout en luttant contre la douleur qui lui taraudait le ventre.

« Tu lui as déjà fait confiance, et regarde où ça t'a menée !» lui susurra sa petite voix intérieure.

— Tu connais le proverbe selon lequel l'enfer est pavé de bonnes intentions ? répliqua-t-elle sur un ton moqueur.

Adam savait qu'il était libre de partir, et que cela vaudrait sans doute mieux, mais il y avait cet éclat au fond de ses yeux… qui lui disait qu'elle avait besoin de lui, même si elle n'en avait pas vraiment conscience.

— Ecoute. J'imagine que tu dois me détester…

Léna secoua la tête, l'interrompant avant qu'il n'aille plus loin.

— La haine est un sentiment, Adam. Or, je n'en éprouve plus aucun pour toi.

Elle le dévisageait froidement, essayant de le persuader qu'il n'y avait plus rien entre eux, si ce n'est ce bébé à naître. Cependant, elle doutait fort d'y parvenir, car elle-même n'était pas convaincue.

Elle mentait, Adam le savait. Il lui suffisait de la regarder dans les yeux.

Ou alors ne voyait-il que ce qu'il lui plaisait d'imaginer ?

Il n'était pas l'homme qu'elle méritait, celui qu'elle était en droit d'espérer — quelqu'un qui laisserait son travail derrière lui à 17 heures, en refermant la porte de son bureau. Lui était en mission vingt-quatre heures sur vingt-quatre, sept jours sur sept, même lorsqu'il n'était pas en sous-marin.

Léna n'avait nul besoin d'un tel compagnon.

Quoi qu'il en soit, cela ne changeait rien au fait qu'en ce moment, alors qu'elle était si vulnérable, il se devait de veiller sur elle. D'être son ange gardien, en secret.

Bon sang ! Il n'aurait jamais dû s'engager avec elle. Si seulement il avait été capable de contenir ce désir irrépressible qui s'emparait de lui chaque fois qu'elle entrait dans sa boutique, dans son petit monde fabriqué de toutes pièces !

Jusqu'à ce qu'il la rencontre, sa vie avait été simple.

Totalement concentré sur la mission que Hugh, son supérieur, lui avait confiée, il n'avait pas eu beaucoup de mal à résister aux femmes qui avaient croisé son chemin, même quand elles semblaient bien déterminées à aller au-delà d'une relation normale entre un commerçant et une cliente.

Tout avait changé lorsque Léna était entrée.

Il avait plu, ce matin-là, une averse violente et inattendue avant qu'elle ne pousse la porte de sa petite boutique. Bien que trempée jusqu'aux os et les cheveux plaqués sur le visage, Léna restait la plus jolie femme qu'il lui avait été donné de voir.

Il avait passé plus d'une heure à discuter avec elle, lui présentant ses plus beaux ouvrages, et partageant avec elle la petite histoire liée à chacun de ces livres.

Fort heureusement, il mettait un point d'honneur à ne jamais s'infiltrer dans un milieu sans l'avoir étudié méthodiquement. Dans le cas présent, il était censé être un intellectuel versé dans les éditions rares, aussi avait-il accumulé maintes informations et anecdotes dont il espérait avoir un jour l'usage.

Léna était alors littéralement pendue à ses lèvres.

Ce moment avait été le plus beau de sa vie et, si cela avait été possible, il aurait aimé pouvoir l'immortaliser.

— Très bien, dit-il posément. Tu ne ressens plus rien pour moi. Je peux le comprendre, mais sache que je serai à tes côtés, si tu as besoin de moi.

— Santa Barbara, ce n'est pas la porte à côté. Tu comptes passer ta vie sur la route ? demanda-t-elle cyniquement.

— Ça ne sera pas nécessaire.

Léna n'y comprenait rien, mais elle souffrait bien trop pour vouloir connaître toute l'histoire. Elle ferma les yeux, et plaqua ses poings sous ses côtes, espérant soulager sa douleur.

— Et ta boutique ?

— J'ai déménagé, lui expliqua-t-il. J'arrivais en fin de bail, et je me suis dit que Laguna Beach était un endroit charmant pour y ouvrir une boutique comme la mienne.

N'eût été sa double vie, elle aurait été folle de joie à l'idée qu'il avait déménagé pour se rapprocher d'elle, ou s'était lancé à sa recherche lorsqu'elle l'avait fui.

De savoir qu'il avait chamboulé tous ses plans pour être auprès d'elle.

Mais ces pensées étaient dignes d'une femme innocente, naïve. Et elle ne l'était plus, en partie à cause de lui.

Elle devait faire en sorte de le décourager pour qu'il

disparaisse avant qu'elle ne soit trop vulnérable pour rester ferme.

— Je n'ai pas besoin de toi, Adam. La vie continue, tu sais, et j'ai rencontré quelqu'un, l'informa-t-elle sèchement.

Adam sentit son estomac se nouer.

Il l'avait perdue — même si elle n'avait jamais vraiment été sienne.

Habitué à ne pas laisser ses émotions le trahir, il demeura impassible.

— C'est sérieux entre vous ?

Léna détestait mentir, mais elle n'avait pas vraiment le choix. Elle devait protéger son bébé coûte que coûte, ce qui signifiait aussi le tenir à l'écart de son père.

— Oui. D'ailleurs, Josiah veut adopter le bébé.

Mentalement, elle présenta ses excuses à Josiah Turner, le charmant septuagénaire dont le nom avait été le premier à lui venir à l'esprit.

Josiah était un peu comme son oncle. Elle le connaissait depuis toute petite, lorsqu'il venait rendre visite à son père. Il amenait régulièrement ses animaux en consultation à la clinique, et les y laissait en pension lorsqu'il devait s'absenter pour son travail.

Depuis le décès de son père, son vieil ami s'était autoproclamé ange gardien. Il l'avait épaulée dans ses démarches lors de la reprise de la clinique, et semblait tout aussi déterminé à la soutenir moralement depuis qu'il avait remarqué sa grossesse.

— Je suis heureux pour toi, affirma Adam en essayant de mettre une note joyeuse dans sa voix.

Cela ne l'empêcherait pas de garder un œil sur elle, même s'il était soulagé d'apprendre qu'elle n'était pas seule, mais il devrait garder ses distances.

Après tout, si l'idée qu'un autre la tienne dans ses bras

et lui fasse l'amour le mettait dans tous ses états, c'était son problème, pas celui de Léna.

— Dans ce cas, je m'en vais, ajouta-t-il.

Ses pieds ne semblaient pas vouloir lui obéir. Cherchant à gagner du temps avant de prendre définitivement la porte, il sortit de son portefeuille une carte de visite imprimée quelques jours plus tôt, et la lui tendit.

— Si un jour tu cherches une édition en tirage limité…

Voyant qu'elle refusait de la prendre, il lui saisit la main et y plaça la carte sur laquelle figuraient la nouvelle adresse et le numéro de téléphone de la librairie, puis lui referma les doigts dessus.

Au moment où il s'apprêtait à la lâcher, elle lui agrippa le poignet et le serra très fort.

Etrangement, elle semblait aussi étonnée que lui.

Adam la dévisagea.

— Léna ?

Cette fois, elle garda le silence.

Puis elle pâlit tout à coup, et retint sa respiration, comme si elle s'efforçait de ne pas crier.

Il ne lui fallut pas longtemps pour comprendre.

— Le moment est venu, n'est-ce pas ? dit-il.

Elle détourna la tête, mais il eut le temps de voir ses yeux écarquillés.

— Non, non, marmonna-t-elle. Le terme n'est pas avant deux ou trois semaines.

A l'instant où elle prononçait ces mots, une nouvelle contraction arriva.

Le tenant toujours par le poignet, elle se plia en deux. Il passa un bras autour de ses épaules, et l'aida à se redresser.

— On dirait que ce bébé est du genre impatient, murmura-t-il.

— Ça va passer, déclara-t-elle avec force, comme pour se rassurer.

Elle fit un geste en direction du salon.

— Il faut que j'aille m'asseoir, c'est tout.

Il la soutint tandis qu'elle essayait de rejoindre le canapé.

— D'accord, mais je ne pense pas que ça va passer…

Elle s'apprêtait à protester lorsque Adam remarqua la petite flaque qui se formait entre ses pieds.

— Léna, tu es en train de perdre les eaux…

— Non…, gémit-elle.

Il était inutile de se disputer ou de nier l'évidence ; le travail avait bel et bien commencé.

— Je vais t'emmener à l'hôpital, dit Adam.

Léna n'y tenait pas.

Cette expérience était bien trop intime pour qu'elle la partage avec un homme qui vivait peut-être encore parmi les criminels. Un homme qui l'avait regardée droit dans les yeux et lui avait menti.

Elle ne voulait pas qu'il s'approche de son bébé.

— Je peux appeler un taxi.

— Je n'en doute pas, répondit-il posément tout en la tenant contre lui, mais je préférerais t'y emmener moi-même. Si c'est Josiah qui t'inquiète, je suis sûr qu'il ne m'en voudra pas de t'avoir aidée. Je l'appellerai dès qu'un médecin s'occupera de toi, lui promit-il.

— Je…

Le reste de sa phrase mourut sur ses lèvres.

Elle se mit à respirer par à-coups, mais secoua la tête en signe de désaccord.

— Je n'avais jamais remarqué à quel point tu es têtue, souligna Adam. Mais, que tu le veuilles ou non, je t'emmène à la maternité, insista-t-il. La discussion est close.

— Non. Je n'y vais pas. Le bébé… arrive, parvint-elle à murmurer entre ses dents.

— J'ai bien compris, c'est pour ça que…

Brusquement, il se tut.

Il remarqua l'horreur qui emplissait ses yeux, et la force avec laquelle elle serrait son poignet, comme si elle cherchait à transférer sa souffrance.

Ce qui signifiait que celle-ci avait considérablement augmenté.

— C'est imminent, n'est-ce pas ?

Il fallut plusieurs secondes à Léna avant qu'elle retrouve sa voix.

— Oui.

Sans hésiter, il la souleva dans ses bras. Désireuse de prendre part à ce jeu qui paraissait fort amusant, Tessa se mit à bondir autour d'eux en aboyant.

— Ça suffit, toi ! lui ordonna Adam.

La chienne mit aussitôt fin à son manège, et son regard passa d'Adam à Léna.

— Où est ta chambre ?

Pourquoi cette question ? se demanda Léna. Elle était incapable de réfléchir.

— Au premier étage, finit-elle par articuler. Mais je ne crois pas…

— Cesse de protester et économise tes forces, lui lança-t-il, contrarié à l'idée de ne pouvoir l'emmener à l'hôpital. Il faut que je t'allonge sur un lit.

Elle éprouvait de la difficulté à respirer. Craignant qu'il la fasse tomber, elle enroula les bras autour de son cou lorsqu'il entreprit de monter l'escalier.

— C'est comme ça que les problèmes ont commencé, je te le rappelle.

— Je vois que tu n'as pas perdu ton sens de l'humour, c'est bon signe, observa Adam qui se sentit gagné par un regain d'optimisme.

Léna se fichait bien des signes ; elle voulait simplement en finir avec cette épreuve.

En gravissant les marches, Adam se dit que, bien qu'enceinte, elle ne pesait pas plus lourd qu'une plume.

La température sembla brusquement grimper d'une dizaine de degrés, et Léna eut l'impression d'être au bord d'une implosion. Ou d'une explosion.

La douleur envahissait désormais tout son corps, prenant naissance dans son bas-ventre pour ensuite irradier vers ses membres, comme les répliques d'un tremblement de terre.

Etait-ce donc ça, donner la vie ?

Soudain, elle ressentit une compassion infinie pour les animaux qu'elle traitait. Comment pouvaient-ils accepter de s'accoupler de nouveau, en sachant quelles souffrances les attendaient par la suite ?

— Je… suis trop… lourde, protesta-t-elle.

— Pas du tout, la rassura-t-il lorsqu'il atteignit le palier, sur lequel il découvrit une enfilade de portes. Où dois-je aller ?

Elle manquait de souffle, aussi préféra-t-elle lui désigner d'un geste sa chambre, la première pièce sur la gauche.

La porte était ouverte. Se déplaçant aussi vite qu'il le pouvait, avec la chienne qui ne le quittait pas d'une semelle, Adam entra et déposa Léna sur son lit.

Dès qu'elle fut allongée, Léna agrippa son couvre-lit à pleines mains et le serra de toutes ses forces.

Adam la vit se mordre la lèvre inférieure.

— Tu peux crier, tu sais, dit-il en la voyant lutter. Ça n'a rien de choquant.

— Certainement pas ! répliqua-t-elle avec véhémence.

Elle refusait d'accueillir son bébé avec des hurlements.

Quoi qu'il en soit, confrontée à une telle douleur, il était très difficile de rester stoïque. Elle serra vaillamment les dents.

Il lui fallut un instant pour se rendre compte qu'Adam lui demandait quelque chose.

— Quoi ? demanda-t-elle, le souffle court.

— Quel est le nom de ton médecin ? répéta-t-il.

— Lapaix…, murmura-t-elle.

Il faillit éclater de rire.

Il avait eu la même réaction le jour où, dans une petite ville à la frontière mexicaine, l'assistant d'un médecin lui avait retiré une balle de l'épaule, et qu'il avait fini par l'insulter copieusement, tant il souffrait.

— Ce n'est pas la peine de t'en prendre à moi. J'essaie simplement de t'aider. Quel est…

— Elle s'appelle… Géraldine Lapaix, précisa-t-elle entre ses dents.

Comprenant enfin son erreur, Adam hocha la tête.

— D'accord. Excuse-moi.

Adam sortit son portable de sa poche avec l'intention d'appeler le service des renseignements. L'appareil lui signala qu'il ne trouvait aucun réseau. Il réprima un juron.

Léna avait saisi le bas de son T-shirt mais, avant qu'elle puisse prononcer un mot, une contraction intense la fit s'arc-bouter sur le lit.

Lorsque la douleur se dissipa, elle se laissa retomber.

— Pas… le temps, haleta-t-elle.

Elle connaissait son corps bien mieux que lui, se dit Adam en refermant son téléphone, avant de le remettre dans sa poche.

— Comme tu veux, mais détends-toi. Je sais ce qu'il me reste à faire.

Il faisait de son mieux pour la rassurer, même si, en réalité, il n'en menait pas large.

— Que veux-tu dire ?

Elle le dévisageait, les yeux écarquillés.

— J'ai suivi une formation aux premiers secours, répondit-il pour dissiper ses craintes. Et l'un des cours expliquait les gestes pour aider une femme en train d'accoucher.

Disait-il la vérité ? se demanda Léna. Comment était-ce possible ?

— J'ignorais que la formation de trafiquant de drogue était aussi poussée, marmonna-t-elle.

— J'ai même été scout, dans ma jeunesse. Je suis donc prêt à parer à toute éventualité.

Ce n'était pas la seule raison, mais il ne pouvait lui dire que cela faisait partie des cours obligatoires que suivaient les agents intégrant les sections d'élite de la police.

Les minutes s'égrenaient et, très vite, toutes les questions qui trottaient dans la tête de Léna disparurent, chassées par les intenses vagues de douleur qui la submergeaient à intervalles de plus en plus réguliers. Elle sentait la transpiration perler sur son front, bien que la température dans sa chambre soit relativement fraîche.

Le bébé semblait pousser de plus en plus fort pour se frayer un chemin vers ce monde nouveau. Elle souhaitait de tout son cœur lui construire un avenir plus heureux que celui qui s'annonçait.

Si seulement il avait pu avoir aussi un papa à ses côtés…

Mais l'heure n'était pas aux regrets.

Du fond du brouillard qui l'enveloppait, elle sentit les mains d'Adam lui retirer sa culotte et remonter la robe ample qu'elle portait.

Des mots, encore des mots. Il lui disait quelque chose… Il s'excusait ? Pour quelle raison ? Oh ! parce qu'il la déshabillait !

Elle éclata de rire.

Il était un peu tard pour se soucier de pudeur. Si elle ne l'avait pas laissé faire la première fois, il n'aurait pas eu à s'acquitter de cette tâche ce soir.

— Je vois son crâne, lui dit Adam un instant plus tard en tentant de masquer sa surprise.

Il sentit une poussée d'adrénaline courir dans ses veines.

Malgré l'intensité des contractions, il n'avait pas imaginé que les choses puissent aller si vite.

Il espérait se rappeler tout ce qu'on lui avait enseigné. Non seulement il avait l'impression que cela remontait à une éternité, mais il n'avait jamais eu l'occasion de mettre ces connaissances en pratique.

Du moins, jusqu'à ce soir.

Prenant une profonde inspiration, il se prépara mentalement.

— Très bien, Léna. Dès que tu es prête, pousse !

Elle ferma les yeux, serra le dessus-de-lit entre ses doigts — elle sentit la dentelle fine se déchirer sous la tension —, et poussa de toutes ses forces.

Malgré sa concentration, Léna remarqua la présence de Tessa qui allait et venait nerveusement au pied du lit.

« La pauvre », pensa-t-elle, « nous lui avons communiqué notre stress ! »

— Arrête ! ordonna Adam. Fais une pause !

Ses cheveux moites de sueur plaqués contre la nuque, elle laissa lourdement retomber sa tête sur l'oreiller.

Sa tête s'était mise à tourner.

— Il n'est pas encore là ?

Ne le sentait-elle donc pas ? se demanda Adam, éberlué.

— Non.

Heureusement, les réflexes revenaient.

— Détends-toi, respire profondément, et pousse ! reprit-il.

Même si elle ne souhaitait pas sa présence, elle suivit ses instructions car il semblait savoir que faire.

Elle lui en voulait de l'avoir mise dans cet état ; elle avait l'impression qu'on l'écartelait.

Folle de douleur, elle en voulait à la Terre entière.

— Vas-y, Léna ! lui cria Adam. Encore un effort !

L'épuisement sapait toute son énergie, mais elle parvint à en rassembler un peu.

Elle suivit ses conseils en serrant les dents, et poussa aussi fort qu'elle le put — sans résultat visible, si ce n'est la veine qui battait de façon inquiétante au niveau de sa tempe.

Haletant comme un marathonien venant de franchir la ligne d'arrivée, elle se laissa retomber en arrière.

Adam la pressait déjà de nouveau :

— Prête ?

Si elle en avait encore eu la force, elle l'aurait giflé.

— Non ! gémit-elle d'une voix rauque.

Il était en position pour accueillir le bébé, mais il leva les yeux vers elle et murmura :

— Je sais à quel point c'est difficile…

— Quoi ? Et comment le saurais-tu ?

Il n'était pas une femme ; il n'avait pas le droit de dire qu'il savait à quoi cela ressemblait ! Il n'en avait pas la moindre idée !

— Eh bien, mon expérience et mes connaissances m'en donnent un vague aperçu, concéda-t-il. Mais tu en es capable, j'en suis persuadé. Les femmes font ça depuis la nuit des temps.

Une preuve, s'il en fallait, que Dieu n'en était pas une, songea-t-elle.

Quoi qu'il en soit, elle n'avait pas le choix. Si elle n'allait pas au bout de cette épreuve, elle mourrait.

Elle se cala donc sur ses coudes, ferma les yeux, et se mit à pousser avec une intensité redoublée après avoir pris une profonde inspiration.

Tout à coup, la mort lui semblait une option envisageable.

5

— Tu y es, Léna ! s'exclama Adam, qui l'encourageait sans discontinuer. Il arrive !

Elle avait l'impression qu'une main invisible mais terriblement puissante lui arrachait les entrailles. Elle fermait les yeux si fort que des halos lumineux rouge et jaune se formaient sous ses paupières.

— Je… sais…, haleta-t-elle.

Puis elle entendit une sorte de plainte discrète mais vigoureuse.

Etait-ce son bébé ou était-elle prise d'hallucinations ?

Lorsqu'elle les ouvrit, elle découvrit ce qui constituait pour elle la plus belle vision du monde : son bébé dans les bras d'Adam.

— Alors ? Qu'est-ce que c'est ? demanda-t-elle, le souffle court.

Incapable de rester appuyée sur ses coudes une seconde de plus, elle s'étendit de tout son long sur l'édredon.

— Une véritable merveille ! répondit Adam, déjà sous le charme de sa fille.

Fasciné, il s'extasiait sur son petit visage.

Il ne pouvait s'empêcher de penser que, jusqu'alors, les murailles impénétrables de son cœur n'avaient été franchies que par Léna. Mais ce petit être, qui tenait du miracle et qu'il venait d'aider à mettre au monde, y serait à tout jamais prisonnier .

Il était déjà fou d'elle, ce produit d'une étreinte passionnée tout autant que d'un coup du sort.

— C'est une fille ou un garçon ? insista Léna, qui perdait patience.

— C'est une fille, dit-il.

Il dut se forcer à détourner son regard du nourrisson pour le poser sur Léna.

— Tu as une fille.

Il avait failli dire « nous », mais il avait encore du mal à concevoir que ce bébé était à moitié le sien. Après tout, c'était Léna qui avait fait tout le travail ; le mérite lui revenait donc entièrement.

Il s'approcha d'elle et déposa le nouveau-né dans les bras de sa maman. Béate d'admiration, Léna le serra sur sa poitrine, et sentit sa chaleur lui traverser la peau.

— Elle est minuscule, murmura-t-elle en levant les yeux vers Adam. Où est donc le reste ?

Certes, elle est petite, mais parfaite, songea Adam.

— Il ne lui manque rien, Léna, la rassura-t-il.

— Mais j'ai eu l'impression d'avoir expulsé un éléphanteau ! Non, un éléphant adulte, rectifia-t-elle. Alors que ce bébé semble pouvoir naître en un clin d'œil.

Adam se mit à rire doucement.

— C'est un peu ce qui s'est passé, je te signale.

Il fit alors un pas en arrière, et jeta un coup d'œil vers la fenêtre, comme pour s'assurer que le monde extérieur était toujours là, après la survenue de ce petit miracle.

— Je vais chercher de quoi couper le cordon ombilical. Est-ce que je peux te laisser seule quelques instants ? s'enquit-il, l'air un peu hésitant.

Forte de son instinct maternel et de cet amour qui l'empêchait de détourner les yeux, ne serait-ce qu'une seconde, du petit être humain qu'elle tenait contre elle, Léna hocha la tête.

— Tout ira bien, n'est-ce pas, Brooklyn ? dit-elle à la petite.

Le prénom stoppa Adam qui s'apprêtait à quitter la pièce.

— Brooklyn ? répéta-t-il.

Léna acquiesça.

Délicatement, du bout des doigts, elle caressa le petit poing fermé. Sa fille avait bien cinq doigts, à chaque main, et elle n'avait jamais rien touché de si doux.

On dirait des flocons de neige, de précieux flocons de neige, songea-t-elle.

— J'ai toujours aimé ce nom. Et puis, c'est là que mon père est né, expliqua-t-elle.

— Brooklyn, dit encore Adam comme pour se familiariser avec sa musicalité.

Puis il sourit.

— C'est un bon choix, je trouve.

Puis, se rappelant qu'il devait s'occuper de couper le cordon, il partit stériliser un couteau.

— Je reviens, ajouta-t-il.

— Nous ne bougerons pas d'ici, assura Léna.

Il dut admettre qu'il aimait cette perspective.

Dès qu'il fut sorti de la chambre, Léna tendit l'oreille, pour être sûre qu'il descendait l'escalier.

— C'est ton papa, murmura-t-elle alors au bébé. Il n'est pas très conventionnel, et il a encore des progrès à faire, mais je suis persuadée qu'avec ton aide nous parviendrons à en faire un excellent père.

Elle prit une grande inspiration revigorante. Ses poumons avaient enfin cessé de la faire souffrir.

— Du moins, nous allons essayer.

Elle savait que c'était la voix de l'euphorie qui s'exprimait, mais cela lui donnait un espoir auquel se raccrocher.

Adam revint plus rapidement qu'elle ne l'aurait cru.

Il avait un couteau en main, mais semblait dubitatif, comme s'il hésitait à faire ce qu'il avait prévu.

— Qu'y a-t-il ?

Il regarda la lame, puis Léna.

Il n'aurait pas eu peur d'extraire une balle de son propre bras, mais utiliser cette lame sur elle, pour quelque raison que ce soit, ne lui paraissait plus une si bonne idée.

— J'ignore si ça va vous faire souffrir, Brooklyn ou toi, confessa-t-il.

Pensant à ce qu'elle venait de subir, Léna se dit que ce n'était plus cela qui la ferait reculer.

— Finissons-en, Adam.

Il resta immobile.

— Nous devrions peut-être attendre que les secours arrivent.

— Pardon ?

La bulle de bonheur qui l'enveloppait venait d'éclater. Elle écarquilla les yeux. Quand avait-il trouvé le temps de passer ce coup de téléphone ?

— Tu as appelé une ambulance ?

— Oui. J'ai utilisé le téléphone de la cuisine. Je ne peux pas vous installer sur la banquette arrière de ma voiture, ou sur le porte-bagages de ma moto.

Il forçait légèrement le trait, puisqu'il n'était pas venu en moto ce soir.

Pour sa part, Léna trouvait cette conversation stérile.

— Pour quelle raison veux-tu que nous allions à l'hôpital ? s'écria-t-elle. Tout est fini, et le bébé va bien.

Bien qu'énervée, elle ne put s'empêcher de sourire en évoquant sa fille.

— Il faut qu'un médecin vous examine, répondit Adam d'une voix ferme, lui signifiant qu'il ne tergiverserait pas sur ce point.

Bien qu'épuisée, Léna se redressa brusquement.

Pour qui se prenait-il, à lui dire ce qu'elle devait faire ?

— Qui t'a autorisé à décider pour moi ?

— Je n'ai pas le choix, puisque tu ne te montres pas raisonnable.

Voyant qu'elle fronçait les sourcils, il ajouta diplomatiquement :

— C'est parfaitement normal. Tu viens d'accoucher, et tu es submergée par tes émotions. N'importe qui serait dérouté, à ta place.

Elle l'interrompit.

— Je ne suis pas du tout confuse, si c'est ce que tu veux dire ! Et nous allons bien, toutes les deux, insista-t-elle, admirant sa petite qui somnolait. Nous n'avons pas besoin d'aller à l'hôpital.

Elle voulait qu'on la laisse tranquille, afin qu'elle puisse profiter de son bébé, et prendre un peu de repos.

Adam se rembrunit. Quelque chose n'allait pas. Pour une femme d'ordinaire sensée, elle protestait avec beaucoup trop de virulence.

— Que crains-tu ?

— Ce n'est pas de la peur, rétorqua-t-elle.

Il continua à la fixer du regard comme s'il n'en croyait rien, et attendait qu'elle lui avoue enfin la vérité. Elle pinça alors les lèvres et leva les yeux vers le plafond pour retenir ses larmes.

— La dernière fois que j'y suis allée, on m'y a annoncé la mort de mon père. Je ne pense pas être capable d'en franchir de nouveau les portes.

Au même moment, une sirène se fit entendre.

— Je crois que c'est trop tard, dit Adam. Et puis, les circonstances sont totalement différentes, non ? Tu ne veux pas savoir si Brooklyn va bien ? lui demanda-t-il.

De sa main libre, il caressa doucement la tête du nouveau-né, et une vague de chaleur l'envahit. Il se sentait terriblement protecteur envers ce petit être, et savait d'instinct qu'il serait prêt à tuer pour assurer sa protection s'il le fallait.

— Bien sûr, reprit-il, elle a l'air parfaite, mais il faut la montrer à un pédiatre, afin qu'il confirme que tout va bien.

Léna n'aurait jamais cru cela possible, pas après ce que lui avait fait subir Adam, et la déception ressentie en découvrant qu'il lui avait menti, mais son cœur fondit presque en l'entendant dire que sa fille était parfaite.

Et elle savait qu'il avait raison.

Il fallait qu'un médecin l'examine. Assurément, elle n'avait aucune envie d'aller à l'hôpital, mais elle devait le faire pour le bien de son bébé.

Pour Brooklyn.

Elle fit un signe en direction du couteau.

— S'il te plaît, coupe le cordon avant qu'ils arrivent.

— D'accord.

D'un mouvement rapide et efficace, il sépara la mère de son enfant et, au moment où il posa l'ustensile sur une serviette, sur la table de nuit, la sonnette retentit.

— On dirait que la cavalerie arrive ! plaisanta-t-il avant de quitter rapidement la chambre pour aller accueillir le médecin.

— Non, murmura Léna à l'oreille de sa fille, tout en jetant un regard à Adam qui s'éloignait. Elle était déjà là.

Plutôt que de monter dans l'ambulance avec Léna et Brooklyn — voire de rentrer chez lui, maintenant qu'elles étaient entre des mains compétentes —, Adam décida de les suivre.

En arrivant à l'hôpital, il se gara sur un emplacement réservé aux admissions des urgences, et vint se poster derrière l'ambulance en attendant que les infirmiers en ouvrent les portes.

Il vit alors Léna, qui semblait le chercher du regard. Lorsqu'elle le vit à son tour, son visage s'éclaira.

Ce sourire qui illuminait tout sur son passage l'émouvait toujours autant, et il se dit que son cœur endurci avait ses limites.

« Ressaisis-toi ! » s'ordonna-t-il.

Il lui fallait garder la tête sur les épaules dans son métier, car chaque opération pouvait sceller le sort non seulement de son enquête, mais aussi le sien.

Il n'avait rien à faire là.

Léna n'avait pas besoin de lui. L'équipe soignante allait prendre soin d'elle et répondre à toutes ses attentes. Et tant qu'elle se trouverait au sein de cet établissement aux allées et venues incessantes, elle serait hors de danger.

De plus, personne ici n'était au courant de leur relation. Soderholm, l'étudiant qui servait d'intermédiaire, ignorait lui aussi l'existence de Léna. Les précautions qu'il prenait étaient donc probablement inutiles.

Cependant, l'expérience lui avait appris que nul n'était à l'abri d'un impondérable et que, même si tout paraissait sûr, il était préférable de ne jamais relâcher son attention.

Il considérait donc qu'il valait mieux rester vigilant, plutôt que d'être rongé par des remords le reste de ses jours.

— Pourrais-tu appeler Véra de ma part ? lui demanda Léna quand les ambulanciers immobilisèrent son brancard le temps que les portes automatiques s'ouvrent.

— Véra ?

— Le Dr Véra Lee. C'est le vétérinaire qui travaille avec moi à la clinique de Laguna Beach. Elle va devoir prendre en charge mes rendez-vous et demander à Susannah de reporter ceux qui ne sont pas urgents jusqu'à ce que je reprenne le travail.

Ce qui, s'il avait son mot à dire, ne serait pas pour bientôt, songea Adam. Donner naissance avait beau être une chose naturelle, cela constituait tout de même un véritable bouleversement physique, et Léna aurait certainement besoin de temps pour s'en remettre.

— Susannah ? répéta-t-il.

Encore un nom qui ne signifiait rien pour lui.

— Susannah Reyes. C'est mon assistante, qui fait aussi office de réceptionniste.

Pendant trois décennies, Wanda Peeble avait occupé ce poste auprès du père de Léna. Lorsqu'il était décédé, elle avait préféré prendre sa retraite, à plus de soixante-dix ans.

Bien qu'accablée de chagrin, il n'avait fallu que cinq heures à Léna pour décider qu'elle prendrait la direction de la clinique, plutôt que de la vendre.

Irritée, elle secoua la tête.

— Je pensais vraiment avoir encore du temps devant moi.

Qui proclamait : « Connais-toi, mais réserve-toi des surprises » ?

— Le destin se montre parfois facétieux, lui fit remarquer Adam.

« Et je suis bien placé pour le savoir », se dit-il en observant leur bébé.

— Entendu, conclut-il. Je vais appeler Véra et Susannah. Y a-t-il autre chose pour votre service, madame ?

— Oui.

Elle prit une grande inspiration et chercha son regard.

— Merci.

Adam ne s'y attendait pas, mais le fait qu'elle lui témoigne de la gratitude le fit sourire.

— Je te le devais bien.

Ce moment d'harmonie fut interrompu par une infirmière trapue et autoritaire qui vint se planter à côté d'Adam et passa le bras sous le sien.

— Vous êtes le mari ? demanda-t-elle.

Léna prit la parole avant qu'Adam ait le temps d'ouvrir la bouche.

— C'est le papa.

L'infirmière nota la différence avec un sourire, et déclara :

— Ça me suffira.

Puis elle tendit à Adam une liasse de documents.

— Vous devez remplir les formulaires d'admission.

Adam parcourut rapidement la première page. Il ignorait la plupart des informations qu'il était censé fournir.

— Ecoutez, je ne…

— J'ai rempli une demande de pré-admission lors de ma dernière visite chez le docteur Lapaix, lui cria Léna que les infirmiers emmenaient vers une salle d'examen.

— Vous l'avez échappé belle, marmonna l'infirmière à Adam en récupérant les papiers.

Alors qu'il s'apprêtait à rejoindre Léna, elle lui posa une main sur la poitrine, l'arrêtant net.

— Vous ne pouvez pas entrer dans cette salle, lui annonça-t-elle avant de se radoucir. Lorsqu'elle sera prête à vous recevoir, on vous appellera.

Adam n'avait pas l'habitude de voir ses mouvements entravés, ni d'attendre l'approbation de quelqu'un pour agir. Cela dit, il ne se trouvait pas d'ordinaire dans ce genre de situation. Aussi, ne souhaitant pas attirer l'attention sur lui, prit-il le parti de se soumettre à la procédure de l'hôpital.

— A quel étage est la maternité ?

— Au cinquième, lui murmura l'infirmière comme si elle lui révélait un secret d'Etat. Mais vous pouvez vous asseoir et attendre ici, poursuivit-elle, le défiant du regard de contrevenir à ses consignes.

— Je serai en haut, répliqua Adam sur un ton qui ne souffrait aucune objection.

— Très bien, faites comme vous voulez. Mais pensez

à donner votre nom à la réceptionniste quand vous vous y présenterez.

Il inclina la tête, comme s'il s'avouait le grand perdant de leur petit bras de fer.

— Bien, madame.

Alors qu'il se dirigeait vers les ascenseurs, il l'entendit marmonner :

— Ah, si j'avais seulement vingt ans de moins…

Un sourire amusé passa sur ses lèvres.

— Comment te sens-tu ? demanda-t-il à Léna en entrant dans sa chambre.

Après trente minutes passées dans une petite salle d'attente, il finissait par se demander si tout allait bien. Enfin, un interne était venu l'informer qu'il pouvait aller la retrouver, et lui avait communiqué le numéro de sa chambre.

Léna commençait à somnoler, mais la voix d'Adam dissipa instantanément la léthargie qui l'avait envahie. Elle pensait qu'il avait déjà quitté l'hôpital, sans essayer de lui tirer un autre sourire.

— Comme si un camion m'avait roulé dessus. A deux reprises.

Elle prit une grande inspiration avant de se redresser contre ses oreillers.

— Les médecins ont dit que Brooklyn était en bonne santé.

Comme Adam était passé par la pouponnière avant de venir la voir, il hocha la tête.

— Je sais. J'ai posé mille questions à l'infirmière.

Elle aurait dû s'en douter ; il n'était pas homme à laisser les choses venir à lui.

— Tu as de la suite dans les idées, on dirait.

Il traversa la chambre pour s'approcher d'elle et dut

lutter contre la tentation de repousser la longue mèche de cheveux qui balayait la joue de Léna.

Pour ne pas y céder, il fourra ses mains dans ses poches.

— Ça limite le risque d'erreurs, dit-il.

Elle le dévisagea en silence pendant quelques secondes.

— Jusqu'à un certain point, répondit-elle enfin.

Sous-entendait-elle que faire l'amour avec lui avait été une erreur ? Cela signifierait que ce bébé en était une aussi, ce dont il n'avait pas eu l'impression.

D'ailleurs, c'était bien de l'amour qu'il lisait dans ses yeux, lorsqu'elle regardait Brooklyn.

— Tu as raison, convint-il.

Léna soupira. Il y avait tant à dire, tant de questions qu'elle voulait lui poser, et de problèmes auxquels elle souhaitait trouver une solution. Mais elle se sentait épuisée, bien trop pour raisonner correctement.

Tandis qu'elle luttait contre la fatigue, elle tenta de se rappeler ce qu'elle lui avait demandé de faire. Puis elle s'en souvint.

— As-tu appelé Véra ? J'ai oublié de te donner son numéro, s'excusa-t-elle presque.

— Ne t'inquiète pas, je l'ai trouvé. Mais elle a insisté pour savoir qui j'étais.

Elle l'observa avec méfiance.

— Et qu'as-tu répondu ?

— La vérité, dit-il simplement. Que j'étais quelqu'un que tu connais.

— C'est faux, répliqua-t-elle. J'ai cru un temps te connaître, mais je me trompais.

— Nous pourrons en discuter plus tard, si tu le souhaites, l'interrompit-il. Pour le moment, tu dois te reposer.

Il jeta un regard à sa montre. Il était presque 2 heures

du matin, comme le lui avait vertement fait remarquer Véra Lee avant de se radoucir en apprenant la raison de son appel.

— Je suis fatiguée, c'est vrai, reconnut Léna.

Non seulement elle n'avait plus la force d'argumenter contre lui, mais elle savait qu'il avait raison.

— Je passerai demain.

Il avait dit cela un peu machinalement. En réalité, craignant de mettre Léna en danger, il n'était pas certain d'oser revenir.

De plus, il avait du travail, sans compter celui qui lui servait de couverture. Par moments, sa double vie devenait vraiment difficile à gérer.

Et moins Léna en saurait, mieux ce serait pour tout le monde. Il ne pouvait mettre sa mission en péril, pas même pour elle.

Par ailleurs, comme il était convaincu qu'elle ne lui faisait pas confiance, il estimait plus prudent de rester autant que possible à l'écart.

Il se pencha pour l'embrasser sur le front.

— Repose-toi, murmura-t-il avant de s'éloigner.

Il avait pratiquement atteint la porte lorsqu'elle l'appela.

— Adam…

Il se retourna, et attendit qu'elle poursuive. Etait-elle prise d'une envie soudaine de grignoter des pistaches ou un bâton de réglisse ?

— Oui ?

— Reste avec moi. Juste quelques minutes, ajouta-t-elle comme si elle craignait un refus. Je n'ai pas envie d'être seule.

Etait-elle angoissée à l'idée de ce qui l'attendait dans son nouveau rôle de mère ? Il avait entendu dire que cela arrivait souvent, une fois passée la phase euphorique.

Il revint auprès d'elle.

— Avec plaisir.

Il tira une chaise près du lit, puis l'enfourcha, et attendit que Léna s'endorme.

6

Elle fut réveillée par une douleur qui irradiait dans tout son corps, de la racine de ses cheveux à la pointe de ses orteils.

Quant à ses doigts, après avoir serré si violemment le dessus-de-lit lorsqu'elle avait donné naissance à sa fille, ils étaient tout engourdis,.

Sa fille… Elle avait donc une fille ?

Ses yeux s'ouvrirent brusquement, dissipant ainsi les derniers vestiges du rêve dans lequel elle était plongée.

Elle le connaissait par cœur. C'était celui qui avait peuplé une bonne partie de ses nuits au cours des huit derniers mois, et qui lui rappelait les sensations éprouvées lorsqu'elle faisait l'amour avec Adam.

Un soupir lui échappa. Elle n'avait plus fait ce rêve depuis au moins deux semaines, et avait commencé à croire qu'elle en était enfin débarrassée.

Et qu'elle était débarrassée d'Adam aussi.

Or, sa réapparition dans sa vie avait fait resurgir ce rêve, avec ses bons et ses mauvais côtés.

Adam.

Les événements de la veille lui revinrent, et tous les systèmes d'alarme de son esprit se mirent en route.

Elle ne devait pas baisser la garde.

Maintenant qu'elle savait à qui elle avait affaire, il lui

fallait se montrer vigilante, car elle n'était pas sûre qu'il ait vraiment changé.

Si seulement il disait vrai…

Lorsque les derniers mots qu'ils avaient échangés lui revinrent à la mémoire, elle se tourna vers la chaise sur laquelle il s'était installé.

Il n'était plus là.

Elle fit son possible pour refouler sa déception.

Comment avait-elle pu se montrer faible au point de lui demander de rester un peu auprès d'elle ? Quelle mouche l'avait donc piquée ?

Rien n'avait changé, et certainement pas lui.

Elle voulait qu'il sorte de sa vie, pas qu'il s'y installe.

Alors pourquoi s'était-elle subitement sentie si vulnérable ?

Pourquoi avait-elle insisté pour qu'il la veille, telle une enfant qui a peur du noir ?

Il y eut un bruit du côté de la porte et elle leva les yeux, espérant presque…

Ce qu'elle était naïve !

Une infirmière blonde, d'une petite vingtaine d'années, entra, poussant devant elle un berceau transparent.

— Voici une demoiselle qui réclame sa maman ! annonça-t-elle sur un ton guilleret.

Léna plissa légèrement les yeux pour lire le nom de la jeune femme sur son badge : Kathy.

Kathy installa le berceau au pied du lit, tout en jetant un regard autour d'elle.

— Votre mari est parti se reposer ?

Il fallut quelques secondes à Léna pour comprendre à qui elle faisait allusion.

— Ce n'est pas mon mari, corrigea-t-elle.

— Oh…

Sa réponse sembla calmer l'enthousiasme de l'infirmière.

— En tout cas, il paraissait très attentionné envers vous.

Puis elle sortit le bébé de son berceau, en accompagnant son geste de paroles rassurantes, et le déposa dans les bras de Léna.

Léna détestait le fait d'être distraite par cette remarque, mais le commentaire de l'infirmière avait éveillé sa curiosité. Elle lui demanda donc, tout en tapotant doucement le derrière de Brooklyn :

— Qu'est-ce qui vous fait dire cela ?

Kathy avait traversé la chambre pour ouvrir les rideaux, et était maintenant en train d'ajuster les couvertures sur le côté du lit.

Elle semblait incapable de tenir en place.

— Eh bien, il est resté près de vous toute la nuit. Il était encore assis là quand j'ai fait ma première ronde ce matin.

— Il s'était probablement endormi.

Kathy secoua la tête et esquissa un sourire pensif.

— Non, non. Il était parfaitement éveillé. Et Gail m'a dit qu'il avait passé son temps à vous regarder dormir.

— Gail ?

— C'est l'infirmière de nuit.

Léna se pencha sur Brooklyn. Les yeux grands ouverts, la petite semblait observer son nouvel environnement.

— Elle lui ressemble beaucoup, remarqua Kathy.

Puis elle se mordit la lèvre, comme si elle venait de commettre une maladresse.

— C'est lui le papa, n'est-ce pas ?

— Oui, répondit Léna, perdue dans la contemplation de son bébé dont le visage ressemblait effectivement plus à celui d'Adam qu'au sien.

Frisant le mètre quatre-vingts, ce qui accentuait son extrême maigreur, Danny Soderholm était adossé nonchalamment à la rambarde du grand escalier de ciment menant à la bibliothèque du campus.

La rénovation du bâtiment ayant été en bonne partie financée par les généreuses donations de son père et de son oncle qui, comme la mère de Danny, avaient autrefois fréquenté cette prestigieuse université, personne ne semblait s'offusquer de son absentéisme chronique.

Adam sentit ses petits yeux sombres se poser avec aplomb sur lui comme si, une fois encore, l'étudiant le jaugeait tandis qu'il s'approchait de lui.

Il fit de son mieux pour ne pas laisser paraître le mépris et la haine que lui inspirait ce petit voyou.

— Tu as vraiment une sale tête. Quelque chose ne va pas ? lui demanda Soderholm en essayant de se donner un ton autoritaire.

Ce gamin décérébré était décidément à mille lieues de ce qu'il avait été au même âge, songea Adam. Les circonstances l'avaient forcé à devenir très tôt un homme, alors que Soderholm n'en serait jamais un, dût-il vivre cent ans.

— Ne t'inquiète pas, j'ai la situation bien en main, répondit-il, d'un ton qui fermait la porte à d'autres questions sur ce sujet.

— Est-ce que j'ai l'air inquiet ? rétorqua Soderholm. Franchement, tant que les affaires roulent, je reste cool. Mais si tu serais pas réglo, tu pourrais te faire des cheveux blancs.

— « Si tu serais pas » ?

Adam savait qu'il aurait dû éviter de commenter ses propos, mais ce genre d'erreur l'avait toujours horripilé, surtout venant de gens qui se donnaient de grands airs.

— Rappelle-moi combien ton père investit chaque année pour t'offrir une éducation de qualité… Tu devrais lui faire savoir qu'il gaspille son argent.

Soderholm se rembrunit.

— Tu crois pas que j'ai mieux à faire qu'à passer ma vie dans un amphi pourri, entouré de premiers de la classe ?

Il bomba le torse.

— Je gagne bien plus que mon père quand il avait mon âge, malgré tous les diplômes qu'il avait déjà décrochés.

Adam savait pertinemment que les frais de scolarité de cette université étaient exorbitants, puisque cette recherche avait fait partie de son enquête préliminaire.

— Alors pourquoi t'es-tu inscrit ? Il aurait pu dépenser ces quarante mille dollars de manière bien plus utile.

Soderholm haussa ses épaules osseuses, qui pointaient sous un pull pour lequel Adam aurait dû dépenser deux mois de salaire.

— C'est son fric, il en fait ce qu'il veut.

Adam rebondit sur sa remarque condescendante.

— Et tu n'as pas encore trouvé le moyen de l'en délester, c'est ça ?

— Ça ne m'intéresse pas, répliqua l'étudiant, un peu mal à l'aise. Au cas où ta petite cervelle ne l'aurait pas encore compris, le campus d'une fac comme celle-ci est le lieu idéal pour faire prospérer mon petit business. Et je me sens comme un poisson dans l'eau parmi tous ces enfants de bonne famille.

— Mais il me semble que tu dois avoir quelques devoirs à remettre de temps en temps pour rester dans le grand bain, pas vrai ?

Assez content de lui-même, Soderholm s'esclaffa.

— C'est pas un problème. Je connais un type qui, si tu es assez généreux, te pond d'excellentes dissertations, et dans n'importe quelle matière.

Les choses n'avaient pas tellement changé par rapport à son époque, finalement, se dit Adam.

— Et comment fais-tu pour les examens ?

Le sourire de l'étudiant se fit méprisant.

— On s'en occupe…

Il releva le menton et lui adressa un regard un peu soupçonneux.

— Pourquoi tu me poses toutes ces questions ?

— Je suis simplement curieux.

Comme cela ne semblait pas satisfaire son interlocuteur, Adam ajouta, mi-figue, mi-raisin :

— Quand je serai grand, j'aimerais devenir comme toi…

Dans un premier temps, l'étudiant parut prendre la remarque d'Adam comme un compliment, puis il fronça les sourcils, montrant qu'il n'appréciait pas de se faire tourner en ridicule.

— Je peux te faire mordre la poussière d'un claquement de doigts, le menaça Soderholm en accompagnant ses paroles du geste.

Le petit malfrat avait de toute évidence frôlé l'overdose de vieux films de gangsters, avec un goût manifeste pour Bogart et James Cagney.

Adam aurait adoré casser la figure à ce gamin arrogant. Toutefois, il gardait à l'esprit qu'il y avait beaucoup trop en jeu pour qu'il puisse s'offrir ce plaisir. Que cela lui plaise ou non — et la réponse était non —, il devait s'assurer que cet abruti prendrait bien contact avec son grossiste, dont l'identité lui était toujours inconnue.

— Avant que tu commettes l'irréparable en répétant ton geste, répliqua Adam en lui saisissant le poignet, je voudrais passer une commande.

— Le travail avant le plaisir, ça va de soi, persifla l'étudiant en inclinant la tête.

Adam relâcha son étreinte. Il mourait d'envie de lui tordre le cou à la place.

— Tu me cherches, poursuivit Soderholm, dont le regard semblait aussi froid que celui d'un cobra. Un de ces jours, tu me trouveras.

« J'y compte bien », gamin, pensa Adam, avant de fournir à l'étudiant le détail de ce qu'il voulait se faire livrer.

Soderholm parut impressionné.

— C'est le double de la dernière fois !

Adam veilla à rester impassible.

— Quand la marchandise est bonne, le bouche à oreille fonctionne bien.

Manifestement ravi, l'autre acquiesça.

— Evidemment ! La qualité est irréprochable. Mais, si tu en veux autant, tu vas devoir être patient, le prévint-il.

— Si c'est trop gros pour toi, je peux m'adresser à quelqu'un d'autre…

— Je n'ai jamais dit ça ! l'interrompit Soderholm, irrité. Il me faudra juste un peu plus de temps, c'est tout.

Il marqua une pause, réfléchissant, ce qui semblait parfois chez lui un processus assez laborieux. Il avait de toute évidence testé ce qu'il proposait à la vente.

— Il te le faut pour quand ?

Adam le regarda droit dans les yeux.

— Maintenant.

Soderholm fut un instant décontenancé puis il se mit à rire, ce qui produisit un son assez désagréable.

— Tu crois que je balade autant de came sur moi ? Tu es fou ou quoi ?

Adam haussa nonchalamment les épaules.

— Mes clients sont un peu nerveux, tu sais.

Soderholm ferma les yeux et se passa la main sur le visage en soupirant.

— Demain, ça ira ?

— Aujourd'hui serait mieux, répliqua Adam sans hésitation. Mais je me contenterai de demain. Où et quand ?

— Je t'appellerai, marmonna l'étudiant.

Ayant tout à coup l'impression d'envoyer un agneau vers une meute de loups, Adam dut résister à l'envie de lui tapoter affectueusement la tête. Il se contenta de lui adresser un sourire complaisant avant de conclure :

— Ça marche.

Il attendit d'être de retour dans son véhicule, et suffisamment loin du campus, pour appeler son supérieur.

— Le plan est mis en action, lui expliqua-t-il. Soderholm va prendre contact avec son fournisseur aujourd'hui ou demain.

— Tu penses que c'est le gros poisson ? demanda Hugh. Si seulement…

— J'en doute, mais ce n'est qu'une question de temps. Si nous continuons à faire affaire avec lui, il nous mènera jusqu'à lui.

— Et nous pourrons tous les prendre dans la même nasse !

A l'autre bout du fil, Hugh semblait avoir retrouvé son optimisme.

— Bon, reprit-il. En attendant, tu sais ce que tu as à faire.

— Oui, fit Adam.

Il devait continuer à mener sa double vie et à mentir à Léna. S'il persistait dans cette enquête en sous-marin, il y aurait des dégâts, d'un côté ou de l'autre — ça paraissait inévitable.

— Quelque chose ne va pas ?

Ils travaillaient ensemble depuis si longtemps que Hugh le sentait quand Adam manquait d'enthousiasme.

— Je vais devoir m'absenter un peu, aujourd'hui, annonça-t-il à Hugh.

— D'accord. Combien de temps te faut-il ? As-tu besoin de quelqu'un pour te couvrir ?

— Ça me prendra environ une heure, et ça n'empiètera pas sur notre opération.

Seulement sur ma conscience, nuança-t-il mentalement.

— Pas de problème pour la librairie, où la nouvelle employée fait un travail formidable, poursuivit-il.

Il n'osa pas ajouter que celle-ci, une sexagénaire débordante d'énergie, avait réorganisé toutes les étagères en moins d'une semaine.

— En revanche, il faudrait faire suivre Soderholm. Le gamin conduit une Lexus SC 430 décapotable ; il ne passe pas vraiment inaperçu.

Hugh poussa un sifflement d'admiration.

— J'aurais bien aimé que papa m'achète une voiture à soixante mille dollars, à moi aussi !

— A soixante-sept mille six cents dollars, rectifia Adam, qui ne concevait pas qu'on puisse mettre une telle cylindrée entre les mains d'un gosse aussi immature.

— Je vais demander à Chesterfield de le filer, annonça Hugh. Il aime beaucoup ce genre de mission.

Pour sa part, Adam détestait ça. Il avait beau être persévérant, il ne supportait pas de rester assis des heures dans une voiture, où il lui semblait que la vie lui filait entre les doigts.

Il avait besoin d'action, non d'immobilisme.

— Il faut de tout pour faire un monde, paraît-il. Tant mieux pour lui, répondit Adam.

L'instant d'après, Hugh avait raccroché. Adam referma son portable.

Ce n'était pas la première fois que Hugh raccrochait sans le saluer. Il n'était pas très attaché au protocole, et n'aimait pas perdre de temps.

Il était 1 heure de l'après-midi quand Adam franchit les portes de la maternité. Il tenait un bouquet de roses rouges dans une main et un ourson en peluche vêtu d'un tutu blanc dans l'autre. Rien de très original comme cadeaux, mais c'était le mieux qu'il ait pu faire en si peu de temps.

Sans compter que le fait d'avoir à veiller sur une nouvelle petite vie occupait toutes ses pensées.

Léna ne connaissait même pas son vrai nom… Il continuait à lui mentir effrontément.

Comment allait-elle accepter la vérité ? se demanda-t-il, de plus en plus embarrassé.

Comment réagirait-elle lorsqu'elle apprendrait que son passé de pseudo-trafiquant de drogue, tout comme sa librairie, n'étaient qu'une couverture, un moyen de parvenir à ses fins ?

Après tout, pourquoi s'inquiétait-il à ce sujet ? s'admonesta-t-il. Il serait sorti de sa vie bien avant d'en arriver là.

A condition qu'il ne s'attarde pas…

Et si, au fond de lui, il avait envie d'être aimé et de fonder une famille, eh bien il avait tout intérêt à ne plus y penser, car ce n'était pas possible.

Il savait à quoi s'attendre lorsqu'il s'était porté volontaire pour ce genre de mission ; il n'y aurait pas de dénouement heureux avant le générique de fin.

C'était la réalité, et elle n'avait rien de réjouissant.

Il s'immobilisa un instant devant la porte entrouverte de Léna en entendant des voix dans la chambre. Ou, plus exactement, une voix masculine. L'obstétricien ?

Après avoir frappé légèrement, il poussa la porte. De toute évidence, le petit homme qu'il découvrit n'était pas le médecin. Ceux-ci portaient des blouses blanches, et non des costumes-cravate provenant bien sûr de boutiques de luxe.

Quant à la barbiche de mousquetaire qu'il arborait, elle le faisait paraître suffisamment âgé pour être le grand-père de Léna.

Or, il savait qu'elle n'avait plus de grands-parents.

Qui était donc cet homme ?

Adam s'éclaircit la gorge, entra, et referma la porte derrière lui d'un petit coup de coude.

Lorsque Léna regarda dans sa direction, il la salua d'un laconique :

— Bonjour !

En le voyant, elle se mit littéralement à rayonner, sans pouvoir s'en empêcher.

« Pourquoi est-ce que je n'arrive pas à garder mon sang-froid ? » se demanda-t-elle tout en continuant à sourire malgré elle.

— Salut, répondit-elle.

Ses yeux se posèrent sur le bouquet, composé d'au moins deux douzaines de roses entremêlées de branches de gypsophile, et enveloppées de papier de soie blanc et vert.

— C'est pour moi ? demanda-t-elle comme Adam gardait le bouquet en main.

— Je doute qu'elles me soient destinées, observa l'homme qui se tenait de l'autre côté du lit. D'autant que ce jeune homme ignorait que je viendrais te tenir compagnie.

— Oui, bien sûr, elles sont pour toi, murmura Adam, mal à l'aise en lui tendant son cadeau.

C'était une mauvaise idée, pensa-t-il.

Il aurait dû savoir qu'elle aurait de la visite, car elle était très sociable.

— Elles sont magnifiques, dit Léna en humant les fleurs.

Ce type de rose, au parfum très prononcé, était son favori.

Adam sentait les yeux d'un gris métallique de l'inconnu l'examiner, comme pour le jauger.

— A qui ai-je l'honneur ? demanda le visiteur de Léna, au moment où Adam se dirigeait vers le lavabo.

Il ouvrit le petit placard voisin d'où il sortit un pichet de plastique rose qu'il remplit d'eau avant de l'apporter à Léna.

Ce ne fut qu'après avoir débarrassé le bouquet de son

emballage, puis l'avoir placé dans son vase improvisé, qu'il répondit à la question qui lui avait été posée.

— Adam. Adam Smythe.

— Evidemment..., dit le vieil homme, sur le ton employé pour se moquer d'une personne aux facultés mentales limitées. Eh bien, Adam Smint...

— Smythe, corrigea Adam.

— Désolé, Smythe, s'excusa son interlocuteur. Je suis Josiah Turner.

Adam écarquilla les yeux et se tourna vers Léna.

— C'est donc lui ?

Jusqu'à cet instant, Léna avait oublié que Josiah était censé être l'homme avec lequel elle avait refait sa vie.

Elle dut réprimer un sourire.

— Adam, j'étais sur le point d'accoucher... Je racontais n'importe quoi.

La voix de Turner se radoucit quand il se tourna vers Léna.

— Je la connais depuis qu'elle est petite. Lorsque j'amenais mes chiens se faire soigner chez son père, elle était toujours là, à écouter religieusement toutes les explications de Warren. A l'époque, je savais déjà qu'elle deviendrait une excellente vétérinaire.

Ses yeux perçants s'assombrirent en revenant se poser sur Adam.

— Comment vous êtes-vous connus ?

Adam ignorait ce que Léna souhaitait révéler à leur sujet, aussi resta-t-il évasif.

— Nous nous sommes rencontrés dans ma librairie de Santa Barbara. Elle cherchait une édition originale de Mark Twain, et je possédais un exemplaire d'*Un Yankee à la cour du roi Arthur*. Hier, nos chemins se sont de nouveau croisés.

Il jeta un regard à Léna avant d'ajouter :

— Le monde est petit.

Turner avait manifestement une autre interprétation des événements.

— Vous la suiviez, c'est ça ?

L'accusation, pourtant poliment formulée, décontenança Adam.

— Absolument pas ! protesta-t-il avec véhémence.

Qui était donc cet homme ?

Il ne semblait pas particulièrement convaincu, ni contrit. Il haussa légèrement les épaules.

— Au temps pour moi.

Pourtant, il ne semblait pas prêt à changer de sujet de conversation.

— En quelque sorte, vous avez tous les deux emménagé pratiquement en même temps, dans la même ville… A moins que vous ne soyez que de passage par ici ?

Adam avait l'impression d'être sur le gril.

— Je viens d'ouvrir une librairie en ville.

— C'est intéressant, souligna Turner. Et comment s'appelle-t-elle ?

— Comme au premier jour.

Turner hocha la tête.

— Je viendrai y fureter à l'occasion. J'aime beaucoup les éditions originales. Et puis, ajouta-t-il en jetant un coup d'œil complice en direction de Léna, vu mon âge vénérable, j'ai dû feuilleter bon nombre de ces ouvrages à l'époque de leur première parution.

— Tu n'es pas si vieux, Josiah…, le reprit Léna avec un sourire affectueux.

— Mon âge est un secret d'Etat, ma chère, et je compte bien qu'il en reste un.

Il prit sa main dans la sienne.

— Etant donné que tu as de la visite, je vais prendre

congé. Mais je reviendrai ce soir. Appelle-moi, si tu as besoin que je t'apporte quoi que ce soit.

Il lui baisa la main, puis se redressa. Son sourire s'effaça lorsqu'il se tourna vers Adam.

— Adam, le salua-t-il avec un mouvement de la tête.

Puis, se déplaçant avec grâce et agilité, Josiah Turner s'en alla.

Adam regarda la porte se refermer sur lui.

— C'est un drôle de personnage. Fait-il partie de ta famille ?

— De la famille du cœur, certainement.

Comme Adam paraissait perplexe, elle lui expliqua :

— Quand j'étais petite, j'étais persuadée qu'il était l'oncle de mon père, alors je l'appelais « grand-oncle ». C'est quelqu'un de très gentil. Il a une fille, mais elle est mariée et vit à l'étranger. En Angleterre, je crois. Je suis sa seule « famille », avec Lucas.

— Qui est-ce ?

— Son chauffeur. En fait, il joue plus le rôle d'un assistant ou d'un homme de compagnie, mais Josiah ne le désignerait pas ainsi.

— Comment a-t-il appris que tu étais à l'hôpital ? demanda Adam, tout en réarrangeant le bouquet afin qu'il soit plus harmonieux.

Il était un peu obsédé par la symétrie.

— J'avais oublié qu'il devait passer à la clinique ce matin, dit-elle piteusement. Un rappel de vaccin pour Edgar, son doberman. Quand il a vu que Véra s'occupait de mes patients, il lui a demandé ce qui se passait, et elle lui a expliqué que Brooklyn était arrivée avec un peu d'avance. Il est venu lui apporter un présent.

Elle savait que le vieil homme ferait un cadeau de naissance à la petite, mais elle était loin d'imaginer en quoi il consisterait.

— Je vais devoir trouver un moyen de le lui retourner.

Voilà qui ne ressemblait pas à Léna, qui devait se douter que cela risquait d'offenser son vieil ami, songea Adam.

— Pour quelle raison ?

Au lieu de le lui dire, elle ouvrit l'enveloppe posée sur le lit et lui tendit ce qu'elle avait trouvé dans la carte.

Adam prit le morceau de papier, et le retourna. Il s'agissait d'un chèque, d'un montant très élevé.

— Il lui a offert vingt mille dollars ? s'exclama-t-il, incrédule.

Qui était donc cet homme qui pouvait se permettre de telles largesses ?

Elle hocha la tête, reprit le chèque et le rangea dans l'enveloppe qu'elle mit ensuite dans le tiroir de sa table de nuit.

Le simple fait de la regarder l'embarrassait.

— Ça correspond aux frais de scolarité d'une école maternelle privée très prisée, précisa-t-elle. Un de ses amis pourrait s'arranger pour que Brooklyn se retrouve en tête de la liste d'attente.

Adam lui jeta un regard perplexe.

7

Habitué à prendre des libertés avec la vérité, Adam se sentit immédiatement suspicieux vis-à-vis de Turner.

— S'est-il toujours montré aussi généreux ?

C'était la première fois qu'il lui offrait une telle somme mais, en y repensant, Léna se rappela qu'il l'avait aidée financièrement lorsqu'elle était à l'université. Il avait « apporté une contribution », selon ses propres termes, en réglant une partie de ses frais de scolarité lors de son cursus à l'école vétérinaire.

Par ailleurs, il lui envoyait une carte à chaque anniversaire, ainsi qu'à Noël, et ses missives renfermaient systématiquement un chèque.

— Oui, reconnut-elle. Mon père pensait que Josiah possédait une fortune importante.

— Que voulait-il dire par « importante » ?

Turner était-il impliqué dans le cartel qu'il cherchait à démanteler ? Au cours de sa carrière, il avait été confronté à des situations bien plus invraisemblables.

Cet homme, qui semblait avoir un train de vie plus que confortable, gagnait peut-être son argent en important des stupéfiants.

— Ça suffit, dit doucement Léna.

Elle n'appréciait pas le ton qu'il avait employé, et elle

commençait à se sentir mal à l'aise, tout en ayant l'impression de devoir prendre la défense de Josiah.

— Qu'as-tu donc en tête ? demanda-t-elle.

Adam haussa les épaules.

Il ne pouvait se permettre de lui exposer en toute franchise ce qu'il avait à l'esprit.

— Je me demande simplement comment il a amassé tant d'argent, voilà tout.

Ce n'était pas tout, elle était prête à le parier.

— Comme au bon vieux temps, répondit-elle sèchement.

Adam sentait qu'il l'irritait, et ce n'était pas son intention.

Il préféra donc désamorcer cette situation inconfortable en la taquinant.

— Il le vole ou il l'imprime ?

— Il l'a gagné honnêtement. Avant de prendre sa retraite, Josiah était un homme d'affaires.

— Quel genre d'affaires ? s'enquit Adam, l'air de rien.

— Je l'ignore. Mais je sais qu'il voyageait beaucoup. Et, durant ces périodes, il confiait ses chiens à mon père.

Elle prit une grande inspiration, puis expira lentement, tout en fixant du regard la table de nuit dans laquelle se trouvait le chèque.

— Quoi qu'il en soit, je ne peux pas accepter une telle somme.

— Bien sûr que si.

Il vit un éclair traverser les yeux de Léna. Elle devait imaginer qu'il voulait utiliser cet argent.

— Je n'ai toujours pas regagné ta confiance, n'est-ce pas ? ajouta-t-il.

— Tu dois admettre que ce n'est pas si simple, non ?

Elle trouvait paradoxal qu'il accuse presque ouvertement Josiah d'être un malfaiteur et que, l'instant suivant, il la pousse à accepter son chèque. De quel côté penchait donc Adam ? Et pour quelle raison ?

— Je te comprends, reconnut-il en hochant la tête.

« Et si tu découvres la vérité, il est clair que tu ne me croiras plus jamais », poursuivit-il mentalement.

Cette perspective le démoralisa.

Il aurait aimé pouvoir être seulement lui-même, et avoir le droit de lui dire qu'il était représentant de la loi.

Mais si les rues étaient débarrassées des trafiquants, si les informations parvenaient jusqu'à la police et permettaient de faire incarcérer les fournisseurs et les revendeurs, c'était en grande partie grâce aux opérations menées sous couverture.

Il devait garder à l'esprit les règles du jeu, parmi lesquelles figurait celle lui interdisant de tomber amoureux.

A fortiori d'une civile.

— Josiah Turner ne me fait pas l'effet d'un homme qui accepterait facilement de voir ses présents refusés, poursuivit-il. Si tu ne veux pas employer cette somme pour le bébé, rien ne t'empêche de l'offrir à une association caritative, de manière anonyme, ou même au nom de Josiah.

— Ce serait un joli don pour une bonne cause, convint Léna, qui réfléchissait à cette possibilité.

Elle reconnaissait qu'Adam venait d'avoir une idée qui satisferait tout le monde.

Les intentions de Josiah étaient louables, certes, mais elle n'était pas dans le besoin. La clinique de son père était réputée, et son salaire suffirait à les faire vivre, elle et sa petite fille.

La suggestion d'Adam lui plaisait de plus en plus : Josiah aurait, une fois encore, contribué à une bonne action, et elle ne le froisserait pas en refusant ce cadeau qui la mettait mal à l'aise.

Sans compter que cette manne pratiquement providentielle aiderait des familles à vivre un peu plus confortablement.

Le sourire d'Adam était encourageant.

Si seulement il n'était pas si sensuel ! pensa-t-elle.

— Oui, ça me paraît une excellente suggestion, reprit-elle. Tu n'en profiteras donc pas.

Sa remarque le décontenança.

Mais, après tout, à quoi devait-il s'attendre ? Elle croyait qu'il était un trafiquant de drogue.

Repenti ou pas, cela ne faisait pas vraiment de lui un martyr ou un saint, et encore moins un philanthrope.

— Pourquoi dis-tu ça ?

— Parce ce que je ne sais pas encore exactement à qui j'ai affaire.

Sa remarque le blessa plus qu'il l'aurait imaginé. Hélas ! il n'y pouvait pas grand-chose.

Du moins, pas dans l'immédiat.

Lorsque l'enquête aurait progressé, il pourrait certainement lui en dire davantage.

Pas tout, bien sûr, mais suffisamment pour qu'elle comprenne qu'il n'était pas le personnage malfaisant qu'elle le soupçonnait d'être.

— Puisque ce sujet t'est pénible, pourquoi ne passons-nous pas à un autre ? J'étais seulement venu t'offrir ces quelques fleurs, dit-il en désignant d'un geste les roses, et prendre de tes nouvelles, lui rappela-t-il.

Son ton semblait indiquer qu'il s'apprêtait à prendre congé d'elle.

— Tu t'en vas ?

C'était préférable, songea Adam. Pour tous les deux.

— Je dois retourner à la librairie, expliqua-t-il. Ma nouvelle employée risque de se sentir dépassée, si je la laisse seule trop longtemps.

— Pourquoi ? Elle n'aime pas être entourée de livres ? demanda Léna.

Elle cherchait à le retenir car, une fois qu'il aurait franchi la porte, rien ne disait qu'elle le reverrait. Tout à coup, elle ne se sentait plus prête à lui faire ses adieux.

— Elle n'aime pas les livres, elle les adore ! C'est bien le problème. Jennifer est trop occupée à lire pour renseigner les clients.

Il se mit à rire.

Maintenant qu'elle avait réorganisé toute la boutique, Jennifer s'était plongée dans la lecture des ouvrages qu'elle avait découverts sur les étagères.

— Elle va parfois jusqu'à les ignorer, car ils la dérangent et lui font perdre le fil de l'histoire.

Il avait déjà demandé à Hugh de lui envoyer quelqu'un de la brigade, au cas où il devrait à l'improviste s'occuper de son autre « business » pendant les heures d'ouverture. Son supérieur avait promis de s'en occuper dans les meilleurs délais.

Léna sourit.

Sans s'en rendre compte, elle avait enveloppé de ses bras le petit ours en peluche qu'il lui avait apporté, et elle le serrait contre sa poitrine.

Lorsqu'elle se rendit compte qu'elle le caressait du bout du menton, elle se mit à rougir.

— Je remettrai ton cadeau à Brooklyn, lui promit-elle, en posant l'ourson à côté d'elle.

— Merci.

Adam se dirigea vers la porte, avant de faire brusquement demi-tour et de revenir vers le lit.

Il se pencha vers Léna et l'embrassa. Un baiser rapide — craignant de succomber une nouvelle fois, il ne voulait surtout pas s'attarder — mais qui ne le laissa pas indifférent.

Elle non plus, d'ailleurs.

— Donne-lui aussi cela, de ma part.

— Pas avant ses dix-huit ans, répondit Léna, le souffle

court, avant de comprendre qu'elle venait de trahir ce qu'elle ressentait.

Elle leva les yeux vers lui.

Bon sang ! Pourquoi fallait-il toujours qu'elle en dise trop ? Tant pis, se reprit-elle aussitôt.

Après tout, Adam devait se douter que son cœur battait encore pour lui, en dépit de ce qui s'était passé. Et, de toute façon, on pouvait lire sur son visage comme dans un livre ouvert.

De son côté, Adam savait qu'il était temps de partir, pour plus d'une raison. Pourtant, il s'attarda un moment de plus.

— La petite va bien, n'est-ce pas ?

— Elle se porte à merveille.

— Et toi, que t'ont dit les médecins ?

Sa gynécologue était venue lui rendre visite en début de matinée. Elle avait été étonnée qu'elle ait accouché aussi tôt, et surtout aussi rapidement, d'autant qu'il s'agissait d'un premier bébé.

Léna sourit.

— Le Dr Lapaix pense que je devrais très vite être sur pied.

— Dans combien de temps vas-tu rentrer chez toi ?

Le chef de service avait suggéré qu'elle reste encore au moins une journée, voire deux. Pour sa part, Léna trouvait que le plus tôt serait le mieux.

— Demain.

Déjà occupé à réorganiser mentalement son emploi du temps du lendemain, Adam hocha la tête.

— A quelle heure ?

— Avant midi.

Il pourrait certainement se libérer, surtout si Hugh envoyait des renforts à la librairie.

— A 11 heures et demie, ça te va ?

— Je ne... Pourquoi ? demanda-t-elle, perplexe.

Puis elle comprit ce qu'il lui proposait.

— As-tu l'intention de nous ramener à la maison ?

Il eut du mal à jauger le ton qu'elle avait employé, et son visage n'exprimait que de la surprise.

— Oui. Enfin, si tu n'as pas prévu autre chose.

Tout était si nouveau, et tout allait si vite, que Léna n'avait pas encore pensé à ce genre de détails. Elle se dit alors qu'elle pourrait demander à Véra ou à Susannah de passer la chercher.

Et si toutes deux étaient trop occupées, elle était persuadée que Josiah se ferait un plaisir de voler à son secours.

Cependant, aucune de ces solutions ne lui plaisait autant que la perspective de laisser Adam les accompagner à la maison. Même si ce n'était pas forcément bon signe.

Feignant l'indifférence, elle pinça les lèvres tout en priant pour ne pas se trahir une fois encore.

— Je ne voudrais pas te déranger.

— Si c'était le cas, je ne te l'aurais pas proposé, assura Adam avec ce sourire qui lui faisait immanquablement perdre tous ses moyens. Très bien, c'est donc réglé. Je passerai demain avant midi vous chercher, Brooklyn et toi, conclut-il avant de se résoudre à partir même s'il n'en avait aucune envie.

Il avait quinze minutes de retard.

Le rendez-vous avec son supérieur s'était éternisé, puis le trafic de la fin de matinée semblait s'être soudain densifié, ce qui l'avait fait progresser à la vitesse d'un escargot.

Pour couronner le tout, il n'avait pu se garer sur le parking de l'hôpital. Manifestement, tout le monde s'était donné le mot pour venir rendre visite aux malades.

Après avoir tourné pendant vingt minutes pour trouver une place de stationnement, il avait abandonné, et s'était garé dans une rue voisine, avant de rejoindre la maternité au pas de course.

Comme il craignait de perdre plus de temps encore en attendant l'ascenseur, il préféra emprunter l'escalier et gravit à toute allure les cinq étages. Lorsqu'il arriva à la réception de la maternité, il tenta de reprendre une respiration normale, avant de se diriger vers la chambre de Léna, qui l'attendait assise sur son lit, les mains croisées sur ses genoux, telle une enfant modèle fréquentant l'école paroissiale d'une époque révolue.

Elle n'avait pas encore remarqué sa présence.

Il fut tenté de rester sur le seuil, afin de la contempler tout à loisir, car il ignorait combien de temps il pourrait rester auprès d'elle et de leur bébé, et il tenait à ce que le souvenir de son visage, à la fois si beau, si innocent et si déterminé, s'imprime irrémédiablement dans sa mémoire, comme il s'était déjà à tout jamais gravé dans son cœur.

Après avoir jeté un rapide coup d'œil à l'horloge murale, il se ravisa et entra dans la chambre.

— Je suis désolé. Le trafic, tu sais…

Il n'avait pas encore repris son souffle.

— Adam, il ne fallait pas te précipiter. Je pouvais appeler Véra ou Josiah. J'apprécie ton geste, mais il ne fallait pas chambouler ton emploi du temps à cause de moi.

Etait-elle seulement embarrassée ou cherchait-elle à mettre de la distance entre eux ? Qu'importe. Il n'était pas là pour entamer ce genre de discussion.

Il venait s'assurer qu'elle allait bien et qu'elle était en sécurité, se rappela-t-il.

Il inspecta rapidement la pièce du regard. Tout paraissait en ordre. Les fleurs qu'il avait apportées la veille avaient été transvasées, et l'ourson en peluche était là lui aussi.

— Tu as toutes tes affaires ? demanda-t-il.

— Quand l'infirmière m'aura amené Brooklyn, oui, plaisanta Léna.

Adam s'esclaffa.

— A part cela, bien sûr, corrigea-t-il en regardant de nouveau autour de lui.

— Je n'ai pas vraiment eu l'occasion d'apporter grand-chose, si tu te souviens.

Persuadée qu'elle avait encore au moins deux semaines d'attente devant elle, elle n'avait même pas préparé la traditionnelle valise de la future maman.

Il était désormais incontestable que, contrairement à Adam, elle ne ferait pas un bon scout.

— Voyager léger présente certains avantages, on dirait.

Il posa l'ours en peluche à côté du bouquet avant de demander :

— Eh bien, quelle est la marche à suivre ? Est-ce que nous devons sonner l'infirmière pour la prévenir que tu es prête, ou faut-il passer par la réception ?

Ses paroles donnaient à Léna l'impression qu'ils appartenaient à une même équipe, qu'ils formaient une famille.

Ce n'est qu'une illusion, se rappela-t-elle.

Le sens de la responsabilité dont faisait preuve Adam lui faisait chaud au cœur, mais elle ne voulait pas se leurrer.

En son for intérieur, elle savait que cela ne durerait pas, s'il ne se décidait pas à lui dire la vérité. Il devait la convaincre qu'en affirmant avoir tiré un trait définitif sur son ancienne vie il disait vrai.

Ça pouvait être possible.

Il avait peut-être pris la décision de repartir de zéro, de s'amender.

« Ne le laisse pas te jeter de la poudre aux yeux, tu es trop intelligente pour ça ».

— Je vais sonner, répondit-elle en tendant la main vers le bouton d'appel.

Délicatement, il le lui prit des mains.

— J'aurai peut-être plus de chance, dit-il devant son regard surpris.

Il posa le boîtier sur la table de nuit et se dirigea vers le couloir.

— Je n'en doute pas, murmura Léna.

Aucune femme n'aurait ignoré Adam ou refusé de lui rendre service.

Il fut de retour en moins d'une minute.

Elle allait lui demander s'il avait changé d'avis lorsqu'elle s'aperçut qu'il n'était pas seul. Derrière lui arrivait Kathy, la jeune infirmière qui s'était occupée d'elle la veille.

— Vous êtes prête ? lança-t-elle gaiement.

— Tout à fait prête, assura Léna.

— Dans ce cas, je vais chercher votre petite princesse.

Léna ne put s'empêcher de remarquer que sa phrase était adressée à Adam plus qu'à elle.

— On dirait qu'à ses yeux Brooklyn t'appartient, s'exclama Léna.

Il la dévisagea longuement.

— Elle n'a pas tort, lui rappela-t-il.

Durant sa grossesse, elle avait envisagé son avenir, seule avec son enfant, et planifié les années à venir. Il lui faudrait dorénavant se faire à l'idée d'avoir à partager Brooklyn, même si elle n'était pas convaincue que ces efforts en valaient réellement la peine.

Elle avait assez souffert, et ne voulait pas lui donner l'occasion de la rendre de nouveau malheureuse.

Or, il était le père de Brooklyn.

« Je verrai ça plus tard », finit-elle par se dire.

Pour le moment, elle voulait simplement rentrer chez elle.

— La voici, annonça Kathy quelques minutes plus tard en entrant avec le bébé.

Ne sachant à qui elle devait le remettre, elle eut une

légère hésitation en passant devant Adam. Elle finit par le confier aux soins de sa maman.

— Attendez un instant, je vais chercher le fauteuil roulant, reprit-elle.

— Je peux marcher, protesta Léna, mais l'infirmière s'était déjà éclipsée.

Elle revint presque aussitôt, poussant le fauteuil. Après avoir bloqué les roues de chaque côté, elle prit le bébé des bras de Léna, pendant que celle-ci s'installait.

— Je suis désolée, mais c'est le règlement de l'hôpital. Je pourrais perdre mon emploi, si je vous laissais partir à pied.

— Ce serait vraiment dommage, murmura Adam.

Léna leva les yeux au ciel et tendit les bras pour reprendre la petite.

Dès qu'ils furent dans le couloir, Brooklyn se réveilla et se mit à pleurer.

Bienvenue dans le monde réel…, se dit Léna, en tentant de refréner la panique qui la saisit lorsqu'elle baissa les yeux vers son enfant.

Brooklyn et elle s'apprêtaient à entamer leur nouvelle vie ensemble.

Elle était soudain terriblement nerveuse à la simple idée de toutes les erreurs qu'elle risquait de commettre en élevant sa fille.

Tout s'était passé bien trop vite ! Elle ne se sentait pas prête.

— Ne t'inquiète pas, lui murmura Adam à l'oreille pour que personne d'autre n'entende. Tu vas être une maman fantastique.

Comment avait-il deviné ce qui lui passait par la tête ? Léna se tourna vers lui, à la fois perplexe et incrédule.

— Comment…

Le sourire qu'il lui adressa lui mit un peu de baume au cœur.

— Ce n'est pas très difficile à imaginer, lui assura-t-il.

Elle expira longuement.

Tout se passera bien, tout se passera bien…

Si elle se le répétait une centaine de fois, songea-t-elle, elle finirait probablement par s'en convaincre.

Enfin, peut-être.

Comme il le faisait à intervalles réguliers depuis qu'ils avaient quitté la maternité, Adam jeta un regard dans le rétroviseur en se demandant si son esprit lui jouait des tours en se mettant en mode alerte de manière irrationnelle.

Il était prêt à parier qu'une voiture les suivait depuis un moment. Une berline de couleur crème, qui laissait systématiquement deux véhicules entre eux. Il n'avait pu apercevoir que deux chiffres de sa plaque d'immatriculation lors des changements de voie.

Quand il s'engagea dans l'allée de la maison, la berline poursuivit son chemin.

Etait-il paranoïaque ?

Après s'être garé, il descendit de voiture et alla ouvrir la porte du côté passager.

Lorsqu'il tendit la main à Léna, elle la prit en se disant que le moment était mal choisi pour décliner son aide.

Un peu chancelante, elle s'appuya sur le bras d'Adam pour reprendre son équilibre après s'être levée.

A la fois surpris et inquiet, il la soutint un moment.

— Ça ne va pas ?

— J'ai la tête qui tourne un peu, admit-elle. Mais ça va mieux. Tu peux me lâcher.

Il obtempéra, mais lentement, sans la quitter des yeux.

Elle détestait se sentir ainsi.

Comment faisaient ces femmes qui accouchaient puis retournaient immédiatement travailler aux champs ?

Elle jeta un regard au siège bébé à l'arrière de la voiture. C'est Adam qui l'avait acheté, car elle n'y avait pas pensé. Il est vrai qu'elle croyait disposer de plus de temps pour se préparer à l'arrivée du bébé…

— Combien est-ce que je te dois ?

Adam, qui était en train d'ouvrir la portière, s'arrêta net.

— De quoi parles-tu ? Je n'ai pas de licence de taxi, que je sache.

— Je parle du siège-auto.

Elle se sentait bête d'avoir été ainsi prise au dépourvu. Mais, après tout, il en avait été de même avec sa grossesse.

— Je comptais en acheter un ce week-end.

— Tu en as un, maintenant. Tu ne me dois rien, Léna. Ce bébé est à moitié le mien, après tout.

Elle ne put réprimer un sourire.

— Et quelle moitié comptes-tu réclamer ?

— C'est encore un peu tôt pour le dire, mais je te ferai part de mes intentions, plaisanta-t-il.

Après avoir libéré sa fille des ceintures de sécurité, il la prit et la plaça au creux de son bras, comme s'il avait fait ça toute sa vie. Léna n'avait pas besoin de savoir que, la veille, il avait acheté un poupon de la taille d'un nourrisson et passé la soirée à s'entraîner assidûment.

Il enroula ensuite son bras libre autour de la taille de Léna, pour la soutenir jusqu'à l'entrée de la maison.

— Eh bien, mesdemoiselles, il est l'heure de regagner vos pénates.

La distance, pourtant courte, parut à Léna aussi éprouvante qu'un semi-marathon. Les lèvres pincées, elle la parcourut sur des jambes flageolantes.

Elle alla jusqu'à confier sa clé à Adam, qui se chargea d'ouvrir la porte. A peine entrée, elle se dirigea vers le canapé, soulagée de pouvoir s'y reposer.

Alors qu'elle s'y affalait, elle sentit le regard d'Adam se poser sur elle.

Elle détestait être vue dans cet état. Ce n'était pas l'image qu'elle souhaitait donner d'elle.

— Ça va passer, ne t'inquiète pas, assura-t-elle.

Il tenait Brooklyn contre son torse.

— Je sais, répondit-il.

Sous prétexte d'aller refermer la porte, il jeta un regard dehors et vit la voiture crème repasser en sens inverse.

Le conducteur était peut-être perdu ou cherchait une adresse dans ce quartier qui ne lui était pas familier.

Possible… Mais Adam n'avait pas survécu si longtemps en milieu hostile en se montrant négligent. Il resterait sur ses gardes, car les risques étaient plus importants que jamais.

Il retourna près du canapé et déposa le bébé dans le berceau qu'il avait acheté la veille, en même temps que le siège.

— Je vais aller faire un tour à la librairie…

Soderholm devait lui téléphoner dans l'après-midi, et il ne voulait pas lui parler en présence de Léna.

— Mais je repasserai plus tard.

Il en avait déjà beaucoup fait, songea Léna.

Il lui fallait un peu de temps pour retrouver ses repères, et apprendre à gérer cette nouvelle situation, sans prendre l'habitude de l'avoir constamment auprès d'elle.

— Ce n'est pas…

— Nécessaire, je sais.

Il l'avait interrompue car il avait hâte d'aller d'inspecter les environs.

— Mais je vois aussi que tu n'es pas en grande forme, reprit-il, et s'occuper d'un nouveau-né n'est pas de tout repos.

Il se rappelait à quel point sa mère était épuisée durant les semaines qui avaient suivi la naissance de sa petite sœur.

— Donc, à moins que tu n'aies déjà établi une sorte de

réseau d'aide autour de toi, je pense qu'il est raisonnable que je vienne t'épauler au moins une semaine, le temps que tu reprennes des forces.

— Une semaine ?

— A peu près.

— A peu près, répéta Léna, incrédule.

Elle savait que ses hormones étaient sens dessus dessous, et elle pouvait se consoler en se disant que les émotions contradictoires qui la submergeaient venaient de là.

Quoi qu'il en soit, en cet instant précis, en pensant à la proposition inattendue que venait de lui faire Adam, elle ignorait si elle devait rire ou pleurer.

8

— Qu'est-ce que c'est ? demanda Léna.

Avant de se diriger vers la cuisine, Adam venait de lui remettre une grande enveloppe.

Après s'être occupé des affaires courantes à la librairie, et avoir passé quelques minutes avec Soderholm, durant lesquelles il ne s'était pas privé de taquiner le jeune trafiquant, Adam s'était arrêté en ville pour acheter de quoi dîner avec Léna.

Comme il détestait ces fast-foods où la nourriture n'avait de sud-américain que le nom, il s'était rendu dans un restaurant mexicain traditionnel qui proposait également des repas à emporter.

Même si sa priorité numéro un consistait à gérer son temps efficacement, il répugnait à y sacrifier les plaisirs gustatifs.

— C'est notre repas, répondit-il, croyant qu'elle faisait référence aux deux grands sacs qu'il tenait.

Tout en les déposant sur le plan de travail, il ajouta :

— Ne t'inquiète pas, j'ai choisi les plats les moins épicés, au cas où tu… enfin, tu sais.

Il paraissait embarrassé, tout à coup.

Etant donné tous les moments extrêmement intimes qu'ils avaient déjà partagés, que ce soit en faisant l'amour ou lorsqu'il avait aidé leur fille à venir au monde, Léna trouva à la fois amusant et attendrissant qu'Adam se montre soudain pudique.

— Eh bien, oui, je lui donne le sein, dit-elle sans chercher à dissimuler son sourire face à son allusion à l'allaitement, et je te remercie de te montrer aussi attentionné. Mais c'est de ça que je parlais.

Elle leva l'enveloppe.

— De quoi s'agit-il ?

Lui tournant désormais le dos, Adam sortit les boîtes en polystyrène des sacs.

— Une assurance.

Hésitant à soulever le rabat pour jeter un œil à l'intérieur, Léna observa l'enveloppe.

— Contre quoi ? demanda-t-elle doucement.

— C'est une assurance vie, précisa-t-il en lui jetant un coup d'œil.

Alors que plus d'une femme l'aurait déjà fait, Léna n'avait toujours pas ouvert l'enveloppe.

Elle n'est manifestement pas très curieuse, songea-t-il.

— Au cas où il m'arriverait quelque chose, insista-t-il, malgré l'expression stupéfaite qu'elle arborait déjà.

Elle se mit à triturer l'enveloppe, comme si elle contenait une forme de vie extraterrestre que, d'après sa mine, elle jugeait plutôt repoussante.

— D'accord. Mais pour quelle raison particulière l'as-tu souscrite ?

La question avait fusé presque malgré elle et, sans qu'elle sache vraiment pourquoi, la mettait mal à l'aise.

— Quelque chose ne va pas ?

En prononçant ces mots, elle sentit de terribles soupçons s'emparer d'elle.

— Tu ne vas quand même pas…

— Mourir ? conclut-il avec une pointe d'amusement.

Eh bien, ça ne fait pas partie de mes projets immédiats, mais on n'est jamais trop prudent.

Surtout en exerçant le métier qui était le sien, et en fréquentant le genre de personnes qu'il côtoyait au quotidien.

— Et si un malheur devait m'arriver, je voudrais être sûr que Brooklyn ne manque de rien.

Au départ, il avait voulu les désigner, Brooklyn et elle, comme bénéficiaires. Mais, certain qu'elle serait furieuse, il y avait renoncé. Ses chances de la voir accepter ce contrat seraient plus grandes si seule leur petite fille apparaissait comme bénéficiaire.

Ses efforts de diplomatie semblaient avoir échoué. Léna ne paraissait pas enchantée, loin de là.

Son expression évoquait une tempête traversant une prairie et dévastant tout sur son passage.

— Qu'y a-t-il ? Je ne fais qu'assumer mes responsabilités, crut-il bon d'ajouter comme elle gardait le silence.

Léna venait de comprendre la raison qui l'avait poussé à agir de la sorte. S'il était effectivement devenu plus responsable, il aurait définitivement tiré un trait sur le genre de vie qui les avait menés à une séparation.

— Tu évolues toujours dans le même milieu, n'est-ce pas ?

L'accusation, formulée d'un ton qu'elle voulait neutre, était la seule explication qu'elle puisse imaginer.

Les hommes de son âge n'avaient généralement pas la mort en tête, à moins qu'ils ne soient en contact avec des gens qui en faisaient une éventualité presque palpable.

— Je parle du monde de la drogue, insista-t-elle lorsqu'il haussa les sourcils, l'air surpris.

Elle ne se laissa pas démonter et le foudroya du regard.

— Tu continues à vendre de la drogue ! s'exclama-t-elle, furieuse. Et tu m'as menti !

Comment avait-elle pu se montrer si stupide ?

Elle l’avait cru quand il lui avait affirmé que ces trafics appartenaient au passé et qu’il était prêt à s’amender.

Adam avait dû souvent prendre des libertés avec la vérité. C’était un mécanisme de défense naturel qui lui permettait de rester en vie.

N’était-ce pas tout simplement une autre manière d’appréhender la réalité ?

Après tout, les acteurs mentaient aussi en jouant un rôle, en s’appropriant la vie de quelqu’un d’autre sur scène ou devant les caméras. Il se considérait lui aussi comme un acteur, à la fois doué et convaincant.

Sauf quand il était contraint de duper la femme qui avait porté son enfant, et qui avait chamboulé son petit monde. Pour des raisons qu’il n’avait pas le temps d’analyser précisément, il devait se faire violence pour continuer à mener double jeu.

Malheureusement, il n’avait pas le choix. Il n’était pas le seul agent impliqué dans cette opération, et le secret qu’il mourait d’envie de dévoiler n’était pas uniquement le sien.

Il décida donc de jouer sur les mots.

— Es-tu en train de sous-entendre que chaque personne qui signe un contrat d’assurance vie est un trafiquant de drogue ?

— Non, mais…

— Mais moi si, c’est ça ?

Il parlait à mi-voix, comme s’il cherchait à contenir une colère sourde. Puis il décida de lui confier certains détails de sa vie passée, pour souligner son propos.

— Il y a quelques années, j’ai souscrit ce contrat pour que Mona, ma petite sœur, puisse vivre décemment, si jamais il m’arrivait malheur.

Le simple fait de mentionner le nom de Mona fit déferler en lui une vague de tristesse mêlée de fureur.

— Mona n'avait jamais été capable d'avoir un emploi stable, expliqua-t-il. Je voulais être certain qu'elle serait à l'abri du besoin.

Dans ce cas, pourquoi avait-il changé d'avis ? se demanda Léna.

Elle n'avait pas besoin d'ouvrir l'enveloppe pour deviner que Brooklyn était désormais la seule bénéficiaire.

— Où est ta sœur ? s'enquit-elle tandis qu'une espèce de malaise l'envahissait.

Elle le vit se raidir.

— Elle est morte.

— Oh !

Bien qu'elle sût à quel point il était dur de perdre quelqu'un, elle ne trouvait pas les mots pour lui exprimer sa compassion.

— Je suis désolée, fut tout ce qu'elle parvint à dire.

Elle se mordit la lèvre.

— De quoi est-elle décédée ?

— Peu importe. C'est du passé, répliqua-t-il si sèchement que Léna se sentit rabrouée.

Il se mit à ouvrir les tiroirs, à la recherche de couverts.

— Quand Brooklyn aura vingt et un ans, il lui reviendra de garder ce contrat. Mais, dans l'intervalle, s'il m'arrivait quelque chose, ce serait à toi de gérer cet argent en son nom.

Il désigna l'enveloppe d'un mouvement du menton.

— Tu devrais la mettre dans un endroit sûr.

Léna se leva et vint la poser sur le comptoir, devant lui.

— Je n'en veux pas.

— Ce n'est pas pour toi ! lança-t-il. C'est pour Brooklyn.

Il la vit bomber le torse, à la manière d'un soldat mis au défi.

— Je suis parfaitement capable de subvenir aux besoins de ma fille !

— *Notre* fille, corrigea-t-il.

Léna soupira. Décidément, elle le comprenait de moins en moins. Elle avait face à elle un homme intelligent, qui s'était laissé sombrer jusqu'à devenir trafiquant de drogue.

— La plupart des hommes se seraient défendus bec et ongles, dit-elle posément. Ils auraient demandé un test de paternité, alors que toi, tu es prêt à accepter cette enfant comme tienne sans en avoir la moindre preuve.

Adam n'y voyait rien de choquant.

Ayant enfin trouvé ce qu'il cherchait, il posa deux fourchettes et deux couteaux sur le comptoir, avant de repousser l'enveloppe vers Léna.

— Et alors ?

— Alors, pourquoi n'en exiges-tu pas un ? Pourquoi ma parole te suffit-elle ?

— Peut-être parce que tu ne sembles rien attendre de moi, répondit-il en haussant les épaules. Et puis, les dates correspondent, ajouta-t-il en désignant son ventre du regard.

Elle semblait déjà sur le point de retrouver sa silhouette, qui, si sa mémoire ne le trahissait pas, était absolument irréprochable.

— De plus, conclut-il en la regardant droit dans les yeux, tu n'es pas femme à coucher avec le premier venu.

— Qu'en sais-tu ?

Même si elle était vierge lorsqu'ils avaient fait l'amour la première fois, ils n'avaient pas passé suffisamment de temps ensemble pour qu'il puisse se permettre de tirer ce genre de conclusion.

— Qu'est-ce qui te fait croire que tu me connais si bien ? ajouta-t-elle.

Le sourire qu'il afficha lui serra le cœur. Il haussa ensuite nonchalamment les épaules.

— Je le sais, c'est tout. C'est une question d'intuition.

A vrai dire, il ne s'agissait pas que de cela.

Lorsqu'il avait reçu l'e-mail qui l'avait mis sur la piste de Léna, il avait demandé à Spenser, son collègue, de faire quelques recherches pour lui. L'ex-pirate informatique avait rassemblé maintes informations au sujet de Léna.

Adam lui tendit une assiette.

— Maintenant, cesse de te montrer si entêtée, et mange quelque chose avant que…

Comme s'il attendait un signal, le moniteur posé sur la table se mit à grésiller, et un son qui s'apparentait à une lamentation résonna dans la cuisine.

— Avant que Brooklyn se réveille, c'est ça ? dit-elle.

Il acquiesça, puis murmura :

— Trop tard…

Il jeta un regard par-dessus son épaule, même si, de là où il se trouvait, il ne pouvait pas voir la chambre de leur fille.

— Mets-toi à table, dit-il en lui désignant de la main la sélection de plats qu'il avait apportés. Si tu me dis où elle se cache, j'irai voir ce que désire Sa Majesté.

L'arôme qui s'échappait de la nourriture encore chaude fit se contracter l'estomac de Léna. Tout cela était extrêmement appétissant.

— Sa chambre est à l'étage, deuxième porte sur la droite.

Elle l'observa pendant qu'il s'éloignait.

De tout son cœur, elle souhaitait être bientôt capable de dissiper les soupçons qu'elle nourrissait à son sujet. Car, à l'exception des doutes qui la taraudaient, il était proche de l'idée qu'elle se faisait d'un père idéal.

Il s'était adapté à cette nouvelle situation bien plus facilement qu'elle, se dit Léna en se servant des *tamales* — des papillotes de feuilles d'épis de maïs farcies de viande. Et, bien qu'elle se réjouisse de l'arrivée de ce bébé dans sa vie, au fond d'elle-même elle ressentait toujours cette crainte d'être une mère médiocre.

Au bout de quelques minutes, Léna, qui s'attendait à voir Adam revenir avec un bébé affamé dans les bras, commença à se demander ce qui lui prenait tant de temps.

Il n'y avait qu'un moyen de le savoir.

Prenant appui sur la table, elle se leva.

Malgré la tentation de monter les marches quatre à quatre, elle dut adopter une allure bien plus lente et soupira, agacée. Elle ne supportait plus d'être affaiblie.

Lors de la dernière sieste de Brooklyn, elle s'était endormie elle aussi. Pleine d'admiration pour les jeunes mères qui parvenaient à tout mener de front, elle avait hâte de redevenir elle-même.

Lorsqu'elle entra dans la chambre, elle vit Adam à la table à langer — l'un des cadeaux de Josiah qu'elle avait acceptés avec plaisir — en train d'ajuster la couche qu'il venait de mettre à Brooklyn.

Il sentit Léna arriver plus qu'il ne la vit.

— Elle avait besoin d'être changée.

— Tu sais même faire ça ? demanda-t-elle, incrédule, en le rejoignant.

Il l'avait fait des centaines de fois quand Mona était bébé.

— C'est bien plus simple que transformer de l'eau en vin, souligna-t-il en remarquant son expression étonnée. Tout le monde peut le faire. Et puis, c'est un peu un réflexe de survie.

Il souleva alors sa fille et arrangea sa petite robe avant de la confier aux bras de sa maman.

— Voilà. Et tout sera parfait quand je nous aurai débarrassés de cette couche souillée.

Qui aurait pensé qu'il serait un bien meilleur parent qu'elle ?

— Tu es décidément plein de surprises, Adam Smythe !

Elle n'avait pas pris la peine de dissimuler son admiration.

Ils partageaient un bon moment, songea Adam qui dut se faire violence pour ne pas lui avouer que son véritable nom n'était pas Smythe, mais Serrano.

— Tu n'imagines pas à quel point ! se contenta-t-il de répliquer tout en veillant à adopter le sourire de circonstance.

Mais cela ne suffit pas.

Léna ne put empêcher une pensée démoralisante de venir la narguer. Refusant de la laisser prendre le dessus, elle la chassa bien vite.

Il la taquinait, rien de plus.

— C'est l'heure de sa tétée, dit-elle. Va dîner, et nous te rejoindrons dès que mademoiselle sera repue.

— Tu sais, si tu préparais quelques biberons, nous pourrions la nourrir à tour de rôle, suggéra-t-il.

Léna s'était déjà assise dans son rocking-chair et donnait le sein à Brooklyn. La petite buvait goulûment, comme si elle avait jeûné depuis des jours, alors que son dernier repas remontait à moins de quatre heures.

Adam retint sa respiration. Il ne se rappelait pas avoir assisté à plus jolie scène.

Tout à coup, il se rendit compte qu'il avait les yeux rivés sur elles. Il s'éclaircit la voix et détourna le regard, même s'il aurait pu passer le reste de sa vie à les contempler ainsi sans se lasser.

— Je vous attends dans la cuisine, murmura-t-il avant de quitter la chambre.

Léna esquissa un sourire. Une fois encore, il la surprenait. Adam Smythe était vraiment un être complexe, à différents niveaux, et il lui envoyait des messages contradictoires. Comment savoir ce qui lui passait par la tête, comment faire le tri ? Qu'est-ce qui était réel, et qu'est-ce qui relevait du pur fantasme de sa part ?

Plus que tout, elle aurait aimé savoir à quel saint se vouer. Qui était au juste Adam ? Elle ignorait quand elle obtiendrait une réponse à cette question, d'autant qu'il pouvait sortir de leur vie à tout moment.

Elle essaya de s'y préparer, en espérant secrètement que ce moment n'arriverait pas avant longtemps.

En moins d'une semaine, ils avaient adopté une sorte de routine qu'Adam aurait répugné à abandonner ou à modifier.

Il les retrouvait chaque soir, et partageait avec Léna les responsabilités et les réjouissances liées aux soins à prodiguer à Brooklyn.

Et tous trois semblaient y trouver plus que leur compte.

Même la météo se mettait de leur côté.

Une tempête avait frappé les côtes colombiennes, contraignant nombre d'habitants à se réfugier à l'intérieur des terres. Cependant, ce qui intéressait particulièrement Adam, était le fait qu'un petit avion civil ait été pris dans la tourmente et ait perdu son chargement, parmi lequel figurait une quantité non négligeable de stupéfiants.

Sans se départir de sa morgue, Danny Soderholm lui avait assuré qu'une autre livraison aurait lieu sous dix jours. Si cet imprévu hérissait son supérieur, Adam, pour sa part, appréciait de bénéficier de ce délai supplémentaire pour profiter de sa petite famille.

Il avait dix jours de plus pour faire comme si la réalité ne devait pas reprendre ses droits, et l'entraîner loin de Léna et Brooklyn. Et autant de temps pour que Brooklyn et sa maman laissent une trace indélébile dans son cœur.

Un cœur qui leur appartenait déjà.

— On dirait qu'il s'est installé avec vous, non ? demanda Josiah à Léna.

Son ange gardien autoproclamé était venu lui rendre visite en milieu d'après-midi.

Devant la maison, dans la Mercedes de collection, Lucas, son chauffeur, était plongé dans la lecture du dernier thriller de l'auteur à la mode qui caracolait actuellement en tête des ventes.

Josiah était installé sur le canapé et observait Léna qu'il considérait un peu comme sa fille.

L'odeur du café aromatisé à la vanille lui chatouillait les narines, lui apportant une espèce de sérénité. Il était flatté de constater qu'à chacune de ses visites elle lui servait sa boisson préférée.

Il avait fait preuve de patience en accordant deux semaines à Léna, le temps qu'elle adopte une forme de routine quotidienne, avant de s'inviter pour s'assurer qu'elle se portait bien.

Il lui avait cependant fallu moins de cinq minutes pour comprendre que sa vétérinaire préférée était épaulée dans sa tâche de jeune maman.

— Adam n'est là que temporairement, précisa-t-elle.

Elle se versa à son tour une tasse de café et s'assit en face de Josiah.

— Et cela ne te dérange pas ?

— Non, absolument pas.

Il plongea alors son regard dans le sien, comme s'il cherchait à accéder à ses pensées les plus secrètes.

— Tu trouves donc normal qu'il s'en aille lorsqu'il estimera le moment venu ?

— Oh !

Elle avait cru que Josiah pensait que la présence d'Adam l'importunait, et non que la perspective de son départ imminent pouvait la perturber.

— A vrai dire, je me sens encore un peu dépassée par les événements. Je planifie uniquement ce que j'ai à faire dans les deux heures à venir, pas au-delà.

Il hocha la tête.

Ce don pour appréhender les événements avec un certain recul faisait partie des qualités qu'elle appréciait chez Josiah. Cela avait dû lui être utile dans sa vie professionnelle.

Il se pencha vers elle, créant une atmosphère plus intime entre eux.

— Que sais-tu au juste de cet homme, Léna ?

— Que c'est quelqu'un de bien.

En prononçant ces mots, elle se rendit compte qu'elle semblait sur la défensive. Ce n'était pas son intention, et elle espérait que Josiah arriverait par lui-même à cette conclusion.

— Il m'a confié son contrat d'assurance vie, et Brooklyn en est la bénéficiaire.

Semblant analyser l'information, Josiah hocha lentement la tête.

— C'est tout à son honneur.

Sa phrase était polie, prononcée avec une sorte de détachement.

— Tu ne l'aimes pas, n'est-ce pas ? demanda-t-elle.

Comme il se savait incapable de lui fournir la réponse qu'elle espérait, il préféra éviter de se montrer trop direct.

— Ce n'est pas mon avis qui compte, Léna. Je m'inquiète pour toi, admit-il. Et pour moi aussi, finalement, ajouta-t-il.

Perplexe, elle écarquilla les yeux.

— Je ne te suis pas.

— Eh bien, si Adam te fait encore du mal, comme ce fut le cas précédemment, je me verrai forcé de le supprimer. Et, franchement, la perspective d'être incarcéré à mon âge n'a rien de plaisant.

Léna posa sa tasse de café sur la table basse entre eux et

se mit à rire. Puis elle se pencha en avant et posa la main sur l'épaule de Josiah.

— Tu n'auras pas à en venir à une telle extrémité, je t'assure. Il est vraiment plus gentil que tu le crois.

— Peu importe ce que je pense.

— Ça compte à mes yeux, assura-t-elle. Tu as toujours été comme un oncle pour moi. Et si Adam venait à partager ma vie de manière permanente, poursuivit-elle en prenant soin de construire sa phrase prudemment, j'aimerais que vous soyez en bons termes.

Elle se souvint tout à coup de la fête qui approchait. Elle vivait vraiment sur une autre planète, depuis quelque temps, pensa-t-elle tristement.

— Que dirais-tu de venir dîner ici pour Thanksgiving ? Qui sait, la combinaison d'un bon vin et d'un excellent repas vous incitera peut-être à cesser de vous observer en chiens de faïence.

Josiah la dévisagea, surpris.

— Passer des heures devant les fourneaux n'est peut-être pas très judicieux, Léna.

— Et pourquoi pas ? demanda-t-elle, perplexe.

Par le passé, elle lui avait déjà mitonné quelques petits plats. Etait-il en train de mettre en cause ses talents de cuisinière ? Elle avait toujours pensé qu'elle était douée dans ce domaine.

— Je cuisine depuis l'âge de dix ans, lui rappela-t-elle.

— Bien sûr, mais tu viens d'accoucher. Préparer un repas de fête demande de l'énergie, et tu ne dois pas te fatiguer.

— A ce moment-là, cela fera presque quatre semaines, souligna-t-elle tout en souriant de le voir inquiet pour elle. Quant à mon état de fatigue, je te promets de ne pas aller chasser la dinde plus loin qu'au supermarché local, cette année.

Josiah soupira. Il était inutile de discuter.

Léna avait été une petite fille déterminée, et elle était devenue une jeune femme encore plus entêtée. Lorsqu'elle prenait une décision, rien ni personne ne pouvait la faire changer d'avis.

C'était à la fois une source de fierté et de désespoir pour son père, se souvint Josiah.

— Tu as de la suite dans les idées, ma chère Léna.

Elle lui adressa un sourire chaleureux.

— On me l'a déjà dit. Alors, c'est oui ? Tu viendras ?

— Bien sûr. A condition que tu me laisses apporter le dessert.

Satisfaite, Léna lui tendit la main. Il la prit dans la sienne et la serra.

— Marché conclu.

A ce moment, une plainte vigoureuse s'échappa du moniteur posé sur la table.

— Eh bien, on dirait que Brooklyn réclame son grand-oncle.

Josiah se leva avec une aisance surprenante pour un homme de son âge.

— Dans ce cas, ne la décevons pas.

D'un mouvement théâtral, il fit une révérence puis lui offrit son bras.

Léna le prit.

— Allons-y ! dit-elle, le visage illuminé par un sourire attendri.

9

Une tornade semblait avoir fait rage dans la cuisine, disséminant marmites, saladiers, et toutes sortes d'ustensiles et ingrédients aux quatre coins de la pièce.

Léna se sentait un peu dépassée par les événements. Elle soupira en jetant un regard à ce qui était autrefois une cuisine impeccable.

De plus, l'horloge murale qui se trouvait sur sa droite faisait filer les minutes à toute allure ; elle était en retard sur son planning, et il ne lui restait plus beaucoup de temps.

Même si elle détestait l'admettre, elle ne pouvait que reconnaître qu'elle s'était montrée un peu ambitieuse.

En fait, beaucoup trop.

Elle commençait à regretter d'avoir décliné l'offre d'Adam, qui avait proposé de commander un dîner complet chez un traiteur.

Persuadée qu'elle était capable de s'en sortir comme un grand chef, elle avait poliment refusé.

Heureusement, grâce au soutien qu'il lui apportait chaque soir, elle avait retrouvé un rythme de sommeil normal et son énergie habituelle si bien que, un mois après la naissance de Brooklyn, elle se sentait prête à reprendre toutes ses activités quotidiennes.

Pourtant, il suffisait de jeter un œil dans la cuisine pour comprendre qu'elle n'atteindrait pas le but qu'elle s'était fixé, c'est-à-dire avoir un repas prêt à servir lorsque l'horloge indiquerait 17 heures.

La farce n'était encore qu'à mi-cuisson et réclamait son attention, comme la dinde qui devait être arrosée toutes les quinze minutes ; quant aux pommes de terre, elles paraissaient vouloir refuser de cuire, et ne seraient probablement jamais assez molles pour être réduites en purée.

Pour couronner le tout, elle devait s'arrêter de temps à autre pour nourrir ou changer un bébé de plus en plus exigeant.

Un son s'échappa du moniteur posé sur le comptoir. Brooklyn était réveillée et se manifestait. Encore…

Léna serra les dents, essayant d'ignorer ses gémissements, mais les plaintes doublèrent d'intensité. Sa fille avait pris l'habitude d'être portée dès qu'elle exprimait le moindre déplaisir.

Léna avait beau savoir que de nombreux pédiatres déconseillaient ce mode d'éducation, affirmant qu'il était bon pour le bébé d'apprendre à gérer sa frustration, les cris de sa petite fille lui déchiraient le cœur.

Et puis, après tout, comment un trop-plein d'amour pourrait-il être une mauvaise chose ?

Cependant, cet après-midi était l'occasion idéale de mettre cette théorie du « laissez pleurer bébé » à l'épreuve.

Elle décida donc de ne pas quitter son poste.

Elle tint bon une minute et demie, puis s'essuya les mains sur son tablier et se précipita vers l'escalier.

— Maman arrive ! cria-t-elle en gravissant les marches à toute allure.

Les pleurs résonnèrent jusqu'à ce qu'elle entre dans la chambre de Brooklyn.

— Tu as peut-être envie de venir me tenir compagnie ou de me prodiguer quelques conseils, dit-elle à sa fille en la sortant de son lit.

Brooklyn poussa un gros soupir, comme si une terrible injustice venait enfin d'être réparée, puis elle s'appuya contre l'épaule de sa mère et enfouit sa tête au creux de son cou.

C'était exactement ce dont j'avais besoin, pensa Léna, en tapotant le dos de son bébé.

Elle avait senti une vague d'affection lui gonfler la poitrine au moment où Brooklyn s'était serrée contre elle.

Elle resta immobile un instant, puis inspira profondément. Pas d'odeur suspecte.

— Très bien. Ta couche est propre, et tu as mangé il y a moins d'une heure. Tu n'as donc pas faim. Tu t'ennuies toute seule ou je me trompe ? murmura-t-elle en berçant la petite.

Il serait difficile de dire qui ces câlins apaisaient le plus, songea-t-elle.

— Viens avec moi, ajouta-t-elle joyeusement en se dirigeant vers l'escalier. Je sais déjà où je vais t'installer.

A l'occasion de sa dernière visite, qui datait de la veille, Josiah avait apporté un autre cadeau : une sorte de berceau motorisé diffusant une musique qui, d'après les experts, réconfortait les enfants.

Il avait demandé à Lucas de le monter, et celui-ci l'avait placé dans la salle à manger.

— Il est temps de tester l'efficacité de ce gadget, annonça Léna.

Avec mille précautions, elle déposa Brooklyn dans le berceau.

Dès que son dos entra en contact avec le matelas, Brooklyn se remit à pleurer. Léna mit alors l'appareil en marche ; il commença à se balancer lentement, en rythme avec les mesures d'une chanson pour enfants.

Brooklyn écarquilla les yeux. Surprise, elle arrêta de protester. Tous ses sens paraissaient en alerte, comme si elle cherchait à comprendre d'où provenait le son.

Elle semblait soudain on ne peut plus guillerette.

— Que Dieu te bénisse, Josiah ! murmura Léna.

Avec des mouvements lents et prudents, elle positionna le berceau de manière à pouvoir le surveiller de la cuisine.

A peine avait-elle fini qu'une sorte de chuintement en provenance de la cuisine attira son attention.

L'eau du faitout dans lequel se trouvaient les pommes de terre venait de déborder, se déversant sur les brûleurs électriques de la plaque de cuisson avant de dégouliner le long de la cuisinière.

La dernière fois que cela s'était produit, se rappela Léna avec angoisse, cela avait provoqué un court-circuit, et il avait fallu toute une journée avant que le four soit de nouveau opérationnel.

Or, elle n'avait pas une journée à perdre, pas même une demi-heure, se dit-elle en tentant de canaliser la panique qui commençait à la gagner.

— Non, non, non ! s'écria-t-elle, comme si son incantation pouvait miraculeusement lui permettre de contrôler les flots.

Malheureusement, il n'y eut pas de miracle.

Elle dut se résoudre à attraper un torchon pour éponger l'eau qui se répandait partout.

C'est alors que la sonnette retentit.

Que faire ?

Il était trop tôt pour que ce soit Adam ou encore Josiah et Lucas, et personne ne faisait de porte-à-porte le jour de Thanksgiving, n'est-ce pas ?

Elle prit le parti d'ignorer son visiteur imprévu.

Mais la sonnette retentit une seconde fois, et Tessa, dérangée dans son sommeil, se mit à aller et venir entre l'entrée et la cuisine.

Quelques instants plus tard, on se mit à frapper à la porte.

La chienne continua ses allées et venues, mais en aboyant, maintenant..

— Qu'y a-t-il, Lassie ? Quoi ? Le petit voisin est tombé au fond d'un puits ?

Tessa aboya de plus belle, comme pour répondre à ses questions.

De guerre lasse, Léna jeta un coup d'œil vers Brooklyn, pour s'assurer que tout allait bien, puis se dirigea vers le vestibule.

Sans chercher à savoir qui se trouvait sur son perron, elle ouvrit la porte d'un geste vif.

Après tout, se rassura-t-elle, si son visiteur était un tueur en série, la chienne la protégerait.

Du moins l'espérait-elle.

Ce n'était qu'Adam, qui était très en avance.

— Ne t'ai-je pas donné une clé ? lui rappela-t-elle d'une voix où perçait une pointe d'irritation.

Tessa, pour sa part, semblait au comble de la joie, et se comportait comme si elle ne l'avait pas vu depuis des mois, alors qu'il n'avait quitté la maison que quelques heures plus tôt.

Tournant les talons, Léna regagna les lieux du désastre.

Une vague odeur de brûlé parvint à Adam tandis qu'il la suivait jusque dans la cuisine.

Léna semblait rencontrer quelques difficultés dans la préparation du repas, nota-t-il, mais il estima sage de garder sa réflexion pour lui.

— Oui, mais je ne l'utiliserai qu'en cas d'urgence, répondit-il. Si j'ai de bonnes raisons de penser que tu as fait un malaise ou que tu t'es blessée. Je ne pense pas que tu aimerais me voir aller et venir à ma guise.

En y repensant, Léna se rendit compte que, en effet, elle était systématiquement allée lui ouvrir la porte.

— Mais tu vis pratiquement ici !

Il n'était absent que lorsqu'il partait travailler ou passait chez lui changer de vêtements ; il s'était donc plus ou moins installé chez elle.

— Tu sais, le fait que tu entres par toi-même ne bousculera pas un subtil équilibre des pouvoirs, lui dit-elle.

Il prit un moment pour flatter la chienne, puis s'approcha du berceau qu'il avait aperçu dans la salle à manger. Brooklyn se mit aussitôt à gazouiller et à agiter les jambes, ses grands yeux bleus fixés sur Adam.

Agée d'à peine un mois, elle était déjà prête à tout pour attirer l'attention de son papa, constata Léna en secouant la tête.

— Salut, petit bout ! entonna Adam en chatouillant le ventre de sa fille.

Celle-ci se mit à rire, ce qui dissipa la nervosité de Léna.

Adam quitta la salle à manger pour regagner la cuisine, où il eut tout loisir de contempler l'étendue des dégâts.

Il parvint à garder son sérieux pour demander :

— Tu as besoin d'aide ?

— Non.

Le mot avait résonné comme un avertissement à l'intention d'un intrus.

— Tout se déroule à merveille, ajouta-t-elle.

Plutôt que de la contredire, Adam se contenta de se jucher sur le tabouret le plus proche. Il appuya alors son menton dans la paume de sa main, et l'observa sans cligner des yeux.

— A quoi joues-tu ? s'enquit-elle.

— J'attends de voir pousser ton nez, dit-il posément. Dans un conte, le petit bonhomme de bois dit un mensonge, et son nez se met à grandir jusqu'à devenir effrayant.

Elle leva la main pour le faire taire.

— Je ne m'appelle pas Pinocchio, et je te dis la vérité.

Il lui adressa un regard appuyé pour lui montrer qu'il n'en croyait pas un mot.

Puis il descendit de son tabouret et, d'un rapide coup d'œil, fit l'état des lieux. La plaisanterie avait assez duré ; il était temps de se retrousser les manches.

— Bon. Par où veux-tu que je commence ?

Renonçant à discuter, Léna poussa un gros soupir.

— Est-ce que tu as une baguette magique ?

Adam s'esclaffa.

— Je ne crois pas que nous soyons dans une situation si désespérée, dit-il pour la réconforter. Nous devrions nous répartir les tâches. Comment puis-je te faire gagner du temps ?

— Quand je pense qu'avant tout ça se faisait en un clin d'œil…, marmonna-t-elle, démoralisée.

Le niveau de l'eau dans le faitout ayant considérablement baissé, Léna le saisit par les poignées avec l'intention d'aller le remplir. L'instant d'après, elle poussa un cri et les lâcha.

Comment avait-elle pu oublier que les poignées étaient aussi brûlantes ?

Adam lui saisit les mains et l'entraîna vers l'évier. Il tourna le robinet et fit couler de l'eau froide sur ses paumes rougies.

Que lui arrivait-il, à la fin ? se demanda Léna.

Elle savait que cela aurait dû être sa réaction immédiate, qu'elle devait refroidir la brûlure pour l'empêcher d'endommager davantage de tissus !

L'accouchement avait-il court-circuité tous ses neurones ?

— Ne t'inquiète pas, tu retrouveras bientôt la pleine possession de tes moyens, lui promit Adam, tout en lui tenant les mains sous le filet d'eau. Pour le moment, il n'y a rien de honteux à accepter un peu d'aide, en attendant que tu reprennes ta vitesse de croisière, ajouta-t-il doucement.

Il alla chercher un torchon qu'il lui tendit.

— Je peux m'occuper de la purée, si tu veux. C'est bien ce que tu comptais faire avec ces pommes de terre, n'est-ce pas ?

Elle réprima une grimace en essuyant ses doigts endoloris.

— Oui, mais vérifie d'abord qu'elles sont assez cuites.

Il piqua de la pointe d'un couteau la plus grosse d'entre elles, puis demanda :

— Que veux-tu qu'y mette ? De l'ail, du parmesan, du lait ?

— Un peu de tout ; fais comme tu le souhaites.

Elle n'aurait jamais, pour sa part, pensé à y incorporer du fromage, mais l'idée lui plaisait.

— Parfait.

Il prit le presse-purée qui se trouvait déjà sur le comptoir, à côté de nombreux autres ustensiles.

— Je vais pouvoir passer mes nerfs sur ces malheureuses pommes de terre, lança-t-il.

Laura, qui était en train d'ouvrir le réfrigérateur pour en sortir les desserts qu'elle avait préparés la veille, s'arrêta net et l'observa, perplexe.

— Que se passe-t-il ? Tu as des problèmes ?

— Non, ce n'était qu'une plaisanterie, la rassura-t-il, tout en enfilant des maniques avant d'aller vider l'eau du faitout dans l'évier.

Mais elle n'était pas drôle, ajouta-t-il mentalement.

— Excuse-moi. Tu m'as prise au dépourvu en arrivant si tôt, lui dit-elle avant de concentrer son attention sur la farce qu'elle avait mise à cuire un peu avant.

Elle ouvrit le four et souleva la feuille d'aluminium qui recouvrait le plat rectangulaire afin de vérifier que rien ne brûlait.

Le reste de la farce se trouvait à l'intérieur de la dinde, et se gorgeait de jus de viande qui allait lui conférer une saveur exquise.

Elle devait la faire goûter à Adam.

Elle ignorait pour quelle raison elle ressentait le besoin de lui prouver qu'elle était un cordon-bleu mais, après ce qui venait de se passer, cela lui paraissait crucial.

— Je suis désolé, ce n'était pas mon intention, dit-il. Mais la librairie est fermée, aujourd'hui, et je n'avais rien à faire. Je déteste tourner en rond.

Il disait vrai.

Après avoir fait le point avec son supérieur — qui était en route pour aller rendre visite à sa famille — il était allé voir Soderholm pour s'assurer que la livraison de remplacement était effectivement programmée.

Il lui avait fallu subir le récit du scénario alambiqué que l'étudiant avait échafaudé pour fausser compagnie à ses parents durant le repas de famille.

Soderholm lui avait toutefois paru bien nerveux, en dépit du fait que, d'après lui, tout était minutieusement planifié et qu'il recevrait sa commande « incessamment sous peu », selon ses termes.

Une fois ces problèmes réglés, ses pensées étaient revenues sur Léna, comme toujours.

Et cela aurait dû le mettre sur ses gardes.

Il lui fallait prendre ses distances, il le savait, mais ce constat était vain. Plus il s'éloignait d'elle, plus il avait envie de la voir. L'adage qui disait « Loin des yeux, loin du cœur » ne s'appliquait manifestement pas à lui.

Il soupira.

Il se sentait de plus en plus mal dans son rôle, même s'il occupait toute son attention. Il était toujours conscient du danger, bien réel, mais il relâchait peu à peu sa vigilance et se détournait de ses objectifs.

Ce qui l'exposait à de nombreux périls, non seulement lui, mais aussi les collègues aves lesquels il travaillait, ainsi que Léna et Brooklyn.

Cette situation n'était pas acceptable.

Tout irait peut-être mieux s'il s'en allait.

Quelle était la bonne décision ? Devait-il rester auprès d'elles ou disparaître de leur vie ?

Si seulement il le savait !

Demain il y verrait plus clair et prendrait le temps d'y réfléchir, se promit-il. Dans l'immédiat, il avait d'autres priorités.

— Alors je me suis dit que je pourrais venir voir si tu avais besoin d'un coup de main, poursuivit-il. Ma mère disait toujours que j'étais un excellent assistant dans sa cuisine.

— Ta mère ? répéta Léna.

Elle était étonnée qu'il partage avec elle des anecdotes familiales. Il ne l'avait encore jamais fait.

— Tu sembles surprise, remarqua-t-il, amusé. Moi aussi j'avais une mère.

— Je ne voulais pas sous-entendre que tu n'en avais pas, mais tu n'en parles jamais, d'habitude.

Adam se força à adopter un ton neutre, comme si son histoire familiale ne lui avait pas brisé le cœur.

— J'ai mes raisons.

Etait-ce le fruit de son imagination, se demanda Léna, ou maniait-il vraiment le presse-purée avec une vigueur exagérée ? Il semblait effectivement passer ses nerfs sur les pommes de terre.

— Et quelles sont-elles ?

— Eh bien, je n'ai plus de famille, répondit-il simplement.

Il lui avait expliqué que sa sœur était morte, mais n'avait fait aucune mention de ses parents.

— Tes parents sont décédés ?

— Oui.

Le mot semblait avoir été prononcé sans la moindre trace d'émotion, sans révéler combien le jeune garçon qu'il était alors avait souffert à la suite de cette brusque séparation. Et il n'avait jamais pu faire son deuil, car il avait dû prendre soin de sa petite sœur et leur reconstruire une vie à tous deux.

Léna s'écarta du four pour venir le rejoindre.

— Ça nous fait donc un point commun. Moi aussi, je suis orpheline.

Dire cela lui paraissait étrange parce que, après tout, elle était adulte, et que cela faisait longtemps qu'elle était considérée comme telle.

Mais le fait qu'elle ait grandi sans mère pour prendre soin d'elle ou s'inquiéter de choses simples, comme s'assurer qu'elle mangeait correctement ou qu'elle était habillée chaudement, faisait qu'elle se sentait un peu détachée du monde dans lequel vivaient les autres.

Adam plongea son regard dans le sien, un regard tel qu'elle eut l'impression qu'il mettait son âme à nu.

— Je sais exactement de quoi tu parles, dit-il doucement.

Léna remua un peu nerveusement.

Elle se sentait réagir, non seulement à ses mots, mais à lui aussi. A cette présence très masculine à ses côtés, dans cet intérieur si féminin.

Elle n'arrivait pas à croire qu'il avait encore cet effet sur elle. En dépit de ce qu'elle savait à son sujet, et se sentant encore trahie, elle était toujours aussi incroyablement attirée par lui.

Elle voulait être avec lui. Pas seulement autour d'une table, mais aussi dans le sens biblique du mot.

Elle se rappela alors qu'elle était allée voir sa gynécologue la veille. Une fois de plus, le Dr Lapaix avait exprimé sa surprise en constatant avec quelle rapidité elle s'était remise de l'accouchement et avait retrouvé sa silhouette d'autrefois.

Lorsqu'elle avait ajouté qu'elle pourrait bientôt envisager

de donner une petite sœur ou un petit frère à Brooklyn, Léna avait pâli.

Très poliment, elle avait informé la praticienne qu'elle n'avait pas l'intention de renouveler l'expérience avant bien longtemps, pour ne pas dire jamais.

Le médecin lui avait alors lancé un regard complice et rappelé que la décision lui appartenait, mais que cela ne l'empêchait pas d'avoir des relations sexuelles si elle le souhaitait.

Comme si c'était le cas ! s'était mentalement esclaffée Léna sur le moment.

En vérité, chaque fois qu'Adam était dans les environs, elle en avait bel et bien envie.

Très envie.

Pourquoi pensait-elle à cela ?

Elle avait bien assez de soucis en tête, et Véra n'avait pas caché son impatience de la voir reprendre son activité. Léna avait donc commencé à préparer son retour, prévoyant d'être opérationnelle dès le lundi suivant.

Entre le bébé et sa carrière, elle avait largement de quoi s'occuper. Elle n'avait nul besoin d'un homme dans sa vie pour venir tout compliquer.

Enfin, dans *leur* vie, se reprit-elle.

Parce que ce qui l'affectait affectait également Brooklyn. Et le fait que l'homme sur lequel elle avait jeté son dévolu soit le père de sa fille n'y changeait rien.

Bon sang ! C'était à cause de lui qu'elle se sentait si nerveuse.

Adam avait beau ne pas ménager ses efforts pour l'aider à s'adapter aux responsabilités de sa nouvelle vie et, plus spécifiquement, s'occuper particulièrement bien de leur bébé, elle n'arrivait toujours pas à lui faire totalement confiance ni à prendre ce qu'il disait pour argent comptant.

Même si elle en mourait d'envie.

10

— Je n'avais jamais mangé de dinde aussi savoureuse, dit Lucas à Léna en posant ses couverts dans son assiette.

Le chauffeur de Josiah, grand et musculeux, avait la troublante capacité de paraître à la fois enthousiaste et flegmatique.

Lorsque Léna lui avait proposé de se joindre à eux autour de la table, l'homme avait d'abord décliné son invitation, assurant que ça ne le dérangeait pas de patienter dans le véhicule de Josiah.

Il avait apporté le roman policier qu'il était en train de lire et comptait accompagner sa lecture d'un CD de musique instrumentale.

Quand elle lui avait demandé ce qu'il avait prévu de manger pendant qu'eux se régaleraient, il lui avait montré deux barres de céréales censées contenir du chocolat et des framboises.

Secouant la tête, Léna les lui avait confisquées en lui expliquant qu'il était inconcevable pour elle de le laisser seul dans une voiture, à grignoter un misérable en-cas, a fortiori le jour de Thanksgiving.

Témoin de leur échange, Josiah avait ricané.

— A ta place, Lucas, je ne discuterais pas, déclara-t-il à son chauffeur. Je sais par expérience que le Dr Léna est quelqu'un qui a de la suite dans les idées.

Adam, présent lui aussi, s'était esclaffé.

— C'est ce que j'appellerais un euphémisme. Mais il a raison, vous savez, dit-il en s'adressant à Lucas. Elle va s'accrocher jusqu'à ce que vous lâchiez prise. A mon avis, vous devriez vous résigner à votre sort, d'autant que la dinde est en train de refroidir.

Lucas, qui ne semblait pas homme à aimer être au centre de l'attention, capitula. Il entra donc et prit place à table, à côté de Josiah.

Il avait finalement fait honneur à la cuisine de Léna, en mangeant avec appétit, bien plus que l'homme pour qui il travaillait, et même davantage que les deux autres convives.

Josiah s'était délicatement essuyé la bouche, avant de féliciter lui aussi Léna à qui il souriait tendrement.

— J'aimerais adresser mes plus sincères compliments à la cuisinière.

— Merci, répondit-elle, assez satisfaite. Mais je ne suis pas la seule à mériter ces lauriers. Le dîner n'aurait jamais été prêt à temps si Adam n'était pas venu à la rescousse.

Les mots qu'il prononça ensuite semblèrent contredire le regard qu'il porta sur « l'assistant » de Léna.

— Eh bien, ce fut une collaboration fructueuse. C'était une excellente initiative.

Il tapota son estomac toujours très plat avant d'ajouter :

— Je serais incapable de manger une bouchée de plus.

— J'espère bien que ce n'est pas le cas ! s'exclama Léna en riant. Il nous reste encore à prendre le dessert.

Tout en parlant, elle se leva et tendit la main vers l'assiette de Josiah, s'apprêtant à débarrasser la table.

Lucas se leva à son tour. Pour un homme aussi imposant, il se déplaçait avec une agilité impressionnante.

— Après un dîner aussi fantastique, le moins que je puisse faire est de débarrasser la table et de m'occuper de la vaisselle, déclara-t-il en empilant les assiettes.

— Laissez plutôt le lave-vaisselle s'en charger. Ça lui évitera de se sentir désœuvré, répondit Léna.

— Dans ce cas, je vais au moins les lui apporter, dit-il en regroupant les couverts dans un plat.

Léna avait le sentiment que, sous son apparence affable, Lucas était aussi soucieux de bien faire qu'elle l'était parfois. Aussi ne chercha-t-elle plus à l'en dissuader.

Elle inclina la tête, et accepta donc son offre en souriant.

— Merci.

Josiah se pencha alors vers Adam.

— Dites-moi, Adam, si ma question ne vous importune pas, est-ce que vous vous plaisez ici ?

Adam était persuadé que Josiah n'était pas simplement curieux, mais qu'il avait un objectif à l'esprit.

Lequel ?

— Oui, beaucoup, dit-il posément, comme s'il n'avait pas remarqué que le vieil homme le scrutait avec attention. Le climat est particulièrement agréable, et les gens chaleureux.

— Je vois.

En temps normal, il aurait mis les questions de Josiah sur le fait que celui-ci jouait les pères de substitution pour Léna, mais la manière dont celui-ci le dévisageait le poussait à revoir sa conclusion, qui lui paraissait trop simpliste.

Son métier le rendait décidément paranoïaque.

— Est-ce que, de nos jours, une librairie fait encore vivre son homme ? poursuivit Josiah.

— Oui. Du moins dans le créneau qu'a choisi Adam, intervint Léna.

Quelque chose d'assez indéfinissable, une sorte d'instinct protecteur vis-à-vis d'Adam, s'était fait entendre.

« Comme s'il avait besoin que tu le défendes ! » songea-t-elle non sans ironie.

— Vous êtes spécialisé dans les éditions originales,

c'est bien cela ? s'enquit Josiah, les sourcils levés comme pour souligner sa question.

— En effet.

— Et comment procédez-vous exactement ? Où dénichez-vous ces trésors ? insista-t-il.

Il le mettait sur le gril, cela ne faisait plus aucun doute pour Adam.

— Je participe à des ventes aux enchères. Vous seriez surpris des merveilles que l'on peut y trouver, répondit-il.

— J'en suis certain, dit Josiah, l'air soudain songeur.

Il lança un regard vers la cuisine, où Lucas rinçait les assiettes qu'il plaçait ensuite dans le lave-vaisselle.

— Mon chauffeur adore les histoires policières. Auriez-vous, par hasard, un exemplaire d'un roman écrit par Agatha Christie ? murmura-t-il avant de préciser sa requête. J'aimerais lui offrir une édition originale de *La Souricière.*

Adam sourit.

La souricière, le vieil homme semblait plutôt chercher à l'y attirer… Heureusement qu'il avait suivi des cours de littérature anglaise à l'université tout en finissant sa licence en criminologie.

— Voyons, monsieur Turner, il s'agit d'une pièce de théâtre, pas d'un roman, précisa Adam, bien décidé à ne pas s'en laisser conter.

Josiah parut tout à coup embarrassé.

— Au temps pour moi.

Puis son expression retrouva une part de naturel.

— Vous possédez peut-être une de ses autres œuvres, dans ce cas ?

Il avait effectivement en magasin un roman à proposer à son interlocuteur, si celui-ci tenait à jouer au chat et à la souris.

— J'ai un exemplaire de *L'Homme au complet marron.*

— Parfait ! s'exclama Josiah avec la bonne dose d'enthousiasme. Si vous me donnez l'adresse de votre boutique, je me ferai un plaisir de venir vous rendre visite mercredi prochain. Noël approche, comme vous le savez.

— En effet. Et il arrive souvent après Thanksgiving, ajouta sèchement Adam.

Il mit une main dans sa poche et en sortit son portefeuille. Afin d'assurer la crédibilité de sa couverture, il avait fait imprimer quelques cartes de visite. Il en tendit une à Josiah.

Celui-ci l'étudia un moment, avant de la glisser dans sa poche.

— Mercredi prochain, répéta-t-il.

— Je vous recevrai avec grand plaisir.

Le vieil homme avait quelque chose derrière la tête, Adam était prêt à y parier jusqu'à son dernier dollar.

Mais de quoi s'agissait-il ?

Tout le problème était là.

Etait-il simplement inquiet pour Léna ou y avait-il autre chose ?

Il soupira intérieurement.

Ces deux années d'enquête en sous-marin commençaient vraiment à lui peser. Il en était arrivé au stade où il ne pouvait plus croire à la réalité de ce qu'il voyait. A ses yeux, une simple rose n'était peut-être plus une fleur, mais un micro élaboré.

L'époque des vraies roses le rendait nostalgique.

— Si nous passions au dessert ? proposa Léna.

Au moment où elle se levait, Brooklyn se manifesta, leur signalant que sa sieste était finie et qu'elle souhaitait à présent que quelqu'un — ou tout le monde — lui prête un peu d'attention.

Léna soupira, puis adressa un sourire un peu penaud à ses invités. Le dessert allait devoir attendre.

— On dirait que je viens d'être bipée.

— Pourquoi ne poursuivrais-tu pas sur ta lancée ? lui suggéra Josiah. Je peux tenir compagnie à ta petite poupée pendant quelques minutes. Si ma mémoire ne me fait pas défaut, il me semble que je n'ai pas encore eu l'occasion de la porter, ajouta-t-il.

« Que Dieu te bénisse, Josiah ! » pensa Léna.

— Très bien. Dans ce cas, je te la confie.

Puis elle se tourna vers Adam.

— Adam, pourrais-tu…

Elle n'eut pas besoin de finir sa phrase. Sachant ce qu'elle attendait de lui, il s'était déjà levé.

— Pas de problème. Je vous l'amène.

Brooklyn avait dormi dans le salon, ce qui avait permis à ses parents de garder un œil sur elle pendant le repas.

Adam se pencha sur le berceau et prit sa fille dans ses bras.

Une rapide vérification de sa couche lui apprit qu'elle était encore miraculeusement sèche, même s'il ne lui aurait pas déplu de déposer un bébé malodorant sur les genoux de Josiah.

Quelque chose, chez le vieil homme, l'incitait à la plus grande prudence, même s'il ne pouvait définir de qui il s'agissait.

Attentif à chaque mouvement de la petite, et appréciant le contact de sa peau contre la sienne, il retourna dans la salle à manger.

— Voici notre charmante demoiselle. C'est tout le portrait de sa mère, déclara Josiah en souriant.

Puis il tendit les bras, pressé de la tenir.

Adam hésita un instant.

— Vous savez comment porter un bébé, n'est-ce pas ? s'entendit-il demander.

Bon sang, que lui arrivait-il ?

Quand s'était-il transformé en papa-poule ?

Allait-il finir par claquer du bec pour repousser cet intrus ?

Josiah leva ses yeux gris vers lui. Leur éclat métallique n'était pas sans rappeler des faisceaux laser.

— J'ai porté plus d'un nourrisson durant ma longue vie, monsieur Smythe.

Surmontant ses réticences, qui paraissaient injustifiées, Adam finit par confier la petite aux soins du vieil homme qui l'accueillit avec une expression presque admirative sur son visage ridé.

Ce fut au tour d'Adam de l'observer ; il le fit sans embarras ni hésitation, et put constater que Josiah s'acquittait de sa tâche avec une aisance naturelle.

Puis il se rappela un détail.

— Léna m'a dit que vous aviez une fille.

— C'est vrai. Ainsi qu'une petite-fille, ajouta Josiah sans détacher les yeux du bébé qui gigotait dans ses bras.

— Donc, j'imagine que vous avez une certaine pratique dans ce domaine.

Adam avait remarqué que, lorsqu'il engageait une conversation avec une personne, il finissait souvent par la percer à jour.

Son attention totalement concentrée sur Brooklyn, Josiah lui accorda à peine un regard.

— Je n'étais pas très présent, lorsque ma fille avait cet âge. Et comme ma petite-fille a été élevée en Angleterre, je manque de pratique dans cette discipline. Mais je fais confiance à mon instinct, déclara-t-il, l'air de rien.

Cet homme paraissait décidément de plus en plus énigmatique.

— Et que faisiez-vous, avant de prendre votre retraite ? demanda Adam, saisissant l'occasion d'en apprendre davantage.

— Tout ce qu'il fallait faire, répondit posément Josiah en observant toujours le petit visage tendu vers lui.

Puis il esquissa un sourire en ajoutant :

— On peut dire que j'étais une sorte de touche-à-tout, mais pas un bon à rien, attention ! Et, croyez-moi, si je vous parle aujourd'hui, c'est parce que j'ai été capable de survivre dans les conditions les plus éprouvantes.

Il en savait décidément de moins en moins, songea Adam avec le sentiment que Josiah prenait plaisir à le faire tourner en rond.

Renonçant pour le moment à chercher à creuser davantage, il fit un geste en direction de la cuisine.

— Si cela ne vous dérange pas, je vais aller aider Léna.

— Pas de problème, assura Josiah tout en contemplant Brooklyn.

Le simple fait de tenir ce bébé radieux le faisait paraître, et se sentir, plus jeune. Les nourrissons avaient assurément des vertus thérapeutiques.

— Je vous en prie, allez-y, reprit-il. Léna n'est pas encore aussi forte qu'elle semble le croire. Il faut bien plus d'un mois pour qu'une femme se remette, après avoir mis un enfant au monde.

Josiah s'était exprimé avec emphase, comme s'il faisait autorité en la matière.

Qui était donc cet homme qui s'érigeait en ange gardien, tout autant qu'en bienfaiteur, auprès de Léna ? se demanda une fois de plus Adam.

Il n'en avait pas la moindre idée, mais cela ne durerait pas, se jura-t-il.

En se rendant dans la cuisine, il croisa Lucas qui avait fini de remplir le lave-vaisselle et retournait dans la salle à manger.

Le chauffeur lui adressa un signe de tête en arrivant à sa hauteur, comme un locataire vivant dans une grande copropriété le ferait en croisant l'un de ses voisins, le saluant poliment, mais de manière un peu impersonnelle.

Quel était le parcours de cet homme ?

Lucas était un peu trop courtois et trop costaud sous son uniforme pour n'être qu'un simple chauffeur.

Jouait-il aussi un rôle de garde du corps ? Mais pour quelle raison Josiah aurait-il besoin d'une protection rapprochée ?

— Que sais-tu à propos de Josiah ? demanda-t-il à Léna, en prenant soin de baisser la voix afin que les deux invités ne l'entendent pas.

Sa question sembla la surprendre.

Elle éprouvait une profonde affection pour le vieil homme qui, lorsqu'il était à ses côtés, lui donnait l'impression que son père était encore vivant.

— Je l'ai toujours connu.

Cela ne répondait pas à la question d'Adam.

Il était sûr que de nombreuses personnes avaient connu Jack l'Eventreur toute leur vie ou, du moins, avaient cru le connaître.

— Mais que sais-tu de lui ? insista-t-il.

Bien qu'occupée à décorer une tarte au potiron, elle fit une pause pour se tourner vers lui.

— Que c'est un vieux monsieur charmant qui adopte des chiens abandonnés lorsque les siens meurent.

Cherchant de manière évidente à comprendre où il voulait en venir, elle l'observa, les yeux plissés.

— Pourquoi cette question ?

Adam haussa les épaules.

— J'ai l'impression qu'il me passe à la moulinette.

— Il est simplement curieux à ton sujet.

Elle prit la bombe de crème fouettée, la secoua, et en garnit la tarte avant de la parsemer d'éclats de noix de pécan.

— Il doit penser que mon jugement est faussé, reprit-elle, parce que tu es beau, et qu'en plus tu es le père de Brooklyn.

Amusé, il esquissa un sourire.

— Tu me trouves vraiment craquant ?

Léna feignit d'être très absorbée par sa tâche de décoration.

— Je croyais avoir employé l'adjectif « beau », non ?

Adam ne se contentait plus de sourire, à présent, il rayonnait.

— Tu as envie de pinailler, on dirait ? murmura-t-il.

Léna se rendit compte, au prix d'un frisson qui courut sur sa nuque, qu'elle avait plutôt envie de faire l'amour avec lui.

Et elle trouvait irritant de constater que rien n'avait changé.

Elle ressentait toujours cette attirance pour lui, celle qu'elle avait éprouvée dès leur première rencontre, et qui lui paraissait plus forte encore aujourd'hui.

Comment était-elle censée réagir ? Devait-elle ignorer ses sentiments ou s'y abandonner ?

Pouvait-elle lui faire confiance ou était-elle trop naïve ? Elle aurait aimé en avoir le cœur net car, pour le moment, elle se sentait perdue.

Elle prit alors une grande inspiration pour faire le vide dans son esprit et se concentra sur sa tâche.

Lorsqu'elle eut terminé, elle plaça le dernier dessert sur le grand plateau qui trônait sur le comptoir, et se tourna vers Adam.

— Pourrais-tu l'apporter à la salle à manger, s'il te plaît ?

Il prit un instant pour contempler son œuvre car, jusque-là, il avait été trop absorbé dans ses pensées pour prêter attention à ce qu'elle faisait.

— On se croirait dans l'un de ces restaurants gastronomiques où le serveur vous présente tout un chariot de desserts, constata-t-il.

Josiah avait apporté une tarte aux pommes mais, comme elle avait oublié qu'il souhaitait contribuer au repas, Léna avait de son côté préparé quelques autres douceurs.

— Quand as-tu trouvé le temps de faire tout ça ?

— Hier après-midi, pendant que Brooklyn dormait. La pâtisserie a le don de me relaxer, expliqua-t-elle, même si, aux yeux d'Adam, cela devait paraître étrange.

« Moi, rien ne me détend plus que faire l'amour », songea-t-il.

Il jeta un regard en coin en direction de Léna. Avait-il pensé tout haut ?

Non, heureusement.

A en juger par l'expression de son visage, il était parvenu à garder sa réflexion pour lui. Ce qui valait mieux, pour tous les deux.

Saisissant le plateau, Adam la suivit jusqu'à la salle à manger.

Le visage de Josiah s'illumina, à la plus grande joie de Léna qui savait que le vieil homme adorait les mets sucrés.

— Je goûterai à tout, déclara-t-il tandis qu'Adam posait le plateau sur la table.

— Quelque chose me dit qu'il ne plaisante pas, murmura-t-il à l'intention de Léna.

Assis à côté de son patron, Lucas, qui agitait son trousseau de clés au-dessus de Brooklyn pour la divertir, leva les yeux vers Adam.

— Il n'a jamais été plus sérieux, faites-moi confiance, affirma-t-il.

— On ne plaisante pas avec ça, reprit Josiah. J'ai un petit faible pour la tarte au potiron. Enfin, pour le potiron, sous toutes ses formes.

Son regard balayait l'étalage de friandises, et il semblait incapable de faire un choix.

— C'est dans les moments comme celui-ci que je regrette que nous n'ayons qu'un seul estomac, et non quatre, comme certains ruminants.

— Tu pourras en emporter, lui dit Léna avant de tendre

les bras vers sa fille, toujours lovée au creux du bras de Josiah. Donne-moi la petite, tu pourras savourer ton dessert plus à ton aise.

Mais Josiah secoua la tête, tout en serrant son bras autour du bébé.

— Elle est très bien là où elle est, Léna. Elle ne me dérange pas, assura-t-il.

Comme pour le prouver, il se pencha vers la part de tarte qu'Adam venait de poser devant lui et plongea sa cuillère dans la crème fouettée.

Il la porta ensuite à sa bouche et, fermant les yeux, laissa échapper un soupir de contentement.

— Tu sais, Léna, dit-il, si un jour tu décides de renoncer à ta carrière de vétérinaire, tu devrais songer à ouvrir une pâtisserie.

Puis, curieux d'observer sa réaction, il rouvrit les yeux.

— Je serais prêt à te financer, si tu devenais restauratrice, ajouta-t-il.

Il remarqua qu'Adam le dévisageait avec insistance, et devina ce qui l'intriguait : il cherchait à comprendre d'où venait sa fortune.

La réponse était on ne peut plus simple.

— Il faut investir intelligemment, et savoir se retirer au bon moment, précisa-t-il à son intention.

— Je n'ai rien dit, se défendit Adam, un peu déstabilisé par le conseil qui lui était adressé.

— Mais vos yeux, si, souligna Josiah avec un petit sourire énigmatique.

Brooklyn commença à s'agiter, remuant ses petits bras dans tous les sens, puis elle se mit à pleurer.

Ça ne doit pas être très agréable pour Josiah, songea Léna.

Une fois encore, elle tendit les bras en direction du bébé.

— Laisse-moi…

Elle n'eut pas l'occasion de terminer sa phrase.

— Assieds-toi, et cesse de t'inquiéter, lui dit alors Adam. Je m'en occupe.

Il remarqua que Josiah s'apprêtait à protester, mais décida de faire comme s'il n'avait rien vu.

Il se contenta de prendre sa fille dans ses bras.

11

Assise sur le canapé, Léna étendit ses jambes jusque sous la table basse avant de fermer les yeux.

Puis elle laissa échapper un long soupir.

Josiah et Lucas étaient partis une demi-heure plus tôt, après l'avoir submergée de compliments.

Quant à Adam, il avait insisté pour s'occuper du coucher de Brooklyn.

Une fois la table débarrassée et le lave-vaisselle mis en route, il n'y avait plus grand-chose à faire, sinon savourer la quiétude du moment.

Ce qu'elle faisait, non sans un certain plaisir. Elle étira même un peu plus ses jambes.

— Tu es fatiguée ?

Elle rouvrit brusquement les yeux et se tourna vers Adam qui l'avait déjà rejointe et venait de se laisser tomber sur les coussins, juste à côté d'elle.

Elle lui sourit, reconnaissante de le voir ainsi prendre soin d'elle, heureuse de l'avoir près d'elle.

Qui aurait cru que tout finirait par s'arranger ?

Huit mois plus tôt, tout ce qu'elle voulait était le fuir. Le fuir lui, mais aussi le milieu que, d'après elle, il représentait.

— Oui, mais très satisfaite.

Elle aurait voulu que cette sensation de contentement dure toujours.

— Organiser ce repas m'a fait un bien fou, reprit-elle. Je ne m'étais pas rendu compte que cuisiner me manquait. Même si j'ai vraiment apprécié les plats qui apparaissaient comme par magie, soir après soir, dans ma cuisine, ajouta-t-elle en observant Adam avec appréhension.

Elle craignait qu'il ait mal pris ce qu'elle venait de dire, comprit Adam. Il pouvait pratiquement lire dans ses pensées, et cela l'amusait beaucoup.

— Je ne suis pas vexé, la rassura-t-il. Et, entre nous, il faut bien admettre que ce que tu nous as concocté ce soir était bien meilleur que tout ce que j'ai pu apporter à la maison ces dernières semaines.

Il prit conscience de son lapsus un peu tard. Au lieu de dire « chez toi », il avait mentionné la maison de Léna comme s'il s'agissait aussi de son foyer.

L'avait-elle remarqué ?

A l'observer, il n'en était pas sûr.

Cependant, il était vrai que, récemment, il s'était mis à considérer sa demeure un peu comme la sienne. Après tout, c'était là qu'il passait le plus clair de son temps libre.

C'était là aussi que vivait sa fille.

« Tout doux, Serrano ! Tu es là pour assurer la sécurité de Léna, et faire en sorte que le triple idiot avec lequel tu fais affaire ne s'en prenne ni à elle ni au bébé. Ne te laisse pas prendre dans des filets dont tu ne pourrais t'échapper. »

« C'est le père de ton enfant », se répétait Léna en souriant à Adam.

La douce euphorie dans laquelle elle baignait était probablement due au succès de ce repas de fête, si modeste fût-il, à moins qu'elle ne soit trop éreintée pour se tenir sur ses gardes. Toujours est-il qu'elle se sentait envahie de tendres pensées, pour ne pas dire de pensées sensuelles, vis-à-vis d'Adam.

En fin de compte, elle s'était sûrement montrée trop dure envers lui.

En effet, rien ne l'obligeait à lui rendre visite tous les jours, en attendant qu'elle ait pris confiance en elle dans son nouveau rôle. Pourtant, il avait répondu présent, et avec enthousiasme.

Après qu'elle l'avait, il fallait l'admettre, abandonné sans autre cérémonie…

« N'oublie pas pour quelle raison tu l'as quitté… »

« Mais, maintenant, il a changé », corrigea-t-elle aussitôt.

Elle s'était toujours efforcée de croire que les gens étaient foncièrement bons et que, s'ils commettaient des erreurs, il leur suffisait de faire quelques efforts pour s'amender.

A ses yeux, il était toujours possible de regagner le droit chemin. Et, depuis qu'il avait emménagé à Laguna Beach, rien ne lui laissait supposer qu'Adam menait la même vie qu'auparavant ou qu'il fréquentait le milieu de la drogue.

D'ailleurs, quand en trouverait-il le temps ?

Il partageait ses journées entre la librairie et Brooklyn et elle.

— Tu es étrangement silencieuse, dit Adam après que quelques minutes se furent écoulées.

Même si elle s'en défendait, cette petite réception l'avait peut-être totalement épuisée, songea-t-il. Elle n'était pas si calme, d'ordinaire.

— A quoi penses-tu ? lui demanda-t-il enfin.

Refusant de lui avouer qu'elle pensait à lui, ce qui était d'ailleurs de plus en plus souvent le cas, elle se contenta de répondre :

— Je me disais que j'allais reprendre le travail à la clinique dès lundi. Véra est un peu débordée, et elle a préféré fermer le dimanche. Tu sais, je n'aime pas l'idée que mes patients trouvent porte close un jour par semaine.

Adam se passa la main dans les cheveux. Il la connaissait. Si elle reprenait le travail, elle s'y jetterait à corps perdu.

Il se disait aussi qu'il était plus aisé de la protéger à la maison. A la clinique, il y avait beaucoup d'allées et venues, et un agresseur pouvait facilement y pénétrer.

— Tu as l'intention d'exercer à plein-temps ? Pourquoi ne pas commencer avec un emploi du temps allégé, et te laisser un mois ou deux avant de reprendre ton rythme de travail frénétique ?

Léna secoua la tête. Elle avait déjà pris sa décision, d'autant qu'il y avait de la place pour Brooklyn à l'arrière de la salle de consultation ; Véra, Susannah et elle pourraient se relayer pour jeter un œil sur la petite.

— Je ne suis pas du genre à faire les choses à moitié, lui rappela-t-elle. Je m'investis totalement ou pas du tout.

Il ne put s'empêcher de sourire.

— Oui, j'ai eu l'occasion de m'en rendre compte.

Les joues de Léna prirent alors une teinte écarlate, et Adam fit de son mieux pour ne pas rire, tout en éprouvant cette sensation qui lui nouait l'estomac et lui coupait le souffle chaque fois qu'il la regardait — ou plutôt qu'il l'observait attentivement —, et qu'il remarquait, encore et encore, à quel point elle était belle.

Laissant son instinct prendre les commandes, comme lorsqu'il était en mission, il caressa la joue de Léna du bout des doigts.

Un éclat de désir passa aussitôt dans ses yeux.

Sachant où cela pouvait le mener, Adam se dit qu'il était encore temps de faire machine arrière.

Il repoussa cette pensée.

Faisant fi de tout, sauf du désir incontrôlable qui le tenait prisonnier, il posa délicatement sa main sur le visage de Léna, puis se pencha vers elle et, de ses lèvres, frôla les siennes.

Bien qu'il ne l'ait qu'à peine effleurée, le contact de sa bouche provoqua en lui les mêmes effets que lors de leur premier baiser, quelques mois plus tôt.

Il avait eu l'impression d'avoir été frappé en pleine poitrine, et de manquer soudain d'air.

Très bien. Il s'agissait donc du second avertissement.

Il avait obtenu ce qu'il voulait, avait goûté à ses lèvres sucrées, redécouvert à quel point il était encore sensible à son contact.

Inutile d'aller plus loin.

Il était temps de reculer, voire de battre carrément en retraite. Continuer ne les mènerait nulle part, sinon à une situation qui les frustrerait tous deux.

Car plus il laisserait ce désir, ce besoin s'accentuer en lui, et plus il se sentirait insatisfait.

Il ne lui restait d'autre solution que de partir.

Elle venait de donner naissance à un bébé, et n'était pas prête physiquement à lui offrir ce dont il avait tellement envie. Dans le fond, ce n'était pas plus mal, et cela servait les intérêts de Léna.

Car à part quelques bribes de sa vie, qu'il continuait à vivre sur le fil du rasoir, il n'avait rien à lui offrir.

Et si elle entrait dans son monde, elle serait constamment en danger, et lui perpétuellement angoissé, pour elle et pour leur bébé.

Or, la première chose qu'il avait apprise était qu'un agent incapable de se concentrer sur un objectif unique était un agent mort.

Il ne pouvait se laisser aller, pour le bien de Léna plus encore que pour le sien.

Si bien que, dans un effort suprême, il recula, le cœur battant follement, comme s'il se trouvait acculé par un groupe de trafiquants de drogue décidés à le tailler en pièces.

Surprise par ce baiser, Léna écarquilla les yeux.

Oh non ! Il n'allait tout de même pas lui faire ça !

Hors de question qu'il mette tous ses sens en émoi en l'espace de quelques secondes, et qu'il lui fasse fouler aux pieds toutes les promesses qu'elle s'était faites de ne pas en arriver là !

Essayait-il de se prouver quelque chose ? Qu'il pouvait s'éloigner d'elle quand bon lui semblait ? Cherchait-il à s'assurer qu'il avait encore une espèce de pouvoir sur elle ? Qu'il pouvait facilement l'émoustiller, et faire en sorte de lui devenir aussi indispensable que l'air qu'elle respirait ?

Eh bien, elle allait prendre les choses en main.

De manière délibérée, elle enroula ses bras autour du cou d'Adam, l'immobilisant plus par la force de son regard que celle de son corps.

Puis elle approcha sa bouche de la sienne et l'embrassa comme si leur vie en dépendait, comme si le monde allait s'écrouler autour d'eux si elle ne le faisait pas.

« Bon sang, Léna, pourquoi rends-tu les choses si compliquées ? »

S'écartant d'elle, Adam la repoussa doucement, mais fermement.

— Il ne faut pas, fut tout ce qu'il parvint à articuler.

Elle interpréta ses paroles à sa manière, priant pour ne pas se couvrir de ridicule, espérant qu'il n'était pas en train de jouer avec ses sentiments simplement pour se prouver qu'il en avait le pouvoir.

— Je vais bien, murmura-t-elle, le regard plongé dans le sien. Le médecin m'a dit que je pouvais… être avec toi si j'en avais envie.

« Etre avec toi »… Adam ne put s'empêcher de penser à quel point son expression paraissait innocente.

S'il lui faisait l'amour une fois encore, peut-être se sentirait-il alors comblé, apaisé, mais il en doutait.

Il savait pertinemment que leur étreinte n'éteindrait

pas le feu qui le consumait. Cependant, s'il pouvait le circonscrire pour un moment, cela lui permettrait de se concentrer de nouveau pleinement sur son travail.

Et, s'il était chanceux, l'infâme ordure avec qui il était en affaires commettrait un faux pas, et lui révélerait le nom du grossiste, ce qui permettrait à la brigade de lui tomber dessus à bras raccourcis.

Mais il n'était pas naïf au point de croire que la capture du baron du cartel mettrait un terme au trafic.

Telle une hydre, pour chaque tête coupée une autre, voire plusieurs, repoussait. Toutefois, si la Fortune lui souriait, il faudrait quelque temps au monstre pour se régénérer, et la brigade aurait alors tout loisir de faire le ménage dans les rues.

Avec des efforts supplémentaires, ils seraient aussi en mesure d'empêcher l'implantation de nouveaux réseaux dans les universités actuellement submergées par les stupéfiants.

Ce répit serait mieux que rien, et donnerait aux consommateurs l'opportunité de reprendre leur vie en main. Qui sait, ils hésiteraient peut-être ensuite à replonger, et à laisser la poudre, les pilules et les trafiquants reprendre le contrôle de leur destinée…

Mais, en ce moment précis, Adam devait reconnaître qu'il éprouvait une certaine compassion pour les toxicomanes. Pour la première fois, il voyait la vie sous le même angle qu'eux, car il était tout bonnement accro à Léna. En pleine dépendance face à cet embrasement qu'elle provoquait en lui au souvenir de leur passé, et à la pensée de ce que leur vie ensemble aurait pu être.

Il avait besoin d'elle, et de rien d'autre.

Etait-elle en train de perdre la bataille, se demandait Léna, ou Adam s'efforçait-il de résister pour des raisons qu'elle ignorait ?

Tout ce dont elle était sûre, c'est qu'elle ne pouvait se

passer de lui. Comme si leurs étreintes s'étaient déroulées dans une autre vie, qu'elle mourait d'envie de retrouver.

Elle leva les yeux vers lui, l'implorant silencieusement, mais il resta immobile, et ne la reprit pas dans ses bras. Elle se décida à lui parler, très posément.

— Adam, ne m'oblige pas à te supplier.

Elle s'exprimait calmement, mais le désir qu'elle éprouvait semblait pulser à travers tout son corps.

— Je n'aime pas me faire prier, répondit-il d'une voix rauque.

L'instant suivant, il l'embrassait à perdre haleine. Il ne lui fallut que le temps d'un battement de cœur pour se sentir perdu en elle.

Scellés par ce simple contact physique, ils semblaient déjà ne faire plus qu'un.

Plus rien n'importait à Adam, à part ce désir irrépressible qui réclamait satisfaction, ou une échappatoire quelconque, pour ne pas le dévaster totalement.

A l'instant où il avait, sans un mot de plus, lâché les rênes, il avait eu l'impression d'entendre retentir un coup de pistolet signalant le commencement de cet interlude explosif.

Il eut rapidement du mal à se souvenir de la manière dont il était passé d'une étape à la suivante. Impossible de se rappeler comment ils étaient arrivés dans la chambre de Léna et comment ses vêtements s'étaient volatilisés ; il était habillé puis, tout à coup, il ne l'était plus.

Qui l'avait dévêtu ? Léna ou s'en était-il lui-même chargé ?

Il n'avait pas tout suivi.

De la même manière, il ignorait si ses mains avaient précipitamment dégagé Léna de sa robe pendant qu'elle lui retirait sa chemise ou s'ils s'étaient effeuillés chacun de leur côté.

Il n'avait plus conscience de ces morceaux de tissu qui avaient glissé sur eux.

Et, durant tout ce temps, sa bouche était restée scellée à la sienne comme si sa vie en dépendait.

Ce qui n'était pas totalement faux.

A présent, elle était nue.

Sa peau était souple sous ses mains. Rien qu'à la toucher, il se sentait s'embraser, glissant ses mains sur ses seins doux, si doux, puis caressant ses courbes, cherchant à y connecter ses souvenirs.

Car chaque mouvement, chaque effleurement, en faisait resurgir. Son corps lui paraissait encore si familier, et en même temps il avait la sensation d'être sur le point de s'embarquer dans une aventure inédite et excitante.

Sa bouche s'attarda encore sur la sienne, avant de descendre sur cette zone sensible au niveau de sa gorge, puis, cherchant le creux de son cou, jusqu'à celui de son ventre redevenu plat.

Le gémissement de plaisir qu'elle poussa, provoqué par sa langue inquisitrice, l'excita à un point qu'il ne croyait pas possible, et lui fit tourner la tête.

Léna avait avoué à Adam qu'il était son premier amant, même si ce n'était pas d'ordinaire le genre de chose que l'on criait sur les toits.

Elle avait attendu tout ce temps, pour la simple raison qu'elle n'avait jamais rencontré d'homme qu'elle aurait aimé mettre dans son lit.

Elle n'avait donc aucun élément de comparaison, mais elle se rappelait très précisément leurs étreintes précédentes.

Celle-ci promettait d'être encore plus intense, si bien qu'elle avait peine à contenir les sensations qui la submergeaient. Cela s'apparentait à une expérience surnaturelle, et elle ne voulait pas que cela finisse.

Quelque chose, cependant, lui disait que ça ne durerait pas.

La dernière fois, elle avait mis un terme à leur relation parce qu'elle avait découvert la double vie d'Adam. Aujourd'hui, elle avait l'impression que c'était lui qui freinerait son élan.

S'il devait en être ainsi, elle voulait que ce moment privilégié dure le plus possible.

Léna se mordit la lèvre inférieure lorsque le premier orgasme explosa en elle.

Elle n'avait pas eu le temps d'en prendre conscience ; il y avait d'abord eu ce plaisir qui enflait délicieusement puis, sans crier gare, ce fut un feu d'artifice.

Elle se cabra, s'arc-boutant sous sa caresse, puis elle cria son nom et peut-être autre chose encore. Mais, le cerveau comme parcouru d'éclairs, elle n'en était pas sûre.

Adam, pour sa part, avait parfaitement entendu, même s'il se disait que son imagination lui jouait des tours.

Dans ces situations où le contrôle vous échappe, il est courant de voir des choses qui n'existent pas ou d'entendre des mots qui n'ont jamais été prononcés.

Dans un sursaut de volonté, il se força à nier ce qu'il était pratiquement certain d'avoir entendu — ce « Je t'aime » — même si, au fond de son cœur, il aurait plus que tout voulu pouvoir la serrer contre lui et lui avouer qu'il éprouvait les mêmes sentiments.

Au lieu de cela, il se laissa glisser le long de son corps, et ce peau à peau les embrasa davantage. Puis il s'immobilisa au-dessus d'elle, son regard planté dans le sien, l'estomac noué.

Il était assailli par des sensations inconnues, et des mots qu'il n'osait prononcer se bousculaient dans sa tête.

Seules les circonstances avaient causé la défaite de sa volonté, rien d'autre, voulut-il croire.

Puis il la pénétra délicatement, attentif au moindre signe témoignant d'une douleur de sa part.

Ou d'un brusque changement d'avis.

Mais il n'en perçut aucun.

Léna passa ses bras autour du cou d'Adam, s'y agrippa, puis s'accorda au mouvement de ses hanches.

Lorsque le plaisir atteignit son pic, elle eut l'impression qu'un arc-en-ciel scintillant se déployait en elle.

Elle s'y accrocha désespérément, priant pour que ce moment ne finisse jamais, tout en sachant, au fond d'elle, que ce n'était pas possible.

12

Au début, Léna eut du mal à identifier le son qui lui parvenait. Encore en proie aux derniers soubresauts du plaisir, il lui fallut plusieurs secondes pour comprendre l'origine de ce bourdonnement léger, mais insistant.

C'était un téléphone cellulaire, en mode vibreur.

Etant donné que le sien jouait les premiers accords de *Oh When the Saints Go Marching In*, une chanson qu'elle avait apprise dans son enfance, il était évident que le portable qui sonnait était celui d'Adam.

Les derniers nuages cotonneux du septième ciel se dissipèrent instantanément, et le monde extérieur envahit le petit coin de paradis qu'ils venaient de se construire.

Elle aurait dû s'y attendre…

Qui pouvait donc l'appeler le soir de Thanksgiving ?

D'horribles soupçons l'assaillirent de nouveau.

Elle tenta de faire taire ses doutes, car de telles pensées ne feraient que gâcher ce moment proche de la perfection.

Hélas ! le mal était déjà fait.

La vibration s'arrêta, puis recommença quelques instants plus tard.

Encore et encore.

La personne au bout du fil ne souhaitait manifestement pas se contenter de laisser un message.

Léna réprima un soupir.

— On t'appelle, finit-elle par dire.

Adam en était parfaitement conscient, et avait espéré que son interlocuteur abandonne la partie.

Malheureusement, la chance n'était pas de son côté.

Il ne pouvait s'agir que de son supérieur ou de son apprenti gangster.

Une fois de plus, l'appareil se mit à vibrer.

— Tu devrais peut-être décrocher, non ? insista Léna qui ne comprenait pas son manque de réaction ou, plutôt, craignait d'en deviner les raisons.

Adam se tourna vers elle. Tout ce dont il avait envie était de lui faire de nouveau l'amour.

— Ce n'est pas important, dit-il en toute sincérité.

Etait-ce parce qu'il ne voulait pas décrocher alors qu'elle était là ou parce qu'il partageait les mêmes pensées qu'elle, et ne voulait pas gâcher ce moment particulier ? se demanda Léna.

Pour cela, il était déjà trop tard.

Elle s'écarta de lui, et tendit le bras pour palper les vêtements éparpillés sur le sol, à la recherche de l'appareil.

Adam sembla soudain revenir à la vie et se mit à son tour en quête du téléphone.

Il devait le trouver avant elle.

Léna le localisa la première. Elle le sortit de la poche du jean, et jeta un regard à l'écran en le lui tendant.

— Tu ferais mieux de répondre. Ils n'ont pas l'air de vouloir lâcher prise.

A son tour, il observa l'écran qui indiquait « personnel », ce qui signifiait qu'il s'agissait de Hugh.

Adam décrocha à contrecœur et marmonna : « Allô ? » tout en s'efforçant de trouver un moyen d'écourter autant que possible la conversation sans éveiller la suspicion de Léna.

— Où étais-tu, bon sang ? Je t'ai appelé au moins quatre fois !

— Deux, rectifia Adam, en gardant un ton posé. C'est Thanksgiving, au cas où tu l'ignorerais.

— Si si, je sais. Ma femme n'apprécie d'ailleurs que modérément le fait que je me sois éclipsé pendant le repas de famille. Mais, franchement, ils seraient tous plus à leur place dans un asile d'aliénés ! marmonna-t-il, faisant pour la première fois un commentaire d'ordre personnel.

Cela ne ressemblait pas à Hugh de se plaindre, et il ne mêlait jamais vie professionnelle et vie privée. Immédiatement, Adam se demanda si leur mission avait pris un mauvais tour.

— Qu'y a-t-il de si important qui ne puisse attendre demain ?

Hugh reprit un ton plus professionnel.

— D'après mes sources, il y a du changement concernant la date de livraison. Je n'ai rien de très précis pour le moment, mais tiens-toi prêt à passer à l'action sous deux jours. Peut-être même dès ce soir… Je ne sais pas qui est le fournisseur de ton imbécile d'étudiant, mais il a le don de mettre tout le monde sur les nerfs.

Adam s'était focalisé sur le seul élément qui lui paraissait crucial.

— Ce soir ?

Il remarqua que Léna l'observait sans chercher à dissimuler sa curiosité.

— Peut-être, reprit Hugh. Je veux simplement que tu te tiennes prêt.

— D'accord, grommela Adam.

Puis il entendit la tonalité. Fidèle à son habitude, Hugh venait de raccrocher.

Adam lança alors un regard à Léna, et continua à parler comme si son interlocuteur était encore en ligne.

— Très bien, je te laisse t'en charger. Je te fais confiance. Préviens la police et transmets-lui toutes les informations que tu auras glanées grâce à la caméra de surveillance. O.K, ça me convient. Et si je dois faire une déposition, rappelle-moi, je te rejoindrai à la librairie. Mais j'aimerais que tu règles ça sans moi. Oui. Merci, et bonne fête de Thanksgiving à toi aussi, ajouta-t-il pour donner le change. A plus tard.

— La police ? répéta Léna lorsqu'il rabattit le clapet de son téléphone. Que se passe-t-il ?

Adam lança l'appareil sur son jean, poussa un soupir et secoua la tête comme s'il était choqué par ce qu'il venait d'apprendre.

— C'est l'employé que j'ai embauché la semaine dernière. L'entreprise chargée de la surveillance de la boutique l'a appelé parce que l'alarme s'est déclenchée. Il semblerait que quelqu'un est entré dans la librairie. C'est incroyable, non ? Le jour de Thanksgiving… Celui qui a fait ça devait compter sur le fait que personne ne serait sur place un jour férié.

Léna s'était assise et avait remonté le drap contre sa poitrine. Il lui paraissait étrange de tenir cette conversation dans le plus simple appareil, alors que sa tête était encore emplie des souvenirs de leur étreinte.

— Ton système de surveillance est relié à une caméra ? demanda-t-elle.

Adam trouvait sa posture pudique extrêmement excitante.

— Oui. J'ai beaucoup d'ouvrages de grande valeur, dans la boutique. Certains sont très rares, en tirage limité. J'ai donc fait installer une alarme, mais le faisceau de la caméra ne balaie pas l'ensemble de la librairie.

Elle pensa à la jubilation de son père lorsqu'elle lui avait offert l'édition originale du livre de Mark Twain pour son anniversaire.

— Je suis désolée, dit-elle, compatissante. Qu'ont-ils volé ?

Elle semblait si touchée par sa pseudo-mésaventure qu'il se sentit coupable de lui mentir.

— Je n'en sais rien pour le moment, mais Bill va procéder à un inventaire.

— Il est certain que quelqu'un est entré ?

Adam secoua la tête.

— D'après lui, l'équipe de surveillance a simplement signalé que l'alarme s'était déclenchée.

— Il est possible que ce soit juste une fausse alerte, suggéra-t-elle sur un ton enthousiaste. On ne t'a peut-être rien pris.

— C'est possible, reconnut-il.

Il avait oublié combien elle était optimiste. C'était d'ailleurs l'une des qualités qui l'avaient séduit.

Elle soupira.

— Les livres devraient être sacrés.

— Rien ne l'est, répliqua-t-il en la regardant avec insistance.

« Sauf pour toi », ajouta-t-il mentalement.

— Ne devrais-tu pas aller porter plainte ? reprit-elle, en espérant de tout son cœur qu'il ne se sentirait pas obligé de le faire tout de suite.

— Non, Bill va s'en occuper. Il a passé la journée avec des amis, et il rentrait chez lui lorsque l'entreprise de surveillance l'a appelé.

— Pourquoi ne t'a-t-elle pas contacté, toi, puisque tu es le propriétaire ?

— Sans doute, inconsciemment, ne voulais-je pas être dérangé, car je n'ai pas entendu leur appel. Comme le numéro de Bill venait ensuite sur leur liste de contacts d'urgence, c'est à lui qu'ils ont transmis les informations, ce qui n'est pas plus mal. Etant donné qu'il est disponible, il peut se charger des démarches administratives, à moins que la police n'insiste pour m'interroger, expliqua-t-il.

Faisant abstraction du message de Hugh, ainsi que du fait qu'il venait de mentir à Léna, Adam laissa son instinct reprendre le dessus. Il la prit dans ses bras, et la chaleur de son corps l'émoustilla autant que la première fois.

Il repoussa une mèche qui dissimulait les yeux de Léna.

— Eh bien, où en étions-nous ?

— En pleine extase, si je ne m'abuse, répondit-elle avec un sourire coquin.

— Oui, ça doit être ça. En tout cas, quelque chose dans ce genre-là, admit-il, en posant ses lèvres sur les siennes.

Heureusement, il n'y eut pas d'autre appel téléphonique.

Adam sentait la tension monter en lui.

Chaque heure passée à attendre le coup de fil de cet imbécile de Soderholm semblait confirmer que l'opération était en train de capoter.

Il craignait aussi que l'attitude arrogante de l'étudiant n'ait irrité ses comparses, les poussant à le mettre sur la touche une bonne fois pour toutes.

Impossible d'en avoir le cœur net.

Les indics de Hugh étaient sur le coup, ainsi que les siens, mais personne n'avait eu vent d'une éventuelle passation de pouvoirs, ni même d'une livraison dont le planning aurait été modifié.

Comme si personne n'était au courant de rien, ce qui paraissait tout de même étrange…

Sa nervosité grandissait mais, au moins, il avait une excuse plausible s'il lui fallait quitter précipitamment le domicile de Léna.

Certes, cela devenait moins crédible s'il devait s'éclipser au milieu de la nuit, songea-t-il, tout en saluant son dernier client de la journée, qui venait de s'offrir une copie un peu abîmée de *L'attrape-cœurs*.

Après avoir raccompagné l'homme à la porte, Adam retourna le panneau de bienvenue, indiquant ainsi que le magasin était désormais fermé, puis verrouilla toutes les ouvertures.

Dix minutes plus tard, il était au volant de sa voiture, ses pensées revenaient une fois de plus sur la situation plutôt inconfortable dans laquelle il se trouvait.

Même si le petit crétin imbu de lui-même aimait les effets dramatiques, il était presque sûr qu'il ne lui fixerait pas rendez-vous en pleine nuit.

Il avait eu l'occasion de remarquer que Soderholm préférait régler ses affaires en journée. En dépit de ses attitudes de matamore et de sa pâle imitation d'Al Pacino, le gamin se sentait plus à son aise lorsqu'il n'avait pas trop à être sur ses gardes, ou à se demander qui pouvait se tapir dans l'obscurité.

Conduisant pratiquement en pilotage automatique, Adam cligna des yeux en se souvenant qu'il devait tourner au croisement suivant, avant de s'engager dans une rue où un petit centre commercial s'était récemment ouvert.

Il avait eu l'idée de faire une visite surprise à Léna, et c'était là qu'elle et Véra avaient décidé d'implanter leur nouvelle clinique. Elles y disposaient d'un local plus spacieux pour accueillir leur patientèle grandissante, et d'une salle pour installer des appareils de radiologie.

C'était son moment préféré de la journée ; lorsqu'il retrouvait Léna et leur bébé, et qu'il pouvait faire semblant d'être un homme ordinaire, avec une vie ordinaire.

« Combien de temps crois-tu que ça va durer ? »

Il fit taire la petite voix lancinante dans sa tête.

Lorsqu'on exerçait un métier tel que le sien, il était vain de se projeter trop en avant. Il devait se contenter de l'instant présent, et profiter au maximum de chaque minute passée en compagnie de sa famille.

Sa famille…

Il aimait la manière dont ces mots sonnaient à ses oreilles, même si ce n'était qu'un leurre.

En s'engageant sur le parking de la clinique, il s'étonna de ne pas voir le véhicule de Léna. Elle se garait d'habitude près de l'entrée de service, laissant les places de stationnement proches de la porte principale libres pour ses patients à quatre pattes et leurs maîtres.

Il eut le vague sentiment que quelque chose ne tournait pas rond.

Susannah était assise à la réception, plusieurs dossiers beiges ouverts sur son bureau. Elle semblait occupée à établir des factures.

Elle leva la tête en entendant la porte s'ouvrir. Lorsqu'elle vit Adam, le sourire professionnel qu'elle adressait aux clients se dissipa, et l'expression qui le remplaça témoignait d'une certaine inquiétude.

Il ne s'était pas trompé ; il y avait un problème.

Toujours soucieux de maîtriser un environnement nouveau, et conscient des dangers qui pouvaient s'y dissimuler, Adam inspecta les lieux du regard. Rien ne semblait avoir changé de place depuis sa dernière visite.

— Bonjour, monsieur Smythe.

Il perçut une pointe de tension dans sa voix.

Hésitait-elle à lui annoncer quelque chose ?

De nouveau, il balaya la pièce du regard, en quête d'un indice qui pourrait lui indiquer ce qui se passait.

L'un des sbires de Soderholm était-il venu menacer Léna ?

Adam se dispensa des politesses d'usage.

— Susannah, où est le docteur Walters ? demanda-t-il.

La réceptionniste s'éclaircit la voix avant de répondre.

— Elle a dû se rendre d'urgence à l'hôpital.

Il se mit alors à imaginer tous les scénarios possibles, mais s'efforça de garder son sang-froid.

Léna ne pouvait procéder à tous les actes chirurgicaux sur place, il le savait. Susannah pouvait donc très bien parler du centre vétérinaire spécialisé dans les traumatismes, à Bedford.

— Pour quelle raison y est-elle allée ? insista-t-il, faisant de son mieux pour ne pas perdre patience.

— C'est le bébé…, finit-elle par articuler.

Très bien. Désormais, il était en droit de céder à la panique.

— Que s'est-il passé ?

— Brooklyn s'est mise à tousser et à éternuer. Ensuite, elle a semblé avoir de la difficulté à respirer. Le Dr Walters a appelé sa pédiatre…

— Quel est son nom ? l'interrompit-il, incapable de se rappeler le patronyme de la spécialiste.

Il se souvenait juste qu'il s'agissait d'une femme, et qu'elle exerçait au centre hospitalier où Léna avait été transportée après la naissance de Brooklyn.

Victime à son tour d'un trou de mémoire, Susannah fronça les sourcils.

— C'est le Dr Collins, intervint Véra en sortant de l'une des salles de soins.

L'associée de Léna avait reconnu la voix d'Adam et venait le mettre au courant.

— La pédiatre a demandé à Léna d'emmener la petite aux urgences, afin qu'elle l'examine.

Puis, s'approchant du bureau, elle sortit un bloc-notes et un stylo de la poche de sa blouse blanche.

— Je peux vous noter l'adresse, si vous voulez.

— Merci, mais ce n'est pas la peine. Je la connais.

— Je lui ai proposé de l'accompagner, ajouta Véra, qui lui avait emboîté le pas tandis qu'il se dirigeait en hâte vers la sortie. Mais elle n'a pas voulu que nous annulions les rendez-vous de cet après-midi.

Cela ressemblait fort à Léna. Même en situation de crise, elle ne perdait pas de vue ses responsabilités.

Sacré petit bout de femme ! songea-t-il.

— Ne vous inquiétez pas, cria Véra en maintenant la porte ouverte pour qu'il l'entende. Brooklyn est en de bonnes mains.

— Merci, fut tout ce qu'il parvint à lui répondre.

Son cœur battait à tout rompre lorsqu'il démarra. Il s'était déjà trouvé dans ce genre de situation où un simple mot pouvait saborder une opération ou le mettre en danger de mort, mais il n'avait jamais été aussi angoissé.

Devenir père l'avait profondément transformé ; il en prenait soudain conscience.

Le trafic était dense, à cette heure de la journée.

Afin d'éviter d'éventuels bouchons, il décida de contourner l'artère principale et d'emprunter de petites rues.

Conduisant comme si son moteur avait pris feu et qu'il devait atteindre sa destination avant l'explosion finale, il pria pour ne croiser aucune voiture de police qui l'intercepterait immanquablement pour excès de vitesse.

C'était la première fois qu'il roulait à une telle allure vers un hôpital depuis que sa sœur avait succombé à une overdose.

L'infirmière des admissions le dévisagea en se demandant de toute évidence si elle devait appeler la sécurité.

Il dut se faire violence pour baisser la voix et contenir tant soit peu son impatience tout autant que son anxiété.

— Ecoutez, ma petite fille vient d'être admise au service pédiatrique. Elle n'a que six semaines. Le Dr Collins souhaitait l'examiner…

L'expression de l'infirmière se radoucit à la simple mention du nom de la pédiatre.

— Pourquoi ne l'avez-vous pas dit plus tôt ?

Elle pianota sur le clavier de son ordinateur, puis parcourut du doigt la liste que l'écran affichait.

— Quel est le nom de votre fille, s'il vous plaît ?

— Brooklyn Walters.

Il se dit alors qu'il allait faire modifier son patronyme aussi vite que possible ; il voulait que tout le monde sache qu'il était son père.

— Elle est au deuxième étage, chambre 213. Les ascenseurs sont…

Adam était déjà parti en courant, non en direction des ascenseurs, mais de la cage d'escalier. Il savait qu'il perdrait moins de temps qu'en attendant la cabine.

Brooklyn avait donc été hospitalisée… Ce n'était pas très bon signe, se dit-il.

Il s'arrêta sur le seuil de la chambre 213, dans laquelle cinq berceaux étaient alignés.

Quatre étaient vides.

Le dernier était surmonté d'une sorte de tente en plastique, sous laquelle il aperçut sa fille.

Cette vision lui glaça le sang.

Elle paraissait minuscule, peut-être plus encore qu'au moment de sa naissance. Jamais il ne s'était senti aussi impuissant.

Il lui fallut un instant pour se rendre compte que Léna était assise sur une chaise, juste à côté du berceau.

Il la rejoignit et mit les mains sur ses épaules, avant de se pencher pour déposer un baiser au sommet de sa tête.

Léna ne détacha pas un instant son regard du bébé endormi sous la tente à oxygène. Elle posa sa main sur celle qui se trouvait sur son épaule droite et se sentit aussitôt réconfortée par ce simple contact physique.

Elle avait perçu sa présence dès qu'il était arrivé.

Durant tout l'après-midi, pendant qu'elle priait pour

que la petite aille mieux, elle avait aussi espéré qu'il allait les rejoindre.

Pendant que la pédiatre examinait Brooklyn, elle l'avait appelé sur son portable, mais un étrange message l'avait invitée à rappeler plus tard.

Léna se considérait comme quelqu'un de solide. Elle se croyait capable de surmonter toutes les épreuves qui se présenteraient sur son chemin et, jusqu'à ce jour, cela avait été le cas. Cependant, la perspective que quelque chose de fâcheux puisse arriver à sa fille l'avait anéantie.

Elle avait une boule dans la gorge, si bien qu'elle eut du mal à parler, même après s'être éclairci la voix à deux reprises.

— Le Dr Collins a dit que Brooklyn est hors de danger, murmura-t-elle.

Sa voix se brisa et des larmes roulèrent sur ses joues.

— Je sais. Je l'ai croisée dans le couloir, dit Adam.

Il avait effectivement failli la percuter en se précipitant vers la chambre. Elle lui avait fait un bref compte rendu de la situation, en commençant par son diagnostic, et lui avait expliqué les examens pratiqués sur Brooklyn ainsi que le traitement proposé.

Il passa alors à côté de Léna, afin d'être plus près du berceau.

— Pourquoi ne m'as-tu pas appelé ? Je serais venu immédiatement.

— Je l'ai fait, mais ton téléphone ne passait même pas en mode messagerie. Ensuite, je n'ai plus voulu m'éloigner de Brooklyn pour réessayer.

Le regard posé sur son bébé, elle s'essuya les joues.

Elle n'osait pas lui dire à quel point la petite paraissait suffoquer au moment de son admission.

— Elle a l'air si vulnérable, comme ça…

Adam secoua la tête.

— Elle n'est pas très grande, mais elle n'a rien d'une crevette. C'est une battante, comme sa maman.

Il se le répétait aussi, comme pour se rassurer.

De plus, il gardait à l'esprit ce que lui avait dit le Dr Collins : Brooklyn réagissait bien aux médicaments.

Son inquiétude concernait plutôt Léna, en cet instant.

— As-tu mangé ?

— Je ne sais plus, murmura-t-elle en levant les yeux vers lui. Je ne crois pas. Tout s'est passé si vite… Elle a commencé à toussoter, et j'ai presque trouvé ça mignon.

« J'aurais dû me monter plus prudente », se reprocha-t-elle.

— Puis elle a eu du mal à respirer…

Elle marqua une pause, pour prendre une grande inspiration, et essayer de retrouver un rythme cardiaque normal.

— Je n'ai jamais eu si peur de ma vie !

— Mais, maintenant, elle va bien, lui rappela-t-il d'une voix rassurante. Le Dr Collins a suggéré de la garder en observation pour la nuit, afin de s'assurer qu'elle récupérait correctement. Tu sais, beaucoup d'enfants attrapent la coqueluche.

Léna le savait, bien sûr, mais ce qui lui importait vraiment était ce qui arrivait à son enfant, pas à ceux des autres.

— Elle n'a même pas deux mois !

— Tous les résultats de ses examens sont bons, insista Adam.

Il lui prit la main et l'attira vers lui, la forçant à se lever.

— Elle va bien. Et puis, tu ferais mieux de voir le bon côté des choses.

— De quoi parles-tu ? demanda Léna, perplexe.

Il repoussa les cheveux qui lui tombaient sur les yeux et lui sourit.

— Quand, dans quelques années, elle se montrera impertinente, tu pourras lui rappeler à quel point tu lui as été dévouée.

Bien qu'elle eût encore envie de pleurer, Léna se mit à rire et posa la tête sur l'épaule d'Adam, infiniment reconnaissante qu'il soit à ses côtés.

Tout à coup, toute l'énergie qu'elle avait mobilisée pour rester lucide face à la panique et à la peur sembla la déserter.

Ses doigts s'accrochèrent au T-shirt d'Adam, et elle sentit toutes les digues céder en elle.

Elle fut incapable de contenir ses larmes plus longtemps.

13

— Tu en es certain ? insista Josiah, même si son ton n'exprimait pas la moindre surprise.

La voix grave et légèrement rauque à l'autre bout du fil confirma :

— Absolument certain.

Josiah ferma les yeux un instant, afin d'assimiler pleinement l'information qu'il venait de recevoir.

Qui aurait imaginé cela ?

— Je te remercie, Harry, dit-il enfin. Je te dois une fière chandelle.

Le dénommé Harry se contenta de ricaner avant de répliquer,

— Je dirais plutôt cinq, Turner. Mais qui se soucie de tenir les comptes, hein ?

— Toi, manifestement, et on dirait que tu n'es pas fortiche en calcul mental.

Se préparant à raccrocher, Josiah se redressa dans son fauteuil au cuir patiné par les ans qui avait pratiquement pris l'empreinte de son corps.

— On se voit samedi, même heure que d'habitude ? demanda son interlocuteur.

— Bien sûr. J'ai déjà hâte, répondit-il avant de reposer le combiné.

Se renversant de nouveau dans son siège, il resta le regard dans le vague, réfléchissant à ce qu'il allait entreprendre.

La vérité était beaucoup plus réjouissante qu'il l'avait imaginé. Il n'aurait pas besoin de se débarrasser d'Adam, ce qui aurait nécessité la mise en œuvre de compétences dont il avait perdu l'usage.

Il reconnaissait volontiers être un peu rouillé, même s'il savait que ce genre de pratique s'apparente à celle de la bicyclette : elle ne s'oublie jamais.

Cependant, sa vue n'étant plus ce qu'elle était, Lucas aurait été contraint de s'acquitter de cette tâche.

— Mauvaises nouvelles, patron ? demanda Lucas, qui était entré dans le bureau peu après la fin de la conversation téléphonique.

Josiah fit pivoter son fauteuil pour se tourner vers son chauffeur.

Loin des regards inquisiteurs, la relation entre les deux hommes était bien moins formelle que lorsqu'ils se trouvaient en public.

Il restait toutefois clair que, pour Lucas, Josiah serait toujours un supérieur hiérarchique, un mentor, comme à l'époque où ils travaillaient tous deux au FBI.

Par ailleurs, Lucas n'oubliait pas que Josiah lui avait en quelque sorte sauvé la vie.

Lorsqu'il avait dû se résigner au fait qu'il n'avait plus les capacités physiques nécessaires aux missions de terrain, il avait préféré démissionner plutôt que se voir affecter à un poste administratif.

A partir de ce moment-là, son existence avait perdu tout attrait.

Quelques mois plus tard, quand Josiah avait pris sa retraite, il s'était remis en contact avec Lucas pour l'engager en qualité de « bras droit », ce qui signifiait que Lucas aurait parfois à exercer ses talents et à mener quelques enquêtes, comme au bon vieux temps.

Cette fois, cependant, Josiah avait décidé de s'en charger personnellement, parce que cela concernait Léna. Et ce qu'il venait d'apprendre l'avait agréablement surpris.

Il marqua donc une pause avant de répondre.

— Je dirais… étranges.

Le connaissant bien, Lucas savait qu'il valait mieux lui laisser un peu de temps pour trouver les mots justes.

Chercher à le presser produisait généralement le résultat inverse à celui escompté ; l'ancien agent spécial avait en effet la capacité de se refermer comme une huître lorsqu'il le jugeait nécessaire.

Josiah était toutefois enclin à partager ses impressions avec Lucas qui, au fil des ans, lui était devenu plus proche que quiconque, y compris sa propre fille.

Et il s'était mis à le considérer un peu comme son fils, même s'il ne l'avait jamais explicitement formulé. Du reste, les mots n'étaient pas toujours nécessaires, et il était convaincu que Lucas connaissait ses sentiments à son égard.

— Lucas, te rappelles-tu à quel point Léna était mal dans sa peau à l'époque où elle est revenue s'installer à Laguna Beach ?

Lucas acquiesça.

— Elle faisait de son mieux pour le cacher mais, oui, je m'en souviens.

— C'était à cause de son libraire…

— Le père de Brooklyn, ajouta Lucas pour clarifier la situation.

Josiah confirma d'un signe de la tête.

— Oui. Et quand elle a commencé à remonter la pente, à redevenir celle que nous connaissions, Walter est décédé, ce qui l'a ramenée au trente-sixième dessous. J'ai pensé alors qu'elle avait simplement du mal à faire le deuil de son père…

Sa voix se fit traînante, tandis qu'il se remémorait cette période.

— Mais j'ai fini par comprendre qu'elle se débattait avec d'autres problèmes.

Il plongea son regard dans celui de Lucas.

— Et j'ai senti qu'elle avait besoin de se confier à quelqu'un, ajouta-t-il.

Lucas se contenta d'un hochement de tête pour acquiescer.

Tous deux savaient qu'en son temps Josiah était réputé pour sa facilité à faire parler les témoins.

Il n'avait jamais eu besoin de recourir à la moindre forme de violence, ni même à en proférer la menace.

Son talent reposait sur la manière dont il regardait les gens, et les sentiments qu'il faisait naître en eux, comme si ce qu'ils lui confiaient resterait confidentiel, alors qu'il ne leur avait rien promis de tel.

— Elle m'a expliqué qu'elle avait quitté Santa Barbara précipitamment, après avoir découvert que l'homme dont elle était amoureuse était en réalité un trafiquant de drogue.

Josiah prit une profonde inspiration, comme s'il s'efforçait de ne pas céder à la colère.

Lucas ne se souvenait pas de l'avoir jamais vu perdre son sang-froid mais, lorsque la fureur envahissait son regard, cela vous glaçait les sangs.

— Autant te dire que je n'étais pas très enthousiaste quand j'ai appris qu'il était dans les parages. Je ne suis pas du genre à me mêler de la vie privée des autres, mais…

— Bien sûr que non, coupa Lucas en se félicitant de pouvoir contenir son envie de rire.

Mû par son désir de toujours contrôler ce qui se passait autour de lui, Josiah avait dû considérer que sa démarche n'avait rien d'indiscret.

— Léna m'a depuis affirmé qu'il a changé, et qu'il s'est installé ici non pour la harceler, mais parce qu'il souhaitait prendre un nouveau départ dans la vie. J'ai tout de même trouvé pour le moins suspect le fait qu'il ait arrêté son choix sur la ville où elle réside. Je ne lui ai bien sûr pas fait part de mes réticences, mais il est évident que Léna craint que les promesses d'Adam soient de courte durée.

En tant qu'agents spéciaux puis simples civils, ils avaient passé près de vingt ans ensemble. Lucas avait eu tout le temps d'affiner le portrait psychologique de son mentor.

Il savait que Josiah attendait un signe d'encouragement de sa part avant de partager avec lui ses récentes découvertes.

Aussi sauta-t-il sur l'occasion pour demander :

— Et alors, les tient-il toujours ?

Josiah le surprit en émettant un son qui ressemblait à s'y méprendre à un rire.

— Tu ne vas pas me croire !

Pour cela, il devrait en apprendre davantage, songea Lucas. Cependant, à observer l'éclat qu'avait pris le regard du vieil homme, il se doutait plus ou moins de la tournure qu'allait prendre son histoire.

— Adam Smythe n'est pas libraire, dit-il. Je me trompe ?

Josiah caressa l'impeccable barbichette qui lui couvrait la pointe du menton.

— Bien vu.

— Mais il n'est pas non plus trafiquant, c'est ça ?

Josiah secoua la tête.

— Tu es en train de gâcher mon effet de surprise !

Lucas inclina la tête en signe de déférence.

— Que voulez-vous, j'ai été formé par un grand maître.

Les lèvres de Josiah s'étirèrent dans un nouveau sourire.

— Eh bien, Petit Scarabée, dit-il en utilisant le surnom de David Carradine dans la série *Kung-fu*, que Lucas affectionnait particulièrement. Qui est donc Adam ?

D'après les éléments dont Lucas disposait maintenant, il semblait aisé d'assembler les dernières pièces du puzzle.

— Mon petit doigt me dit qu'il doit être un représentant de la loi.

Il marqua une pause avant de poursuivre :

— Et puisqu'il a été question de drogue, reprit-il, je pencherais pour un agent de la brigade des stupéfiants.

Une pointe d'admiration illumina les yeux gris de Josiah.

— Le Bureau a perdu un sacré atout lorsque tu as tiré ta révérence.

Lucas repoussa le compliment d'un haussement d'épaules.

— C'était dans la logique des choses, vous le savez bien. Je n'arrivais plus à tenir le rythme. Mais, pour en revenir à nos moutons, que comptez-vous faire de cette information ?

Il devait admettre que Josiah avait éveillé sa curiosité.

— Allez-vous la garder pour vous ou la communiquer à Léna ?

Les secrets des gens leur appartenaient, considérait Josiah. Cette fois, cependant, il en allait autrement puisque cela concernait une personne dont il était très proche.

Et sur laquelle il veillait depuis qu'elle était revenue.

De son point de vue, il n'y avait pas à tergiverser.

— La pauvre petite se fait un sang d'encre, à se demander si le père de son enfant va reprendre son « business », lui rappela Josiah. Le moins que je puisse faire est de lui apporter un peu de sérénité.

Lucas fut tenté de lui suggérer de patienter un peu, au cas où cette révélation risquerait de faire capoter la mission d'Adam. Mais il savait que Josiah, quoique fervent patriote, donnerait la priorité au bien-être de ceux qui faisaient partie de son cercle, certes restreint, d'amis.

Il faut parfois peu de temps pour que tout bascule, se dit tristement Léna.

Une heure plus tôt, impatiente de fermer la clinique afin

de rentrer chez elle pour y passer une soirée romantique en compagnie d'Adam, elle ne pouvait détacher ses yeux de l'horloge murale.

Elle avait tout planifié : le menu, la musique ainsi que quelques sujets de conversation. Et, profitant de son heure de pause, elle était allée acheter quelques articles de lingerie très sexy.

Puis tous ses plans s'étaient effondrés lorsqu'elle s'était arrêtée pour déposer Brooklyn chez Josiah, qui avait proposé de la garder avec l'aide de Lucas.

Depuis la naissance du bébé, il n'avait cessé de lui répéter qu'il serait heureux de s'en occuper. Elle savait qu'il adorait jouer les grands-pères et que, depuis que son gendre avait accepté un poste en Angleterre, il n'avait plus guère d'occasions de le faire.

Il n'en parlait jamais, mais elle était persuadée que sa fille et sa petite-fille lui manquaient terriblement.

— Je ne suis pas un grand sentimental, Léna, mais j'aime beaucoup passer du temps avec des enfants, avait-il dit. Si tu as envie de sortir de temps en temps, je me ferai un plaisir de prendre soin de Brooklyn.

Donc, lorsque l'idée de cette soirée d'érotisme débridé avait germé dans son esprit, elle s'était souvenue de la proposition de Josiah.

Comment aurait-elle pu deviner que la situation se renverserait aussi rapidement ?

Après avoir patiemment écouté ses instructions concernant les habitudes de Brooklyn, Josiah lui avait pris le bébé des bras.

— Léna, j'ai quelque chose à te dire.

Sans qu'elle sache pourquoi, elle avait soudain eu l'impression que son estomac se nouait.

Malgré ce pressentiment, elle n'était de toute évidence pas préparée à ce qui l'attendait.

— De quoi s'agit-il ? demanda-t-elle tout en récapitulant mentalement toutes les recommandations qu'elle avait prévu de lui faire au sujet de Brooklyn.

Brooklyn choisit cet instant pour se mettre à pleurer, mais Josiah lui tapota le dos et se balança doucement d'un pied sur l'autre, ce qui eut pour effet de la calmer.

— J'ai mené ma petite enquête, dit-il. Et je tenais à te rassurer : Adam gagne sa vie honnêtement.

— Vraiment ?

Léna sentait maintenant sa gorge se serrer, mais elle parvint tout de même à parler.

— Comment peux-tu en être certain ? Qu'as-tu appris ?

Elle avait failli lui demander « Dans quel traquenard l'as-tu attiré pour le savoir ? » et s'était reprise juste à temps.

Josiah estima alors nécessaire de lui apporter quelques précisions.

— En réalité, il n'a jamais été trafiquant de drogue. Et son nom de famille n'est pas Smythe, mais Serrano.

Il vit l'incertitude se marquer sur les traits de Léna, qui semblait se répéter ce nom qui ne lui paraissait pas familier.

— Adam Serrano…

Elle fut prise d'un violent mal de tête.

Où avait-il obtenu ces renseignements ? Il était un homme d'affaires retraité.

Comment avait-il eu accès à ces informations ?

— Comment…

Josiah haussa ses frêles épaules dans un mouvement évasif.

— J'ai des amis qui ont des amis.

Léna passa ses doigts sur son front.

La douleur qui s'intensifiait, juste au-dessus de ses yeux, semblait désormais imiter un roulement de tambour frénétique, et les pulsations qui lui emplissaient le crâne l'empêchaient d'analyser correctement ce que lui disait Josiah.

Rassemblant ses dernières forces, elle insista :

— Et que t'ont révélé ces amis ?

— Que ton cher Adam Smythe, enfin, Serrano, est un agent fédéral, spécialisé dans le démantèlement de réseaux de trafic de stupéfiants. Ce n'est pas dans mes habitudes de me mêler des affaires des autres, ajouta-t-il, et j'aurais volontiers gardé ces informations pour moi, mais je sais à quel point tu redoutais qu'Adam « replonge » dans ce milieu peu fréquentable. Maintenant, tu as l'assurance qu'il ne fait rien de répréhensible.

Il déplaça Brooklyn sur son autre épaule, avant de reprendre.

— Léna, tu comptes énormément à mes yeux et, que tu le veuilles ou non, depuis que ton père n'est plus de ce monde, je me sens un peu responsable de toi. Je suis désolé si je suis allé trop loin, mais je voulais être sûr que tu ne t'engagerais pas avec quelqu'un qui te ferait souffrir.

Hélas ! le mal était déjà fait.

Alors qu'elle tentait de conserver un sourire poli face à son vieil ami, Léna sentait son cœur se briser en mille morceaux.

Il avait pensé bien faire, mais elle aurait préféré rester dans l'ignorance. Elle aurait voulu apprendre cela plus tard — ou non, plus tôt. Certainement pas maintenant, alors qu'elle venait de surmonter ses réticences à l'égard d'Adam et recommençait à lui faire confiance.

Alors qu'elle s'apprêtait à prendre un nouveau départ.

Ce qui lui arrivait n'était pas la faute de Josiah, songea-t-elle.

— Je te remercie. C'est gentil à toi de veiller sur moi.

En voyant ses yeux embués, Josiah ne put s'empêcher de se demander si, malgré la gratitude qu'elle lui témoignait, il n'avait pas commis un impair en réveillant des douleurs qu'elle avait cru dompter.

Il ne regrettait pas d'avoir mené sa petite enquête, mais probablement aurait-il mieux fait de ne rien lui dire.

Dans l'espoir de réparer son erreur, il essaya de minimiser l'impact de sa révélation.

— Tu sais, la vie d'un agent fédéral, en particulier lorsqu'il travaille en sous-marin, n'est…

Léna ne voulait pas en entendre davantage, ni qu'il trouve la moindre excuse à Adam-je-ne-sais-qui.

— Je comprends, l'interrompit-elle.

Rien n'avait changé et, pourtant, rien n'était plus pareil.

Elle avait envie de fuir, d'aller se terrer au bout du monde, mais elle n'était plus seule. Elle avait un enfant, et les responsabilités qui vont avec.

Brooklyn passait avant tout le reste.

Elle prit une profonde inspiration.

— Tu sais, Josiah, on peut reporter cette séance de baby-sitting à un autre soir, dit-elle en tendant les bras vers son bébé.

Josiah maintenait la petite, qui s'était endormie, contre sa poitrine.

— Mais non, voyons ! Je suis disponible, lui assura-t-il. Et ne t'inquiète pas, je sais ce que je fais. Je m'occuperai de Brooklyn comme s'il s'agissait de ma propre petite-fille.

Léna n'en doutait pas, mais elle n'avait aucune envie de se retrouver en tête à tête avec Adam, et encore moins dans l'optique d'une soirée romantique.

La trahison n'avait rien d'aphrodisiaque.

— Mais…

Josiah secoua la tête.

— Pas un mot de plus. Tu mérites bien de prendre un peu de temps pour toi, insista-t-il en la reconduisant jusqu'à la porte. Tu pourras venir chercher Brooklyn à l'heure qui te conviendra.

Tandis qu'elle descendait les marches du perron, elle l'entendit parler à Brooklyn comme si elle était déjà une grande fille. A n'importe quel autre moment, cela l'aurait amusée. Mais, en cet instant, elle avait l'impression que rien ne pourrait plus jamais la dérider.

Le cœur aussi lourd qu'une brique, Léna finit par tourner les talons et descendit l'allée jusqu'à sa voiture.

Puis elle roula en direction d'une maison qui n'avait plus rien d'un foyer.

Une espèce de mal-être s'était emparé d'Adam dès le début de la journée, et cette sensation s'accroissait d'heure en heure.

Cela avait commencé par un appel téléphonique.

Danny Soderholm lui avait paru particulièrement nerveux lorsqu'il lui avait parlé, et ne s'était pas exprimé avec son habituelle morgue si irritante.

Il avait fini par laisser échapper le nom du chef de son fournisseur, César Montoya, et s'était montré maladroit au point d'ajouter qu'il était à la recherche de nouveaux contacts.

Dès qu'il s'était rendu compte de sa gaffe, son ton était devenu encore plus fébrile, et Adam n'avait pas mis longtemps à comprendre que Soderholm le voyait désormais comme un concurrent potentiel.

Ça n'avait pas été facile, mais il était finalement parvenu à convaincre l'étudiant qu'il n'était pas dans ses intentions d'empiéter sur ses plates-bandes.

Qu'il était satisfait de la manière dont il gérait ses affaires, et que son seul souhait était de recevoir des livraisons régulières de cocaïne, d'héroïne et de méthadone afin d'approvisionner ses propres dealers.

Soderholm lui avait paru rassuré au moment de raccrocher, mais Adam savait qu'il en faudrait peu pour que le gamin se sente déstabilisé. Si la prochaine personne qu'il croisait voyait les choses différemment, Danny risquait de se sentir de nouveau menacé, et cela pourrait avoir des conséquences fâcheuses.

« Ça commence à bien faire », se répétait-il.

Peut-être avait-il abusé de sa chance.

Le moment était venu de changer de poste ou de demander une mutation, pour ne plus avoir l'impression d'être constamment sur des charbons ardents.

Il fallait parfois peu de temps pour changer radicalement d'avis, songea-t-il. Son mode de vie lui avait toujours plu, tant qu'il n'avait à se soucier que de lui-même.

Ce n'était plus le cas aujourd'hui, et il ne voulait pas revenir en arrière.

Il devait se rendre à l'évidence : il avait terriblement envie de connaître une véritable vie de famille, de rester auprès de Léna et de leur bébé non plus de manière éphémère, mais permanente.

Léna.

Depuis ce matin, il s'était à plusieurs reprises demandé ce qu'elle mijotait.

Un peu avant midi, elle l'avait appelé pour lui dire de ne pas lui rendre visite à la clinique, mais de la rejoindre à la maison un peu plus tard que d'habitude.

Elle avait fini par avouer qu'elle lui réservait une petite surprise.

Rien qu'en repensant à leur conversation, il se mit à sourire.

Sa conscience le taraudait aussi, et de plus en plus fréquemment au fil des jours. Non, tout cela ne pouvait plus durer.

Il devait lui dire exactement qui il était, même s'il gardait à l'esprit que ça allait à l'encontre du code de conduite du FBI.

Mais il ne pouvait pas la laisser s'inquiéter indéfiniment.

S'il voulait avoir une vraie chance avec elle, il devait

lui confesser ce qu'il faisait dans la vie. Evidemment, il ne lui confierait pas les détails de ses opérations et se bornerait à lui expliquer tout ce qui ne mettrait en danger la vie de personne.

Il avait déjà pris la décision de s'ouvrir à elle.

Son métier était important pour lui, mais si elle exigeait qu'il change de carrière, il le ferait.

Pour elle.

Son travail n'était plus sa raison de vivre. Des considérations bien plus excitantes étaient entrées en ligne de compte depuis peu.

Et une fois que tout serait réglé, qu'il aurait quitté la brigade ou occuperait un autre poste, alors Léna accepterait peut-être de l'épouser. Parce que sa vie, il venait de s'en rendre compte, n'avait aucun sens sans elle et Brooklyn.

Il n'avait pas compris qu'il s'était contenté d'exister, sans vivre vraiment. Léna lui avait montré qu'il était encore vivant.

Il s'engagea dans l'allée en sifflotant. La voiture de Léna se trouvait dans le garage qui n'était pas fermé. A cette vue, il sourit, heureux à l'idée qu'elle l'attendait.

Pendant quelques heures, il allait faire abstraction de toutes ses autres pensées, y compris ce mauvais pressentiment qui ne l'avait pas quitté de la journée, et se concentrer sur la soirée qui s'annonçait.

Une soirée qu'il avait hâte de passer en compagnie de Léna et leur bébé.

Il appuya sur la sonnette et patienta un moment avant de sonner de nouveau. N'obtenant pas de réponse, il s'apprêtait à utiliser le heurtoir lorsque la porte s'ouvrit enfin.

Quand son regard rencontra celui de Léna, son sourire s'évanouit.

14

Comme, au lieu d'ouvrir la porte en grand pour le laisser entrer, elle restait immobile, il sut immédiatement que quelque chose ne tournait pas rond.

— Qu'est-ce qui ne va pas ? demanda-t-il prudemment.

Tout ! faillit hurler Léna.

Quand il fit un pas en avant, elle recula machinalement, lui permettant ainsi de se faufiler dans l'entrée, même si ce n'était pas ce qu'elle voulait.

Par où commencer ? Elle était si bouleversée et si énervée que les phrases se bousculaient dans sa tête.

Cependant, une réflexion revenait sans cesse.

— Tu m'as menti ! s'exclama-t-elle enfin, ses yeux lançant des éclairs.

L'accusation donna à Adam des frissons qui lui parcoururent toute la colonne vertébrale.

Il s'efforça de comprendre de quoi elle parlait.

S'agissait-il de leur passé ou faisait-elle référence à leur situation actuelle ?

Avait-elle eu vent de ses tractations avec Soderholm, et déduit qu'il avait renoué avec ses pratiques douteuses ?

Il se fit violence pour conserver son calme.

La colère de Léna avait peut-être un fondement logique qui lui échappait encore.

— A quel sujet ? s'enquit-il, perplexe.

— A quel sujet ? répéta-t-elle, à la fois incrédule, surprise et furieuse. Y a-t-il tant de possibilités que ça ?

« Tant que tu n'en croirais pas tes oreilles », répliqua-t-il mentalement.

Il fit de son mieux pour choisir soigneusement ses mots, afin de ne pas la provoquer davantage.

— Je voulais dire qu'il y a probablement un malentendu et que tu…

Le mot la fit sortir de ses gonds.

— Un « malentendu » ? Effectivement, et il est de taille !

Refoulant avec détermination les larmes qui lui montaient aux yeux, elle planta ses poings sur ses hanches.

Pas question de pleurer devant lui.

Elle refusait de lui montrer à quel point elle était blessée.

— Disons plutôt que j'ai commis une erreur en croyant que nous pouvions construire une relation ensemble, reprit-elle. Que l'on pouvait se faire confiance. Ça prouve l'étendue de ma stupidité.

Ses yeux semblaient maintenant lancer des flammes.

— Il fallait vraiment que je le sois, pour m'investir comme je l'ai fait pour que ça marche. Evidemment, pour toi, c'était différent.

Elle fit un geste en direction de la porte, qu'il venait de refermer derrière lui.

— S'il te plaît, va-t'en.

Adam resta immobile, sans dire un mot. Qu'est-ce qui avait bien pu provoquer une telle fureur ?

— Mais enfin, qu'y a-t-il ? demanda-t-il, n'y comprenant rien.

Elle articula alors lentement chaque mot.

— Je veux que tu t'en ailles.

Décontenancé, il dit la première chose qui lui passa par la tête.

— Léna, es-tu en train de faire une espèce de dépression postnatale ?

Il n'aurait pu faire pire.

Ce fut comme s'il venait d'agiter un chiffon rouge devant un taureau de combat.

— Ah ! C'est vrai, je suis une femme ! Donc, forcément, si je m'énerve, c'est dû à un déséquilibre hormonal ! Eh bien, rassure-toi, mes hormones vont parfaitement bien, je te remercie de t'en préoccuper. Ce ne sont pas elles qui m'ont trahie.

Etant donné qu'il ne se pliait pas à son injonction, elle se dirigea vers la porte qu'elle ouvrit avant de répéter son ordre.

— Maintenant, sors !

Au lieu d'obtempérer, il la referma dans un claquement.

— Je n'irai nulle part tant que tu ne m'auras pas expliqué de quel mensonge tu parles. Si tu me mets au pilori, j'aimerais au moins savoir pour quel crime !

Hors d'elle, Léna le fusilla du regard.

Comment pouvait-il ainsi faire l'innocent ?

Leurs étreintes, les mots charmeurs, tout cela n'avait donc été qu'une mascarade ?

« Après tout, ça fait partie de son métier. Il manipule les gens à longueur de temps, et toi la première », songea-t-elle.

— Tiens-tu vraiment à ce que je te le dise ?

Sa question était, à son grand étonnement, empreinte d'un sarcasme dont elle ne se croyait pas capable.

Afin de ne pas se déconcentrer, Adam s'efforça de conserver son sang-froid, même s'il éprouvait de plus en plus de difficultés à se contrôler.

— Oui, parce que je l'ignore. Si je savais à quoi tu fais allusion, je t'expliquerais en quoi tu t'es fourvoyée, répliqua-t-il en espérant que son ton n'était pas trop agressif.

— Ma seule erreur a été de tomber amoureuse de toi.

Il la dévisagea, désarçonné.

— Attends une minute. Tu es amoureuse de moi ?

Ce n'était pas là-dessus qu'elle voulait qu'il rebondisse ; ce n'était pas le moment.

— Ne te monte pas la tête. Ça ne change rien, si je ne peux pas te faire confiance, ajouta-t-elle, agacée.

— Bien sûr que si, rétorqua-t-il avec toute la sincérité dont il était capable.

Elle aurait dû savoir qu'il l'aimerait et la protégerait toujours, et qu'il resterait à ses côtés.

Léna secoua la tête ; elle refusait de se laisser de nouveau piéger par ses dénégations.

— Et tu n'as pas confiance en moi, lui lança-t-elle.

Adam avait de plus en plus l'impression de se battre contre un ennemi invisible.

Elle pouvait faire allusion à tant de choses différentes, tant de secrets qu'il ne pouvait pas encore lui révéler… même s'il comptait le faire bientôt.

D'ici là, il devait la laisser dans l'ignorance, à tous points de vue.

— Ce n'est pas une question de confiance, Léna.

Il fallait qu'il parvienne à le lui faire comprendre, même s'il ne pouvait s'ouvrir à elle davantage.

— Alors de quoi s'agit-il ? insista-t-elle. Si tu avais eu confiance en moi, tu aurais été franc dès le départ !

Mais il aurait alors dû s'assurer qu'elle n'en parlerait à personne, qu'elle garderait son secret jusque dans la tombe, parce qu'il jouait sa vie en se confiant.

Au lieu de cela, il l'avait laissée dans le noir, au point qu'elle s'était convaincue qu'il était capable du pire.

Cela l'avait amenée à l'exclure des joies de sa grossesse et du bonheur de voir l'enfant de leur amour grandir en elle.

— Est-ce que tu imagines à quel point c'est douloureux ? s'exclama-t-elle. Je ne comptais pas assez à tes yeux pour que tu me dises la vérité ! Tu m'as fait croire que je partageais ta vie, alors que tu me cachais tout.

Adam ignorait toujours si elle faisait allusion à un quelconque trafic de drogue auquel il serait lié ou s'il s'agissait d'autre chose. Soderholm avait-il pris contact avec elle ? Lui avait-il tout raconté ?

Non, ça ne lui ressemblait pas. Cette petite ordure l'aurait éventuellement prise en otage, mais ne lui aurait pas fait la conversation.

Il ne voulait pas que Léna le voie comme un vulgaire malfrat, mais avait-il vraiment le choix ?

Lorsque cette enquête serait bouclée, il pourrait plaider sa cause, songea-t-il. A condition toutefois qu'elle accepte alors de l'entendre…

— Je te le répète, la confiance n'a rien à voir dans cette histoire. Il y a d'énormes enjeux… et des personnes qui prennent de gros risques.

La souffrance qu'il lisait dans ses yeux le mettait à la torture. Il la saisit alors par les épaules.

— Je ne suis pas un trafiquant de drogue, Léna.

Elle se dégagea brutalement, sa fureur semblant avoir redoublé.

— Je le sais.

— Tu es au courant ? dit-il, abasourdi.

— Oui, cria-t-elle presque. Et pas parce que tu me l'as dit !

Adam avait besoin de réponses aux questions qu'il se posait, car les répercussions pouvaient être très importantes.

— Alors quel est le problème ?

— Tu te fiches de moi ?

Il ne manquait décidément pas de toupet !

— Le problème est que tu me tiens à l'écart de ta vie, et de tout ce qui s'y passe. Parce que tu m'as caché que tu étais un agent du gouvernement ! vociféra-t-elle.

Il l'observa un long moment sans rien dire, tandis que sa dernière phrase résonnait dans sa tête.

— Comment l'as-tu découvert ?

Léna redressa le menton.

Les rôles s'inversaient ; c'était elle, désormais, qui avait les réponses aux questions.

Si elle lui révélait qu'elle tenait ses informations de Josiah, le vieil homme serait certainement mécontent, et, en ce moment, elle se sentait beaucoup plus proche de son ami que d'Adam.

— Peu importe, répliqua-t-elle. Ce qui compte, c'est que je suis au courant, et que ce n'est pas grâce à toi.

Puisqu'elle était maintenant convaincue qu'il n'était pas un trafiquant, pourquoi continuait-elle à hurler ?

Adam n'y comprenait goutte.

— Tu es en colère parce que je suis un représentant de la loi ?

La question la déstabilisa.

Avait-il du coton dans les oreilles ?

— Je suis excédée parce que tu m'as dissimulé que tu es policier ! Tu as préféré me laisser imaginer que tu étais un malfrat.

— Je ne pouvais compromettre mon enquête.

Sa réponse, censée la calmer, eut plutôt l'effet inverse.

— Mais ça ne te gênait pas de te compromettre, toi, en passant pour quelqu'un que tu n'es pas ? Imagines-tu combien de nuits j'ai passées à me torturer à ce sujet ? A me répéter que le père de mon enfant était un gangster ? Cela ne te dérange-t-il pas de savoir que tu aurais pu éviter tout cela en me confiant ta véritable identité ?

Si, bien sûr, mais il était pieds et poings liés.

Si elle était au courant et que les types avec lesquels il était en contact le découvraient, cela pouvait coûter la vie à de nombreuses personnes. Il ne pouvait se permettre de prendre un tel risque.

— Je n'avais pas le choix… je ne connaissais pas encore le plan de jeu.

Il se rendit compte que les mots qui sortaient de sa bouche devaient donner à Léna l'impression qu'il parlait d'une simple compétition sportive.

Tout cela ne les menait nulle part. Il prit donc le parti de ne plus se chercher d'excuses, et d'aller de l'avant.

— Très bien. Tu es donc maintenant dans le secret des dieux. Alors pourquoi m'en veux-tu autant ? Je suis là pour faire respecter la loi.

C'est peut-être ainsi que le considéraient les autres, mais pas elle. Pas après ce qu'il lui avait fait ou, plutôt, ce qu'il avait choisi de ne pas faire.

— C'est faux ! Tu es un menteur. Et peu importe que tu sois du côté des bons ou des méchants, un mensonge reste un mensonge. A mes yeux, ce n'est pas excusable. D'ailleurs, qui me dit que tu ne m'as pas dissimulé autre chose ? Comment puis-je être sûre que tu ne me manipules pas encore ?

— Je n'ai jamais…

Adam s'apprêtait à protester, mais elle l'interrompit d'un geste de la main, stoppant net son flot de paroles.

— Pourquoi devrais-je te croire ? Qui sait, tu es peut-être un agent double ? Un sale type qui fait semblant d'être un policier grimé en trafiquant !

De nouveau décontenancé, Adam eut besoin d'un moment pour comprendre ce qu'elle suggérait.

— Attends…

— Non ! Je n'attendrai pas. Maintenant, s'il te plaît, va-t'en ! l'implora-t-elle, incapable de savoir combien de temps s'écoulerait avant qu'elle craque irrémédiablement.

Adam lui aurait volontiers accordé un peu de temps

pour prendre du recul, mais il sentait que s'il franchissait cette porte tout serait fini entre eux.

— C'est hors de question. Je ne partirai que quand tu m'auras assuré que cet obstacle n'est pas insurmontable.

Elle secoua la tête, et ses cheveux virevoltèrent autour de son visage.

— Si je faisais ça, je deviendrais une menteuse, comme toi. Or, je suis quelqu'un d'entier, même si cela peut paraître idiot, dit-elle en soupirant. Et je sais qu'un mensonge, quel qu'il soit, compromet une relation en faisant naître le doute. Tu m'as trompée, et je ne saurais jamais plus quand te croire, et quand me méfier de toi. Jamais deux sans trois, comme dit l'adage.

Il refusait que leur histoire s'achève ainsi, pas au moment où il pouvait enfin jouer franc-jeu.

— Léna, je t'en prie, je…

Il ne la ferait pas changer d'avis, Léna le savait.

— J'ai besoin de temps pour réfléchir, et je ne peux pas le faire quand tu es dans les parages, l'interrompit-elle.

Il pinça les lèvres.

— Est-ce que cela plaiderait en ma faveur si je te disais que je t'aime ?

Non. Elle ne le croyait pas.

Elle en mourait d'envie, mais elle ne pouvait s'y résoudre.

— Oui, si je te faisais confiance. Mais tu dis peut-être ça parce que tu te sens acculé.

Adam ouvrit la bouche, prêt à se défendre et à lui exposer ses sentiments de manière plus explicite, mais son téléphone se mit à sonner. Le regard furtif qu'il jeta à l'écran lui apprit qu'il venait de recevoir un texto de Soderholm.

Il réprima un juron en comprenant que la transaction aurait lieu dans l'heure qui suivait.

Léna, rien qu'en l'observant, avait deviné quel dilemme

le taraudait. Elle décida de lui faciliter la tâche et de se libérer de lui par la même occasion.

— Poursuis ton enquête, lui lança-t-elle. C'est de toute évidence plus important que moi.

Il eut envie de lui crier que rien ne comptait plus qu'elle, mais ce serait une perte de temps.

Quoi qu'il fasse, il ne parviendrait pas à la raisonner. Pas ce soir, alors qu'elle était dans un tel état. Il avait déjà remarqué que plus il la poussait dans ses retranchements, plus elle se braquait.

Même si cela lui coûtait, il avait conscience qu'il ne pouvait que faire marche arrière et la laisser se calmer.

Ensuite, quand cette affaire serait enfin classée, il pourrait se consacrer à elle, et s'amender.

— Je m'en vais, dit-il avant de marquer une pause. Mais je reviendrai.

Et c'était une promesse sur laquelle elle pouvait compter, qu'elle le croie ou non.

— Seulement si je le veux, rétorqua-t-elle avant de claquer la porte.

Vidée de ses forces, elle s'appuya contre le battant.

Comment avait-elle pu être aussi stupide ? Adam avait dû penser qu'elle était la personne la plus crédule du monde.

Son cœur saignait tandis qu'elle maudissait Adam pour avoir ainsi compliqué sa vie.

Trop tétanisée pour bouger, et trop malheureuse pour seulement essayer, elle resta immobile un moment.

Finalement, elle se força à baisser les yeux vers le cadran de sa montre. Il était encore assez tôt pour aller chercher Brooklyn et la ramener à la maison.

Cette perspective la réconforta.

Elle avait besoin de penser à autre chose, pour ne plus s'appesantir sur cette douleur terrible qui la taraudait.

Après avoir pris son sac à main et sa clé de voiture qui

se trouvaient sur la console de l'entrée, elle composa le numéro de Josiah sur son portable.

Il répondit à la seconde sonnerie.

— Allô ?

— Bonsoir, Josiah, c'est Léna dit-elle. Je vais venir chercher Brooklyn, je serai là dans moins de dix minutes.

— Tout va bien ?

Elle aurait dû se douter que Josiah lui poserait des questions.

Avant qu'elle ait pu lui répondre, la sonnette de la porte retentit.

Bon sang ! Pourquoi Adam ne la laissait-il pas tranquille ? Elle ne voulait pas le voir. Plus ce soir, en tout cas. Et même certainement pas avant un très long moment, a priori.

— Oui, ne t'inquiète pas, déclara-t-elle un peu sèchement en ouvrant la porte.

Elle leva les yeux vers son visiteur.

— Ecoute, je t'ai…, commença-t-elle. Oh !

— Léna ? Léna, tu m'entends ? demanda Josiah.

Mais il ne reçut aucune réponse.

La communication venait d'être coupée, et ça ne lui disait rien qui vaille.

Le message de Soderholm l'avait mené jusqu'à cet endroit. La transaction était censée avoir lieu dans l'entrepôt devant lequel il se trouvait, mais il n'y avait repéré aucune lumière et pas le moindre signe de vie.

Quant à la Lexus décapotable argentée de Soderholm, que ses parents lui avaient offerte pour son vingt et unième anniversaire et qui, au dire de l'étudiant, leur avait coûté la bagatelle de soixante-huit mille dollars, elle était loin de passer inaperçue. Or, elle n'était nulle part dans les environs.

Cela ressemblait à un guet-apens.

Ou, plutôt, à une diversion.

L'arme au poing, il inspecta néanmoins le pourtour du hangar désaffecté qui servait autrefois de dépôt à une grande marque de jouets qui, depuis, avait fait faillite.

Il avait de plus en plus le sentiment de s'être fait rouler dans la farine.

Empruntant une porte latérale qui, d'après le son qu'elle produisit, n'avait pas été ouverte depuis des lustres, il entra dans le bâtiment puis se déplaça lentement, avec mille précautions. Tous ses sens étaient en éveil, à l'affût du moindre mouvement dans l'obscurité, et l'adrénaline courait dans ses veines à toute allure.

Il ne perçut aucun bruissement, ni respiration dans la bâtisse, pas même celle d'un rat.

Il progressa le long des murs, sans relâcher son attention. A force de tâtonnements, il finit par trouver un interrupteur. Retenant son souffle, il le pressa. L'unique néon n'était pas assez puissant pour éclairer tout l'entrepôt, mais suffisamment pour lui confirmer qu'il était bien seul.

Pour quelle raison ce crétin de Soderholm jouait-il au chat et à la souris ?

La réponse lui fit l'effet d'un coup de poing dans le plexus. Cette ordure avait orchestré cette mise en scène afin de l'éloigner de Léna.

Quelle autre explication pouvait-il y avoir ?

Il sortit son portable pour la prévenir.

Alors qu'il s'apprêtait à composer son numéro, l'appareil se mit à sonner. Craignant le pire, il décrocha, tout en gardant son arme fermement serrée dans son autre main.

— Allô ?

— Retournez immédiatement chez elle !

La voix qui venait de crier dans l'appareil avait un léger accent. Bien qu'il n'ait passé que peu de temps avec cet homme, il reconnut instantanément son intonation.

— Turner, que se passe-t-il ?

Sa phrase s'égara dans le vide. La communication avait été coupée.

Il ne prit pas la peine de retenir le juron qui lui brûlait les lèvres.

Fourrant le portable au fond de sa poche, il se rua hors du hangar et courut aussi vite qu'il le put vers sa voiture, une sueur glacée lui envahissant le front.

Josiah Turner ne lui avait pas expliqué ce qu'il se passait mais, inconsciemment, il le savait déjà.

Léna était en danger. Et c'était sa faute.

— Qui êtes-vous et que me voulez-vous ? s'exclama Léna de son ton le plus courroucé alors que l'expression qu'elle lisait dans les yeux du jeune malfrat lui glaçait le sang.

Soderholm la poussa vers le salon en lui enfonçant son arme dans les côtes.

— Je suis le partenaire commercial de ton petit copain, et je tiens à m'assurer qu'il ne cherchera pas à me doubler au moment de passer à la caisse.

Il inspecta la pièce du regard, comme pour s'assurer qu'ils étaient bien seuls.

— Tu crois que je n'ai pas compris qu'il veut me court-circuiter, en se rapprochant de mon contact ? C'est moi, l'intermédiaire ! hurla-t-il en se frappant la poitrine à deux reprises pour souligner son propos. Et toi, tu vas me servir de garantie.

Il fallait qu'elle gagne du temps, songea Léna en lui faisant face. Quelques instants plus tôt, elle était en conversation avec Josiah, qui avait dû l'entendre ouvrir la porte à cet inconnu.

Elle avait machinalement raccroché, mais elle était persuadée qu'il enverrait son chauffeur pour vérifier que tout allait bien, comme lorsque la ville avait été frappée par un mini-tremblement de terre au printemps.

Il ne faudrait pas plus d'une seconde à Lucas pour maîtriser ce gamin qui, elle n'en doutait pas, n'en mènerait pas large une fois désarmé.

Ses doigts étaient fermement serrés sur la crosse de son pistolet, et il était bien plus grand qu'elle, mais elle ne se considérait pas battue d'avance.

Son père, qui ne laissait rien au hasard, avait insisté pour qu'elle suive des cours d'autodéfense avant de quitter Laguna Beach pour aller à l'université.

Il ne lui restait qu'à trouver le moyen de séparer son adversaire de son arme.

— Quelle garantie ? demanda-t-elle en s'efforçant de paraître intriguée, alors que son cerveau était en ébullition, à la recherche d'une solution pour lui faire baisser la garde.

— Je l'ai observé. Ce brave libraire semble tenir beaucoup à toi. Il passe plus de temps en ta compagnie qu'à son magasin.

De l'extrémité du canon de son pistolet, il lui caressa la joue.

— Je vais lui faire comprendre que s'il joue au plus malin avec moi, c'est toi qui en pâtiras. Il n'y a de la place que pour un caïd dans cette ville, et ce sera moi.

Le bruit d'une fenêtre qui s'ouvrait, à l'arrière de la maison, le fit sursauter. Il attira Léna contre lui, et enroula le bras autour de sa gorge.

15

Son assaillant l'entraîna sur le côté, de manière à se trouver dos à un mur.

Son coude s'enfonçait si fort dans sa clavicule, et son emprise était si serrée que Léna se sentit suffoquer.

Toutes ses pensées se tournèrent vers Brooklyn.

Qui élèverait sa fille, s'il lui arrivait malheur ? Qui serait là, auprès d'elle, pour l'accompagner dans la vie ? Et lorsqu'elle réclamerait sa maman ?

Elle ne pouvait pas mourir ! Son bébé avait besoin d'elle.

Tout à coup, elle songea à Tessa, avant de se rappeler que la chienne était à la clinique, car elle lui avait retiré un kyste dans la matinée.

Pourquoi avait-il fallu qu'elle choisisse ce jour pour opérer son garde du corps ?

Elle devait faire quelque chose !

Attrapa la main de son agresseur, elle saisit l'un de ses doigts et le tira de toutes ses forces vers l'arrière.

Il hurla de douleur.

— Tiens-toi tranquille ! vociféra-t-il en resserrant son emprise.

La tête de Léna se mit à tourner, et ses jambes flageolèrent sous elle. Avec l'énergie du désespoir, elle enfonça ses ongles dans la chair de son ennemi.

Il poussa un juron, mais finit par relâcher un peu son bras, si bien qu'elle put enfin reprendre son souffle.

— Allez, montre-toi, Smythe ! cria-t-il. Je sais que tu es là.

Ignorant de quel côté sa cible ferait son apparition, il regardait frénétiquement autour de lui.

— Tu as enfin compris ? Je t'ai envoyé sur une fausse piste pour mettre le grappin sur ta copine. Tu es plus malin que je le pensais, mais c'est dommage que tu ne le sois pas plus que moi, lança-t-il.

Puis son sourire crispé disparut, comme s'il ne trouvait plus la situation si cocasse.

— Sors de là avant que je la descende. Et tu sais que je n'hésiterai pas !

Adam jura à mi-voix.

Il devait s'exposer à découvert, il n'avait pas le choix ; Soderholm était en effet assez détraqué pour mettre ses menaces à exécution, simplement parce que l'occasion s'en présentait.

Il envisagea un instant d'employer la manière forte, mais il ignorait où Léna se trouvait dans la pièce, et il refusait de prendre le risque de la blesser.

D'autant qu'il était intimement persuadé que ce lâche de Soderholm la tenait contre lui et s'en servait comme bouclier.

L'arme au poing, Adam, qui était entré par la fenêtre de l'une des chambres, s'engagea prudemment dans le couloir et avança jusqu'au seuil du salon.

Soderholm, qui était adossé à la cheminée, pivota vers lui, Léna fermement maintenue contre sa poitrine.

— Lâche-la, Soderholm ! ordonna Adam en visant le front du trafiquant. Elle n'a rien à voir dans cette histoire.

Soderholm se déplaça de manière à ce que la tête de Léna soit dans la ligne de tir.

— Bien au contraire, Smythe, répliqua-t-il avec un sourire cynique. Tu tiens à elle, ce qui en fait un atout de taille. Je dirais même la meilleure carte que j'aie dans ma manche.

Adam croisa le regard de Léna.

Nom de nom ! pesta-t-il intérieurement.

Pourquoi avait-il fallu qu'il se présente à sa porte ?

Il aurait mieux fait d'ignorer cet e-mail qui était apparu dans sa messagerie. Ça lui aurait permis de rester concentré uniquement sur sa mission.

— Je suis désolé, murmura-t-il à l'intention de Léna.

Il est trop tard, songea Léna.

Elle ne lui en voulait pas, mais elle tenait à s'assurer d'une chose.

— Promets-moi seulement que tu prendras soin de Brooklyn.

— Brooklyn ? intervint Soderholm.

— Ma fille, dit-elle lorsqu'il la secoua, semblant exiger une réponse plus rapide de sa part.

— Ah oui, la gamine… Comme c'est touchant ! ironisa Soderholm. Mais qu'est-ce qui te fait croire que notre cher Adam sera en mesure de s'occuper de qui que ce soit ?

Il appliqua la gueule du canon contre la tempe de Léna et leva les yeux vers l'homme qu'il pensait être sur le point de lui voler sa place dans la hiérarchie des malfrats locaux.

— Pose ton arme à terre, Smythe. Et en vitesse, sinon, je la refroidis.

Il haussa les sourcils.

— D'ailleurs, je commence à avoir des crampes dans les doigts, ajouta-t-il.

Luttant contre la terreur qui montait en elle, Léna chercha le regard d'Adam. Il était son unique chance de survie.

— Ne l'écoute pas, Adam ! l'implora-t-elle. Il nous tuerait tous les deux.

— Ce n'est pas à exclure, lâcha Soderholm. Mais, une fois encore, rien n'est sûr. Tout dépendra de ce qui me passera par la tête.

Ses yeux semblaient défier Adam.

— Je laisserai peut-être la vie sauve à la dame. Mais à toi, certainement pas. Ne suis-je pas l'honnêteté personnifiée ? demanda-t-il avec un rictus qui glaçait le sang. Maintenant, pose cette arme, ajouta-t-il, ou je te jure que j'appuie sur la détente.

Adam le croyait.

Très lentement, il plia les genoux et déposa son pistolet devant lui.

— Tu es un bon garçon ! Maintenant, du bout du pied, envoie-le par ici.

— Non, n'obéis pas, Adam ! supplia Léna. Je t'en prie…

— Alors, ma belle, qui a toujours le dernier mot ? s'enquit Soderholm sur un ton badin, comme s'ils étaient deux vieux amis qui s'étaient lancé un défi.

Puis, comme il voulait éviter qu'elle réplique, il retira son bras de sa gorge et lui plaqua la main sur la bouche.

— Eh bien, reprit-il. Où en étions-nous ? Ah oui, je m'apprêtais à t'abattre…

Un cri perçant lui échappa. Léna venait de mordre à pleines dents la partie charnue de sa paume. Instinctivement, il la repoussa loin de lui.

— Espèce de salope ! hurla-t-il en pointant son arme sur elle.

A l'instant même où Léna avait fait diversion, Adam avait plongé en direction de son pistolet.

Vif comme l'éclair, il se redressait, prêt à faire feu, lorsque l'une des fenêtres vola en éclats.

Les yeux écarquillés, Soderholm tomba à genoux. Un

filet de sang s'écoula du trou qui venait d'apparaître entre ses yeux, et il s'écroula face contre terre.

Adam pivota vers la fenêtre pour affronter le tireur.

Il n'avait pas eu le temps d'appeler des renforts. Ce devait donc être Montoya, où l'un de ses sbires qu'il aurait envoyé pour remettre de l'ordre dans ses affaires et se débarrasser d'un élément qui devenait un fardeau pour son organisation.

Ce qui signifiait qu'il n'était pas encore au bout de ses peines…

Il fit un pas en arrière, et se plaça de manière à protéger Léna.

— Tu vas bien ? demanda-t-il sans même jeter un regard par-dessus son épaule.

Elle fit de son mieux pour contrôler le tremblement qui l'agitait.

— Oui. Mais qui…

Il y eut un mouvement furtif au coin de la fenêtre.

— Nous allons vite le savoir, murmura Adam. Reste derrière moi.

— Hé ! Ne tirez pas ! cria alors quelqu'un depuis l'extérieur. Je ne suis plus aussi rapide qu'autrefois !

Léna en resta abasourdie.

Elle avait reconnu la voix avant que l'homme ne se montre.

— Lucas ?

De la crosse de son fusil d'assaut, Lucas balaya les éclats de verre encore accrochés au montant de bois afin de ne pas se blesser, après quoi il enjamba le châssis pour entrer.

— Oui, oui, c'est bien moi. Désolé pour les dégâts, ajouta-t-il avec un mouvement de la tête en direction des débris qui jonchaient le sol. Je n'ai pas vraiment eu le choix…

Les yeux écarquillés, Léna l'observait.

Le chauffeur de Josiah semblait manier cette arme de

guerre avec une parfaite aisance. Et, de toute évidence, il était bon tireur.

Est-ce que tout le monde autour d'elle avait des choses à cacher ?

Elle dévisagea ensuite Adam.

— Vous travaillez ensemble ?

Adam secoua lentement la tête.

— Pas à ma connaissance, dit-il prudemment.

Puis il ajouta, avec un sourire :

— Quoi qu'il en soit, il sera toujours bienvenu pour me prêter main-forte en cas de besoin.

Lucas se mit à rire.

— Merci, mais j'ai pris ma retraite, répliqua-t-il tout en démontant son fusil.

« Pincez-moi, je rêve ! » se répétait Léna en regardant Lucas aligner tranquillement les différents segments de son arme sur la table du salon.

— Vous n'êtes pas un simple chauffeur, n'est-ce pas ?

Il leva les yeux vers elle.

— Non, madame, dit-il sans interrompre sa tâche. Je fais également office de cuisinier, de secrétaire lorsque M. Turner en éprouve le besoin, et…

— De sniper, conclut Adam sans la moindre interrogation dans sa voix.

— Non, répondit placidement Lucas, en posant la crosse sur la table. Je ne suis pas un tireur d'élite, même si je l'ai été autrefois.

Léna avait de plus en plus de mal à respirer normalement. Il lui faudrait bientôt un sac en papier pour l'empêcher d'hyperventiler.

— Est-ce que Josiah est au courant ? demanda-t-elle bien qu'elle connût déjà la réponse.

Le sourire de Lucas transforma son visage sérieux, lui

donnant l'apparence d'un tout jeune homme qui croquait la vie à pleines dents.

— Oui, il le sait.

— C'est lui qui vous a envoyé, n'est-ce pas ? intervint Adam.

Il était temps pour lui de prendre contact avec son supérieur. S'ils se montraient assez rapides, ils pouvaient encore sauver l'opération. Plongeant la main dans sa poche, il en sortit son portable, et l'ouvrit.

Lucas acquiesça.

— M. Turner serait venu en personne, assura-t-il à Léna, si sa vue ne lui jouait pas parfois de vilains tours. Et puis, il fallait que quelqu'un s'occupe du bébé. Excusez-moi un instant, ajouta-t-il. Je reviens tout de suite.

Il se dirigea vers la porte d'entrée et revint peu après avec une grande mallette de cuir.

Il la déposa sur la table, à côté des segments de son arme, et rangea ceux-ci dans les compartiments prévus à cet effet.

— Si vous n'avez plus besoin de mes services, dit-il, s'adressant à Léna autant qu'à Adam, je vais aller retrouver M. Turner. Il doit être impatient d'entendre mon compte rendu des événements.

— Merci de votre aide, répondit Lucas. Nous allons nous débrouiller.

Lucas sourit discrètement et hocha la tête avant de s'en aller.

Bouleversée, Léna se laissa presque choir sur la première surface plane qu'elle trouva, en l'occurrence la table basse.

Remarquant son expression, Adam referma son téléphone et posa une main sur son épaule, inquiet.

— Tu es sûre que tu te sens bien ?

— Ça ne pourrait aller mieux, répondit-elle un peu machinalement, les yeux fixés sur la forme gisant sur le tapis. J'ai un homme mort dans mon salon, mon plus fidèle ami a un chauffeur qui se promène avec un fusil d'assaut dans une mallette, et le père de mon enfant gagne sa vie en tirant sur des gens.

Elle prit une grande inspiration, puis expira lentement, mais ne sentit pas d'amélioration.

— James Bond ne devrait pas tarder à venir frapper à ma porte.

Adam rangea son téléphone — Hugh pouvait patienter quelques minutes.

Il s'assit à côté de Léna, et passa le bras autour de ses épaules. Elle avait été soumise à des émotions très intenses, ce soir, et il ignorait où trouver les mots qui la réconforteraient.

— Je suis désolé que tu te sois trouvée mêlée à cette triste affaire. Je faisais tout ce qui était en mon pouvoir pour ne pas en arriver là ; j'évitais de trop m'impliquer dans ta vie, lui avoua-t-il enfin, parce que je craignais que ce genre de chose arrive.

Déconcertée, elle leva brusquement les yeux vers lui.

— Tu savais que cet horrible type allait chercher à t'abattre ?

— Non, mais je me doutais qu'il me considérait comme un concurrent et non comme un intermédiaire qui lui proposerait de nouveaux marchés. Et j'avais peur qu'il soit à la recherche de moyens de pression sur moi, pour me faire plier.

Il n'aurait su dire à quel point il s'en voulait.

— Et, bien sûr, il fallait qu'il s'en prenne à toi…

— Que cela te serve de leçon à l'avenir, répliqua-t-elle. On ne peut pas toujours tout prévoir.

Elle marqua une pause avant de reprendre :

— Et maintenant ? Quelle est la suite du programme ?

Pour Adam, cette partie était relativement claire.

— Je vais appeler mon supérieur pour l'informer de ce qui s'est passé, et nous déciderons de la stratégie à adopter pour ne pas faire capoter toute l'enquête.

Soderholm était de toute évidence en pourparlers avec l'un des lieutenants de Montoya. Un de leurs indics serait certainement en mesure d'identifier et de localiser l'individu. Dès qu'ils auraient recueilli suffisamment d'informations, Adam prendrait contact avec Montoya et lui expliquerait qu'il s'était débarrassé de son sous-fifre, c'est-à-dire Soderholm, parce qu'il avait essayé de le doubler et que, dorénavant, il préférait traiter directement avec ceux qui avaient une vraie prise sur les événements.

Si Montoya avalait cette couleuvre, ils pourraient obtenir les résultats escomptés.

Léna avait patiemment écouté la réponse d'Adam, même si sa question ne portait pas vraiment sur la suite de son enquête.

Elle pensait plutôt à l'avenir de leur relation mais, de toute évidence, Brooklyn et elle n'étaient pas sa priorité en ce moment.

Et même si elle ne pouvait s'empêcher de se demander si elle avait joué un rôle dans sa couverture, si elle lui avait donné un tour plus crédible, elle était trop fière pour lui poser clairement la question.

— Eh bien, je te souhaite bonne chance, déclara-t-elle sur un ton aussi optimiste que possible, se levant en dépit de ses jambes toujours flageolantes.

Ses yeux ne parvenaient pas à se détacher du cadavre de l'homme qui avait failli lui ôter la vie.

— Tu te charges du ménage, je suppose ? ajouta-t-elle.

Adam sortit son portable de sa poche.

— J'allais m'y mettre.

Elle hocha la tête.

— Parfait.

Concentré sur son appel, Adam ne remarqua pas qu'elle se mordait la lèvre presque jusqu'au sang.

Léna faisait son possible pour contenir les émotions qui l'assaillaient car, si elle leur laissait libre cours, elle ignorait combien de temps il lui faudrait pour reprendre contrôle de la situation.

Ne se sentant pas le courage de ramener son bébé dans une maison inoccupée au beau milieu de la nuit, Léna attendit le lendemain matin pour aller chez Josiah chercher sa fille.

Une fois la petite bien installée au creux de son bras, elle posa la question qui la taraudait depuis la veille.

— Qui es-tu, Josiah ?

Le vieil homme la contempla avec le plus large sourire qu'elle lui ait jamais vu.

— Je suis ton ami, Léna.

Encore ébranlée par les derniers événements, elle n'avait ni la force ni l'envie de jouer au chat et à la souris.

— Et à part cela ? insista-t-elle un peu sèchement.

Il réfléchit un instant avant de répondre.

— Un gentleman à la retraite.

Il ne lui facilitait décidément pas la tâche.

— Qui était autrefois un agent secret ? Un commando ? l'incita-t-elle à préciser, comme il restait dans le vague.

Josiah garda le silence pendant un moment, comme s'il débattait intérieurement afin de déterminer ce qu'il pouvait révéler.

— J'ai passé du temps aux Opérations Spéciales, dit-il enfin. Après quoi j'ai travaillé pour le FBI, du fait de ce que je qualifierais comme une… compétence particulière.

Il semblait dire la vérité, même si son discours restait nébuleux.

— Et Lucas, a-t-il aussi cette… compétence particulière ?

En voyant l'expression amusée de Josiah, Léna comprit qu'elle posait trop de questions. Mais elle avait besoin de savoir.

— Si tu me demandes si c'est là-bas que je l'ai rencontré, alors la réponse est oui.

— Et es-tu encore actif dans ce dispositif ?

Josiah éclata de rire.

— Pas du tout, ma petite. Même si je pense que chacun devrait entretenir et employer ses compétences de temps à autre, simplement pour ne pas les perdre. Tu comprends ? Maintenant, il est temps de ramener ta fille à la maison, Léna. Lucas vous escortera, afin de vérifier que tu n'as pas de compagnie indésirable.

— Ce n'est pas nécessaire, Josiah. Et je préfère ne pas m'habituer à ce genre de faveur.

Elle marqua une pause avant de reprendre :

— Mais je te remercie de l'avoir envoyé à ma rescousse, hier.

Josiah haussa les épaules avec flegme tout en l'accompagnant vers la porte.

— J'ai pensé que ton homme pouvait avoir besoin de renforts.

C'était donc la raison pour laquelle Adam était apparu au moment critique : Josiah l'avait envoyé en mission, lui aussi.

— Tu as appelé Adam pour lui dire ce qui se passait ?

Semblant se demander pourquoi elle lui posait une telle question, il la dévisagea.

— Il m'a paru logique de le mettre au courant. Après tout, il était le mieux placé pour savoir ce qui pouvait être en train de se produire.

Léna se pencha alors vers lui et déposa un baiser sur sa joue.

— Merci encore, Josiah.

Josiah passa doucement le bout de ses doigts sur l'endroit où Léna venait de poser ses lèvres.

— Ce fut un plaisir, ma chère, dit-il, la voix empreinte de chaleur.

C'était fini.

Après des mois de préparation, d'attente, de craintes incessantes, et après avoir failli perdre Léna si près du dénouement, l'affaire était bouclée.

Et, cette fois, songea Adam, les bons avaient gagné.

Pourtant, il ne parvenait pas à vraiment se réjouir de ce succès.

Il se répétait que c'était parce qu'il prenait les choses trop à cœur, et qu'il ne pouvait se défaire de l'idée que, l'autre soir, Soderholm aurait pu tuer Léna.

Ce simple souvenir lui faisait immanquablement courir un frisson dans le dos.

Bon sang, il venait d'accomplir un exploit en livrant à la justice l'homme à la tête du réseau, sans compter quelques kilos d'héroïne. Contraints d'affronter le quotidien sans leur dose habituelle, les gosses de riches allaient connaître des jours difficiles.

Il aurait dû se sentir comme sur un petit nuage, mais la satisfaction d'avoir mené une enquête difficile à terme ne suffisait plus à susciter son euphorie.

Pour cela, il lui fallait Léna à ses côtés.

Qu'elle soit avec lui, contre lui. Qu'elle lui fasse l'amour. Qu'elle soit elle, simplement.

Il avait quitté la réunion dès qu'il l'avait pu, laissant ses collègues fêter leur victoire.

C'était ailleurs qu'il voulait être.

Comme il s'engageait dans un virage serré, il posa la

main sur le carton de pizza posé sur le siège passager pour l'empêcher de tomber sur le plancher de la voiture.

Il n'avait plus parlé à Léna depuis le moment où il avait aidé les gars du laboratoire à évacuer le corps de Soderholm, soit deux jours plus tôt.

Quarante-huit heures qui lui avaient semblé une éternité.

Lorsqu'il arriva devant la maison de Léna, son cœur battait à tout rompre, bien plus violemment que lors de l'assaut final lancé l'après-midi, car ce qui allait se passer maintenant avait encore beaucoup plus d'importance à ses yeux.

— Qui te dit que ce n'est pas une perte de temps ? marmonna-t-il en s'arrêtant dans l'allée qui menait au garage.

Puis il ajouta :

— C'est peut-être l'instant le plus crucial de ta vie.

Après avoir pris le carton de pizza, il se dirigea vers la porte d'entrée, appuya sur la sonnette et cria :

— Pizza à domicile !

Il s'apprêtait à sonner une deuxième fois lorsque la porte s'ouvrit sur Léna, vêtue d'un jean et d'un T-shirt, et pieds nus.

— Je n'ai rien commandé…, commença-t-elle.

Puis, voyant de qui il s'agissait, elle resta bouche bée.

— Oh !

— Non, c'est vrai, reconnut Adam en essayant de faire preuve d'autant de charme qu'on lui en attribuait généralement. Mais je me suis dit que tu avais peut-être envie de célébrer une belle victoire.

Elle lui jeta un regard en coin.

— De quelle victoire parles-tu ?

— Eh bien, tout d'abord, le démantèlement d'un réseau de trafiquants de drogue, cet après-midi, qui s'est effectué sans la moindre anicroche.

Il savait que c'était un peu prétentieux de sa part, mais il était fier des résultats obtenus.

— Pendant quelque temps, il va y avoir beaucoup moins de drogue en circulation dans notre ville.

— Tu as dit « tout d'abord », lui rappela-t-elle. Quoi d'autre ?

Il l'observa un long moment.

S'il s'écoutait, il l'enlèverait sur-le-champ et l'emmènerait vivre au milieu des collines, loin de tout. Mais il savait que cela ne lui conviendrait pas. Elle avait besoin d'être entourée de personnes, de s'occuper de ses patients à quatre pattes et, pour rien au monde, il n'aurait voulu qu'elle change.

— Disons que ce point est un peu plus délicat.

Il était parvenu à éveiller sa curiosité.

— Qu'est-ce que c'est ? insista-t-elle.

Il leva la main, comme pour l'inciter à faire preuve de patience.

— Avant de répondre à cette question, j'ai quelque chose à te montrer. Est-ce que je peux entrer ?

Elle s'écarta enfin et le laissa passer.

Adam se dirigea droit vers la cuisine.

Elle lui emboîta le pas et l'observa attentivement, tandis qu'il étalait sur la table plusieurs feuilles de papier ornées du même en-tête.

Fronçant les sourcils, elle se pencha pour voir de quoi il s'agissait.

— Ce sont de vieux bulletins scolaires !

— Oui. Les miens, ajouta-t-il avant qu'elle ait le temps de le lui demander.

Léna en prit un, pour vérifier qu'il disait vrai. Son nom y apparaissait effectivement, et elle remarqua qu'il était assez bon élève.

Elle le reposa sur la table.

— J'espère que maintenant tu me crois lorsque j'affirme que je ne veux plus rien te cacher de ma vie. Je te montrerai tout ce qu'il faudra, promit-il. Il n'y aura plus de secrets, Léna. Tu sauras absolument tout ce que tu veux savoir de moi.

Même si cela paraissait de bon augure, Léna ne voulait pas se laisser emporter par ses sentiments. Elle tenait à ce que les choses soient parfaitement claires entre eux.

— Et pour quelle raison ? s'enquit-elle.

— Parce qu'ainsi, commença-t-il en s'efforçant de garder un ton neutre, tu n'auras plus d'excuse… Tu ne pourras plus m'accuser de te dissimuler quoi que ce soit.

Il avait de toute évidence du mal à en venir au fait.

— Et pourquoi aurais-je besoin d'excuses ?

— Au cas où tu déciderais de me repousser, finit-il par dire, même s'il détestait cette idée.

Léna dut faire un énorme effort pour ne pas lui sauter au cou.

— Je suppose que ce doit être ta mentalité d'agent secret qui te pousse à emprunter des chemins aussi détournés pour exprimer les choses, répondit-elle. En ce qui me concerne, j'ai toujours considéré que le trajet le plus simple pour se rendre d'un point à l'autre était la ligne droite. Alors, pour une fois, prends un raccourci, Adam. Que cherches-tu à me faire comprendre ?

— Pas à te faire comprendre, corrigea-t-il. En fait, j'ai plutôt quelque chose à te demander.

— Très bien, soupira Léna qui commençait à perdre patience. Alors, que veux-tu me demander ? Crache le morceau une bonne fois pour toutes, Adam ! lui ordonna-t-elle sans ménagement.

Adam prit une profonde inspiration.

— Léna, veux-tu m'épouser ?

Il fallut à Léna un instant pour saisir le sens de sa

question, et un autre pour reprendre sa respiration qu'elle avait suspendue.

— Ça dépend.

— De quoi ? demanda-t-il, désarçonné.

— Qui veut m'épouser ? Adam Smythe ou Adam Serrano ?

— C'est moi, rien que moi, dit-il doucement en lui prenant la main, pour la poser sur son cœur.

Puis il poursuivit, avant qu'elle ait pu dire quoi que ce soit :

— Sache que, quelle que soit ta réponse, j'ai bien l'intention de t'aimer jusqu'à mon dernier souffle.

Léna sentait son cœur se gonfler de joie.

— Tu ne me laisses pas le choix… Je ne vois pas comment je pourrais refuser une telle proposition.

Adam se mit à rire et la serra contre lui.

— J'espérais bien que tu verrais les choses ainsi. Dis-moi… Est-ce que j'ai droit à une seconde chance pour cette soirée romantique que tu avais organisée en pensant à moi ?

— Tu parles de la soirée où ton petit camarade de jeu a essayé de m'étrangler, c'est bien ça ?

Il ne put s'empêcher de grimacer.

— Euh… oui, celle-là.

Elle enroula alors ses bras autour de son cou et riva son regard au sien.

Ses yeux semblaient lui sourire.

— Qui sait ? Tente ta chance !

— J'y compte bien ! Je suis d'un tempérament plutôt joueur…, murmura Adam avant de sceller leurs retrouvailles par un long baiser qui sembla ne jamais devoir prendre fin.

Épilogue

Laura Delaney se laissa aller contre le dossier de son confortable fauteuil.

Un sourire de contentement apparut sur ses lèvres lorsqu'elle ferma les yeux pour savourer le contenu du message qu'elle venait de recevoir sur son adresse e-mail personnelle — celle réservée aux communications ayant trait à la vie qu'elle menait autrefois, qui n'avait plus grand-chose à voir avec celle d'aujourd'hui.

Son contact à la CIA l'informait qu'Adam Serrano avait non seulement repris contact avec Léna, dans l'intention d'assumer sa part de responsabilité dans l'éducation de l'enfant qu'elle portait, mais qu'il l'avait également aidée à le mettre au monde, et que tous deux allaient bientôt se marier.

Il avait même ajouté qu'ils illustraient à merveille l'idée que l'on pouvait se faire du bonheur.

— Mission accomplie, murmura Laura.

Elle n'aurait jamais cru prendre un tel plaisir à entendre cette vieille formule, si familière, résonner à ses oreilles. Pourtant, elle ne regrettait pas le moins du monde d'avoir quitté son poste.

Ce qui lui manquait, en revanche, était ce sentiment de plénitude lorsqu'une enquête aboutissait et que tout semblait aller pour le mieux dans le meilleur des mondes.

C'était ce qu'elle ressentait à ce moment précis. Elle s'était fixé comme objectif de réunir Léna et Adam, et avait atteint son but.

Le résultat allait au-delà de ses espérances. La magie qui existait entre Adam et Léna au début de leur relation était toujours là, et semblait même de plus en plus puissante en dépit des obstacles qui s'étaient trouvés sur leur route.

Quand cela lui arriverait-il, à elle aussi ? se demanda Laura.

Bien que suffisamment pragmatique pour se résoudre à l'idée qu'elle n'aurait certainement jamais cette chance, elle ne pouvait s'empêcher d'en rêver.

Jusqu'à présent, elle n'était pas parvenue à localiser le père de son fils. Rien ne lui permettait donc de croire que cela changerait, malgré ses efforts et ceux de ses anciens amis.

Et Dieu sait qu'elle avait exploré toutes les pistes imaginables !

« Ne gâche pas ton plaisir ! » s'admonesta-t-elle. « Tu as bien travaillé. Et si tu gardes cela à l'esprit, la roue de la chance tournera peut-être enfin en ta faveur. Même si tu sembles beaucoup plus efficace lorsqu'il s'agit de retrouver les papas qui ne sont pas celui de ton fils… »

Elle sourit de nouveau, ouvrit les yeux et jeta un coup d'œil à la pendulette posée sur son bureau.

Il était tard, mais elle n'avait pas sommeil.

Le calme régnait dans la maison ; Jérémy était couché et dormait à poings fermés. Regarder la télévision ne la tentait guère. En cette période de vacances, les programmes ne brillaient pas par leur originalité.

C'était peut-être l'occasion de vérifier si elle pouvait avoir la main heureuse deux fois de suite.

Se rapprochant de son clavier, elle se connecta sur le

site internet qu'elle avait créé afin d'entrer en contact avec d'autres mères célibataires.

Elle était curieuse de voir s'il y avait de nouveaux messages dans sa boîte aux lettres.

Il ne lui fallut que quelques clics pour arriver à destination. L'écran afficha alors une série de messages non ouverts.

Laura s'installa plus confortablement ; il était temps de se mettre au travail. Maman Mystère avait du pain sur la planche.

Cabane à dons

F+25

JULIE MILLER

Menaces dans l'ombre

Traduction française de
STÉPHANIE SCUDIERO

BLACK ROSE

HARLEQUIN

Titre original :
POLICE BUSINESS

Ce roman a déjà été publié en 2013.

Prologue

En cette soirée bruineuse, l'inspecteur A.J. Rodriguez s'enfonça dans le siège conducteur de sa Pontiac noire et considéra d'un œil maussade, par-dessus le tableau de bord en cuir, les néons aveuglants et les ombres fuyantes de Kansas City.

Il détestait les surveillances. Son café était froid, sa vessie pleine et son épaule gauche douloureuse à force de rester assis, immobile, dans l'air froid et humide.

Mais il ne se plaignait pas. Cela ferait bientôt deux décennies qu'il ne se payait plus le luxe de se plaindre des défis et des désagréments de l'existence.

Ce job était fait pour lui. Il avait une patience sans limites et était capable de se fondre habilement dans le paysage. Cette patience, il la tenait de son père et de son sens du sacrifice ; quant à son savoir-faire en matière de couverture, c'était le fruit de toutes ses années gâchées avant de comprendre qu'Antonio Joseph Rodriguez senior valait mieux que n'importe quel type cool ou crack de la rue.

Son père avait été un homme meilleur qu'il ne pourrait lui-même jamais l'être.

La minuscule oreillette qu'il portait grésilla, sous la casquette noire dissimulant sa chevelure tout aussi noire. Il sourit légèrement. Josh Taylor, son partenaire, était sur le point de parler.

— Hé A.J., t'as quelque chose de ton côté ? C'est la boîte de nuit la plus morte que j'aie jamais vue. Je n'ai vu entrer qu'un client depuis une heure, et personne ne sort. D'après toi c'est le groupe ou l'alcool qui est nul ?

— Je dirais plutôt que ce qui est nul, c'est les deux heures qu'on vient de passer à surveiller l'entrée.

— N'oublie pas que c'est moi qui suis censé être le comique, OK ?

Josh était lui aussi à couvert et son rire ne fut qu'un chuchotement dans l'oreillette d'A.J.

— La rencontre doit avoir lieu à minuit, d'après Vaughn. Ça ne devrait plus tarder maintenant.

— Laisse-leur le temps, *amigo.*

Il fallait reconnaître que ces huit derniers mois, du temps, ils n'avaient eu que ça. Quelqu'un faisait circuler de la drogue depuis le Jazz Note, le énième night-club à ouvrir ses portes dans cet immeuble du Westport, le quartier de Kansas City dédié aux arts et aux divertissements chics. Le propriétaire actuel du club semblait réglo et le département de police de la ville n'avait pas réussi à épingler un seul type fréquentant l'endroit assez assidûment pour faire un bon pilier du réseau de distribution. L'enquête restait au point mort.

Jusqu'à ce qu'un client ait été retrouvé poignardé dans les toilettes des hommes. Et pas n'importe quel client : Mort Firth, un dealer de pacotille de la banlieue la plus miteuse de Kansas City, qui avait fait l'erreur de sa vie en empiétant sur le territoire d'un rival. Une affaire concernant la brigade des stups depuis pas mal de temps était soudain devenue un cas d'homicide.

Et on avait fait appel à eux pour mener l'enquête.

Mort était le troisième dealer à la petite semaine supprimé hors du cadre des règlements de comptes entre gangs qui sévissaient depuis nombre d'années. Familier de la rue, A.J.

savait d'instinct que le mec qui avait fait ça n'était pas là pour nettoyer Kansas City. Ce n'était que la partie visible de l'iceberg. Un mal inconnu était en train de s'insinuer et de réduire à néant la concurrence.

Lentement, subtilement, il prenait le dessus.

Et c'était à la police de Kansas City de l'arrêter.

A.J. jeta un regard à sa montre. Minuit tout juste. Leur indic, Edgar Vaughn — l'ancien associé de Mort —, avait dit que les négociations de territoires auraient lieu à minuit au Jazz Note entre un dealer surnommé Slick et un suspect inconnu. A.J. et Josh n'avaient plus qu'à suivre le dealer d'Edgar dans le club et découvrir avec qui il avait rendez-vous. Une photo, une empreinte ou une oreille qui traîne valaient mille mots pour résoudre une affaire.

Le doux vrombissement d'un moteur bien huilé passa à côté de lui, et A.J. leva les yeux plus pour apprécier le bolide que par curiosité.

Une berline gris métallisé qui devait coûter bonbon s'engagea dans une place de parking en face du Jazz Note. La voiture était assez lustrée pour se fondre dans la masse des véhicules des sexagénaires qui fréquentaient l'établissement, pourtant elle n'était pas suffisamment quelconque pour passer inaperçue auprès des locaux.

Le gars qui en sortit n'entrait pas non plus dans l'une ou l'autre de ces catégories. Son costume sombre à fines rayures et la cravate argentée qu'il ajusta en scrutant les alentours étaient trop élégants pour le club, et il n'appartenait pas à la classe ouvrière du coin. C'était flagrant.

C'était Slick.

A.J. se redressa illico dans son siège.

— Josh.

— Je le vois.

Il n'avait pas besoin de voir Edgar suivre le dealer pour savoir qu'ils tenaient leur homme. Il parcourut d'un bref coup d'œil la rue déserte en descendant de sa voiture, tira sur son blouson de cuir noir pour dissimuler les revolvers qu'il portait de part et d'autre de sa ceinture et avança d'un pas nonchalant vers l'entrée du Jazz Note.

— Je vais passer par la porte qui donne sur la ruelle et j'essaierai de le repérer de là.

Josh entrait lui aussi en action.

Une fois franchie la grande porte de verre, A.J. se fondit dans le décor. Si ses yeux eurent tôt fait de s'adapter à l'obscurité des lieux, il lui fut plus difficile de s'acclimater à la forte odeur d'alcool et de tabac qui saisissait dès qu'on passait le seuil. Il laissa ses mouvements adopter le tempo lent de la basse sur scène, tout en suivant le suspect à bonne distance. Slick fit d'abord un détour pour rien par les toilettes, puis direction le bar.

Slick commanda un double scotch. Bien. Les coups d'œil furtifs qu'il jetait par-dessus son verre avant d'en boire de longues gorgées étaient éloquents pour l'œil averti d'A.J. L'homme était nerveux. Il n'avait sûrement jamais mis les pieds au Jazz Note avant ce soir. Peut-être même n'avait-il jamais rencontré son contact. Discrètement, A.J. fila Slick qui s'engouffrait dans un box à l'écart de la scène.

A.J. s'installa à une table non loin de là et commanda une bière. Il fit un clin d'œil à la serveuse, lui laissa un pourboire décent, but une gorgée pour la forme et se mit à taper du pied, au rythme de la musique entraînante. Josh était au bout du bar, il gardait l'homme en vue dans le miroir derrière le barman.

Une demi-heure plus tard, la foule commença à se disperser.

Slick en était à son troisième scotch. Et l'invité mystère

qu'il était censé rencontrer n'avait toujours pas pointé le bout de son nez.

— Edgar se dirige vers la porte, murmura la voix de Josh dans l'oreillette. Tu crois qu'on s'est fait avoir ?

A.J. avait mémorisé tous les visages des personnes présentes dans le club, depuis l'ado qui desservait les tables jusqu'au pianiste aveugle et chauve, excellent musicien au demeurant. Justement, c'était louche que si peu de monde soit venu écouter une aussi bonne musique. Il se sentait comme le spectateur d'une pièce — comme si chaque client et chaque employé était un acteur sciemment disposé sur la scène.

— Je pense que c'est notre homme qui s'est fait piéger.

Envahi par un regain d'énergie, A.J. écarta sa bière tiède et d'un petit mouvement de tête en commanda une autre à la serveuse, pour prendre le temps d'examiner la pièce une fois de plus. Il ne savait pas vraiment ce qu'il cherchait. Problème. Peut-être quelqu'un regardant leur homme avec insistance ? Il jeta un billet de cinq dollars sur la table et chuchota dans son micro :

— Tu suis Edgar et moi je colle Slick.

Les minutes qui suivirent, le groupe joua son dernier morceau puis se mit à ranger. Bizarre… Les lumières ne s'allumaient pas. Et pas d'annonce non plus pour le dernier service de boissons — comme si quelqu'un ne souhaitait pas voir partir les derniers clients. Slick consulta sa montre et passa un coup de fil. Il avait l'air furieux.

Une fois qu'il eut raccroché, il vida son scotch d'un trait et bondit sur ses pieds. Il se tint le front et chancela. Super. Il avait repêché ses clés au fond de sa poche. Pour A.J., les chauffards ivres étaient en tête de liste, au chapitre des nuisances, avec les dealers. Slick passa devant lui en titubant. La serveuse ou le barman allaient-ils lui dire quelque chose ? Pouvait-il l'empêcher de prendre le volant sans révéler sa présence ?

Bon sang !

Laisse tomber ! Ce n'était pas à l'ordre du jour. Il avait un travail à faire.

Slick trébucha en passant la porte d'entrée. A.J. était sur ses talons.

— Josh, il est sorti.

— Je le vois. Edgar a pris un taxi il y a environ cinq minutes. Il semblait rudement pressé de ficher le camp.

— Je ne lui en veux pas. Quelque chose ne tourne pas rond.

Trouve ce que c'est, A.J., trouve vite ce que c'est... Il scruta les devantures fermées, lut les plaques minéralogiques, secoua la tête en voyant un soûlard au beau milieu de la rue insulter une voiture qui avait manqué de lui rentrer dedans.

Slick fit tomber ses clés sur le trottoir, les ramassa et ouvrit sa portière.

— Fils de pute.

— Parle-moi, A.J., qu'est-ce qu'il se passe ?

A.J. saisit son arme. La menace pesait sur lui comme des doigts autour de sa gorge.

— Il va nous échapper.

— A.J. ?

— C'est un coup monté.

Slick se laissa tomber derrière son volant et claqua sa portière.

— A.J. !

Une lumière jaillit du capot de la voiture de Slick, et la berline argentée explosa dans un fracas assourdissant. Sous une pluie de débris et de flammèches, A.J. fut projeté sur le macadam.

1

— Papa…

Non. Même si, depuis vingt-trois ans, Claire Winthrop avait toujours appelé son père ainsi, ce n'était pas assez solennel pour la requête qu'elle était sur le point de formuler.

Percevant la vibration métallique de la sonnerie de l'ascenseur, elle fixa le cadran sur lequel défilaient les numéros des étages tandis qu'elle s'élevait vers les bureaux de la direction, situés tout en haut de l'immeuble de l'entreprise Winthrop à Kansas City.

Elle se répéta le début du discours qu'elle avait préparé, en tâchant de faire en sorte que son excitation ne vienne pas perturber son articulation.

— Père, l'école Forsythe m'a demandé si je serais intéressée par un poste à plein temps dans leur établissement au semestre prochain, en qualité de conseillère. Ils sont très contents de mon travail de bénévole auprès des adolescents.

Claire ouvrit la main et sourit en contemplant la preuve de sa réussite. C'était un badge doré sur lequel figurait un smiley, avec l'inscription *Forsythe* gravée au dos. Il devait être en plaqué or. Bon, peut-être même juste peint en doré, puisqu'il s'agissait d'un présent des collégiens. Mais pour Claire, cet objet était tout aussi précieux que le collier de perles de sa mère qu'elle portait autour du cou.

Elle accrocha le badge au revers de son tailleur de soie

rose. Son père n'avait pas pu assister au banquet de remise des diplômes ce soir-là. C'était un homme si occupé... Quelle autre excuse pouvait-elle trouver pour justifier la façon dont il rejetait le besoin qu'elle éprouvait de travailler ? Elle releva le menton pour regarder les numéros des étages. Elle était fière de son emploi paraprofessionnel de soutien auprès des préados et ados ayant des problèmes de scolarité. Découvrir qu'elle avait un don pour écouter les autres l'avait transportée de joie.

Cela l'avait presque fait rire. Mais son père était incapable de saisir l'ironie de la chose. Alors elle s'était entraînée à parler le même langage que lui, celui des faits, des calculs, de la concision.

Elle serra les poings et reprit :

— Père, j'aurais besoin de retourner à l'école pour obtenir mon diplôme d'études supérieures. Et de passer un examen pour avoir le droit d'exercer en tant que thérapeute. Ils veulent payer mes cours. J'ai là une chance de faire carrière.

Trop de « r »... Elle repoussa de ses tempes ses cheveux coupés au carré et, d'un même mouvement, replaça ses mèches dorées et lisses sur les minuscules processeurs vocaux placés derrière ses oreilles — processeurs que les gens confondaient souvent avec des appareils auditifs.

Quand elle parlait à haute voix, ses « r » sourds et sa prononciation appliquée des consonnes trahissaient sa surdité. Or son père n'aimait pas le langage des signes. Il disait que cette manifestation visuelle de son handicap ne faisait que lui rappeler des manquements pour lesquels il se sentait déjà assez coupable. Et comme elle savait lire sur les lèvres, il avait besoin d'entendre les mots pour pouvoir réellement communiquer avec elle. Parler comme une personne normale l'aiderait à le convaincre qu'elle pouvait accomplir plus que du bénévolat à temps partiel à Forsythe.

Elle tendit le cou de cygne que quinze années de cours de danse avaient façonné, ferma les yeux et inspira à fond, son corps menu étiré à son maximum pour libérer la tension de ses muscles.

Elle pouvait le faire. Elle *allait* le faire.

Peu importe que Cain Winthrop veuille d'une fille qui reste à la maison, donne des dîners tranquilles et se tienne hors des feux de la rampe jusqu'à ce qu'un beau jeune homme l'enlève pour l'enfermer dans sa propre demeure, Claire avait d'autres projets. Elle avait assez d'argent, d'intelligence et de volonté pour réussir la carrière qu'elle souhaitait — ou mener à bien toute action de bienfaisance. Elle pouvait améliorer l'existence de personnes qui en avaient besoin.

Si seulement son père voulait bien la laisser faire.

Si seulement il la croyait capable de prendre les bonnes décisions.

Si seulement il arrivait à concevoir qu'elle puisse être en sécurité sans avoir à sentir à chaque pas sa protection bien intentionnée peser sur elle.

Mais Cain Winthrop avait pour habitude de faire les choses à sa façon. Il dirigeait son empire à sa façon. Il prenait soin de sa fille et de ses beaux-enfants à sa façon.

Claire avait bien l'intention que cela change. Il était grand temps pour elle de se faire une place dans le monde.

A sa façon.

Le léger bond que fit son estomac lui indiqua que l'ascenseur ralentissait. Elle ouvrit les yeux. Le numéro vingt-six s'inscrivait sur le cadran. Elle serra son sac sous son bras et plaqua un sourire sur son visage.

— A nous deux, père.

Elle croisa les doigts et ajouta, en guise de prière :

— Je t'en prie, écoute-moi.

Les portes s'ouvrirent sur la pénombre du vingt-sixième

étage. Le bureau de la réceptionniste était vide et la salle d'attente plongée dans l'obscurité. Claire sortit de la cabine et s'engagea sur la moquette somptueuse.

Même avec la promesse de la morsure de l'air vif du printemps dans le chalet familial et des parties de pêche sur le lac Truman, son père travaillerait tard avant de partir en week-end. Elle avait à dessein attendu la fin du dîner donné à Forsythe pour lui rendre cette petite visite impromptue et tardive, laissant ainsi le temps au personnel de quitter les lieux afin de ne pas être interrompue.

Plus motivée que jamais, elle passa devant le bureau vide et obscur de son frère par alliance Gabriel, puis devant celui du principal vice-président, Peter Landers, parti lui aussi. Gina, sa sœur par alliance, n'était plus là non plus, de même que l'avocat de l'entreprise.

Un sentiment de malaise vint affaiblir sa détermination. Elle n'avait jamais particulièrement apprécié les endroits sombres. Le fait qu'elle ne puisse pas entendre quoi ou qui que ce soit s'approcher d'elle subrepticement était déjà un handicap en soi. Ne pas être capable non plus de voir un danger imminent pouvait la rendre deux fois plus paranoïaque si elle laissait la peur prendre le dessus.

Quand elle était petite et qu'elle essayait de régler les implants cochléaires à l'intérieur de sa tête, les bruits de la nuit qui faisaient sursauter les autres enfants étaient pour elle des sons électriques déformés qu'elle ne parvenait pas à identifier et qui la terrifiaient. Et le fait que les derniers sons qu'elle ait vraiment entendus soient ses propres cris de douleur et de désespoir tandis qu'elle luttait contre le virus tropical qui l'avait privée de 97 % de son audition et lui avait enlevé sa mère n'arrangeait pas les choses.

Claire respira mieux quand elle tourna à l'angle du couloir et qu'une faible mais réconfortante lueur l'accueillit. Après la salle d'attente privée, elle aperçut la salle de conférences et les bureaux de son père, tout allumés. Sa fidèle assistante Valérie Justice devait également travailler tard ce soir : un flot de lumière s'échappait de sa porte ouverte. Valérie ne verrait aucun inconvénient à les laisser discuter en paix son père et elle. Depuis une vingtaine d'années, elle avait toujours fait preuve de la plus grande discrétion dès lors qu'il s'était agi d'affaires familiales.

Là, la moquette laissait place au parquet d'acajou brillant que son père avait fait venir du Venezuela, aux murs pleins succédaient des panneaux d'acier noir et de verre transparent sur lesquels se reflétaient des parties de chaque pièce. Des sièges de cuir noir trônaient au milieu d'une salle d'attente centrale, ornée de plantes tropicales, d'empreintes d'animaux exotiques et d'un aquarium fait sur mesure ; long de près de quatre mètres, ce dernier séparait le canapé, les chaises et la table basse des pièces privées.

Claire se répéta les mots dans sa tête, réprimant l'envie de les traduire par signes. *Père, on vient de m'offrir une superbe opportunité de…*

Un bruit sourd fit alors trembler le sol sous ses pieds. Elle s'arrêta net. La vibration l'avait pénétrée jusqu'aux os. Une nouvelle impulsion traversa les semelles de ses Manolo Blahnik et elle vit onduler la surface de l'aquarium.

— Mais que…

Le Missouri n'avait pas connu de gros tremblement de terre depuis la fin du XIXe siècle, et le vent ne soufflait pas assez fort pour faire bouger l'immeuble. Elle regarda par-dessus son épaule le long couloir obscur. Une équipe de nettoyage était-elle entrée ? Quelqu'un avait-il trébuché sur un seau ? Claqué une porte ? Le gardien effectuait-il ses rondes plus tôt ?

Ou était-ce sa crainte de l'inconnu qui revenait déjà à l'assaut ?

Claire ouvrit la bouche et se retourna pour appeler son

père — mais elle la referma sur-le-champ et se réfugia dans l'obscurité. Un homme grand aux cheveux bruns avait surgi du bureau de son père. Se détachant sur les murs crème, ce n'était pas beaucoup plus qu'une silhouette en costume noir. Du reste, Claire n'avait d'yeux que pour le revolver qui prolongeait sa main gantée. Avec une précision méthodique, il dévissa le long tube du silencieux de son embout en acier et glissa les deux morceaux sous sa veste.

Oh mon Dieu !

Cet homme venait de tuer quelqu'un !

Elle regarda le bureau de Valérie puis de nouveau celui de son père. L'assistante n'avait pas accouru aux détonations… Bizarre… Mais peut-être ne les avait-elle tout simplement pas entendues à cause du silencieux ?

Pour tout dire, Claire non plus n'avait rien entendu. Les vibrations qu'elle avait ressenties pouvaient très bien avoir été un corps touchant le sol — ou encore un crâne qu'on défonce…

Stop !

Les larmes lui piquaient les yeux, elle avait le souffle coupé. Elle s'efforça de réfléchir rationnellement, de prendre conscience du danger tout près. Tout en se cramponnant à son collier de perles, elle lutta pour effacer l'image de son père mort dans son fauteuil.

Avec désinvolture, l'homme en noir baissa un regard froid et sombre sur son « travail ».

Je reviendrai pour le corps, lut Claire sur ses lèvres depuis le fond de la salle d'attente.

Un corps ? Quelqu'un était mort. L'homme en noir venait de tuer…

— Papa ?

Elle serra tellement son poing autour du collier que celui-ci se rompit. Elle colla son coude à son corps pour recueillir les perles au creux de son bras. Retenues par des nœuds minuscules, la plupart des perles restèrent sur leur lien, mais elle dut se tordre pour en rattraper deux, trois… la quatrième lui échappa, rebondit sur le parquet et roula dans l'obscurité.

A l'oreille de Claire, elle ne produisit aucun son. Mais dans son esprit, c'était assourdissant. Une perle était-elle assez lourde pour faire du bruit en tombant ? L'homme en noir avait-il l'ouïe fine ?

Allait-elle mourir s'il la trouvait ?

L'inquiétude pour son père passa au second plan, à présent elle craignait pour sa propre vie. Se laissant tomber en arrière, elle rampa vers l'aquarium, dans l'idée de se cacher derrière son socle en acajou. De toute façon, les battements affolés de son cœur l'étourdissaient tant qu'elle peinait soudain à rester debout. *Papa !* criait une voix en elle. Mais elle était bien consciente qu'il ne lui serait d'aucune aide. Elle enfouit ce qu'il restait du collier qui avait failli la dénoncer dans la poche de sa veste et replia ses jambes sous elle, se faisant aussi petite qu'une enfant, avec un peu de chance l'homme ne la verrait pas.

S'il ne l'avait pas déjà vue.

Elle cligna des yeux. Des larmes roulèrent sur ses joues. Elle retint son souffle et disparut derrière la jungle de plantes et leurs branches basses et protectrices. Elle se mit à compter les secondes dans sa tête jusqu'à ce que ses poumons se mettent à brûler, la forçant à inspirer.

Avec le regain d'oxygène, un espoir lui vint. Il ne l'avait pas trouvée. Il n'était pas venu l'attraper par les cheveux ou par le bras pour lui mettre une balle dans la tête. Elle n'avait pas ressenti les vibrations de ses pas sur le plancher, ni détecté son odeur passant près elle.

Pour le moment, elle se sentait en sécurité et quelque chose de nouveau — quelque chose de plus dur, de plus rude, de plus furieux — prit le dessus sur ses craintes et sa souffrance. Ses pensées se firent plus claires.

Enhardie, Claire se précipita à l'extrémité de l'aquarium et jeta un coup d'œil furtif, bien à l'abri derrière le camouflage que lui offrait le feuillage. De son poste, elle pouvait voir l'homme armé, par-dessus la cloison qui cachait le bas de son corps. Elle mémorisa la forme de son visage, sa coupe de cheveux et jusqu'à la moindre cicatrice d'acné sur ses joues.

Elle essuya ses larmes et le scruta plus encore, étudiant les mouvements de ses lèvres fines et longues. Il s'était remis à parler. Il tenait une conversation. Même si elle ne pouvait voir son interlocuteur, caché derrière un panneau d'acier, elle le devinait aux pauses et aux hochements de tête.

A cette distance, il lui était impossible d'entendre quoi que ce soit. Mais elle n'en avait pas besoin.

— C'est le numéro quatre sur votre liste, dit l'homme.

Quatre ? Il avait donc assassiné d'autres personnes ? Mais pourquoi ? Elle s'avança encore un peu plus, appuyant son épaule contre le socle de l'aquarium, et écouta avec les yeux. Qui pouvait-il bien être ?

L'homme en noir fronça les sourcils. Ses yeux s'étrécirent tandis qu'il relevait le menton.

— Vous n'avez pas à me dire quand ou à quel endroit faire le boulot. Quand vous payez mes services, tout ce que vous avez à savoir est que le travail sera fait.

Il eut un sourire froid et malfaisant, et Claire sentit son estomac se tordre.

— Considérez cela comme une garantie pour nous deux. Vous savez que les personnes qui se trouvaient sur votre route ont été éliminées. Et de mon côté, je sais que vous ne me livrerez pas si quelqu'un découvre que vous êtes derrière toute cette affaire.

Nouvelle pause. Mais à qui était-il en train de parler ?

Qui pouvait bien souhaiter la mort de son père ? Et où pouvait bien être Valérie ?

La discussion tournait au vinaigre.

— Relax ! Je suis trop bon pour que quiconque me mette la main dessus et encore moins pour qu'on découvre qui me paie.

Il boutonna son pardessus sur son arme.

— Les deux derniers seront supprimés dès que je jugerai le moment opportun. En attendant, n'oubliez pas d'effectuer un autre virement sur mon compte pour celui-là avant demain 10 heures. Sans quoi, votre nom figurera sur ma liste. Gratuitement.

Son interlocuteur dut dire quelque chose qui ne lui plut guère car son fin sourire se transforma en une grimace menaçante.

— Je vaux chaque penny que vous me versez. Je ne rate jamais ma cible.

Quand il se pencha vers son commanditaire, Claire se recula comme si la froide menace qu'elle lisait dans ses yeux lui était destinée.

— Quand je promets de tuer quelqu'un, je m'exécute. Et sans laisser de trace.

Claire inspira fortement sous le coup de l'émotion — et s'empressa de presser sa main sur sa bouche. Avait-elle fait le moindre bruit ? L'avait-il entendue ?

Même si rien dans son attitude ne laissait supposer que l'homme en noir se sente observé, Claire se recroquevilla jusqu'à ne former qu'une minuscule boule quand il se tourna pour sortir du bureau.

Il passa devant elle d'un pas nonchalant, sa haute stature faisant trembler le sol sous ses genoux. Claire sentit alors, sans la voir réellement, une seconde personne — plus légère — se précipiter à la suite du tueur.

Elle retint son souffle, ferma les yeux et pria. Prenait-il

l'ascenseur ? Impossible de l'entendre à cette distance. Alors elle resta cachée là, prostrée derrière l'aquarium, paralysée de terreur et de douleur, bien longtemps après que les vibrations de pas sur le plancher eurent cessé. Elle attendit jusqu'à ce qu'elle commence à avoir des crampes dans les cuisses et les genoux. Jusqu'à ce qu'elle ait le sentiment d'être seule depuis plusieurs minutes.

Alors seulement, elle se releva lentement. Tandis qu'elle observait, tremblante, le couloir plongé dans l'obscurité, son sac lui échappa et tomba sur le sol. Avant que la peur ne lui fasse perdre la raison, Claire se dirigea d'un pas mal assuré vers le bureau, priant pour un miracle.

— Papa ?

L'encadrement de la porte en acier était aussi froid sous ses doigts que le sang dans ses veines.

Le fauteuil de son père était vide. Elle prit son courage à deux mains pour contourner le bureau et jeter un coup d'œil. Le choc lui coupa les jambes et la fit s'agenouiller. Un corps gisait sur le plancher, une balle dans le front et une autre dans le cœur.

Son père n'était pas mort.

Mais Valérie Justice, oui.

— Mais papa, puisque je te dis que j'ai vu Valérie tuée !

Claire enfonça son index droit dans la paume de sa main gauche pour former le signe « meurtre ».

— Cet homme l'a assassinée dans ton bureau. Il avait un revolver équipé d'un silencieux. Je l'ai vu.

— Calme-toi, mon cœur. Tu manges tes mots. J'ai cru que tu avais dit que tu avais assisté à un meurtre.

Le souffle encore coupé par la peur, la traversée de la ville en voiture la plus rapide qu'elle ait jamais faite et sa course pour monter les escaliers de la maison familiale de Mission Hills, Claire laissa échapper un soupir de frustration qui la laissa tout étourdie. Elle se secoua pour se libérer de la main apaisante que son père avait posée sur ses épaules et insista en langage des signes.

— *Je l'ai vue !*

— Je croyais que ce soir tu allais boire un verre avec Rob Hastings, après ton truc à l'école.

Son rendez-vous platonique avec le compagnon que son père lui avait choisi lui était complètement sorti de l'esprit. Mais, en dépit de la culpabilité qu'elle pouvait ressentir, faire faux bond à un bon ami n'avait désormais plus d'importance. Elle se passa la main sur le front et serra les doigts pour former un poing qui signifiait : « J'ai oublié. »

— Tu as oublié ?

Il gratta ses cheveux blancs comme neige et secoua la tête.

— Rob est un gentil garçon. Je sais qu'il fera de grandes choses dans la compagnie. Ce n'est pas ton genre d'aller courir à gauche et à droite quand…

— Je venais te voir !

Elle lui parlait d'un assassinat, et il lui faisait la leçon sur ses manières ! Pourquoi n'appelait-il pas la police ? Elle avait pris le risque d'être arrêtée pour excès de vitesse et était arrivée à la maison en un temps record, doutant que le fait de signaler un meurtre par un gentil texto ne lui apporte le secours immédiat espéré ; en fait, elle pensait qu'ils prendraient ça pour une blague. Elle aurait eu besoin de son téléphone ATS — Appareil de télécommunications pour les sourds —, un système qui convertissait ses messages grâce à un synthétiseur vocal.

S'efforçant de maîtriser son impatience, elle affronta le regard bleu de son père. L'urgence et la peur n'avaient rien donné. Restait à essayer le calme et la raison…

— Père, écoute…

Elle avait préféré abandonner le « papa » quand elle

avait réalisé qu'il ne croyait pas plus à son histoire que le nouveau vigile à l'entrée de l'immeuble Winthrop. Et courir le risque de se retrouver nez à nez avec l'homme en noir ou son complice en arpentant les couloirs à la recherche d'un tiers pouvant lui venir en aide ne lui avait pas paru être une option possible.

« Je reviendrai pour le corps »... Claire n'avait pas non plus attendu pour voir ça, ni pour faire elle-même partie des preuves bien effacées dont le tueur s'était vanté auprès de l'autre homme.

Elle articula chaque syllabe, prenant bien soin de moduler le volume de sa voix à l'aide des processeurs vocaux placés derrière ses oreilles.

— Je sais ce que j'ai vu. Je ne pourrai jamais oublier le visage de cet homme. Et je ne pourrai jamais non plus oublier celui de Valérie. Il n'y avait presque pas de sang sur son visage ni sur son chemisier, mais les cheveux sous sa tête en étaient englués. Et le tapis derrière ton bureau en était recouvert.

— Chérie, je t'en prie. Ce que tu me décris là est horrible.

— Oui... ça l'était.

Elle avança d'un pas et attrapa l'avant-bras vigoureux de son père.

— Je suis venue ici pour utiliser le téléscripteur — et aussi parce que je savais que tu voudrais être là quand la police arriverait.

L'expression d'indulgence qui s'était peinte sur le visage de son père s'altéra.

— Tu veux appeler la police ?

— Oui.

C'était insensé, il ne comprenait toujours pas la gravité de la situation !

Claire secoua la tête, dépitée, et gagna vivement le bureau. Sans prêter attention à la bibliothèque, dont elle avait lu passionnément tous les livres, elle s'assit derrière le secrétaire en noyer qui avait appartenu à sa mère, pianota sur le clavier et attendit que l'ordinateur compose le numéro.

Les mots se mirent à défiler sur l'écran quand l'opérateur décrocha.

— Standard d'information du département de police de Kansas City. Que puis-je…

Son père appuya sur le bouton pour déconnecter l'appel. Claire bondit sur ses pieds.

— Père !

— N'appelle pas la police.

Elle déchiffra les mots sur ses lèvres, incrédule.

— Mais, père, il le faut… Valérie est dans ton bureau… morte…

— C'est n'importe quoi !

— Mais, père…

— Mais qu'est-ce qui se passe ici ?

Cette nouvelle voix grésillant dans ses oreilles la fit grimacer. Elle adressa une supplique silencieuse à son père tandis que la superbe quinquagénaire aux cheveux marron glacé les rejoignait. Elle n'avait aucune aide à attendre de sa belle-mère.

— Ce n'est rien, Deirdre, répondit Cain. Claire est venue à mon bureau ce soir pour me faire une surprise, mais je n'étais pas là. On a un peu de mal à s'y retrouver.

— Je n'ai aucun mal à m'y retrouver, répliqua Claire. Peut-être que mes oreilles ne fonctionnent pas, mais j'ai dix sur dix à chaque œil. Ce sont mes yeux qui me guident dans la vie. Je sais ce que j'ai vu.

Par signes, Deirdre demanda :

— Mais n'avais-tu pas rendez-vous avec Rob Hastings ?

Claire leva les yeux au ciel. Peut-être devrait-elle demander de l'aide à Rob, puisque tout le monde s'intéressait tant à lui.

— Je vais appeler la police, dit-elle.

— La police ? Mais pourquoi ?

Ignorant le bourdonnement métallique de la voix choquée de sa belle-mère, Claire s'empara du combiné. Mais son père se mit en travers de sa route.

— Mon cœur, j'essaie simplement de t'éviter de te mettre dans une situation bien embarrassante.

Il saisit délicatement le combiné et le remit à sa place.

— Valérie est partie en vacances aux Bahamas avec cet ami qu'elle a rencontré lors de sa dernière croisière.

Claire fixait ses lèvres qui formulaient l'impossible.

— Non, elle n'y est pas. Elle est…

— Je l'ai serrée dans mes bras avant qu'elle parte cet après-midi. L'intérimaire qui la remplace se trouvait là quand j'ai appelé pour avoir mes messages à 18 heures.

— Mais…, fit Claire en sentant ses poumons se vider de tout leur oxygène et le doute s'immiscer dans ses certitudes.

Elle s'effondra sur le coussin de brocart du fauteuil de bureau. Comment cela pouvait-il être possible ? Elle n'avait pas eu d'hallucinations depuis une forte fièvre étant enfant. Elle avait bien *vu* cet homme. Et son arme.

Et elle avait également vu ce cadavre.

Valérie pouvait avoir été tuée par erreur, à la place de son père — une tragique issue pour avoir été au mauvais endroit au mauvais moment… A moins que, mentant à son patron, elle n'ait en fait jamais quitté l'immeuble ? Peut-être jouait-elle un rôle dans une conspiration, un complot pour tirer profit des richesses de son père et de son réseau d'affaires mondial, et ses partenaires l'avaient-ils trahie ?

Mais pourquoi donc est-ce que le génial Cain Winthrop ne s'inquiétait pas du récit de sa fille ?

Et cette fameuse liste ? « C'est le numéro quatre »…

L'homme aux lèvres fines et à la peau gâtée n'avait pas l'air d'être du genre à se tromper.

Et elle non plus.

Faisant confiance à un instinct dont personne d'autre ne la croyait pourvue, Claire se leva de son siège. Il n'y avait qu'une seule façon de convaincre son père que sa compagnie ou lui-même pouvaient encore encourir un grave danger, une seule façon de le convaincre de demander de l'aide. Elle poussa un soupir déterminé et se retira dans le vestibule pour prendre son sac. Derrière elle, le staccato de semelles résonnant sur les dalles de pierre lui indiqua que son père et sa belle-mère la suivaient.

— Valérie a dû revenir pour une raison ou pour une autre, père. Deirdre, aurais-tu l'obligeance d'appeler Rob et de m'excuser ? Nous irons boire un verre une autre fois.

Puis elle se tourna vers son père, et, ignorant les rides que l'anxiété creusait autour de ses yeux, déclara :

— Je suis désolée, mais nous devons retourner à ton bureau. Maintenant. Et quand nous serons en route, j'appellerai la police. Je ne veux pas attendre que tu te décides à agir. Valérie est morte. Et je vais te le prouver.

2

Se frayant un chemin dans le dédale des couloirs sombres à l'aide de sa torche électrique, l'homme aux longs doigts marqua un temps d'arrêt. La prudence, plus que la curiosité, le mena vers le petit disque doré qui avait attiré son regard. Il s'accroupit à côté du ficus en pot et ramassa le badge. A en juger par son poids, c'était de la pacotille. Il le retourna dans la paume de sa main.

Forsythe.

Il ne situait pas vraiment ce nom, mais il allait le garder dans un coin de son esprit jusqu'à ce qu'il y parvienne.

Avant de se relever, il leva les yeux et étudia le point de vue qu'il avait de ce poste. Intéressant. L'endroit idéal pour voir sans être vu. Si quelqu'un en avait l'intention.

On lui avait assuré que le vingt-sixième étage serait désert après 18 heures. Que l'équipe de nettoyage n'arrivait qu'à 22 heures.

La présence de ce badge pouvait-elle s'expliquer par un ménage peu rigoureux ? C'était peu vraisemblable, vu le standing des lieux. Etait-ce seulement une coïncidence que quelqu'un ait perdu ce badge ici — en cet endroit qui offrait une vue plongeante sur le bureau de Cain, à l'abri des regards ?

Dans son métier, la coïncidence n'avait pas sa place.

Un invité-surprise avait-il assisté à leur entrevue ? Un

témoin pouvant réduire à néant des années de dur labeur et lui faire perdre des millions de dollars ?

A cette idée, son pouls ne s'accéléra pas et son cœur ne bondit pas dans sa poitrine. Il referma ses doigts sur le badge et resta immobile. Il pouvait y avoir un problème.

La question étant : devait-il en parler à son partenaire ?

Ou s'occupait-il de régler tout ça lui-même ?

A.J. rangea son calepin et son stylo dans son blouson et s'agenouilla pour tâter le parquet ciré en acajou de la salle d'attente de la direction. Pendant que Josh faisait ce qu'il savait faire de mieux et menait l'interrogatoire pratiquement tout seul, il avait pris le temps de déambuler dans l'étage somptueux pour en étudier chaque recoin, ainsi que le véritable trésor de marchandises importées qui composait le décor dernier cri de Cain Winthrop.

Il ne ressentait plus le mélange d'impatience et de mélancolie qui l'avait fait tressaillir à l'idée de revenir dans les couloirs luxueux de l'immeuble Winthrop. Quel âge pouvait-il bien avoir la dernière fois qu'il avait posé les pieds ici — dix-sept ? dix-huit ans ? Il était venu voir son père, Antonio senior, qui faisait son service de nuit, aspirant les tapis, lustrant les parquets, réalisant tous les petits travaux d'entretien du bâtiment.

Il était venu pour taper de l'argent au vieil homme. Sûrement pour un motif idiot, comme s'acheter des cigarettes ou mettre du carburant dans la voiture qu'il conduisait trop vite et emboutissait trop souvent.

Il écarta ses doigts sur le bois frais et admira le décor exotique, se demandant s'il était là grâce au savoir-faire de son père. Et combien de fois son père avait dû arpenter ce sol.

Se demandant surtout pourquoi il avait été incapable

d'apprécier son père à sa juste valeur, avant qu'il ne soit trop tard.

Et dix-huit ans plus tard, il se retrouvait ici.

Pas pour rendre hommage à son père, mais pour enquêter sur un cas d'homicide.

Cependant, d'habitude, quand deux inspecteurs étaient appelés sur une scène de crime, il y avait un cadavre.

Il fit rouler son épaule douloureuse pour se soulager et se releva en grimaçant, les trois points qui refermaient la longue entaille sur sa pommette le démangeaient. Il aurait aimé être ailleurs, mais même ce qui semblait être un coup pour rien comme là pouvait aboutir à une affaire. Et après la semaine passée, assigné au bureau suite à l'explosion devant le Jazz Note du mois dernier — explosion qui l'avait envoyé aux urgences et à cause de laquelle l'enquête s'était empêtrée dans des meurtres de dealers de drogue —, A.J. était partant pour un peu d'action.

Néanmoins, revenir dans l'immeuble Winthrop après toutes ces années, regarder Cain Winthrop dans les yeux en ayant à la mémoire les derniers mots de son père au sujet de cet homme, tout cela le perturbait au lieu de le soulager d'être de nouveau dans la partie.

Malgré la pointe de nervosité dans la voix déformée de Claire Winthrop, elle avait l'air absolument certaine d'avoir assisté à un meurtre en ces lieux. Les deux fois où il lui avait demandé de raconter son histoire, elle avait relaté les faits avec passion et concision — et s'était montrée incapable d'expliquer pourquoi le bureau de Winthrop était impeccable, sans le moindre impact de balle ni tache de sang, et surtout sans le moindre corps.

Ce n'était pas la première fois que quelqu'un signalait un meurtre dans l'immeuble Winthrop sans qu'il n'y ait aucune preuve.

Personne n'avait cru son père, lui non plus…

Enfin si, une personne. Une personne avait suffisamment cru l'histoire d'Antonio Rodriguez pour le supprimer.

A.J. leva les yeux vers le plafond en voûte. Quelle chance y avait-il qu'une chose pareille se produise deux fois au même endroit ? Pas étonnant qu'il ne se sente pas à l'aise ici.

Cet endroit recelait trop de secrets. Trop de mensonges. Des acteurs de la scène internationale le hantaient au même titre que des individus que personne ne voyait, comme son père. Ce dernier méritait mieux. Il méritait la vérité.

Et Claire Winthrop également. Une sensation étrange le traversait jusqu'aux os. Il ne pouvait pas mettre le doigt dessus, mais il avait davantage foi en cet instinct qu'en ce que ses yeux voulaient bien lui montrer.

— Je vais en venir à bout, dit-il à voix basse.

Il ignorait si c'était là une promesse faite à son père, à Claire Winthrop ou à des puissances supérieures.

Peut-être sa détermination ne se lisait-elle pas sur son visage, mais c'était une promesse qu'il avait bien l'intention de tenir.

— Je ne veux pas minimiser la situation.

A.J. reporta son attention sur la conversation qui se tenait à l'autre bout de la salle d'attente. Josh suivait Cain Winthrop hors de son bureau.

— Mais serait-il possible que votre fille se trompe sur ce qu'elle a vu ? Elle a quitté la scène du prétendu crime. Le vigile affirme qu'elle a été la seule à monter à cet étage. Et sans le passe de cet homme, personne ne peut avoir accès à l'ascenseur menant aux étages supérieurs. Peut-être qu'elle est descendue au mauvais étage et que nous nous trouvons au mauvais endroit.

Le millionnaire aux cheveux blancs secoua la tête.

— Non, toutes les personnes qui travaillent à cet étage ont un passe. Elles n'ont pas à s'enregistrer, même après les heures de bureau. Mais Claire oui. Et si elle affirme avoir vu quelque chose à cet étage, je la crois. Elle ne commettrait pas une pareille erreur.

Josh posa alors la bonne question :

— Y a-t-il autre chose sur lequel elle *voudrait* commettre une erreur ? Est-il possible que ce soit un appel au secours ? Ou le souvenir refoulé d'un autre crime ?

— On sait qu'elle possède une imagination très fertile, si c'est ce que vous sous-entendez, inspecteur.

Winthrop enfonça ses mains dans les poches de son pantalon de laine anthracite. Quand il ressortit sa main droite, il jouait avec un objet accroché à son porte-clés.

— Claire a perdu l'audition quand elle avait trois ans, à cause de la même maladie qui a emporté sa mère. Elle a eu une enfance très solitaire. Elle passait son temps à lire et à s'inventer des histoires. Elle était parfois tellement dans son monde qu'il était difficile de communiquer avec elle.

— Alors vous pensez qu'elle a pu inventer tout ça ? intervint A.J. en s'approchant d'eux.

Winthrop plissa les yeux et observa A.J. avec la même insistance que lorsqu'ils étaient arrivés et s'étaient présentés.

— Rodriguez, vous êtes sûr que nous ne nous sommes pas déjà vus ? Votre visage me dit quelque chose…

A.J. ressemblait beaucoup à son père. Si Winthrop avait bonne mémoire, il devrait n'avoir aucun mal à faire le lien. Mais il n'avait pas l'intention de donner au millionnaire une quelconque information pouvant influencer ses réponses ou mettre en péril sa coopération.

— Non, monsieur, nous ne nous sommes jamais rencontrés. Vous nous parliez de votre fille, n'est-ce pas ?

L'homme d'affaires haussa les épaules et eut une moue perplexe.

— Je n'arrive pas à comprendre pourquoi elle se serait amusée à raconter une pareille histoire. Ça lui est déjà arrivé, mais c'était il y a des années, quand elle était enfant. Cela dit, j'aurais peut-être mieux fait d'appeler un psy au lieu de…

— Cain ! On aurait dû me prévenir qu'il se passait quelque chose !

Josh s'interposa pour désamorcer l'attaque verbale d'un sourire décontracté.

— Holà, mec ! On peut savoir qui vous êtes ?

L'homme vêtu d'une veste en velours côtelé et d'une paire de jeans rivalisait sans mal avec Josh autant par la taille que par la corpulence. A la différence qu'il n'y avait pas la moindre décontraction dans ses yeux gris pâle et ses cheveux coupés net.

— Marcus Tucker, chef de la sécurité de l'entreprise Winthrop. Mais bon sang qui êtes-vous ?

A.J. vint se placer face à l'homme plus grand que lui.

— Rodriguez et Taylor, police de Kansas City.

Il montra son badge et désigna de la tête le renflement qui déformait le manteau de Tucker, sur le côté de sa ceinture.

— Vous avez un permis pour votre arme, chef ?

L'homme imposant rougit légèrement et changea d'attitude. A.J. se redressa sur la pointe des pieds tandis que Tucker avait l'intelligence d'ouvrir son manteau pour révéler son Smith & Wesson. Il en profita pour attraper son portefeuille dans sa poche intérieure et présenter son permis de port d'arme et sa carte d'identité.

L'homme était en règle, mais il était plus prudent de rester sur ses gardes. Au lieu de répondre à la question qui lui avait été posée, le chef de la sécurité interpella son employeur.

— Ce n'est pas à mon contact au département de police de m'informer d'un meurtre dans cet immeuble. J'aurais dû être le premier averti.

— Vous avez un indic au commissariat ? s'enquit A.J.

— J'ai des contacts dans le monde entier, Rodriguez, répliqua Tucker d'un air méprisant.

Winthrop agita ses mains en signe d'apaisement.

— On se calme, messieurs. Marcus, je vous prie. Il n'y a rien du tout.

Il regarda Josh et A.J. avant d'ajouter :

— Je pense qu'il s'agit plutôt d'un malentendu.

Le chef de la sécurité plissa ses yeux clairs.

— Y a-t-il eu oui ou non un meurtre ?

A.J. répondit avant que Winthrop n'ait le temps de mettre une nouvelle fois à mal l'histoire de sa fille.

— Cela doit encore être confirmé. Mais si vous êtes réellement le responsable de la sécurité ici, alors je commencerai par aller toucher deux mots à l'homme qui se trouve à l'accueil. Il y a au moins trois personnes qui ont accédé à cet étage sans qu'il ait remarqué leur présence. Et ce soir, quand Mlle Winthrop lui a demandé de l'aide, il a refusé de quitter son poste.

Le regard de Tucker se tourna vers Winthrop.

— C'est vrai ?

— C'est ce que Claire a affirmé.

Le numéro du « c'est moi le sauveur et je bave sur les flics » de Tucker sembla prendre un coup dans l'aile.

— Warren est nouveau. Il ne sait pas encore comment les choses se passent ici, ni à qui nous devons rendre des comptes. Je garderai un œil sur lui. Mlle Winthrop va bien ?

Cain opina. Il n'avait pas l'air totalement convaincu. Après ce qui fit office d'excuses auprès de son patron, Tucker gonfla le torse pour s'adresser à A.J. et Josh, pointant le doigt sur eux.

— Je veux une copie de votre rapport. Tout ce qui concerne l'entreprise Winthrop doit passer par moi. Pigé ?

A.J. se demanda vaguement si ce doigt agressif manquerait beaucoup à son propriétaire s'il le lui arrachait. Il avait déjà calmé de plus vantards que lui.

Josh adressa à Tucker son plus beau sourire et donna libre cours au sarcasme qu'A.J. tâchait de maîtriser.

— Je ferai part de votre requête au capitaine Taylor et s'il est d'ac, j'accourrai en personne vous apporter ce rapport directement à votre bureau.

— Contentez-vous de faire votre boulot, inspecteur. Et laissez-moi faire le mien.

Tucker prit son portable et repartit en trombe d'où il était venu. Aucun au revoir ne fut prononcé et son départ ne sembla chagriner personne.

— Quel charmeur ! plaisanta Josh.

— Il est peut-être un peu abrupt, dit Winthrop pour excuser son employé, mais il possède les compétences pour assurer la sécurité d'un empire de la taille du nôtre. Je fais des affaires avec six continents et il supervise la sécurité de tous.

Peut-être que le chef Tucker pouvait gérer des hommes sur les six continents, mais il n'avait pas été foutu de faire en sorte qu'une jeune femme se sente en sécurité dans le bureau de son père.

Et peut-être que si A.J. était toujours là, une heure après avoir constaté l'absence totale de preuves sur la scène de crime présumée, ce n'était pas seulement à cause de la mort de son père. Claire Winthrop lui avait rappelé sa plus jeune sœur, Theresa, le soir où elle avait été agressée en rentrant du travail. Il lisait le même choc dans son regard, la même terreur chaque fois qu'elle regardait par-dessus son épaule. Cette jeune femme avait eu peur. Peu importe l'absence de preuves, elle était effrayée. Par quoi ou par qui ne changeait rien.

Ce devait sûrement être son instinct de grand frère… Ou ce désir permanent de se racheter pour ne pas avoir su éviter ni élucider le soi-disant accident qui avait tué son père. Quoi qu'il en soit, A.J. ne quitterait pas les lieux avant d'avoir la preuve formelle que Valérie Justice n'avait pas été assassinée et que Claire Winthrop n'était pas réellement en danger.

— Vous avez encore besoin de moi, monsieur Winthrop ?

La remplaçante de l'assistante sortit avec entrain de son bureau en enfilant son trench et vint les rejoindre. Elle s'était présentée sous le nom d'Amelia Ward et Winthrop avait précisé qu'elle lui avait été hautement recommandée par l'agence d'intérim auprès de laquelle il l'avait recrutée pour deux semaines.

— Je ne vois rien qui manque dans votre bureau ni dans celui de Mlle Justice. Les registres des dossiers et des appels, tout semble dans le même état que quand elle me les a montrés ce matin. J'ai contacté la compagnie aérienne et l'hôtel aux Bahamas et j'ai demandé que Mlle Justice vous rappelle dès qu'elle aura le message.

Son nouveau patron la gratifia d'un sourire rassurant.

— Bonne initiative, Amelia. Je suis certain que tout va aller pour le mieux. J'apprécie que vous soyez venue si tard. Je vous verrai demain matin.

— Aucun problème, monsieur. Je vais rentrer chez moi et finir de regarder le film que je me suis loué.

Elle recoiffa ses cheveux auburn et offrit à Josh un sourire plus qu'amical.

— A moins que la police n'ait encore besoin de moi ?

Très subtile...

Josh ajusta sa veste, prenant bien soin de mettre son alliance en évidence.

— Non, je ne pense pas, mademoiselle Ward.

Repoussée par le grand policier blond, elle adressa un sourire plein d'espoir à A.J.

— Officier Rodriguez ?

Pas mon genre…

— Inspecteur, rectifia-t-il avant de tapoter la poche dans laquelle se trouvait son calepin. C'est bon. Nous avons votre nom et votre numéro de téléphone, nous vous appellerons en cas de besoin.

Elle ne saisit pas vraiment l'allusion et ajouta :

— Je vous en prie. Bonsoir, messieurs.

Elle les salua et disparut d'un pas léger dans le couloir. A.J. la regarda s'éloigner. Un peu avant de tourner en direction des ascenseurs, elle avait disparu de son champ de vision…

« Je me suis cachée derrière les arbres et l'aquarium. Je pouvais le voir mais lui ne me voyait pas… »

Les mots de Claire Winthrop lui revinrent à l'esprit. Etait-elle assez petite pour avoir réussi à se cacher comme elle l'affirmait ?

Abandonnant Josh et Winthrop à leur conversation, il regagna l'entrée du bureau du millionnaire et se mit sur la pointe des pieds pour atteindre la taille de l'homme en costume noir que la jeune femme avait décrit, avant de regarder le cercle formé par les plantes et le mobilier. Il en conclut qu'il était tout à fait possible qu'elle soit restée cachée là à regarder sans être vue. D'ailleurs, les détails qu'elle donnait étaient trop précis. A moins qu'elle n'ait pour habitude de se cacher derrière des pots de fleurs pour espionner son père…

Si son handicap, sa corpulence menue et sa petite taille évoquaient la fragilité, Claire Winthrop ne lui renvoyait pas l'image d'une femme encline aux gamineries. Peut-être était-ce son tailleur de couturier ou la façon dont elle s'appliquait à choisir et articuler ses mots qui la rendaient plus mature.

Ou pas…

— Mademoiselle Winthrop ?

Sa voix résonna dans la pièce vide tandis qu'il se retournait vers l'intérieur du bureau. Etait-ce une habitude pour la fille du patron de jouer à cache-cache ? En tout cas, là non plus, il ne la voyait pas.

Mais il l'entendait farfouiller et marmonner derrière l'impressionnant bureau en acajou de son père.

Il glissa ses pouces dans les poches de devant de son jean, contourna le meuble et fut accueilli par l'élégant balancement d'un derrière moulé de soie rose. *Bello.* A l'amusement de trouver la respectable et distinguée héritière en train de ramper derrière le bureau de son père se substitua une réaction beaucoup plus masculine tandis qu'il contemplait la forme gracieuse en train d'onduler sous ses yeux.

Certes, ce spectacle était bien plaisant, mais il était tout de même là pour le travail. Contrairement à l'attitude délibérément séductrice d'Amelia Ward, il n'y avait là aucune intention d'aguicher. Ce n'était qu'un joli cul. Bon, d'accord, un très joli cul.

Oublie ça, Rodriguez. Quels que soient les plaisirs que pouvait lui offrir le sexe opposé, il savait qu'il ne pouvait rien y avoir avec la fille de l'homme dont son père nettoyait les toilettes.

— Mademoiselle ?

Même si elle lui avait dit qu'elle pouvait entendre grâce à une intervention chirurgicale et la pose d'implants cochléaires, A.J. éleva la voix.

Sans succès. Tâter méticuleusement chaque centimètre du tapis en plastique qui se trouvait sous le fauteuil semblait monopoliser son attention. A.J. se pencha et lui tapota l'épaule.

— Mademoiselle Winthrop ?

A son contact, elle poussa un cri, se redressa d'un bond et se cogna au bureau, laissant échapper un mot beaucoup moins classe que ce à quoi il aurait pu s'attendre de sa part. Elle se retourna et laissa gracieusement retomber son derrière sur le sol en se frottant la tête.

— Désolé, dit-il.

Puis il s'accroupit devant elle en se tenant d'une main au bureau. La jeune femme posa sur lui un regard bleu légèrement étourdi et, se sentant un peu coupable, il posa délicatement la main sur son épaule, mû par le besoin de faire amende honorable.

— Je ne voulais pas vous faire sursauter. Vous êtes blessée ?

Elle baissa les yeux sur sa main, paraissant surprise par ce geste. Comme elle ne reculait ni ne protestait, il laissa courir ses doigts le long de son cou et découvrit — outre la douceur de sa peau — que son pouls battait la chamade. A moins que ce ne soit son cœur à lui…

— Vous voulez vous allonger ?

Elle regarda ses lèvres, comme si elle ne comprenait pas la question qu'il lui posait.

— Mademoiselle Winthrop ? répéta-t-il, s'obligeant à se concentrer sur les premiers secours et non sur les yeux qui se rapprochaient et s'assombrissaient, comme si elle aussi avait du mal à se concentrer.

— Vous êtes blessée ?

Il passa la main derrière sa tête pour vérifier qu'il n'y avait ni plaie ni bosse. Ce faisant, il effleura la petite prothèse auditive derrière son oreille.

Dès l'instant où il toucha l'appareil, elle cligna des yeux, reprit ses esprits et écarta sa main.

— Je vais bien, dit-elle.

Faisant aussitôt abstraction de ce contact physique assez peu professionnel, A.J. se rassit sur ses talons. Mais il n'eut pas l'occasion de lui présenter ses excuses : Claire Winthrop se mit à agiter frénétiquement les doigts dans ce qu'il savait être le langage des signes sans pour autant le comprendre — heureusement, elle parlait simultanément.

— Je pense que les tapis ont été changés.

A en juger par ses joues colorées, cette découverte l'excitait. A.J. sourit, soulagé, et se leva. La jeune femme n'avait pas de mal — il avait vu sa sœur avec ce même regard absorbé des dizaines de fois. Claire Winthrop était préoccupée par quelque chose. Obsédée, même.

Il lui tendit la main pour l'aider à se relever.

— Et qu'est-ce qui vous fait dire ça ?

Comme elle ne répondait pas, il attendit qu'elle lève les yeux vers lui pour reformuler sa question.

— Celui-ci est usé sur les bords et porte les traces des roulettes du fauteuil, dit-elle en désignant du doigt les marques. Je suis certaine que celui de mon père a été changé au cours des deux derniers mois, quand ma belle-mère a réorganisé son bureau. Ce tapis devrait être encore lisse.

Beau sens de l'observation…

Tout à coup, elle accepta son aide et prit sa main, lui donnant ainsi l'occasion de noter le saisissant contraste entre sa douce peau de porcelaine et ses calleuses mains olivâtres.

Cela dit, étonnamment, sa poigne n'avait rien de faible. Le tailleur rose et les traits délicats lui avaient donné une fausse impression de fragilité. Cette femme était dotée de vigueur musculaire, depuis le bout de ses doigts jusqu'à ses mollets galbés.

— Inspecteur… Rodriguez ?

Elle prononça son nom avec application, ses « r » sonnant légèrement comme des « w ». Lorsqu'elle n'était pas désespérément confuse et qu'elle ne criait pas d'énervement, sa voix était rauque et douce. Elle posa ses yeux bleus sur leurs deux mains toujours enlacées.

— Merci.

A.J. comprit le message et la relâcha rapidement. Il était resté perdu dans ses pensées plus longtemps que ne l'aurait exigé la convenance et l'avait tenue avec beaucoup trop de chaleur pour être poli.

Mauvais pas, A.J. La seule chose qui devait l'intéresser chez Claire Winthrop était sa fiabilité en tant que témoin — laquelle, au point où ils en étaient, était hélas discutable. Il devrait se moquer comme de l'an quarante de savoir si l'héritière choyée était offensée ou excitée par le fait de tenir une main portant les stigmates d'une vie de travailleur.

Ce n'était pas son genre de se laisser détourner de son objectif. Pas par une femme. Et encore moins par la fille de Cain Winthrop. Son métier ne le permettait pas.

Et lui-même ne se le permettrait pas.

Il enfouit les mains de travailleur en question dans les poches de son blouson et essaya de se convaincre qu'il n'avait pas remarqué le capiteux parfum de ses cheveux.

Et, avant que son cerveau ne s'englue dans d'autres sensations inutiles, il se dirigea vers le centre de la pièce, mettant le bureau entre eux deux.

— Vous pensez donc que l'assassin…

— Et son complice.

A.J. ajouta l'élément à son scénario.

— … que l'assassin et son complice ont enroulé le corps dans le tapis en plastique avant de s'en débarrasser ? Puis qu'ils ont ensuite remplacé le tapis ?

— C'est cela même.

— Comment auraient-ils fait sortir le corps sans être vus ?

— C'est un grand bâtiment. Ils ont pu prendre l'ascenseur de service ou bien les escaliers. Mais ils ne disposaient que de l'éclairage de sécurité et le ciel est couvert, il n'y a pas de lune… Je ne sais pas.

Son haussement d'épaules était un signe facile à comprendre. Et son rapide claquement de doigts également.

— Mais nous devrions pouvoir vérifier les tapis !

Elle passa en coup de vent devant lui et gagna la porte. Etait-ce par politesse ou parce qu'il était complètement malade qu'il la suivait dans sa recherche ? A l'allure où elle marchait, il ne leur fallut pas longtemps pour inspecter chaque bureau et constater qu'aucun tapis ne manquait.

Ses épaules raides et ses bras croisés disaient tellement sa déception et sa frustration qu'il voulut lui dire qu'il la croyait, même si la probabilité qu'une femme ait pu être assassinée dans l'immeuble Winthrop s'amenuisait à chaque minute.

— Combien de bureaux y a-t-il dans cet immeuble ? demanda-t-il tout en sachant qu'il n'avait pas assez d'éléments à charge pour retirer des hommes de l'affaire du meurtre de Slick Williams et des autres homicides afin de procéder à une fouille minutieuse de chaque pièce.

— Des centaines…

Elle pointa son menton vers lui et le fusilla de son regard bleu. Ce regard aussi lui rappelait sa sœur…

— Oui, je suis sûre que c'est le bon bureau.

Elle avait l'air aussi dangereuse qu'un chaton ébouriffé, prêt à cracher pour se défendre. Elle avait le droit d'être en colère, mais elle paraissait plus mignonne que féroce…

— Ce n'était pas ce à quoi je pensais, *amiga.*

De minuscules rides apparurent au coin de ses yeux comme elle fronçait les sourcils.

— Pardon ?

Elle n'avait pas compris. *« Amiga ? »* Lire sur les lèvres était déjà une prouesse. Il se dit que traduire en plus dans une langue étrangère poserait problème à la plupart des gens.

— C'est de l'espagnol. Ça veut dire « amie ».

— Ah ! *Amiga.*

Elle répéta le mot en posant les doigts sur ses lèvres, donnant à A.J. le sentiment qu'elle n'était pas la plupart des gens. Elle venait d'ajouter ce mot à son vocabulaire et il ne lui échapperait plus jamais.

— Je suis bilingue moi aussi, dit-elle.

— Vous semblez très bien communiquer.

Ses joues pâles rosirent du compliment.

— C'est plus facile quand on a affaire à quelqu'un qui écoute vraiment.

Il y avait donc des gens qui n'écoutaient pas ce qu'elle avait à dire ? A.J. resserra d'un cran sa vigilance en voyant combien son admiration pour la jeune femme grandissait. Son père lui prêtait peut-être à tort la réputation d'inventer des histoires. Ou peut-être, comme son propre père le lui avait dit un jour : « Winthrop n'aura que faire de la vérité si elle n'abonde pas dans son sens. Ou alors il fera en sorte de changer les choses pour qu'elles collent à sa vérité à lui. »

Le jeune monsieur Je-sais-tout qu'il était adolescent lui avait alors demandé ce qu'il avait fumé pour sortir des trucs aussi profonds. Antonio Sr avait poussé son fils unique contre le mur, lui avait conseillé de la fermer et lui avait dit que si, au lieu de faire du bruit autour de lui, il se donnait la peine d'écouter un peu mieux, *il* pourrait percevoir la vérité. Et que s'il arrivait à l'entendre, s'il la défendait, alors des hommes comme Cain Winthrop et ses *compadres*[1] n'auraient plus le pouvoir de contrôler et de ruiner la vie des autres.

Son père, qui n'avait jamais fait preuve de violence envers ses enfants, avait tenté de lui dire quelque chose d'important. Mais A.J. l'avait ignoré et l'avait traité de vieux fou.

1. « Copains. »

Ce n'était pas la première fois que son père essayait de lui apprendre à se comporter en homme.

Mais c'était la dernière.

Si A.J. avait réussi à reconnaître la voiture de son père dans la carcasse brûlée qu'on avait retrouvée, le coroner avait dû prélever les empreintes dentaires d'Antonio Sr pour identifier ses restes. Il avait fallu mettre sa mère sous sédatifs, ses sœurs avaient eu besoin d'une épaule pour pleurer et il n'avait pas eu d'autre choix que de devenir l'homme que son père voulait qu'il soit.

Il y travaillait encore, d'ailleurs.

Il renfonça ses mains dans les poches de son blouson et essaya d'entendre la vérité de Claire Winthrop.

— Votre père ne vous écoute pas ?

Les joues de la jeune femme redevinrent pâles, lui donnant ainsi la véritable réponse.

— Alors qu'étiez-vous *vraiment* en train de penser, inspecteur ? Au sujet des bureaux, rétorqua-t-elle, prenant ainsi la défense de son père en refusant de le blâmer.

Une étincelle de colère s'alluma au fond d'A.J., mettant à mal la « zen attitude » qui lui permettait de garder sous contrôle ses accès de colère, de ne pas perdre de vue ses priorités et de rester maître de ses désirs. Comment un père pouvait-il ignorer sa propre enfant ? La rejeter quand elle avait besoin de soutien ? Antonio Sr n'avait jamais fait ça.

Mais cela faisait des années qu'il muselait sa colère. Ses opinions personnelles n'étaient d'aucune utilité dans le déroulement de l'enquête, de toute façon. Alors il fit ce qu'il faisait de mieux : se la jouer cool et laisser le témoin et les faits mener l'enquête là où elle devait aboutir.

— Je me disais plutôt que vos assassins avaient pu planquer le corps quelque part pour venir le rechercher plus tard.

Les yeux de la jeune femme suivaient les mouvements de ses lèvres. Soudain, ils s'éclairèrent d'une lueur d'espoir.

— La réserve.

Il avait déjà vérifié. Pas de cadavre d'assistante.

Mais elle traversait déjà la réception au pas de course en direction d'une porte en acier noir. A.J. la suivit d'un pas plus modéré. Claire Winthrop ne cherchait pas de cadavre. Elle en était revenue à sa première idée : trouver le tapis disparu.

A.J. lui alluma la lumière et l'aida à déplacer des chaises pour mettre au jour deux tapis en plastique empilés contre un mur.

— Vous avez une idée du nombre de tapis censés se trouver ici ? demanda-t-il. Qui pourrait le savoir ?

Il était fasciné par la façon dont les yeux de la jeune femme suivaient ses lèvres quand il parlait. Cela créait entre eux un lien si intime…

Mais Claire Winthrop ne songeait qu'à trouver des réponses, et non à flirter avec un inspecteur blasé spécialisé dans les homicides.

— Valérie le saurait. Ou le responsable de la maintenance.

Bam ! La piqûre de rappel dont il avait besoin ! *Responsable de la maintenance…*

Même si elle avait pris soin d'édulcorer le terme, Claire Winthrop lui remettait en tête qu'il était le fils d'un gardien, et elle la fille d'un millionnaire. Il avait de vrais crimes à élucider, de vraies victimes à protéger. Un vrai monde dans lequel il devait vivre.

Il en avait marre de jouer. Il était tard, il était fatigué et il fallait qu'il soit un sacré vieux coquin pour perdre ne serait-ce qu'un instant à se laisser troubler par Claire Winthrop.

A.J. repoussa les pans de son blouson et mit ses pouces dans sa ceinture, offrant ses armes et son badge à la vue de la jeune femme, histoire de lui rappeler la gravité d'une fausse déclaration. Il avait besoin qu'elle lui dise la vérité et maintenant.

— Mademoiselle Winthrop, combien de temps s'est-il écoulé entre le moment où vous avez soi-disant vu le meurtre et le moment où vous êtes revenue au vingt-sixième étage avec votre père ?

— Je n'ai pas *soi-disant* vu quelque chose, dit-elle avec une montée de colère qui se dissipa presque instantanément. Je ne sais pas. Peut-être deux heures. Peut-être moins.

Etait-ce suffisant pour nettoyer complètement une scène de crime ? Ou pour qu'une jeune femme en détresse mette au point un mensonge ?

Il attendit qu'elle éteigne la lumière et ferme la porte derrière elle.

— Comme nous n'avons pas de corps à examiner, peut-être pourriez-vous m'en dire davantage sur l'homme que vous avez vu avec une arme ?

— Je vous ai déjà donné sa description physique.

— Redonnez-la-moi.

— Pour que vous puissiez me surprendre en train de mentir ? lança-t-elle en scrutant son regard.

Elle n'était définitivement pas aussi fragile qu'elle en avait l'air.

A.J. sortit son calepin et son stylo pour donner plus de poids à sa requête.

— Non, pour que je puisse trouver un point pouvant accréditer vos dires.

Elle cessa d'être sur la défensive et poussa un soupir de lassitude.

— D'accord. Je recommence…

Ils retournèrent dans le bureau de Winthrop.

— Combien mesurez-vous, inspecteur ? demanda-t-elle

en se retournant dans l'embrasure de la porte pour lui faire face.

— Un mètre soixante-dix-huit.

— Alors je dirais que cet homme mesurait entre un mètre quatre-vingt-cinq et un mètre quatre-vingt-sept. Ses cheveux étaient aussi bruns que les vôtres, plus longs et coiffés en arrière. Mais lui était pâle. Le teint presque cireux. Et il avait des cicatrices d'acné sur tout le visage.

Elle ferma les yeux un instant, comme si elle se repassait la scène dans son esprit… ou qu'elle revoyait les détails de son bobard… Quand elle les rouvrit, leur bleu se rappela à lui — bleu comme un ciel de printemps.

— Il portait un costume et une chemise noirs, on aurait dit des vêtements sur mesure. Cet homme avait de l'argent. Mais je suppose que les tueurs à gages professionnels gagnent…

— Attendez… vous avez dit « tueurs à gages » ?

A.J. referma son calepin dans un claquement. Le meurtre de Ray « Slick » Williams devant le Jazz Note. C'était un pro qui avait fait le coup, pas un petit voyou voulant défendre son territoire. Le département de police de Kansas City avait même diffusé le profil du type d'homme qu'ils recherchaient.

Grand. Bien habillé. Porteur de vêtements sombres, sans doute pour se fondre dans l'obscurité. Armé et extrêmement dangereux.

Bon sang. Avait-elle eu connaissance du meurtre de Slick en lisant la presse ? Avait-il réellement été sur le point de croire à un meurtre parce que l'histoire de cette jeune femme lui avait rappelé ce que lui avait dit son père ? Parce que ses jolis yeux bleus et sa façon d'articuler lui titillaient les hormones ?

Etre pris pour un idiot ne lui hérissait pas le poil. Se sentir attiré par une femme qui se jouait de lui, oui.

— Que savez-vous des tueurs à gages, mademoiselle Winthrop ?

Elle se redressa et croisa les bras, de nouveau sur la défensive. Pouvait-elle saisir les nuances de timbre d'une voix ou était-ce sa formulation qui l'avait trahi ?

— Vous ne me croyez pas.

— Il n'y a rien pour corroborer votre histoire.

Cette femme avait besoin d'aide. Mais pas de celle d'un flic.

— Il n'y a aucun signe d'effraction. Pas de traces de lutte. Pas de sang. Pas de corps.

Mais elle ne voulait pas lâcher le morceau. Elle se mit à arpenter la pièce, et se remit à parler et à signer, toujours en quête d'une solution pour que son histoire tienne debout.

— Je pourrais venir dans vos locaux pour consulter vos registres de portraits judiciaires. Ou parler à un portraitiste. J'ai des cours ce matin, mais je pourrai venir juste après.

Bien sûr. Et perdre encore plus de temps…

Il n'eut pas le temps de révéler le fond de sa pensée : le téléphone sur le bureau de Winthrop sonna. A la deuxième sonnerie, Claire toucha le combiné, comme pour vérifier l'origine du son qu'elle avait entendu.

— Papa ?

Il eut le temps de sonner une fois de plus avant que Cain Winthrop entre en trombe pour décrocher.

— Winthrop à l'appareil.

Ses yeux bleus interceptèrent ceux de sa fille pour requérir son attention.

— Oui, j'accepte.

Il s'approcha de Claire et se mit à lui caresser les cheveux — il n'était pas loin de lui tapoter la tête comme à une enfant. Puis il sourit.

— Merci mon Dieu, dit-il dans le combiné.

Il mit son bras autour des épaules de Claire et la serra contre son flanc.

— Ma douce, tout ira bien. Nous pouvons rentrer à la maison et tout oublier de cette soirée.

La jeune femme devint livide lorsque Cain annonça ce qu'A.J. s'évertuait à démontrer.

— C'est Valérie. Elle est vivante, elle appelle de Nassau.

3

— Hé, demi-portion, on m'a dit que tu avais mis une belle pagaille au bureau ce soir.

Disciplinée, Claire s'arrêta à mi-chemin de l'escalier recouvert d'un tapis crème pour endurer les railleries de Gabriel. *Demi-portion* n'était pas son surnom préféré, mais étant donné le mètre quatre-vingt-douze de son ténébreux et intimidant frère par alliance, il était justifié.

Elle avait toujours été obligée de se distinguer par son esprit.

— Mords-moi, Gab, vas-y.

Serrant son sac et ses chaussures dans une main, elle le dépassa, la démarche traînante. Il fit volte-face et se hissa quelques marches au-dessus d'elle, de sorte qu'elle dut tendre le cou pour lire sur ses lèvres et continuer la conversation.

— C'était aussi difficile que ça ?

Claire lâcha un soupir de frustration.

— J'ai été complètement discréditée par le département de police de Kansas City et père veut m'envoyer me reposer dans un spa parce qu'il pense que je fais un genre de dépression. Et en plus j'ai cassé le collier de perles de maman. L'inspecteur Taylor s'est montré plutôt amical, mais son collègue, Rodriguez…

Rodriguez quoi ? Qu'avait-elle l'intention de dire ?

Que cet homme faisait battre son cœur un peu plus vite parce qu'il semblait passer son temps à la dévisager de ses incomparables yeux brun doré ? Que sa bouche magnifiquement dessinée la ravissait ?

L'inspecteur latino s'éternisait-il dans ses pensées parce qu'il était plus âgé qu'elle ? Plus mûr ? Qu'il avait plus d'expérience de la vie qu'on ne la laisserait jamais en avoir ? Ou bien était-ce parce que le simple contact de sa main lui donnait un frisson plus intense que le plus passionné des baisers qu'elle avait pu échanger avec Rob ?

Zut ! « Rob » et « intense » ne pouvaient décidément pas cohabiter dans la même phrase. A.J. Rodriguez était tout ce que Rob n'était pas. Il représentait le danger en personne, à en juger par sa corpulence compacte et les points de suture sous son œil. Cuir noir et acier froid. Aucun geste inutile. Un discours direct.

Etait-elle vexée parce que Rodriguez avait rejeté sa déclaration ? Ou parce que juste avant, il avait embrasé sa libido somnolente ?

— Qu'a fait cet inspecteur ?

Gab semblait évaluer la nécessité d'aller dire quelques mots bien sentis ou même d'intenter un procès à l'inspecteur en question. Persuadée qu'il était préférable de garder ses remarques pour elle, Claire s'arrêta sur la même marche que lui. Ce soir, elle avait assez de soucis sans que son pseudo-demi-frère n'aille en plus faire un excès de zèle.

— Il n'a rien fait. C'est juste que ma soirée avait tellement bien commencé avant que tout ça n'arrive… J'avais besoin d'une tête de Turc.

Son excuse parut apaiser le sens de l'honneur familial de Gab. Il se détendit et resserra sa cravate sur son col amidonné.

— Bah, l'important, c'est que Valérie aille bien.

Mais non, Valérie *n'allait pas* bien. Elle était bien placée pour le savoir !

— Si elle se trouve réellement à Nassau, alors qu'ai-je vu dans le bureau de papa ?

— Rien, apparemment.

— J'aimerais que ce soit le cas, Gab. Mais je sais ce que j'ai vu.

Il haussa un sourcil arrogant et secoua la tête. Il était vêtu pour aller conclure une affaire et, boutonnant la veste de son costume à fines rayures, il l'abandonna lui aussi, comme tous les autres.

— Tu sais, Claire, tu joues à un jeu qui doit doublement inquiéter Cain. Non seulement il se fait du souci pour toi, mais en plus il s'inquiète pour Valérie. Elle est son bras droit depuis des années. La perdre serait comme perdre une partie de lui. Alors, laisse tomber, OK ?

Bien que ce ne soit pas son intention, les propos de Gabriel lui donnèrent une idée qui pourrait lui permettre de donner un sens à tout ça.

— Est-ce que Valérie a accès à tous les dossiers de papa ? Etait-elle au courant de ses négociations en cours ?

— Elle *est* au courant, oui. Comme le reste du conseil. Tu veux nous éliminer nous aussi ?

— Ce n'est pas une plaisanterie.

— Bon sang, mais bien sûr que ce n'en est pas une !

Gab était passé du mode grand frère à celui de membre de la compagnie. Il la prit par les épaules et se pencha pour la regarder dans les yeux.

— Tu dois oublier toute cette mascarade. Nous avons une entreprise à faire tourner, des marchés en vue, de nouveaux contrats à étudier. Valérie est en vacances. Elle va bien. Passe à autre chose.

Valérie savait tout ce qui se passait autant au sein qu'à l'extérieur de la compagnie. Elle connaissait les secrets de son père et l'histoire de la famille. Il y avait forcément là-dedans un motif pour que quelqu'un veuille la supprimer.

— Je ne cherche pas à faire du mal à papa, insista Claire en serrant très fort le poignet de Gab.

Au contraire, si son amour pour son père n'était pas aussi fort, elle aurait laissé tomber.

— Je m'inquiète pour lui. Cet homme a dit qu'il y avait d'autres personnes sur sa liste. Et si papa était en danger ? Et toi aussi ?

Gabriel se raidit.

— Non mais franchement, tu t'entends ? Tu délires.

Gab déposa un baiser sur son front avant de la relâcher.

— Bonne nuit, demi-portion. J'ai un rendez-vous.

Abandonnée. Une fois de plus.

— A cette heure-ci ?

Mais il dévalait déjà les marches. Arrivé en bas, il se retourna pour lui dire au revoir.

— Je n'ai jamais dit que c'était un rendez-vous d'affaires.

Oui, bien sûr. La vie de l'un des célibataires les plus en vue de Kansas City…

— Amuse-toi bien, lui dit-elle.

— J'en ai bien l'intention.

Comme il gagnait la porte, Claire s'efforça de sourire et prit le chemin de sa chambre. Sa « demi-sœur » Gina devait sûrement être sortie en ville. Il semblait bien qu'elle soit la seule Winthrop à ne pas avoir de vie sociale.

Après avoir posé son sac dans le fauteuil cabriolet au pied du lit à baldaquin, elle rangea ses chaussures dans le placard. Elle aurait parié une forte somme qu'A.J. Rodriguez avait lui aussi une vie sociale. Avec de tels yeux de poète, au beau milieu d'un visage façonné par d'anciennes racines méditerranéennes et éprouvé par la vraie vie, l'existence de l'inspecteur devait sans aucun doute regorger d'aventures et de relations passionnantes.

Sa vie à elle ne regorgeait de rien.

Elle défit sa jupe, la laissa choir et l'enjamba. Elle jeta sa veste sur son lit, se débarrassa de son haut puis ce fut au tour de ses bas. Et de ses boucles d'oreilles.

Les perles…

— Oh mince !

Claire se précipita sur le lit et fouilla dans la poche de sa veste, à la recherche de ce qui restait du collier. Voir le bijou hérité d'une mère dont elle n'avait plus qu'un vague souvenir dans un tel état l'emplit de culpabilité.

Elle prit une pochette de velours dans son armoire à bijoux et y glissa les perles avant de la mettre à côté de son sac. Elle les apporterait chez le bijoutier demain après l'école.

L'école !

Dans toute cette panique, elle avait oublié de parler à son père du poste à plein temps que lui avait offert l'école Forsythe — et de l'honneur que lui avaient fait les étudiants de la désigner comme leur para-éducatrice préférée.

Dans l'espoir de retrouver ne serait-ce qu'une once de l'excitation éprouvée un peu plus tôt dans la soirée, avant qu'elle ne vire au cauchemar, elle attrapa sa veste pour regarder le badge que les élèves lui avaient offert. Elle fronça les sourcils.

— Mais où… ?

Elle vérifia les deux revers — rien.

— Où est mon badge ?

Elle fouilla les poches. Avait-elle pu oublier de l'avoir enlevé ? Sauf qu'elle n'était pas du genre à oublier…

— Mais je veux le porter demain devant les enfants !

Elle renversa son sac, le secoua. Toujours pas de badge. Enfilant sa robe de chambre, elle traversa le couloir en courant, pieds nus, et descendit l'escalier. Elle passa devant la porte du bureau où son père devait sûrement être en train de travailler ou de lire pendant que Deirdre l'informait des derniers préparatifs concernant la réception qu'elle donnait le lendemain.

Son badge n'était nulle part.

Elle se massa les tempes du bout des doigts, que son pouls martelait. Elle n'imaginait pas voir des meurtres. Elle ne perdait pas les cadeaux. Elle n'oubliait pas les choses.

Sa Volvo !

Nouant sa ceinture autour de sa taille, elle sortit en trombe et dévala les marches du porche mouillées de pluie. Le sol était froid sous ses pieds tandis qu'elle rejoignait le grand garage qui se trouvait sur le côté de la maison. Elle pianota le code d'accès et se rua à l'intérieur dès que le portail se souleva, refermant celui-ci sur la pluie et la nuit dès qu'elle eut actionné l'interrupteur.

Elle s'essuya le visage et passa au pas de course devant la Range Rover de son père, la Lexus de sa belle-mère, traversa les emplacements vides des voitures de Gab et Gina et monta à l'avant de sa Volvo beige, allumant ses lumières intérieures pour la fouiller entièrement.

— Mais bon sang, où te caches-tu ?

Elle passa à l'arrière par-dessus les sièges, glissa ses doigts dans l'interstice entre les coussins, vérifia les endroits les plus improbables.

En vain.

Des larmes se mirent à lui picoter le coin des yeux et elle céda à l'envie d'enfouir son visage dans ses mains et de pleurer de lassitude et de frustration. Elle refit mentalement son parcours depuis l'instant où elle avait signé ses remerciements sur le podium pendant le banquet à Forsythe jusqu'au moment où elle avait vu l'impact de balle au milieu du front de Valérie.

Entre les deux, elle se revit clairement accrocher le médaillon doré à son revers. Elle ne pouvait pas y échapper : elle devait retourner au bureau de son père pour chercher son badge. Et si elle ne le trouvait pas là-bas, alors elle ne voulait même pas penser aux raisons de sa disparition.

Elle n'avait pas halluciné. Elle n'oubliait pas les choses.

Quelqu'un frappa alors à la vitre. Claire poussa un cri et bondit pour se retrouver assise en travers de la banquette arrière. La lumière de la torche dirigée sur son visage l'empêchait de voir la personne au-dehors. Elle recula pour coller son dos contre la portière opposée tandis que l'inconnu ouvrait, lui laissant entrevoir son pantalon kaki et l'arme à feu qu'il portait à la ceinture.

— Mademoiselle Winthrop ?

Le bourdonnement lui parvint à travers son récepteur auditif, mais elle dut attendre que l'homme abaisse le faisceau de sa lampe et qu'elle se remette de sa frayeur pour parvenir à déchiffrer les mots.

— Mademoiselle Winthrop ? Quelque chose ne va pas ?

Ce n'était que le gardien de nuit de la propriété. Elle pressa sa main contre son cœur et laissa échapper un profond soupir.

— Aaron, vous m'avez fait une de ces peurs !

— J'en suis désolé, dit-il en éteignant sa lampe torche et en l'accrochant à sa ceinture. Mais que faites-vous ici ?

— J'ai perdu quelque chose et je le cherchais.

Elle prit conscience de sa peau nue sous la paume de sa main au moment où le regard interrogateur du gardien descendait sur la cuisse que révélait sa robe de chambre entortillée. Bon. OK. Elle aurait beau s'expliquer, qu'elle soit là à pleurer, à moitié nue, sur la banquette arrière de sa voiture, au beau milieu de la nuit, n'allait pas l'aider à convaincre quiconque qu'elle n'était pas folle.

Elle s'extirpa du véhicule, s'empressant de tirer sur sa robe de chambre pour cacher ses genoux et d'arranger son col.

— C'est un petit badge doré. J'y tiens beaucoup.

De l'autre côté de l'auto, le gardien se redressa et referma la portière.

— Je n'ai rien trouvé de tel. Mais je vais faire attention.

— Merci, Aaron. Bonne soirée.

Les vibrations des pas du garde sur le sol en béton lui indiquèrent qu'il lui courait après bien avant qu'elle ne sente sa main effleurer son épaule. Ce n'était qu'un geste courtois pour attirer son attention, mais Claire frissonna et se retourna vivement.

— Je suis désolé, dit-il en désignant son oreille droite de la tête. Je suppose que vous n'avez pas dû m'entendre.

Et moi je suppose qu'il n'est pas évident d'être détendue quand la seule personne susceptible de croire que vous avez été témoin d'un meurtre est le meurtrier lui-même.

Mais elle s'en voulut de penser cela en voyant Aaron incliner le bord de sa casquette d'uniforme en guise d'excuse et mettre ses deux mains bien en vue.

— La pluie tombe un peu plus dru à présent, mademoiselle. Laissez-moi prendre un parapluie et vous raccompagner.

— Ce n'est pas nécessaire. Je…

Il ouvrit la porte du garage sur le rideau d'une fine pluie de printemps. Elle allait être trempée jusqu'aux os avec le peu de vêtements qu'elle avait sur elle, et son père serait tout aussi inquiet de la voir attraper froid que de l'entendre inventer d'effroyables histoires de meurtres et de complots.

— En plus, ajouta Aaron, le chef Tucker a appelé et il m'a dit de garder un œil sur vous ce soir.

Tucker ? Le chef de la sécurité ?

— Pourquoi ? s'enquit-elle en fronçant les sourcils.

— Je ne lui ai pas demandé. J'ai juste obéi.

Son père avait-il prié son équipe de sécurité de surveiller sa pauvre petite fille handicapée ? Personne ne la croyait donc capable de s'occuper d'elle toute seule ? De penser par elle-même ? Quand sa famille, ses amis et ses employés la trouveraient-ils enfin en âge de le faire, comme une femme responsable ?

Elle se résigna à accepter la proposition du garde et prit le bras qu'il lui offrait pour venir se blottir contre lui sous le parapluie. Elle calqua son pas sur le sien, ses orteils clapotant dans les flaques.

— Merci, dit-elle.

Il lui répondit quelque chose qu'elle ne put comprendre en raison de la pluie. Une désagréable sensation lui chatouilla soudain la nuque, lui donnant la chair de poule.

Quelqu'un était en train de l'observer.

Peut-être était-ce simplement dû à la vigilance extrême du gardien ? Ou au poids symbolique de la protection étouffante de ses proches ?

Aaron resta sous le porche jusqu'à ce qu'elle soit entrée et ait refermé la porte derrière elle.

Ramenée dans sa tour d'ivoire, sous haute protection.

Tout en gravissant l'escalier, elle resserra sa robe de chambre sur elle en frissonnant. Le sentiment que quelqu'un l'observait depuis l'obscurité ne la quittait pas.

A.J. ignora les deux premières sonneries du téléphone pour finir de lire, sur l'écran de son ordinateur, la liste des ramifications de l'entreprise Winthrop : Australie, Brésil, Italie, Mexique, Japon…

— *Maldición*[1], murmura-t-il entre ses dents.

Il y avait encore quelque chose qui le dérangeait dans ce qu'il s'était passé la veille à l'immeuble Winthrop. Aussi, une fois son rapport rédigé, il avait décidé de creuser un peu. Au fil des ans, c'était presque devenu un hobby — déterrer des petits bouts d'informations sur Cain Winthrop et son empire d'import-export. Il ne pouvait pas savoir quand

1. « Malédiction. »

allait surgir la petite info qui le ferait avancer d'un pas dans la découverte de la vérité sur la mort de son père.

Or passer en revue le rapport annuel de la société se révélait une mine d'informations. L'entreprise dépensait une fortune en droits de douane, mais ses bénéfices étaient apparemment presque trois fois supérieurs à ce coût. Des bijoux, du mobilier, des voitures, des articles de collection et même des animaux exotiques figuraient sur la liste des biens que la compagnie transportait sur ses lignes commerciales internationales. Il y avait beaucoup trop de données pour les analyser en une seule fois et avec une seule paire d'yeux.

Il faudrait qu'il demande à Banning de jeter un coup d'œil à ces documents pour voir si M. Logique pouvait synthétiser les faits et les graphiques qu'ils contenaient afin d'en tirer quelque chose d'utile — comme un petit secret pas très reluisant que l'argent, le temps et le pouvoir ne pourraient pas entièrement dissimuler, ou encore le nom d'un spécialiste de la sécurité qui éliminerait les employés. Définitivement.

Mais la recherche approfondie devrait attendre. Banning était sorti dîner avec sa femme Kelsey. C'est marrant comme les jeunes mariés semblaient toujours avoir du temps l'un pour l'autre, indépendamment de leurs agendas respectifs surchargés.

A.J. regarda le bureau désert en face du sien. Bon sang. Un homme n'était pas obligé d'être un jeune marié pour trouver du temps pour la femme qu'il aimait. Son partenaire, Josh Taylor, avait la bague au doigt depuis deux ans, était père de deux petites filles et souriait encore comme un jeune chiot transi d'amour quand on mentionnait le prénom de sa femme. Il était parti à 11 h 30 pour accompagner cette dernière à une visite de contrôle pour leur dernier-né.

Pourtant, il ne pouvait s'empêcher d'envier le bonheur

de ses amis. Mais à quoi bon ? Il n'avait pas de temps pour une femme ou une petite amie. Il avait des rendez-vous, un peu d'amour quand les deux partis le désiraient, mais rien de sérieux. Son travail réclamait trop d'investissement, et comportait trop de risques.

Voilà comment, en voulant éviter à quelque pauvre femme une peine de cœur inévitable et rester sans attaches, A.J. se retrouvait seul au beau milieu d'un océan de bureaux vides, dans la division des inspecteurs de la 4e circonscription.

Il avait perdu le compte des sonneries et avait réussi à se déprimer quand il décrocha le combiné.

— Rodriguez à l'appareil.

— A.J.

C'était Maggie Wheeler, le sergent de l'accueil, foutue comme Xena la guerrière, avec un visage de fille de ferme. Elle le dépassait de cinq centimètres et les ombres de ses yeux enfoncés avaient le don de l'inquiéter.

— Qu'est-ce qu'il se passe ?

— Une femme sourde veut te voir. Je lui ai dit que c'était ta pause-déjeuner, mais elle a dit qu'elle attendrait. Elle est en train de faire les cent pas devant les ascenseurs, alors j'ai pensé que ça pouvait être important.

Le regard d'A.J. glissa sur le lino en direction du bureau principal. Même si sa vision était entravée par plusieurs cloisons, il pouvait s'imaginer la petite blonde menue aux traits délicats et à la poigne étonnamment énergique arpenter le sol de l'autre côté.

— Claire Winthrop ?

— Ouais, fit Maggie, manifestement surprise, tu l'attendais ?

— Non, mais fais-la entrer.

— Elle est mignonne… Dis-moi, A.J., tu me cacherais pas quelque chose ?

— Non. A plus tard.

Sur ces mots, il raccrocha. Maggie n'était pas une commère, mais il suffisait d'une remarque innocente et de l'humour de Josh pour faire naître les rumeurs d'une sordide histoire d'amour entre le flic taciturne au visage recousu et au dos tatoué et la jeune et pure héritière.

Il savait endurer les taquineries, mais il savait également y mettre un terme quand il le jugeait nécessaire. Il avait en outre l'intuition que la plaisanterie ne serait pas du goût de Claire Winthrop.

Il se leva, rentra son T-shirt noir dans son jean et passa ses doigts dans ses cheveux courts et épais. Ce n'était pas tant qu'il veuille impressionner la jeune femme coquette et distinguée, mais il ne souhaitait pas la faire fuir.

Maggie apparut à l'angle de la cloison qui séparait les ascenseurs et le comptoir d'enregistrement des bureaux. Elle le montra du doigt et un instant plus tard, Claire surgit vêtue d'un pantalon noir et de bijoux en or étincelants.

Merde alors !

A.J. se redressa, son radar interne en alerte rouge. Les grands yeux bleus et sombres de la jeune femme transpercèrent les siens. Ses lèvres étaient pincées. Elle avait peur, il le sentait clairement malgré le dédale de bureaux qui les séparaient.

— Claire ? Qu'est-ce qui ne va pas ?

Pas de « mademoiselle Winthrop » ou de « que puis-je pour vous aider », ce n'était pas le moment. Etait-elle blessée ? Avait-elle trouvé un tapis ensanglanté ?

Il contourna le bureau pour venir la rejoindre à mi-chemin et elle se jeta sur lui. Elle se mit à le secouer, agrippant ses bras, l'implorant de ses mains tandis qu'elle débitait le motif de sa visite à toute allure.

— Personne ne veut m'écouter. J'ai fouillé le bureau de mon père. J'ai parlé au personnel de surveillance, j'ai harcelé les assistants. J'ai vérifié à la maison. A l'école. Partout. Nous devons le retrouver.

— Du calme… Retrouver quoi ?

Le corps ? C'était perdu d'avance. Il avait lui-même parlé à Valérie Justice au téléphone.

— Le badge que mes étudiants m'ont offert. Le nom de l'école Forsythe est gravé dessus. Je n'arrive pas à remettre la main dessus.

— Vous voulez que je retrouve un badge perdu ?

— Mais non ! Flûte ! s'emporta-t-elle en lui donnant un coup de poing inoffensif dans l'épaule.

A.J. se retint de rire de son juron bien poli.

— C'est *lui* qui l'a pris ! Le tueur à gages !

Ce qu'il lut dans son regard perçant n'avait rien de bien poli. A.J. maudit son filou de radar de se régler sur « innocente effrayée » au lieu de « mensonges éhontés ».

— Mademoiselle Winthrop, un travail sérieux m'attend.

Il retira un à un les doigts de la jeune femme de ses biceps et replaça ses mains de part et d'autre de son corps.

— Je vais taper votre déposition et vous devrez la signer, mais cela n'ira pas plus loin parce qu'il n'y a aucune matière à investigation.

Pour autant qu'il aurait voulu trouver un lien entre la mort de son père et le témoignage de la jeune femme, rien dans les faits n'y contribuait. Jusqu'à quel point un homme peut faire confiance à son instinct quand il doit s'en tenir strictement aux faits ? Il ne faisait aucun doute que ses échanges avec la fille de Cain Winthrop avaient faussé sa perception de ce qui était réel et de ce qui ne l'était pas.

Mais Claire n'était pas du genre à renoncer. Elle s'accrocha à son bras.

— Je vous en prie, inspecteur Rodri… Rod…

Elle reprit son souffle pour ralentir son élocution. Elle avait du mal avec les « r » de son nom.

— Inspecteur Rod… ri… guez.

Bon sang. Mais pourquoi pas ?

— Appelez-moi A.J.

Un soupir agita ses lèvres tandis qu'elle le regardait prononcer ces mots.

— Merci.

Sa respiration sembla s'apaiser, elle relâcha son emprise et ses doigts se mirent à masser son bras lentement, et sans conteste inconsciemment. Ses yeux bleus ne se détournaient pas.

— Je vous en prie, A.J. S'il a trouvé le badge, il sait que j'étais là hier soir. Et s'il se met à ma recherche ? Ce n'est pas parce que tout le monde me croit folle que je ne représente pas un danger pour lui.

Elle était réellement effrayée. Et cela toucha A.J. plus que de raison. Il inclina la tête vers le plafond, toujours en plein dilemme : devait-il croire à son instinct plutôt qu'aux faits ?

Claire se soutint à ses bras et se mit sur la pointe des pieds — sûrement pour ne pas perdre de vue sa bouche et risquer de rompre le fil de la communication…

Reconnaissant qu'elle avait besoin de voir son visage amoché, A.J. baissa la tête. « Mignonne » n'était pas le mot qu'il aurait employé pour la décrire. Son petit nez était adorable et la ligne de sa mâchoire sublime. Et « insolentes » était ce qui convenait le mieux à ses lèvres, aussi expressives et finement dessinées que ses mains gracieuses. Sa peau laiteuse frôlait la perfection et pas l'ombre d'une ride.

Le tout donnait un intéressant mélange, peaufiné par une classe absolue. Un homme sensé ne pourrait jamais se lasser de noter les détails de sa personne.

Ses cheveux étaient retombés en arrière, révélant à la fois une paire de clous d'oreilles en saphir et ses appareils auditifs. Le contraste qu'ils créaient poussait à la réflexion.

Claire Winthrop était certes une femme riche, mais Dieu, qu'elle était vulnérable ! Elle devait avoir des dizaines d'employés, alignés, prêts à l'aider, la protéger, l'écouter.

Mais elle n'avait confiance en aucun d'eux et c'était lui qu'elle était venue voir. Elle avait besoin de lui.

Cette prise de conscience flattait sa virilité tout en l'emplissant d'humilité. Et le troublait assurément.

— A.J. ?

Son regard bondit sur les lèvres de la jeune femme.

— Vous rêvez, dit-elle.

— Non, je prends ma décision.

Mec, tu vas le regretter.

Son instinct l'emporta sur les faits.

Il devait admettre qu'il y avait quelque chose dans ses mains, dans la façon dont elle s'accrochait à lui avec cette force désespérée, ce toucher sensuel qui semblait s'insinuer dans sa peau pour l'atteindre plus profondément encore. Ses mots ne l'avaient peut-être pas convaincu, mais ses mains, elles, avaient réussi à le persuader.

Claire Winthrop avait besoin de son aide.

Délaissant un instant la liste de leurs contacts de rue, A.J. regarda la vitre qui séparait les bureaux en effervescence de la salle d'interrogatoire numéro 3. Claire était assise à la longue table, entourée de registres de portraits judiciaires. Elle avait laissé la porte et les stores ouverts, affirmant qu'elle avait besoin de beaucoup de lumière. Mais n'avait-elle pas simplement besoin de voir le monde au-dehors pour ne pas se sentir trop isolée ? Elle passait minutieusement les portraits en revue depuis plus de deux heures, sans jamais se plaindre, à la recherche d'un visage familier.

Il ne s'attendait pas à ce qu'elle trouve quoi que ce soit.

Désormais, tout était informatisé. La division des archives ajoutant sans cesse de nouvelles informations sur des individus reconnus coupables, en liberté conditionnelle ou suspects, à la base de données du département de police de Kansas City et de l'Etat du Missouri, certains de ces registres papier étaient obsolètes.

Mais il se souvenait que son père avait essayé de lui inculquer que le travail occupait l'esprit. Des mains affairées et des esprits concentrés donnaient de l'espoir, et l'espoir tenait la peur à distance. Si le fait de regarder les visages de centaines de meurtriers déclarés coupables ou suspectés de crime la faisait se sentir utile au lieu de victime — si faire *quelque chose* pouvait lui donner un quelconque espoir —, alors il la laisserait assise là toute la journée si elle le voulait.

Ses mains, oui, ses mains...

Même quand elle ne signait pas, les petites mains de Claire communiquaient ses émotions. La précision avec laquelle elle referma ses doigts sur sa tasse de café jetable exprimait sa détermination.

Devait-il voir de la frustration dans la façon dont elle les passa rapidement dans ses cheveux dorés avant de se frotter les tempes ? Elle attrapait et tournait chaque page du bout des doigts comme si le sang qui souillait tous ces hommes pouvait l'atteindre.

Avait-elle peur de la réalité ou de sa propre imagination ? Il n'aurait pas parié là-dessus tout de suite. Mais elle se sentait en sécurité là, au sein du commissariat. Si le fait de traîner dans le coin lui offrait un répit dans les cauchemars qui hantaient ses yeux ou la faisaient se raccrocher à lui, alors oui, elle pouvait rester là. Elle pouvait rester jusqu'à ce qu'elle prenne conscience qu'elle n'appartenait pas à son monde. Que sa place était dans sa résidence, avec ses vêtements de créateurs et ses bijoux. Là où *papa* et son équipe de sécurité armée pouvaient écouter ses histoires et faire qu'elle se sente protégée.

En attendant, lui avait fait son job. Il avait pris la déclaration de Claire au sujet du badge disparu et l'avait ajoutée à son rapport. Il avait parlé à l'inspecteur Banning et assigné le génie de l'informatique à dénicher tout ce qu'il pouvait trouver sur la Winthrop. Enfin il avait mis son partenaire Josh au courant des dernières inquiétudes de Claire, s'était occupé de ses autres affaires et avait éludé les questions concernant la femme qu'il retenait dans la salle d'interrogatoire numéro 3.

Une boulette de papier l'atteignit en plein front.

— Salut, *amigo.*

A.J. leva les yeux par-dessus les bureaux voisins. Josh arborait un sourire narquois. Cet imbécile trouvait très drôle de s'occuper de *ses* affaires. Et le respect alors ? Après tout, A.J. était plus ancien que lui.

— Tu peux me rappeler qui t'a appris ton métier, *amigo* ?

Josh ne se laissa pas démonter.

— Toi mon ami. Mais tu m'as appris à être ton partenaire, pas ton remplaçant, dit-il en jetant un tas de dossiers kraft sur le bureau de son aîné.

— Alors arrête de reluquer le joli petit lot à travers la vitre et aide ton partenaire.

Le joli petit lot ? C'était comme ça qu'il voyait Claire Winthrop ? Qu'étaient devenus les mots « *victime* », « *folle* », « *enfant gâtée pourrie* » ? « *Héritière* » ?

A.J. jeta un coup d'œil coupable à la salle d'interrogatoire. Claire s'était levée et faisait des mouvements. Elle étira ses jambes, cambra son dos et tira sur ses vêtements pour les remettre en place sur son mignon petit derrière.

Madre de Dios.

Il s'empressa de détourner le regard. Elle était peut-être

jeune, mais bon sang, ce n'était pas n'importe quelle gamine. Il aurait aimé ne rien avoir remarqué…

Or Claire Winthrop était *bien* un joli petit lot, et le regard qu'il posait sur elle n'était en rien détaché ou professionnel. Son corps connaissait la vérité, de toute façon : il la matait.

Même si sa réaction l'avait déjà trahi, A.J. fit comme s'il n'avait fait que voir ce que n'importe quel Américain dans la fleur de l'âge aurait vu à sa place.

— Elle est pas mal.

— Elle est plus que pas mal, répliqua Josh.

— Je passais mon bac l'année où elle entrait à la maternelle.

— Personnellement, je la trouve suffisamment adulte.

Ainsi Josh regardait les femmes ? Heureusement qu'A.J. tenait la bride haute à ses émotions, sinon il aurait pu lui balancer qu'il avait déjà une femme magnifique et qu'il ferait mieux de se regarder lui — avant de se rendre compte que ce gros *bastardo*[1] voulait seulement se payer sa tête.

— Tu sais d'où je viens, reprit A.J. Regarde où vit son père. En ce qui me concerne, cette fille vient d'une autre planète. Je ne fais que mon travail. Il n'y a rien de mal à être humain, comme n'importe lequel d'entre nous.

— Oui oui.

Les moqueries bon enfant de son partenaire avaient au moins le mérite de lui rappeler ses bonnes résolutions : maintenir ses distances avec la riche héritière. A.J. se mit à feuilleter la pile de dossiers sur son bureau.

— Tu as trouvé quelque chose ?

Josh voulut bien changer de sujet.

— Jettes-y un coup d'œil. J'ai demandé à mon beau-frère qui travaille au FBI de nous faxer les feuilles d'inculpation des présumés criminels impliqués dans le trafic de drogue

1. « Bâtard. »

qui a été découvert à travers le pays. Si l'on peut en situer un dans la région de Kansas City…

— … on pourra trouver qui essaie de tuer la concurrence et de faire ses affaires en ville.

Ils passèrent plusieurs minutes à étudier de près les informations, mettant de côté les dossiers inutiles et dressant une liste de suspects dont le profil démontrait une capacité à tuer de multiples façons. En poignardant. En posant des bombes sous des voitures.

L'odeur du café noir parvint aux narines d'A.J. Claire écarta un calepin et déposa une tasse chaude sur son bureau.

— J'ai été m'en chercher un autre, j'ai pensé que vous en voudriez un également.

Elle tenait une seconde tasse.

— Josh ?

L'intéressé se leva et étira le bras pour accepter le café qu'elle lui tendait.

— Oui, merci.

A.J. ignora le clin d'œil pas vraiment subtil de son ami et tourna la tête vers la jeune femme.

— Vous n'aviez pas besoin de faire ça.

— Non, mais c'est une délicate attention. Avec plaisir, au fait.

Ce sarcasme, il ne l'avait pas volé.

— Euh, pardon, merci. Comment signez-vous cela ?

Claire porta sa main droite à ses lèvres puis l'en éloigna tout en disant le mot. A.J. fit pivoter sa chaise vers elle et l'imita ; mais au lieu de l'approuver ou de le corriger, Claire blêmit soudain et écarquilla les yeux. A.J. se leva pour mettre ses mains autour de sa taille fine, croyant qu'elle allait s'évanouir.

— Claire ?

Elle le regarda dans les yeux et serra un instant ses

mains dans les siennes avant de reporter son attention sur son bureau.

— C'est lui.

Ses mains étaient froides. A.J. attrapa une chaise à dossier droit et l'assit avant que ses jambes ne se dérobent.

— Claire ?

Il regarda par-dessus son épaule pour voir ce qu'elle avait vu, puis fit remonter sa main jusqu'à la mâchoire tremblante de la jeune femme.

— Mon Dieu, vous êtes glacée. Parlez-moi, Claire.

— C'est l'homme en noir.

A.J. lut le nom au bas de la page. Dominic Galvan. Un criminel surnommé « l'homme de la Renaissance » à cause de son intelligence et de la variété de ses modes opératoires, laquelle ne facilitait pas l'établissement de son profil. Un homme qui, selon son casier judiciaire, se préoccupait davantage du nombre record de fois où il avait été recruté et des coups qu'il avait réussis que de la fortune qu'il avait accumulée en vingt ans de carrière.

Nombre record.

Jamais un témoin.

Il s'empara brusquement de la photocopie noir et blanc et la tendit à Claire pour qu'elle l'étudie de plus près.

— *Cet* homme est celui que vous avez vu à l'immeuble Winthrop ?

Elle acquiesça.

Il froissa l'image dans son poing et lui attrapa le genou.

— Je vous en prie, dites-moi que vous inventez tout ça. Que vous avez désigné cette photo parce que vous êtes trop fatiguée pour continuer à éplucher les registres.

— C'est l'homme que j'ai vu dans le bureau de mon père. Pourquoi ? Qui est-il ? Vous me faites peur.

A.J. jeta le portrait sur le bureau de Josh. Son partenaire

s'était déjà levé, inquiet de la réaction de la jeune femme. Il lut la fiche.

— Un beau fils de pute.

La réaction de Josh parlait d'elle-même.

A.J. eut soudain la très désagréable intuition que tout ce qu'avait raconté Claire était vrai.

Elle avait été témoin d'un meurtre.

— Josh, appelle le bureau du procureur. Nous pourrions bien avoir une autre affaire.

— Je m'en occupe. Je vais aussi alerter Sam.

Son beau-frère du FBI pouvait mobiliser tout un réseau d'intervention pour les aider si Galvan était bien en ville.

— Et pour elle ?

A.J. se pencha vers Claire, effleura sa joue et sonda son regard.

— Je vous crois, se contenta-t-il de dire.

4

Si elle fermait les yeux et faisait appel à son imagination, Claire pouvait presque entendre les notes de Debussy flottant dans la demeure.

Personnellement, elle préférait le tragique d'une ouverture de Tchaïkovski. Même le rap était plus à son goût. Elle pouvait vraiment sentir cette musique aux rythmes forts et aux franches sonorités graves.

Elle se revit sur scène, lors de l'une de ses représentations de danse classique ou moderne, et, se mettant sur la pointe de ses escarpins de soie grise, elle suivit le rythme imaginaire et sortit du jardin d'hiver, où régnait une fumée âcre, pour rejoindre le vestibule. Après le dîner, son père, Gab et les invités qui le souhaitaient s'étaient retirés dans le salon de musique pour déguster des vins japonais et des cigares de la collection de Cain. Elle était restée suffisamment longtemps pour être polie, mais, malgré ses vingt-trois ans d'existence dans le respect de la bienséance, elle n'en pouvait plus. Elle avait besoin de prendre l'air. Besoin de calme. De parler de choses plus importantes que la durée des pluies de printemps.

Elle avait besoin de ne plus sentir la présence du garde en uniforme qui la suivait comme son ombre. Même si Aaron Barnette était plutôt gentil, sa présence la coupait du reste des invités et lui rappelait la menace qui pesait sur elle.

A.J. n'avait pas voulu la laisser partir avant d'avoir exposé sans détour à Marcus Tucker les dangers qu'elle et sa famille encouraient. Le chef de la sécurité ne croyait toujours pas son histoire de meurtre, mais il connaissait le nom de Dominic Galvan — ainsi que sa réputation. Si la police suspectait un lien entre ce meurtrier et les Winthrop…

Tucker était arrivé trente minutes plus tard pour l'escorter jusque chez elle en personne. A son arrivée, son père l'avait prise dans ses bras et l'avait accompagnée à l'étage. Puis un garde était apparu devant la porte de sa chambre. Il y avait plus d'hommes de Tucker qui patrouillaient qu'à l'accoutumée. Au changement d'équipe, avant l'arrivée des invités, Aaron était devenu son nouveau meilleur ami.

Claire aurait dû se sentir mieux, à présent qu'on la prenait au sérieux. Mais elle se sentait à part, comme si les feux d'ordinaire braqués sur elle n'en étaient que plus imposants et plus éblouissants.

Pour étouffer ces pensées déstabilisantes, elle se mit à fredonner, de plus en plus fort, jusqu'à ce qu'elle puisse sentir le son vibrer dans sa gorge, tout en dansant vers l'entrée principale et le grand escalier. Son but ? Retrouver sa chambre, prendre un bon bain, se mettre au lit et faire en sorte que cette soirée abominable se termine.

Alors qu'elle tournait pour atteindre les premières marches, deux mains l'attrapèrent par les épaules et l'attirèrent en arrière vers le recoin sombre sous l'escalier.

Comme une main étouffait son cri de surprise, elle reconnut la senteur familière — et légèrement écœurante — d'une eau de Cologne pour homme.

— Rob !

A l'instant où ses pieds touchèrent le sol, elle fit volte-face et frappa la poitrine secouée de rires de Rob Hastings.

— Tu m'as fait peur !

— Salut, blondinette.

Il semblait vraiment très amusé par sa blague, qui l'avait laissée le cœur battant et le souffle court. Il la poussa vers les moulures dorées qui ornaient les boiseries blanches et la coinça contre l'escalier.

— Toi, quand je t'attrape, c'est comme quand je saute devant ta sœur en criant « bouh ».

D'un, Gina n'était sa sœur que par alliance, et de deux, si cette dernière aimait frôler la crise cardiaque en guise de préliminaires coquins, c'était son problème. Et de trois — elle mit sa main à plat sur le torse de Rob et le repoussa —, avec *elle*, il aurait peut-être plus de chances s'il la courtisait avec des insultes.

— Je montais. J'ai très mal à la tête, ajouta Claire pour faire bonne mesure.

Elle remit en place l'encolure de sa veste de soie ornée de perles et tira son ourlet sur ses genoux, au cas où il entrapercevrait ses jambes ou la naissance de ses seins et y verrait une invitation à poser de nouveau ses mains sur elle.

— Je ne suis vraiment pas dans une bonne passe.

Il glissa son bras autour de sa taille et attira ses hanches contre les siennes. Apparemment, il pensait ne pas avoir besoin d'invitation.

— Mais nous n'avons pas eu un moment à nous de toute la soirée, rétorqua-t-il.

— Rob, dit-elle en calant ses bras entre eux deux, j'ai dit non.

— Tu as dit que ce n'était pas le bon moment, rectifia-t-il et relevant son menton vers lui pour qu'elle puisse voir sa bouche un peu molle et le comprendre.

— As-tu vu Gina ?

Il mettait son bras autour d'elle et lui parlait d'une autre femme ? Drôle de façon de la séduire. Mais son père avait embauché Rob pour ses talents en matière de logistique, pas pour ses dons de séducteur.

Elle aurait pu penser que Rob voulait parler à Gina pour affaires, mais il était un peu trop exubérant — ses yeux verts brillaient tout en demeurant ternes — pour qu'il puisse s'agir de travail.

— Elle et Deirdre sont allées faire visiter la maison à quelques invités. Elles doivent être à l'étage.

Aaron apparut à leurs côtés et Claire essaya de se libérer de Rob. Le garde avait une main sur sa matraque et l'autre sur son arme.

— Mademoiselle Winthrop, tout va bien ?

Rob secoua la tête et lâcha un soupir aux effluves de saké.

— Il n'y a aucun problème, officier. Maintenant, partez.

Aaron ne bougea pas.

— Ce n'est pas à vous de décider, monsieur, répondit-il en cherchant de ses doux yeux bruns ceux de Claire. Mademoiselle Winthrop ?

Elle fut tentée de demander au garde de raccompagner Rob. Mais après tout, ce n'était que Rob — son mètre quatre-vingt-trois, son sens des affaires, ses ongles impeccables et son humour de gosse. S'il était appréciable de voir combien Aaron faisait consciencieusement son travail, jeter l'un des plus brillants jeunes cadres qu'employait son père dehors sous la pluie ne faisait sûrement pas partie des réjouissances prévues lors de cette réception. Avec un hochement de tête rassurant, elle renvoya Aaron à son poste.

— Il m'a fait peur, c'est tout. Je vais bien. Je ne vais pas tarder à aller me coucher.

Une fois qu'Aaron fut assez loin pour ne rien entendre, Rob l'attrapa par les épaules et la plaqua de nouveau contre les boiseries. Il était rouge jusqu'à la racine de ses cheveux châtains coupés ras qui commençaient à se dégarnir.

— Je me souviens du temps où les employés savaient tenir leur langue et détourner le regard.

— Il ne fait que son travail.

— Si jamais ce gars a besoin d'une recommandation auprès de Tucker, eh bien il n'aura pas la mienne. Quand je fais des avances, j'aime bien que ce soit en privé.

Rob s'assura qu'elle avait bien lu ses mots avant de se pencher pour l'embrasser au creux du cou. Bon. Rien. Si ce n'est l'envie de lui offrir un bonbon à la menthe et de rédiger les plans de ses interventions en classe la semaine prochaine.

Pensées peu charitables. Claire serra les lèvres pour s'empêcher de glousser. Cet après-midi, au bureau de la 4e circonscription, A.J. Rodriguez n'avait eu qu'à effleurer sa joue pour qu'elle sente une onde de chaleur déferler dans son corps. Quand *lui* la regardait dans les yeux et lui parlait, elle avait du mal à se concentrer sur autre chose. Et son torse mettait davantage en valeur un simple T-shirt noir qu'une campagne publicitaire à un million de dollars ne pourrait jamais le faire pour les costumes Armani de Rob.

Elle plaqua ses mains sur les revers dudit costume et repoussa le jeune homme.

— Rob, ne m'as-tu pas dit que tu cherchais Gina ?

— Gina peut attendre.

Il se pencha pour l'embrasser à pleine bouche. Elle le repoussa encore plus énergiquement.

— Rob, je t'en prie. Je ne veux pas…

— Je sais, je sais.

Il soupira profondément et se décida enfin à cesser ses avances.

— Nous avons des invités.

En théorie, il était lui aussi un invité. Et puisqu'il se sentait un peu trop chez lui à son goût, Claire abandonna l'idée de se coucher tôt et sauta sur l'excuse que cela lui donnait.

— Nous devons retourner auprès d'eux.

Il lui sourit en guise de réponse, mais ne s'écarta pas pour autant de son chemin.

— Je ne pense pas que cela dérangera ton père si nous prenons le temps de nous amuser un peu. Je cherchais quelqu'un avec qui partager la bonne nouvelle.

— Quelle bonne nouvelle ?

Dans l'immédiat, la seule nouvelle qu'elle pourrait vraiment apprécier serait d'apprendre que Dominic Galvan avait été retrouvé — mort, de préférence.

Mais comme Rob ne connaissait pas les détails de ce qu'elle avait vu la veille, elle attendit qu'il prenne la parole.

— Cain a beaucoup aimé le travail que j'ai fait avec Gina pour mettre au point la distribution de nos vins étrangers dans le monde entier. Il a même évoqué une promotion et demain je siégerai à la réunion du conseil.

— C'est génial. Félicitations.

Ses compliments étaient sincères, mais elle voulait qu'il sache qu'il n'en aurait pas d'autres de sa part. Elle se mit à signer pour insister sur ses mots.

— Rob, j'apprécie beaucoup ton amitié et je suis heureuse de ce qu'il t'arrive. Tu as gagné…

Il prit les mains de Claire entre ses doigts à la peau lisse pour l'interrompre.

— Viens dîner avec moi demain soir et fêtons ça. Nous irons à L'Adagio.

— Je ne peux pas.

Pour le moment, elle ne voulait pas trop s'éloigner de la maison, ni du travail, ni du dispositif de sécurité du chef Tucker. Pas avant qu'A.J. ne lui dise de façon certaine où se trouvait Galvan. De plus, rejoindre Rob dans le dernier restaurant quatre étoiles de la ville lui semblait trop sérieux.

— Ce ne serait pas correct. Je sais bien que père nous a présentés et que tu espères…

— Tu as ton truc à l'école demain soir ?

Claire pinça les lèvres pour contenir son impatience. Etait-il obligé de l'interrompre chaque fois qu'elle tâchait de lui expliquer qu'ils ne seraient jamais plus que des amis ? Elle retira ses mains.

— Les remises de prix de fin d'année ? C'était hier soir.

Elle l'avait invité à l'accompagner. Mais il avait refusé, prétextant un rendez-vous qu'il ne pouvait annuler.

— Bon. Alors demain soir tu es libre.

Il n'avait pas compris.

Le carillon métallique de la porte d'entrée résonna dans ses oreilles et elle s'écarta d'un bond, ravie de cette diversion.

— Je ferais mieux d'aller ouvrir.

— Quelqu'un d'autre le fera, dit-il en se rapprochant d'elle.

Elle se retrouva le dos contre la rampe d'escalier.

— C'est chez *moi*.

— Je pourrais passer te prendre après l'école. C'est quoi le nom déjà ? Freeman ? Foreman ?

— Forsythe, répondit-elle sèchement en mettant ses mains devant elle pour l'empêcher d'approcher. C'est une école privée pour les malentendants. Cela fait un an que je travaille là-bas. J'en parle tout le temps, et tu ne m'écoutes pas ! Tu n'es jamais venu m'y rendre visite. Tu ne m'as jamais posé de questions sur mon travail. Tu n'as *pas* besoin de venir me chercher. Je ne dînerai *pas* avec toi. Ça s'appelle l'école…

Mon Dieu…

— … Forsythe.

Claire replia ses poings et rompit le contact. En disant ainsi le nom à haute voix, sans savoir où le badge se trouvait, sans savoir qui l'avait pris, elle avait l'impression d'avoir hurlé son identité au monde entier. *Ce badge est le mien. J'ai assisté à un meurtre. Dominic Galvan, viens, je suis là.*

Elle s'avisa alors qu'ils n'étaient plus seuls. Sa belle-mère, Gina et deux de leurs invités japonais s'étaient arrêtés au milieu de l'escalier et regardaient par-dessus la rampe. Rien qu'au sourcil haussé de Deirdre, Claire comprit.

Elle venait de hurler. Et sur un invité de surcroît.

— Je suis désolée, dit-elle sans savoir à qui exactement elle devait présenter ses excuses — Rob ? les messieurs japonais ? sa belle-mère ?

Et pour couronner le tout, son père était sorti en courant du salon.

— Tout va bien ?

Gab et Peter Landers, le plus vieil ami de Cain et son vice-président, le suivaient. Cain se tenait dans le vestibule et posait sur elle un regard tout aussi perdu et coupable que la nuit où un médecin leur avait appris qu'elle ne recouvrerait jamais l'audition, mais que des méthodes et des thérapies qu'il avait les moyens de payer lui permettraient de mener une existence presque normale.

Elle se souvenait à peine d'avoir vécu autrement. Pour elle, ne pas avoir de mère et être malentendante était *normal*. Le problème était qu'elle n'avait jamais réussi à en convaincre son père. Elle n'était jamais non plus parvenue à lui faire comprendre qu'elle ne le tenait pas pour responsable de son handicap ni de la mort de sa mère.

— *Je vais bien, père*, signa-t-elle, sans prononcer un mot.

Rob lui sourit, comme si son indulgence pouvait effacer son humiliation et la peine qu'elle éprouvait pour son père.

— Alors, c'est oui ou non pour le dîner demain ?

Il n'avait pas écouté un seul mot, n'avait pas compris qu'elle lui criait de tout son être : *« Fous le camp ! »* Elle n'avait jamais giflé un homme, mais s'il n'y avait pas eu cette foule curieuse autour d'eux, il y aurait eu une première fois.

— Non.

Une épaisse chevelure brune et brillante apparut soudain à côté de Rob.

— Je crois que sa réponse est claire.

Plus surpris qu'elle, Rob se retourna d'un bloc.

— Mais bon sang, qui êtes-vous ?

Claire relâcha son souffle, soulagée. D'où était sorti A.J. et que faisait-il là ? Peu importe, il était là…

— *C'est bon de vous revoir*, signa-t-elle.

Enfin, quelqu'un qui la croyait. Quelqu'un qui l'écoutait.

— Je m'occuperai de vous dans une minute, dit Rob pour évincer A.J. avant de poser de nouveau ses yeux clairs sur la jeune femme. Vendredi alors ?

— Non, elle a quelque chose de prévu, répondit A.J. en faisant en sorte qu'elle puisse voir ses lèvres.

Puis il lui tendit la main. Claire n'eut qu'un bref instant d'hésitation. Des doigts forts et rêches entourèrent les siens et A.J. l'attira hors du recoin. Il sentait le cuir mouillé et grâce à son assurance tranquille, Claire n'éprouva aucun malaise à se retrouver près de lui quand il fit face à Rob.

— Ce ne sont pas vos affaires, répliqua ce dernier. Sortez d'ici avant que j'appelle la sécurité.

— Je ne le ferais pas, à votre place.

Rob parut décontenancé par la brutalité de sa réponse.

A.J. mesurait entre deux et cinq centimètres de moins que son adversaire au costume sur mesure. Mais son corps compact était en meilleure condition physique et les effets de l'alcool n'altéraient pas son esprit. Face à son refus d'entrer dans son jeu, Rob sembla reconsidérer son désir de lui ordonner quoi que ce soit.

Même Claire recula d'un pas en sentant un froid sinistre se dégager de sa personne. Elle serait partie s'il n'avait pas subitement resserré l'étreinte de sa main pour la garder à ses côtés. Il mêla ses doigts aux siens, envoyant une décharge dans sa paume sensible et lui donnant le sentiment troublant que ce sauvetage *in extremis* n'était pas seulement motivé par des raisons professionnelles.

Quelqu'un avait dû parler depuis l'autre bout de la pièce — à la façon dont Rob reprit instantanément ses esprits, ce devait être son père. Puis le jeune homme esquissa un hochement de tête et ajouta :

— Inspecteur Rodriguez, je vous présente mes excuses.

— Hastings.

— Mais que se passe-t-il ? s'enquit Deirdre avec un regard particulièrement inamical.

Elle sourit à ses invités étrangers avant de descendre les marches.

— Cain, fais quelque chose.

Gina sembla être la seule à se moquer éperdument des trouble-fête. Ses yeux sombres brillaient en les étudiant. Ses lèvres se courbèrent en une moue sensuelle tandis qu'elle faisait un clin d'œil et levait un pouce à l'intention de Claire. *Bien joué, Claire.*

Les joues de la jeune femme s'empourprèrent. Tout de même, Gina ne pensait pas qu'elle et A.J… qu'il pourrait… Elle posa une main froide sur sa joue et baissa vivement la tête. L'inspecteur était un homme, un vrai, expérimenté et elle… n'était rien de tout ça.

Mais la pagaille autour d'elle la tira bientôt de ses pensées. Dans l'entrée, Gab se disputait avec un homme blond qui paraissait ne pas avoir la moindre envie de rire ; Rob faisait les cent pas au bas de l'escalier en marmonnant. Peter Landers essayait de jouer les conciliateurs, il parla d'avocats et dit à Cain de ne pas s'inquiéter. Deirdre fulminait et les six Japonais curieux parlaient entre eux du feuilleton auquel ils assistaient.

Soudain, Claire eut la même impression que la veille en rentrant du garage : quelqu'un l'observait. Un frisson parcourut sa colonne vertébrale. Son imagination faisait-elle apparaître des espions là où il n'y en avait pas, ou était-ce dû au fait qu'à cause de sa surdité, ses autres sens étaient hyper-développés ? Elle s'accrocha à A.J. des deux mains et fureta autour d'elle, en quête d'un regard plus froid, plus haineux que les autres.

Mais il n'y avait que des membres de la famille et des amis — des gens qui l'aimaient. Qui la protégeaient. Pas des trafiquants de drogue d'Amérique centrale avec une liste de personnes à supprimer. Un seul la regardait : Rob, et elle n'aurait pu dire si le chagrin qu'elle lisait dans ses yeux était une menace ou une simple bouderie.

Pourtant, elle ne parvenait pas à se défaire de cette sensation qui lui donnait la chair de poule.

A.J. passa son pouce à l'intérieur de ses doigts, comme si elle lui avait transmis son anxiété. Ce n'était rien de plus qu'une caresse apaisante, entre eux, à l'abri du regard des invités. Mais elle suffit à faire monter la chaleur sous la surface de sa peau et court-circuita ses frissons d'effroi.

— Je voudrais vous présenter quelqu'un, lui dit-il.

Claire lui emboîta le pas.

— Vous avez retrouvé Galvan ? murmura-t-elle, pleine d'espoir.

Les yeux dorés lui répondirent par la négative.

— Je voulais m'assurer par moi-même que Marcus Tucker avait mis en place toutes les dispositions que je lui avais suggérées pour votre protection.

Il jeta un coup d'œil au garde en uniforme dans l'entrée.

— Je suis ravi de constater qu'il a renforcé la sécurité dans le coin.

— Il poste toujours des hommes supplémentaires quand nous donnons une réception.

Elle perçut une lueur dans son regard, c'était la première fois qu'elle captait une émotion chez lui. Sa réponse semblait ne pas le satisfaire.

— Mais Aaron est personnellement chargé de ma surveillance.

— Bien.

Son visage redevint impassible et il s'invita dans le cercle formé par son père, Deirdre, Peter Landers, Gab et l'homme blond.

— Claire, voici Dwight Powers, l'un des assistants du procureur. Il s'est montré particulièrement intéressé par votre déclaration.

— Monsieur Powers, salua-t-elle.

— Madame, répondit l'homme avant de faire disparaître sa main dans une poignée aussi énergique et déterminée que lui-même semblait l'être. Je suis désolé d'interrompre votre soirée, mais l'inspecteur Rodriguez et moi-même pensons que plus vite les choses seront mises en place, plus il nous sera facile de constituer notre dossier.

— Quel dossier ? demanda Claire en fronçant les sourcils.

Elle regarda tour à tour Dwight puis A.J., et l'étreinte qu'elle avait trouvée si réconfortante lui apparut soudain comme un piège. Elle retira ses doigts et mit ses bras autour de sa taille.

— Vous avez retrouvé le corps de Valérie ?

— Non, répondit l'assistant du procureur.

De son orageux regard gris-vert, il prit note de toutes les personnes présentes avant de s'arrêter sur son père.

— Pourrions-nous parler en privé, monsieur ?

— Nous sommes ici en famille.

Dwight eut un regard vers l'escalier, Cain l'imita et ravala un juron. Leurs invités. Il se tourna vers sa femme.

— Deirdre, tu permets ?

— Cain, enfin ! se récria-t-elle en désignant d'un geste A.J. et Dwight comme s'ils étaient les seuls à devoir partir.

Mais Cain était déterminé. Vexée, Deirdre fit volte-face sur ses escarpins et rassembla les Japonais.

— Shoshiro ? Hoshi ?

Elle jeta un regard cinglant à Claire — sûrement parce qu'elle avait ruiné sa réception — avant de suivre ses invités dans la salle à manger et de fermer la porte.

— Rob, vous n'avez rien à faire ici non plus, dit Cain.

— Mais je m'inquiète tout autant pour Claire que n'importe qui dans cette pièce !

— Sortez.

Rob maugréa puis embrassa d'autorité Claire sur la joue.

— Si tu as besoin de quoi que ce soit, appelle-moi.

Claire résista à l'envie de s'essuyer la joue. Inutile de lui répondre, Rob était déjà occupé à défier son patron.

— Je fais partie de cette entreprise, Cain. Et un jour, je ferai partie de cette famille.

Claire n'avait aucune intention de se porter volontaire pour l'aider à atteindre son but.

— Allez viens, beau gosse ! intervint Gina en refermant ses doigts manucurés sur le bras du jeune homme. Ne t'en fais pas, Cain, ajouta-t-elle à l'intention de son beau-père, Rob et moi allons discuter de nos idées de transport avec les hommes de Watanabe.

— Merci Gina. Je suis heureux d'entendre une personne sensée dans cette pièce.

Un simple regard suffit pour qu'Aaron sorte lui aussi et referme la porte derrière lui. Quand Dwight demanda pour Peter, Cain secoua la tête.

— Il reste. Peter est mon bras droit. Il est à mes côtés depuis toujours. Et maintenant, dites-moi ce que signifie cette ordonnance du tribunal ? demanda-t-il en montrant le document qu'il tenait à la main.

— Très bien.

Dwight inspira profondément, comme s'il était sur le point de se présenter devant un juge.

— Dominic Galvan est recherché pour meurtre dans cinq Etats et quatre pays. Il va sans dire que quand il pointera le bout de son nez à Kansas City, le procureur de la République et le commissaire de police voudront mettre la main dessus et s'en débarrasser.

— En quoi votre recherche concerne-t-elle ma famille ? s'enquit Cain.

— Nous pensons que nous pouvons pousser Galvan à sortir de sa cachette.

C'était une bonne nouvelle, non ? Pourtant, Claire avait presque peur de poser la question. Ils attendaient quelque chose d'elle. C'était pour ça qu'A.J. était venu, pour ça qu'il avait joué les Sir Galahad en la libérant des avances légèrement empressées de Rob, pour ça qu'il lui avait pris la main comme s'il se souciait d'elle.

— Comment comptez-vous vous y prendre ?

— Nous ouvrons une enquête sur le meurtre de Valérie Justice.

L'annonce de Dwight suscita une volée de contestations.

— Et pouvez-vous me dire où se trouve votre preuve médico-légale ? En d'autres termes, votre cadavre ? lança Gab, provocant.

Peter aborda les choses de façon plus rationnelle.

— Cain a dit qu'il avait parlé à Valérie hier soir.

Il posa ses lunettes juste au-dessus des ailes de son nez et ajouta à l'adresse d'A.J. :

— Ne lui avez-vous pas également parlé, inspecteur ?

— J'ai parlé à *quelqu'un* au téléphone, repartit A.J. en glissant ses pouces à l'intérieur de sa ceinture de cuir noir, révélant ainsi son badge. Tout ce que j'ai, c'est la parole de M. Winthrop qu'il s'agissait bien de Mlle Justice. Je ne l'ai jamais rencontrée et je n'ai pas d'enregistrement de sa voix pour vérifier.

Claire se rapprocha de son père et ouvrit la bouche pour prendre sa défense. Son père n'était pas un menteur ! Mais A.J. lui jeta un regard d'une telle intensité qu'elle la referma sur-le-champ. Dans l'absolu, c'était *elle* qui traitait son père de menteur en affirmant que son assistante était morte. Ils ne pouvaient pas avoir raison tous les deux.

Etait-ce la voix d'une complice de Galvan au téléphone ? Mais pourquoi son père ne reconnaîtrait-il pas une femme qui travaillait à ses côtés depuis tant d'années ? Etait-il malade ? Avait-il des ennuis ? Couvrait-il quelqu'un ? Pourrait-il discréditer sa propre fille dans le simple but de tirer un trait sur un problème ?

Comme il avait voulu le faire sur son handicap... Claire ne savait plus que penser. Elle avait la sensation d'étouffer...

Elle se raccrocha aux yeux dorés d'A.J. Elle avait confiance en lui. C'était parce qu'il la croyait qu'elle s'était sentie forte.

— Pour l'amour de Dieu, Cain, intervint alors Peter en sortant déjà son portable de la poche de son costume gris. Appelez Valérie et mettez un terme à cette mascarade. Je vais demander à Marcus de faire faire le plein du jet de la compagnie. Nous allons la ramener nous-mêmes à la maison.

Autour de Claire, la conversation s'intensifia — Gab s'énervait — et se brouilla au point de n'être bientôt plus pour elle qu'un brouhaha inintelligible. La douleur transperça son crâne. Trop de stress, trop de fatigue. Elle était soudain noyée dans un flot de visages dont les lèvres bougeaient trop rapidement pour qu'elle comprenne quoi que ce soit. A moins qu'elle ne soit réellement en train de devenir folle ?

Elle s'écarta brusquement et cria lorsqu'une main chaude

se referma sur son poignet droit comme un étau. Une peau plus sombre que la sienne. La main d'A.J.

Au milieu du chaos, sa voix était claire comme du cristal.

— Je dois parler un instant à votre fille. Une affaire de police.

A.J. la fit avancer, ouvrit la porte d'entrée, et elle se retrouva dans la nuit humide. L'imposant Dwight Powers se glissa derrière eux pour fermer la porte, le bruit sec du loquet retentit. Personne n'essaya de les arrêter.

Des gouttes de pluie froides vinrent s'écraser sur sa joue et son cou, réveillant ses sens comme au sortir d'une transe. La légère averse de printemps vint maculer sa veste et la soie colla à sa peau. A.J. congédia Aaron d'un signe de tête et attira Claire dans l'escalier. Bientôt, il courait au milieu des ombres de la nuit noire, sous les sapins qui longeaient l'allée, l'entraînant à sa suite.

— Que faites-vous ? s'alarma Claire.

Ses talons s'enfonçaient dans la boue. Une de ses chaussures resta prise au piège. Elle trébucha en avant et s'écrasa dans le dos de l'inspecteur.

Aussi dignement qu'elle put, elle se redressa.

— Où allons-nous ? Où m'emmenez-vous à la fin ?

Il dit quelque chose en regardant par-dessus son épaule.

— Quoi ?

Claire referma son poing sur le cuir de sa manche et, saisissant sa mâchoire de son autre main, le força à lui faire face. Sa barbe de plusieurs jours était aussi douce et piquante sous ses mains que les épines des pins sous son pied dénudé.

— Il fait trop noir ici pour pouvoir lire sur vos lèvres quand vous allez aussi vite, protesta-t-elle.

Comme elle se rapprochait, ses coudes s'enfoncèrent

dans le torse de l'inspecteur. Les mains d'A.J. se posèrent sur sa taille, rugueuses à travers les fines épaisseurs de soie. Elle cligna des yeux pour chasser la pluie de ses cils, et contempla les gouttelettes accrochées aux lèvres d'A.J. Des lèvres si proches des siennes qu'elle aurait pu les embrasser.

Si elle avait su se montrer assez audacieuse…

Si elle n'avait pas craint qu'il se moque d'elle…

Si elle n'avait été tellement déçue par tous les hommes de la planète, tellement perdue entre mensonges et vérité qu'elle ne savait plus si elle pouvait se fier à son corps frémissant.

— Claire.

Les lèvres pleines prononcèrent son prénom avec douceur et sensualité. La pluie tombait sur eux, mais elle ne la sentait plus. Les doigts d'A.J. glissèrent vers sa taille, puis plus bas, à la naissance de ses hanches. Les bouts de ses seins lui parurent tout à coup plus durs et plus sensibles. A.J. inspira, puis inclina la tête. Elle se mit sur la pointe des pieds.

Mais soudain, il la repoussa et lui fit reposer les talons sur le sol.

— Nous devons nous mettre à l'abri.

Tout était brisé.

Des frustrations en tout genre et une gêne considérable lui firent perdre son sang-froid. La pluie était soudain glaciale.

— Alors pourquoi m'avoir amenée dehors ? Je suis trempée !

— Vous étiez sur le point de sauter au plafond là-dedans.

— Ça vaut peut-être mieux qu'une pneumonie !

— Vous avez raison. Venez.

Il lui prit la main et l'entraîna de nouveau derrière lui, la conduisant jusqu'à une voiture basse, aussi noire et brillante que sa chevelure. Sans l'écrin protecteur des branches au-dessus de leurs têtes, la pluie tombait plus dru, plaquant les cheveux de Claire sur son crâne et la soie brodée de perles sur ses seins. Il ouvrit la portière côté passager, mit une main sur sa tête pour qu'elle se baisse et la fit monter dans le véhicule.

— Où al…

Le claquement de la portière la fit taire. A.J. disparut alors au milieu des sapins. Les minutes défilèrent. Elle était toujours là à scruter l'obscurité voilée de pluie quand quelque chose bougea au cœur des ombres, et il réapparut comme par enchantement. Il contourna en courant le capot de la voiture, ouvrit la portière et se laissa tomber derrière le volant.

— Là.

Avant qu'elle puisse demander quoi que ce soit, il lui tendit la chaussure qu'elle avait perdue.

— J'ai essayé d'enlever la boue.

L'escarpin était taché, mais intact. Claire le prit dans ses mains.

— Merci.

— Je ne sais pas comment vous autres femmes pouvez marcher avec ces trucs.

— J'ignore comment les autres font, mais les danseuses marchent sur leurs orteils, alors j'ai l'habitude. Et avec ces talons, je suis plus grande.

Il passa ses doigts dans ses cheveux pour éliminer l'eau, et leur contour ébouriffé se dessina contre l'obscurité bleutée du dehors.

— Vous êtes danseuse ?

— J'ai fait de la danse classique et moderne pendant des années. Aujourd'hui je donne des cours de temps en temps et je m'entraîne pour faire de l'exercice.

— Ça explique vos muscles.

Il avait remarqué ses muscles ? Comment devait-elle le

prendre ? Et pourquoi ses doigts la démangeaient-ils tant de remettre ses cheveux en place ?

Après quelques instants passés à dégouliner en silence, Claire ne parvenait toujours pas à reprendre son souffle. Même si elle se doutait bien que sa nervosité était responsable de sa perception intensifiée des odeurs de cuir mouillé et d'homme qui régnaient dans l'habitacle, elle demanda :

— Hum, est-il nécessaire que nous restions dans le noir ?

— Désolé, répondit A.J. en mettant la clé de contact et en démarrant.

Le moteur émit un ronflement puissant. Les vibrations régulières lui faisaient l'effet d'un doux massage dans tout le corps. Une fois qu'il eut allumé le plafonnier, elle commença à se détendre. Et avant même de s'en rendre compte, elle était enfoncée dans son siège — en tout point aussi confortable que son fauteuil de lecture.

Elle déposa la chaussure mouillée sur ses genoux et se mit à faire courir ses doigts sur le cuir souple de l'accoudoir.

— Belle voiture, dit-elle.

— Ce n'est pas une limousine, mais…

— C'est une belle voiture, répéta-t-elle.

Ne l'avait-il donc pas bien entendue la première fois ? Ou bien la croyait-il incapable d'apprécier l'application et la minutie avec lesquelles il entretenait sa voiture afin qu'elle soit si rutilante ?

— C'est une bonne bagnole. Une Pontiac Trans Am. Je la restaure. Mon père en avait une comme ça, il y a vingt ans.

Cette voiture, il la bichonnait. Surprenant de la part d'un homme en apparence si rude.

Mais ils n'étaient pas là pour parler de danse, de voitures, ni d'histoires de famille. Claire croisa les bras sous sa poitrine, l'air frais de la ventilation qui s'engouffrait dans ses vêtements trempés la faisant frissonner.

— On va quelque part ?

— Ici, répondit-il en tendant la main pour mettre le chauffage.

Sous l'effet de l'air subitement chaud, la peau de ses avant-bras nus se hérissa.

Mais rien n'échappait à ces yeux dorés. Avec un juron qu'elle ne put identifier — de l'espagnol peut-être — A.J. se mit à remuer sur son siège et, en quelques mouvements précis, enleva son blouson pour le lui mettre autour des épaules. Puis il la regarda, une main posée sur le volant et l'autre sur son genou appuyé contre le tableau de bord.

— Ça va mieux ? s'enquit-il.

Cette Pontiac symbolisait pour Claire un univers totalement étranger. La lumière du plafonnier se reflétait sur les vitres et parsemait d'éclats brillants la chevelure brune et humide de l'inspecteur. La température s'élevait et Claire se réchauffait. Le blouson d'A.J., façonné par ses larges épaules et les années, avait encore la chaleur de son corps, elle s'y sentait à l'abri comme dans une douce étreinte.

— Ça va mieux.

— Ça devenait de la folie dedans, non ?

En se blottissant plus encore dans l'odeur de cuir du blouson, de la voiture et de l'homme, Claire se rendit compte qu'elle n'avait pas prêté attention à son articulation.

— Vous me comprenez bien ?

Il hocha la tête.

— J'apprécie votre secours, reprit-elle, mais il y a des dizaines de pièces dans la maison. Nous aurions pu rester au sec si c'était un endroit tranquille que vous recherchiez.

— J'avais besoin d'un endroit pour parler en privé. Je préfère m'en tenir à ce que je connais. Là où je me sens bien. C'était le seul endroit que je voyais dans le secteur.

— Ah.

Le vague sentiment de malaise suscité par ces mots s'intensifia comme elle portait son attention sur le revolver accroché dans son étui à sa ceinture. Il portait une arme plus petite, avec une poignée argentée qui brillait, de l'autre côté. Le badge, les muscles et l'absence de sourire lui rappelèrent qu'elle n'était pas là pour un rendez-vous secret ayant pour but d'explorer la réaction sensuelle qui excitait encore ses terminaisons nerveuses.

— Vous voulez parler du fait que Dwight Powers ouvre une enquête pour meurtre ?

Le souvenir de Valérie Justice, une balle dans la tête, la fit frissonner jusqu'aux tréfonds de son être.

— Vous me prenez pour une petite fille riche handicapée et surprotégée qui ignore tout du monde et de sa cruauté. Vous voulez savoir si je pourrais supporter un interrogatoire avec la lumière de la lampe en pleine figure.

Elle essaya de regarder au-dehors, mais même le reflet lui renvoyait le regard scrutateur et doré de l'inspecteur.

— Vous voulez savoir si je m'en tiendrai à ma version des faits. Si je suis capable d'endurer la pression de ma famille, qui veut que je tire un trait sur toute cette histoire.

A.J. glissa ses doigts sous son menton et lui fit tourner la tête vers lui.

— Dites un seul mot, et nous arrêtons tout. Je parlerai à Powers et nous vous garderons hors de tout ça.

Claire sonda son regard. Il y avait autre chose.

— Mais ? demanda-t-elle.

Il relâcha son visage et s'aventura à glisser les mains sous son blouson pour prendre les siennes.

— Il est possible que Galvan soit déjà sur vos traces.

La brutalité de sa réponse la laissa un instant stupéfaite. A.J. se pencha vers elle et se défit de son expression sévère. Mon Dieu ! C'était peut-être la vérité… Comment aurait-elle pu expliquer autrement son sentiment d'être observée ?

— Vous pensez qu'il sait que c'est *moi* qui l'ai vu ?

— Lui ou son complice ont pu trouver votre badge. Il ne leur faudra pas beaucoup de temps pour établir un lien entre l'école et vous. Vous êtes venue au commissariat et vous en avez parlé à votre entourage… Il ne sait peut-être pas ce que vous avez vu, mais il saura bien assez tôt que vous étiez là. Et les situations pas nettes, il n'aime pas ça.

Mon Dieu…

— Alors au lieu de sous-entendre qu'il y aurait eu un témoin, vous voulez lui donner mon nom en pâture ?

A.J. replaça d'un doigt une mèche derrière l'oreille de Claire, effleurant le processeur vocal et découvrant le récepteur. Claire retint son souffle. Il jeta un coup d'œil curieux à l'appareil, mais ne détourna pas le regard avec une gêne polie et n'eut aucun mouvement de recul.

— Je n'aime pas mettre des innocents dans la ligne de tir. Powers pense que si nous nous montrons aussi audacieux que Galvan, nous lui forcerons la main. Il devra intervenir plus rapidement qu'il n'aime le faire. Avec un peu de chance, il commettra une erreur. Nous le verrons venir et nous serons prêts.

La sécurité de l'anonymat. La culpabilité de ne rien faire. Vingt-trois ans passés à remplir ses obligations familiales et à tranquilliser son père. Et ce désir intact de changer les choses.

Claire relâcha lentement l'air dans ses poumons.

— Et vous, qu'est-ce que vous en pensez ?

— Je pense qu'il a raison. Galvan ne quittera pas la ville tant que tout ne sera pas clair.

A.J. retira sa main et se rassit dans son siège, comme s'il ne voulait pas influencer sa décision.

— Nous voulons que Marcus Tucker mette sa légendaire

équipe de sécurité derrière vous le temps que le département de police fasse du grabuge et que Galvan se pointe.

— J'ai une question.

— Allez-y. Quoi que ce soit.

— Et si vous ne le voyez pas venir ?

5

Tapi dans l'obscurité, l'homme les observait à travers l'eau ruisselant sur la vitre.

— Oui, je les vois, dit-il, son portable dans une main tandis qu'il faisait tourner le badge doré de Forsythe entre ses longs doigts.

Cet inspecteur était malin. Pour éviter qu'on ne les épie, il avait attendu qu'ils aient assez parlé, respiré et fait Dieu sait quoi pour recouvrir les vitres de buée, avant d'allumer le plafonnier. Il écouta les inquiétudes de son interlocuteur, il savait qu'il avait raison d'en avoir. Mais lui n'en avait pas. Pas encore.

Il aurait adoré entendre ce qui se disait dans le véhicule. Leçon ? Supplication ? Séduction ? Cette dernière possibilité le fit presque rire à voix haute. Pas vraiment le genre de Claire Winthrop. Le compte en banque de son père était ce qu'il y avait de plus sexy chez elle, et l'argent, pour aussi tentant qu'il puisse être, ne réchauffait pas le lit d'un homme. Ses manières courtoises de jeune vierge non plus d'ailleurs.

Mais son partenaire n'avait pas le sens de l'humour.

— C'est une petite fille à son papa. Je ne crois pas qu'elle ait le cran de supporter ça. Et sans elle l'assistant du procureur n'a rien.

L'homme à l'autre bout du fil exprima son désaccord en deux langues.

— Je me fous de ton opinion — ce n'est pas toi le responsable de cette opération. C'est moi qui te paie et non l'inverse.

Même si son partenaire avait raison sur un point, ils étaient sur ce coup depuis trop longtemps pour risquer de se faire prendre.

— Laisse-moi d'abord faire mon possible pour la discréditer.

Il s'approcha de la fenêtre, restant caché dans la pénombre de la pièce éteinte. La buée sur le pare-brise de la Pontiac se dissipait. Rodriguez s'était montré galant en offrant sa veste et Claire devait tout gober. Etait-ce une coutume de Kansas City de prendre soin du pauvre citoyen gelé et trempé, ou y avait-il quelque chose d'autre entre eux ? Il aurait pensé que Gina Gunn serait davantage le type de femme de l'inspecteur.

Il sourit en repensant au plaisir gravé dans sa mémoire. Il existait bel et bien une femme avec du vrai feu dans les veines.

— Le marché avec l'officier de police ? Je n'en sais rien. Il me dit quelque chose. Son nom aussi. J'ai déjà mis mes hommes sur le coup, ils montent un dossier sur lui. Nous finirons par comprendre à quoi il joue.

Non, il n'était pas inquiet.

— J'utilise l'entreprise Winthrop sans aucun problème depuis des années.

Il soupira lentement et poursuivit. Il n'aimait pas devoir s'expliquer.

— Valérie a essayé de modifier notre arrangement. Qu'elle l'ait fait par amour ou pour l'argent ne change rien. Elle n'était pas dedans à cent pour cent, alors il fallait qu'elle sorte.

Il serra le badge dans sa main, si fort qu'il le tordit.

— Et il est hors de question que je laisse une autre idiote m'empêcher d'obtenir ce que je veux.

Son partenaire lui suggéra quelque chose et son visage se fendit d'un sourire mauvais.

— Tu es un fils de pute sacrément futé, hein ? Oui, je peux faire ça. Mais pour le moment rien d'autre. Donne-moi encore vingt-quatre heures pour m'en occuper. Nous serons dans les temps pour supprimer les autres, ni vu ni connu.

Et après ces vingt-quatre heures ?

— Si rien n'a changé, nous les ajouterons à notre liste.

A.J. remonta la glissière du bleu de travail qui dissimulait son arme et lui servait d'alibi. Il ajusta ensuite ses lunettes sans prescription sur son nez, ramassa la caisse à outils qu'il avait empruntée dans le placard du gardien, sortit sur les marches de granit qui menaient à l'entrée principale de l'école Forsythe et entreprit de remplacer l'un des gonds de fer qui tenait le portail de sécurité escamotable.

Les élèves arrivaient à présent ; les bus jaunes du ramassage scolaire s'arrêtaient devant l'établissement ou leurs parents les déposaient, leur donnant des parapluies et des vestes pour la journée. Il fut surpris de constater qu'ils étaient tout aussi bruyants et bavards que n'importe quels adolescents. Leurs mains virevoltaient au rythme de leur langue, ils étaient heureux de se retrouver après quelques heures de séparation, pressés de se plaindre des devoirs à la maison, avides de parler des garçons, des potins et de leur équipe préférée.

A.J. se mit au travail, tournant le dos aux deux hommes de sécurité en civil assis dans leur véhicule à côté de la Volvo de Claire. Il devait reconnaître que Marcus Tucker avait fait du bon boulot en chargeant une équipe de la sécurité de la jeune femme, mais les deux types auraient pu faire mieux pour se fondre dans la masse. Ils attiraient trop la méfiance des parents et la curiosité des élèves, lesquels connaissaient tous les véhicules présents dans le parking et ne manquaient pas de remarquer un nouveau visage.

En plus des hommes en civil, il avait aperçu un garde en uniforme devant le bureau de Claire et un second qui patrouillait dans les couloirs. Ayant bien fait ses devoirs, il savait que les hommes de Tucker avaient déjoué des enlèvements à l'étranger. Ils s'assuraient également de garder les paparazzi et les employés mécontents à distance des Winthrop et de leurs associés. Et aucun membre de la famille n'avait jamais été gravement blessé. Ils étaient donc tout à fait compétents pour veiller sur l'héritière.

Mais il voulait s'assurer lui-même que Claire ne risquait rien pendant que Josh et plusieurs autres inspecteurs de la 4e circonscription travaillaient à localiser le corps de Valérie Justice et à débusquer Dominic Galvan. Il était inévitable que le nom de Claire ressorte au cours de l'enquête. Et A.J. était là parce que Galvan se trouvait là, quelque part, à la recherche du témoin qui avait vu son visage.

Il voulait que Galvan et les secrets de l'entreprise Winthrop soient révélés. Mais pour y parvenir avec la conscience tranquille, il avait besoin que Claire s'en sorte en un seul morceau.

La veille, dans la voiture, il lui en avait fait la promesse. Cette même voiture encore imprégnée de son élégante odeur de lavande — tout comme son blouson.

La nuit dernière, sous la pluie, avec Claire, il avait laissé l'homme prendre le pas sur le flic qu'il était…

Soudain, elle n'avait plus été un simple témoin qui pouvait l'aider à résoudre une affaire, ni la riche héritière d'un monde qui n'était pas le sien. Ni une enfant qui avait plus de dix ans de moins que lui et ne connaissait pas grand-chose à la vie…

Non, il l'avait vue comme une femme. Une femme sacrément sexy. Irrésistible…

Ouais, la voir prise au piège dans le recoin de l'escalier par Rob Hastings l'avait mis en boule — elle essayait de se contrôler et de rester polie malgré la colère qui la consumait. Une colère qu'elle n'avait, semblait-il, aucun problème à relâcher sur lui. Si on lui avait dit qu'une femme à la beauté si délicate recelait une telle fougue !

En apprenant ce que Dwight Powers attendait d'elle, et en entendant sa famille parler d'elle, devant elle, mais sans jamais lui parler directement, elle avait été sur le point de craquer, il l'avait senti. Lui-même avait manqué de perdre patience en la voyant traitée de la sorte. Alors il l'avait prise par la main et s'était enfui avec elle. Puis elle avait posé ses mains sur lui… Bon sang ! Ses doigts, cette peau — douce en surface, mais comme de l'acier en dessous…

Elle avait pris son visage entre ses mains pour qu'il la regarde. Il l'avait fait. Peut-être pas comme elle l'espérait, mais il l'avait regardée. Le bout de ses seins tendus sous la soie mouillée qui épousait son corps, ses courbes gracieuses, ses lèvres humides demandant à être embrassées… Sans dire un mot, elle l'avait supplié de toutes les façons possibles.

Il avait failli céder.

Mais sa raison l'avait emporté. Son expérience aussi.

Sans compter le 4x4 de Marcus Tucker remontant l'allée menant chez les Winthrop.

Alors non, pas de baiser. Mais depuis, il n'était pas dans son assiette.

Le ciel avait beau être couvert et le fond de l'air frais, il brûlait d'un feu intérieur. Il fallait que cette femme sorte de son radar émotionnel, ou il risquait d'être davantage un obstacle qu'une aide pour elle.

Quelqu'un tira soudain sur sa manche et l'arracha à son introspection coupable.

— C'est cassé ?

A.J. répondait rarement par « hein ? », mais ce fut la première chose qui lui vint à l'esprit quand il baissa les yeux sur le jeune garçon portant un jean, des bretelles et des appareils auditifs qui le considérait avec sérieux.

L'élève répéta sa question puis désigna le gond.

— C'est cassé ?

L'enfant articulait de façon un peu moins intelligible que Claire, mais ce n'était pas cela qui le dérangeait. Ce qui le perturbait, c'est qu'il avait été tellement absorbé dans ses pensées qu'un collégien aux cheveux en pétard avait pu le désarçonner.

Il resta un instant à regarder la perceuse et le morceau de vis qu'il tenait dans les mains, comme s'il ne savait plus comment ils étaient arrivés là. Mais ses années dans la rue l'avaient rendu maître dans l'art d'avoir l'air décontracté, même quand ce n'était pas le cas.

— On dirait du vandalisme, répondit-il en montrant le métal tordu et le béton arraché en dessous, tout en gardant le visage dans la direction du jeune, comme Claire le lui avait appris, pour qu'il puisse le comprendre. Quelqu'un a tenté d'arracher le gond. Je dois l'enlever et remplacer le point d'ancrage pour qu'une nouvelle vis puisse tenir.

Le garçon opina sagement à l'explication, puis secoua la tête.

— Personne ne voudrait entrer par effraction dans notre école. C'est vieux ici. Au sous-sol, ça pue. Je déteste quand il faut y aller pour les exercices anti-tornades. Mon frère dit qu'il y a des cadavres enterrés là-dessous. C'est pour ça que c'est si noir.

— Vraiment ?

On aurait dit le genre d'histoires qu'il racontait à ses jeunes sœurs, presque vingt ans plus tôt, pour les taquiner.

— Moi, je pense qu'ils ont juste besoin de changer les ampoules. Mon père dit que ça coûterait moins cher de construire une nouvelle école que d'arranger celle-là. Au fait, moi c'est Zack, ajouta le garçon en lui tendant la main.

— A.J., répondit-il en la lui serrant.

Il était tout aussi impressionné par l'assurance du gamin que par sa faculté de passer du coq à l'âne.

— Vous êtes nouveau.

— Je suis intérimaire. Je me suis porté volontaire.

Son capitaine lui avait donné le feu vert pour s'occuper à temps plein de l'enquête Winthrop.

— Qu'est-il arrivé à votre visage ?

Filature ? Voiture piégée ? Homme mort ? *Non…*

— J'ai eu un accident… de la route.

Une senteur de lavande mit son radar interne en alerte.

— Zack, tu embêtes ce monsieur ?

Les ongles ronds impeccables de la main de Claire apparurent sur l'épaule du garçon. Mon Dieu, qu'il aimait ses mains…

— Bonjour, mademoiselle Winthrop. Voici A.J. Il s'est coupé le visage dans un accident de voiture. Il est intérimaire.

Zack n'eut pas à lever la tête pour regarder la jeune femme dans les yeux, elle était à peine plus grande que lui.

— Vraiment ?

Malgré son regard autoritaire, Claire adressa à l'élève un sourire qui aurait convaincu A.J. de se rendre en classe tous les jours de la semaine.

— Sauve-toi, Zack. Tu ne veux pas être en retard à ton premier cours.

L'élève leur dit au revoir et courut à l'intérieur rejoindre un camarade.

— Je suis désolée. Il a la langue bien pendue.

— Pas de problème. Je suis très doué pour écouter.

Elle fronça les sourcils, et son doux sourire disparut.

— Vous allez me dire ce que vous faites ici ?

— Je fais mon travail.

— C'est un peu vague, non ? dit-elle en croisant les bras sur sa veste de tailleur bleue, s'empêchant ainsi de signer.

Etait-ce sa façon de chuchoter ?

— Il s'est passé quelque chose avec Galvan ?

A.J. aurait voulu tendre la main, effacer du bout des doigts les rides d'inquiétude qui s'étaient dessinées aux coins de ses yeux. Il n'en fit rien.

— Josh et quelques amis sont déjà en train de faire bouger les choses. Ils rendent visite à des contacts connus de Galvan et du cartel pour lequel il travaille. L'inspecteur Banning, c'est un bon lui aussi, fouille du côté de votre amie Valérie pour essayer de trouver un lien avec Galvan.

Elle poussa un soupir résigné qui le remua, puis elle leva brièvement les yeux vers les deux gardes du corps dans la voiture.

— Ce qui explique leur présence. Mais cela ne me dit toujours pas ce que vous faites ici habillé en gardien.

L'espace d'un instant, A.J. se demanda si Claire voyait une différence entre une femme de sa classe et un homme aux ongles crasseux à force de gratter les saletés des autres pour gagner honnêtement sa croûte. Quand il était jeune et que la colère ne le quittait pas, ce genre de foutaises le mettait hors de lui. Mais il était désormais adulte. Et les opinions personnelles de Claire — aurait-elle autant envie d'embrasser un gardien ou le fils d'un gardien ? — n'importaient guère. Il était question de travail. De Dominic Galvan. De servir et protéger les citoyens de Kansas City.

Même ceux qui étaient riches et bornés.

— Je suis content de voir que votre père n'a pas traîné pour renforcer votre sécurité. On n'est jamais trop protégé dès lors qu'il s'agit de Galvan. Il n'en reste pas moins que vous êtes sous la responsabilité du département de police de Kansas City. Vous êtes un témoin à charge et nous assurerons votre protection.

— Vous voulez dire qu'il y a d'autres policiers dans le coin ? Je ne veux pas mettre ces enfants en danger. Et certains n'aiment pas que l'on perturbe leur quotidien.

— C'est pourquoi il n'y a que moi. En restant discret, je les perturberai moins. Et en étant dans l'établissement, je reste près de vous. A un point que vous ne pouvez même pas imaginer.

Il lui sembla qu'un frisson la parcourait ; mais elle leva le menton, déterminée, et se redressa dans une posture à la fois forte et gracieuse.

— Et que suis-je censée faire en attendant que l'affaire éclate ?

— Je suis là pour vous aider, Claire. Contentez-vous de vivre normalement. Vous ne remarquerez pas ma présence.

Elle regarda par-dessus son épaule la dernière poignée d'élèves qui rentraient.

— Vous allez veiller sur eux aussi ?

Un homme seul pour veiller sur près de deux cents personnes ? C'était un sacré défi. Plutôt irréalisable. Mais comme c'était ce que Claire voulait entendre, il répondit :

— Je vais faire mon possible.

Il resta calme — s'efforçant de ne pas cligner des yeux, respirant à peine — tandis qu'elle le dévisageait, jaugeant sa sincérité.

— Alors faites de votre mieux, A.J., faites vraiment de votre mieux.

Sur ce, elle lui tourna le dos et entra dans l'établissement à la suite de quelques filles qui l'accueillirent avec chaleur et se mirent aussitôt à converser avec elle. A.J. relâcha peu à peu l'air qu'il retenait dans ses poumons.

Claire semblait davantage dans son élément et à son aise au milieu de ces enfants que la veille, dans sa somptueuse demeure, vêtue de sa tenue de soie luxueuse. OK, elle avait peur. Et elle était prudente aussi, ce qui était bien. Mais ici, elle n'était la victime de personne.

Cette pensée lui ôta un peu du poids qu'il avait sur la poitrine.

Juste avant qu'elle disparaisse dans le bâtiment, A.J. pensa à embrasser d'un regard les alentours et le parking pour voir si quelqu'un d'autre que lui observait la jeune femme. Il se maudit pour son manque de concentration. Surveiller Galvan et son complice devait être sa priorité. Il alluma la perceuse et se remit au travail.

Il fallait vraiment qu'il repositionne son radar sur l'essentiel.

« Vous ne remarquerez pas ma présence. »

Claire aurait pu éclater de rire en entendant une telle absurdité. A.J. était sacrément trop sexy pour pouvoir être ignoré. Même dans son bleu de travail et sous ses épaisses lunettes noires — qui, si on regardait bien, ne parvenaient à dissimuler ses yeux magnifiques —, cet homme respirait la force, le calme et… autre chose qu'avec son peu d'expérience des relations humaines elle ne parvenait qu'à qualifier de « sexy ».

Il resta dans les parages toute la matinée — balayant le sol devant sa porte, remplaçant la vitre cassée dans le bureau du principal, plaisantant avec M. Lavery, leur gardien attitré. Il y avait souvent des bénévoles dans l'établissement, de sorte que les enseignants et les élèves l'avaient accepté sans problème.

Peut-être que si l'on se plaçait dans une perception karmique de l'univers, la présence d'A.J. permettait de garder le moindre danger à distance. En tout cas il n'y avait pas d'homme en noir rôdant dans le secteur, pas de coups de fil étranges, rien qui sortait de l'ordinaire.

Si ce n'est l'accélération des battements de son cœur chaque fois qu'elle apercevait l'inspecteur.

Claire serra les poings dans les poches de sa veste en lin et inspecta le réfectoire. Elle avait besoin de dépasser la fascination que lui inspirait cet homme et de se concentrer sur le danger qui la guettait. Et aussi, de dire leur fait aux deux jeunes qui passaient devant toute leur classe dans la file d'attente.

Tout en déplorant *in petto* l'influence néfaste de la montée de testostérone sur l'esprit de discipline des adolescents, elle se fraya un passage à travers les rangées de tables. Une bousculade en avait déjà entraîné une autre avant qu'elle tape sur l'épaule des deux garçons et signe :

— *Vous vous croyez où ?*

Elle était en train de reconduire les deux élèves au bout de la file quand l'alarme à incendie se déclencha.

Chaque muscle de son corps se raidit aussitôt. Puis elle survola du regard toutes les fenêtres et les sorties à la recherche de Dominic Galvan. *A.J. ?*

Elle faillit crier son nom.

Mais les regards surpris et même effrayés des élèves la ramenèrent brutalement à la réalité. Elle n'avait pas le loisir d'avoir peur, ni d'attendre que quelqu'un lui vienne en aide.

Le temps qu'ils aient tous remarqué le signal d'alarme visuel, elle avait pris une profonde inspiration et s'était calmée. Elle demanda aux deux garçons de rejoindre en hâte le bout de la file d'attente pour signer à leurs camarades la conduite à suivre.

Respectant les instructions des autres surveillants du réfectoire et de l'équipe en cuisine, la plupart des élèves sortaient en file indienne pour rejoindre les terrains de basket-ball derrière l'école. Mais les exercices d'alerte au feu avaient toujours été faits pendant les heures de cours, et ils étaient entraînés à suivre leur professeur jusqu'au point de rassemblement fixé à l'extérieur. L'heure inhabituelle indiquait à chacun qu'il ne s'agissait pas là d'exercices. L'indiscipline commençait à gagner les rangs, et avec toutes les classes mélangées, faire l'appel pour s'assurer que tout le monde était bien sorti prenait plus de temps.

Claire dirigeait les élèves vers les sorties en les rassurant. Il y avait tant de cris de panique et de personnes qui parlaient en même temps que ses processeurs vocaux ne parvenaient plus à distinguer le signal de l'alarme. Elle balaya du regard la cafétéria et les couloirs adjacents. Tous semblaient aller dans la bonne direction. Sauf…

Oh non ! L'un des élèves avait confondu l'alerte au feu et le signal anti-tornade. Il s'enfonçait dans le bâtiment au lieu de sortir.

— N'importe où sauf le sous-sol, articula-t-elle en silence.

L'appréhension l'envahit. Il n'y avait pas d'alarmes clignotantes dans cette partie-là du bâtiment. Pour tout dire, l'endroit était très peu éclairé. Le sous-sol recelait de la place pour stocker, une vieille tuyauterie, deux toilettes à l'abandon et une chaudière en fer qui ne fonctionnait plus mais qui était trop lourde pour être enlevée.

Ça sentait la moisissure et la poussière, sans compter qu'elle détestait l'obscurité ; c'était le dernier endroit au monde où elle souhaitait se rendre. Mais ces enfants étaient sous sa responsabilité, elle prit donc une torche dans le bureau et suivit l'élève qui s'égarait.

A la seconde sonnerie, A.J. entra en action.

Bon sang, mais où étaient donc les hommes de Tucker ? Ils ne faisaient tout de même pas une pause-repas ?

Tous en même temps ?

Mais la berline garée à côté de la Volvo de Claire n'était pas seulement vide, elle avait disparu.

A.J. se mit à courir.

Il laissa tomber le sac-poubelle qu'il tenait et ouvrit la fermeture de son bleu de travail pour avoir accès à son arme. En prenant l'angle du bâtiment, il adopta un pas rapide et régulier pour ne pas affoler les élèves qui sortaient par l'entrée.

Son premier réflexe fut de localiser Claire. L'alarme à incendie était un grand classique de la diversion. La dernière fois qu'il avait vu la jeune femme, elle surveillait le réfectoire avec deux parents bénévoles afin que les enseignants puissent prendre leur repas. Il balaya la salle du regard par-dessus les têtes des enfants, à la recherche d'une adulte plus grande qu'eux d'à peine quelques centimètres. Elle devait forcément être là. Maintenant. Avec eux. En sécurité.

Les hommes de Tucker devraient également être avec elle à présent.

Mais il n'y avait ni gardes du corps, ni Claire.

A.J. se fraya un passage à contre-courant dans le flot des élèves. Il reconnut une paire de bretelles et tapota l'épaule du garçon pour qu'il s'arrête.

— Zack, avez-vous vu Mlle Winthrop ?

— Elle était dans la cafétéria, elle se dirigeait vers la porte de service avec d'autres élèves.

— Merci, répondit A.J. avant de rejoindre l'escalier.

— Hé, A.J. ! Attendez !

Bon sang ! Pas maintenant ! A.J. se retourna. Zack

s'engageait dans l'escalier à sa poursuite. Il mit les mains en avant pour l'arrêter.

— Holà *amigo* ! Tu n'as pas le droit de re-rentrer ! dit-il en désignant de la tête une femme qui venait vers eux.

— Tu dois rester dehors avec ton enseignant, abonda celle-ci.

Mais Zack ne l'entendait pas de cette oreille. Il jeta un coup d'œil par-dessus son épaule, puis regarda de nouveau A.J. et se mit à parler à une telle vitesse que ce dernier faillit ne pas comprendre

— J'ai oublié. J'ai vu Mlle Winthrop sortir du bureau avec une torche. Les professeurs n'ont pas besoin de torches quand il y a un incendie. Les seules fois où ils en ont besoin, c'est quand il y a une tornade. Parce que nous devons descendre dans le sous-sol qui pue.

C'était sûr. C'était une diversion.

— Merci, Zack, dit A.J. en serrant l'épaule du gamin.

— Vous n'êtes pas vraiment un gardien, n'est-ce pas ?

Ce garçon ne perdait pas le nord. A.J. était un vrai caméléon, il avait la faculté de se glisser dans la peau d'un personnage et de se fondre dans le décor, il avait dupé nombre de criminels qui purgeaient en ce moment des peines de prison à vie. Mais un garçon de douze ans ?

Il réfléchit trois secondes avant de poser un doigt sur ses lèvres pour lui faire signe de se taire. Un geste universel.

— Je suis policier.

Zack imita son geste. Il avait bien reçu le message.

— Mlle Winthrop a des problèmes ?

— Oui, mais ils ne viennent pas de moi.

Le garçon descendit l'escalier à vive allure pour rejoindre sa classe, sans rien révéler de la véritable identité d'A.J.

Pourquoi le fait de parler à un garçon de douze ans lui rappelait son père ?

Il verrait ça plus tard. Il lui faudrait aussi s'occuper de l'incompétence des hommes de Tucker…

Mais avant tout, il devait retrouver Claire.

De gros nuages gris obscurcissaient le ciel et le tonnerre gronda, mais ce n'était pas à l'orage qui s'annonçait que pensait A.J. en retirant ses lunettes et en s'enfonçant dans le bâtiment.

Pourquoi le sous-sol ? Mais pourquoi le sous-sol ?

La question résonnait dans l'esprit de Claire tandis qu'elle quittait la faible clarté du palier pour descendre dans le champ de bataille que l'école Forsythe appelait sous-sol. Sa vision s'amenuisait à chaque marche. Le rugissement de l'alarme s'évanouissait et il disparut complètement lorsque ses sens furent engloutis par le dédale d'ombres et d'obscurité devant elle.

Elle chercha l'interrupteur sur le mur à l'aide de sa torche et l'actionna. Une seule ampoule dénudée s'alluma à l'autre bout du plafond bas de la pièce, juste en bas des marches menant à l'autre sortie du sous-sol.

— Des silhouettes…

Sa peur de toutes ces choses qui naissaient de la pénombre commença à rôder autour d'elle, cherchant à la dominer. L'odeur piquante de la poussière et de l'humidité envahit ses sinus.

Elle fronça le nez et essaya de se remémorer les senteurs de cuir et de propreté de la voiture d'A.J. Cela suffit à lui rappeler qu'elle n'avait pas de temps à perdre à avoir peur.

Elle dirigea sa torche vers le plafond et tendit la main vers l'ampoule au bas des marches où elle se trouvait. Peut-être fallait-il seulement la resserrer ? Oui… mais il n'y avait pas d'ampoule.

Claire fronça les sourcils. S'il ne s'était agi d'un enfant

perdu et de la menace d'un immeuble en feu, elle aurait rebroussé chemin au lieu de s'aventurer plus loin dans ce lieu digne des films d'horreur qu'elle n'arrivait jamais à voir jusqu'au bout.

— Y a quelqu'un ? lança-t-elle en descendant la dernière marche.

Il ne servait à rien d'appeler si la paire de jeans qu'elle avait vue disparaître au bas de l'escalier appartenait à un enfant malentendant. Mais le fait de parler lui permettait de concentrer son attention sur quelque chose tandis que son cœur s'emballait.

— C'est Mlle Winthrop. Tu dois remonter avec moi et sortir pour rejoindre les autres. Il y a un incendie.

Elle balaya du faisceau de sa torche les caisses de stockage empilées, les bureaux cassés attendant d'être réparés, l'énorme chaudière d'un autre âge.

— Où es-tu ?

Sa torche lui montra un passage dégagé jusqu'à l'autre sortie. Elle allait traverser le sous-sol une première fois toute seule et si elle ne trouvait pas l'enfant, elle monterait vite à l'étage pour revenir avec un adulte entendant.

Les ombres se rassemblaient autour de ses pieds tandis qu'elle examinait deux zones en retrait qui avaient jadis fait office de salles de casiers. Elle percevait des frottements et des courants d'air confiné tout droit sortis de son imagination. Un souffle froid enroula ses doigts glacés autour de ses chevilles et se mit à ramper le long de ses jambes.

Cours ! lui ordonna sa terreur, *échappe-toi de cette horrible fosse !*

Elle la fit taire.

— Allons, mon garçon, où es-tu ?

Claire s'appuya à l'un des vieux bureaux… et retira vivement sa main. Une couche de poussière poisseuse en recouvrait la surface. Repliant ses doigts collants dans sa paume, elle inclina le bout de sa torche pour éclairer l'espace entre les bureaux et le mur.

— N'aie pas peur, prévint-elle, espérant trouver un enfant recroquevillé.

Rien.

L'obscurité prenait le dessus. Un souffle d'air murmura quelque chose dans son cou, lui donnant la chair de poule.

— Qui est là ?

Elle se retourna, sa torche brandie, et entraperçut le mouvement d'une ombre s'élançant d'un coin sombre vers un autre. Son cœur manqua de s'arrêter, puis se remit à battre violemment dans sa cage thoracique.

Elle devait partir. Elle ne pouvait pas faire ça toute seule. Elle avait besoin d'aide.

— Je vais revenir ! cria-t-elle pour se rassurer elle-même.

Prête à tout pour se repérer dans le noir, elle tâtonnait le long des piles de bureaux crasseux. La lumière de l'escalier à l'autre bout indiquait la sortie la plus visible. Le besoin de lumière devenait aussi vital que le fait de respirer. Elle pressa le pas.

Un. Deux. Quelque chose de dur vint heurter son avant-bras. Elle eut un cri de douleur. La torche lui échappa et disparut dans l'obscurité.

— Non !

De longs doigts s'accrochèrent à son poignet et le firent brutalement pivoter. Noirceur dans le noir. L'impression fugace d'une ombre, plus noire que le reste, presque assez grande pour frôler le plafond. Une autre main se posa sur sa gorge. Des gants de cuir. Doux contre sa peau. Mais les doigts à l'intérieur ne l'étaient pas.

Claire essaya de reprendre son souffle, donna des coups de pied, griffa.

L'ombre la souleva. Le gant serra.

Mais à l'instant même où elle ne pouvait plus respirer,

l'étau autour de son cou se desserra. Ses talons touchèrent le sol et l'ombre la projeta violemment contre les bureaux, qui se mirent à s'effondrer tout autour et sur elle.

Elle mit ses bras sur sa tête pour se protéger et se roula en boule pour amortir les chocs. Mais à peine les vibrations du bois et du métal tombant sur le béton eurent-elles cessé de résonner à travers ses os qu'une main la saisit violemment.

Claire serra son poing et le balança en se relevant. Elle toucha avec force l'épaule de l'homme. Mais il ne la relâcha pas pour autant. Elle ouvrit la bouche pour crier, mais le son resta bloqué dans sa gorge. Elle était assaillie par toutes les terreurs de la nuit qui l'avaient toujours hantée.

Valérie Justice, une balle dans la tête et dans la poitrine.

Un homme en noir dont les pas lourds résonnaient sur le sol.

La mort venant s'emparer d'elle comme elle s'était emparée de sa mère.

La panique monta, l'empêchant de respirer, annihilant sa raison. Claire se maudit d'être petite et sourde, trop protégée et trop riche pour avoir appris à se battre seule.

L'ombre la fit virevolter et elle se retrouva bloquée contre quelque chose de dur et de chaud. Une main fut plaquée sur sa bouche, étouffant les sons qu'elle parvenait à produire. Ses bras qui battaient l'air furent cloués le long de son corps, son dos et ses fesses écrasés contre du muscle et de l'os.

Ce n'était pas une ombre. C'était un homme.

Claire se mit à se tortiller et à se balancer, mais impossible de se libérer. Quelque chose de chaud et d'humide effleura son oreille. Elle perçut ses murmures graves et insistants.

Sa panique s'évanouit tout à coup.

Il ne portait pas de gants.

Les mains qui la tenaient étaient rugueuses contre sa peau et ses lèvres. Le corps dur qui épousait le sien commença à se matérialiser dans son esprit — correspondant à tout ce qu'elle n'avait fait qu'observer et le surpassant. Son odeur, une touche de cuir qui se mêlait à celle du savon et du dur labeur, emplit ses narines à chaque inspiration précipitée.

Ce n'était pas n'importe quel homme. C'était A.J.

— Chut, bébé. C'est moi.

Elle n'était pas certaine des mots qu'il susurrait à son oreille, mais elle les ressentait au fond d'elle.

— A.J.

Elle se laissa aller contre lui et il changea d'attitude. Il ne la maîtrisait plus avec force. Non, il la soutenait, blottie dans l'étroite étreinte de ses bras.

La peur qui avait embrouillé son esprit se dissipa assez pour qu'elle reconnaisse les lieux. La seule ampoule qui fonctionnait était éteinte. Mais, comme au moment de son arrivée, la lumière du palier en haut de l'escalier leur suffit pour voir la porte claquer.

L'ombre qui l'avait attaquée — l'homme en noir — s'échappait.

A.J., elle le sentait, était prêt à bondir sur sa proie. Mais il ne bougea pas. Pour elle. Il resta là, à la serrer dans ses bras, sa bouche contre le pouls qui battait derrière son oreille, à lui chuchoter des mots qu'elle pouvait seulement sentir.

Mais Galvan s'enfuyait.

Elle prit la main qu'il avait posée sur sa hanche.

— Allez-y. Suivez-le. Ça va aller.

Il n'eut aucun temps d'hésitation. Claire n'eut pas le temps non plus de regretter ses paroles courageuses. A.J. l'entraîna derrière lui à travers le sous-sol puis dans l'escalier, au sommet duquel il sortit son revolver avant d'ouvrir la porte d'un coup. Claire referma ses doigts sur le bleu de travail et trouva refuge dans son dos.

Elle risqua un œil sur le côté, mais le couloir était vide. Elle pouvait désormais entendre les sirènes des pompiers.

A.J. pressa le pas vers la sortie la plus proche et la conduisit à l'extérieur, dans la faible lumière que laissaient passer les nuages menaçants qui s'agglutinaient dans le ciel. Il scruta les alentours, mais son regard auquel rien n'échappait ne trouvait pas ce qu'il cherchait. Elle sursauta quand ses yeux se posèrent sur elle.

— Vous êtes blessée ?

Elle secoua la tête et remit ses cheveux en place derrière ses oreilles, ses pulsations nerveuses se répercutaient encore dans son processeur vocal.

— Simplement effrayée.

— *Madre de Dios !*

Le juron fut suivi d'un chapelet d'obscénités en espagnol. Il rangea son arme et lui prit la main.

— Il vous a retrouvée. Ce fils de pute vous a retrouvée.

— Ç'aurait pu être pire.

Malgré la douceur de son contact, la rage bouillonnait dans les profondeurs de son regard. Elle eut envie de caresser ses lèvres serrées dans un pli sévère, de le prendre dans ses bras pour le calmer. Mais comment l'aider ? Elle s'écarta et redescendit sa manche sur son poignet.

— Il a dû vous entendre arriver. C'est ça qui l'a fait fuir.

— Vous avez vu son visage ? C'était Galvan ?

— Non, je ne l'ai pas vraiment vu. Il était assez grand. Mais je pense…

La peur vint planter ses griffes dans ses émotions déjà mises à rude épreuve. Elle fit un pas en arrière dans la direction du bâtiment.

— Une minute. Il doit y avoir un enfant dans le sous-sol. Je l'ai vu partir…

Elle s'arrêta net, et sa voix devint inaudible. Elle serra fort ses bras autour de sa taille. Il n'y avait pas d'enfant là-bas, seulement un amas d'objets au rebut. Elle était inutile, stupide et entièrement à la merci de Galvan.

— Quelle idiote ! murmura-t-elle. Idiote et naïve. Il m'a attirée là-bas pour me…

— Venez.

A.J. s'assura qu'elle avait bien lu sur ses lèvres avant de la prendre dans ses bras et de la presser contre sa poitrine. Il posa sa main sur ses cheveux et appuya son nez au creux de son cou. Claire se blottit dans l'interstice chaud et parfumé entre son col et sa peau. S'accrocha à lui.

Elle l'avait échappé belle, Galvan la tenait par la gorge… Si A.J. n'avait pas été là pour veiller sur elle, elle ne serait pas seulement amochée. Elle serait le nom suivant sur la liste de Galvan. Elle serait morte.

6

La salle de conférences du commissariat de la 4e circonscription avait été réquisitionnée pour qu'inspecteurs et enquêteurs mettent en commun leurs informations. La pièce aux murs blancs lumineux et aux longues tables de chêne bourdonnait comme une ruche.

— Donc nous avons réussi à attirer son attention ?

Dwight Powers, l'assistant du procureur, bavait presque en apprenant que Galvan avait refait surface pour rendre visite à Claire.

S'il souriait, ne serait-ce qu'un petit rictus de satisfaction, A.J. lui sauterait dessus et le jetterait à terre. Heureusement pour Powers, et pour l'image d'officier de police d'A.J., l'assistant ne sourit pas. Pas une fois. C'était l'une des raisons pour lesquelles Dwight était un rival tellement inébranlable dans une salle d'audience. Bien sûr, un homme qui avait tout perdu, comme c'était son cas, ne trouvait sûrement que peu de raisons de sourire.

Mais s'il prenait seulement un atome de plaisir à se servir de nouveau de Claire pour appâter Galvan — si le plan de l'assistant devait occasionner une seule égratignure sur la peau blanche de l'héritière —, alors A.J. avait bien l'intention de passer outre à sa compassion et son civisme pour le mettre sur le cul.

Claire donnait le change. Elle répondait à chacune de

ses questions sur l'attaque avec clarté et concision, malgré son tic nerveux de mettre ses cheveux derrière ses oreilles puis de les replacer dessus pour dissimuler son appareillage.

Pouvait-elle à ce point être obsédée par un handicap qui pourtant n'en était pas vraiment un pour elle ? Elle était beaucoup plus douée pour communiquer qu'A.J. ne le serait jamais. Les mots lui venaient naturellement et elle savait s'exprimer de deux façons. Trois, s'il comptait ces jolis yeux bleus qui l'avaient blâmé, désiré, et lui avaient dit la confiance qu'elle mettait en lui. Que des hommes tels que Rob Hastings ou Cain Winthrop puissent ignorer la vérité qui se lisait dans ces yeux-là dépassait son entendement.

A ce moment précis, les yeux bleus en question étaient fatigués — mais une lueur de détermination suffisait à le convaincre de rester de son côté de la pièce pendant que, à l'autre bout, Dwight Powers la cuisinait en prenant des notes.

— Bouh !

A.J. se contenta de cligner les yeux et de tourner le regard vers Josh, qui lui glissa une tasse de café dans la main. A.J. en but une grande gorgée avant de prendre la parole :

— Je t'ai vu arriver.

— Je n'en doute pas, dit Josh en s'asseyant auprès de lui et en croisant les bras, imitant sa posture. Rassure-toi, ajouta-t-il, personne ne lui fera de mal ici.

— Ça se voit tellement ?

— Avec toi, rien ne se voit jamais vraiment, *amigo*.

D'un hochement de tête, Josh salua Merle Banning qui entrait dans la pièce et venait vers eux.

— C'est juste qu'au fil des ans j'ai appris à bien te connaître, assez pour dire que tu n'es pas dans ton assiette.

Il leva la main avant qu'A.J. ait le temps de répliquer.

— Cela dit, il faut noter que tu es bien meilleur que nous tous pour décrypter une scène et garder ton calme, et tu fais quand même ton travail. Claire est en un seul morceau et nous sommes en train de monter un dossier solide contre Galvan.

A.J. avala une autre gorgée et le laissa parler.

— D'après ce que j'ai pu apprendre dans la rue, ils ont eu recours à une aide extérieure dans le meurtre de Slick Williams. Et sûrement aussi dans celui de Mort. Galvan correspond au profil. Et aujourd'hui, cher partenaire, tu as failli le pincer.

Josh se pencha pour murmurer à son oreille avant que Banning ne les ait rejoints.

— Mais le jour où A.J. Rodriguez boit son café avec du lait et du sucre, je sais que quelque chose — ou quelqu'un — a réussi à taper dans le mille.

A.J. baissa les yeux sur sa boisson et réalisa soudain que le goût dans sa bouche n'avait pas la saveur amère qu'il aimait tant.

— Touché, *amigo* ! Mais ce que je ressens, c'est de la culpabilité. Ouais, peut-être qu'elle a un peu titillé mes hormones, mais ce qui me préoccupe le plus, c'est qu'une femme innocente se retrouve impliquée dans quelque chose de bien trop dangereux. Elle risque d'être blessée. Et plus qu'elle ne l'a déjà été, si nous ne faisons pas gaffe. J'en ai déjà assez sur la conscience.

— Ne t'inquiète pas. Avec moi, ton secret sera bien gardé.

— Et de quel secret pourrait-il bien s'agir ? demanda Banning en enfilant ses lunettes et en ouvrant le dossier qu'il avait à la main. Que vous avez des vues sur Mlle Winthrop ?

Est-ce que tout le monde en parlait ? A.J. se leva. Il ne faisait que son travail. Il n'avait pas le droit d'éprouver quoi que ce soit pour Claire Winthrop, il ne le voulait pas. OK, elle faisait plus que ruiner sa vision stéréotypée de la froide arrogance de la classe aisée, OK, son corps épousait le sien à la perfection, tellement qu'on aurait dit qu'elle avait été faite pour lui, et alors ? Chaque particule de son corps brûlait de l'embrasser comme elle l'avait supplié de le faire la veille — et alors ?

Cela ne voulait pas dire qu'il s'intéressait à elle.

Se retenant de rire — A.J. lui en sut gré —, Josh pointa son doigt vers Banning, qui dissimulait courageusement son sourire derrière son dossier.

— Ce gars est un malin ! J'y peux rien s'il a tout deviné, lui aussi.

A.J. alla jeter sa tasse dans la poubelle à côté de la porte.

— Contentez-vous de me dire ce que vous avez trouvé sur Valérie Justice et les Winthrop, et j'oublierai que vous deux — dont je suis le supérieur, soit dit en passant — avez eu cette conversation.

— Oui, chef, répondirent en chœur Josh et Banning.

A.J. laissa son regard glisser vers Claire et Powers. Bon sang ! Elle le regardait droit dans les yeux, et il lut une interrogation dans son regard. Avait-elle pu lire sur leurs lèvres ? La dernière chose qu'il désirait était d'avoir à expliquer quoi que ce soit sur les hormones ou sur le fait de tomber amoureux.

Surtout pas quand lui-même n'y comprenait rien.

Il se retourna vers Banning.

— Votre rapport ? le pressa-t-il.

Banning déballa à toute allure ses constatations sur les ramifications de l'entreprise Winthrop, de façon qu'A.J. comprenne l'étendue considérable des routes commerciales internationales, les traités de droits coutumiers et les réseaux domestiques de distribution qui ne pouvaient qu'intéresser les hommes pour qui Galvan travaillait. A cause du trafic de drogue et du terrorisme, les règles d'import-export à travers le pays étaient plus strictes. Kansas City, avec son aéroport international et sa situation de point convergent de fleuves importants, lignes ferroviaires et autoroutes, offrait des opportunités pour les criminels désireux de transporter de la drogue ou blanchir de l'argent. Et ce pouvait être très lucratif si les restrictions du gouvernement étaient gérées par un membre de l'entreprise Winthrop.

— Nous avons des preuves que de tels agissements ont lieu à la Winthrop ? demanda A.J.

Son père avait-il découvert quelque chose d'illégal dans la compagnie dix-huit ans plus tôt ? En ce temps-là, Antonio Sr avait essayé de le mettre en garde contre Cain Winthrop.

— Pas précisément, répondit Banning. Mais ça fait un putain de motif si un employé de la boîte a payé Galvan pour faire taire quelqu'un qui aurait découvert le pot aux roses. Ou ne voulait plus continuer.

— Les meurtres dans la rue pourraient venir étayer cette théorie, en déduisit A.J., Galvan essayant de tuer la concurrence.

— Un témoin qui déclare l'avoir vu dans l'immeuble Winthrop ne peut pas être qu'une petite coïncidence, ajouta Josh. Tout converge vers le père de Claire.

Même la mort du père d'A.J.

— Quoi d'autre ?

Banning continua. Valérie Justice avait bien été enregistrée dans le vol pour Nassau, mais sa place avait été revendue — elle ne s'était donc pas présentée ou avait changé de vol.

— Personne ne l'a vue à l'hôtel aux Bahamas. Et apparemment, son petit ami ne s'est pas non plus présenté.

— Connaissons-nous le nom du petit ami ?

— La réservation de l'hôtel a été faite au nom de Sid Greenstreet.

— Comme le vieil acteur de cinéma ?

Banning opina.

— Elle est supposée l'avoir rencontré lors d'une croisière, or après vérification il n'y avait pas de Greenstreet dans la liste des passagers ni dans l'équipage.

— Donc cette personne utilise un faux nom.

Une entourloupe de plus dans une affaire qui se compliquait davantage chaque minute.

— Ou alors le petit ami en question n'a jamais existé…, ajouta A.J.

Banning referma son dossier.

— Exactement. Et pourquoi s'embêter à inventer une histoire si elle n'avait rien à cacher ? Je dois examiner ses documents personnels et financiers. Pendant ce temps, l'équipe d'investigation des scènes de crimes a envoyé Holly Masterson et quelques hommes examiner l'appartement de Valérie. Espérons que les experts médico-légaux trouveront quelque chose. Vous voulez que je remonte la piste de ce Greenstreet ?

— Vous avez dit Sid Greenstreet ? demanda Claire en élevant la voix pour être entendue de l'autre bout de la pièce.

Dwight Powers se leva en même temps qu'elle et la suivit.

Josh et Banning échangèrent des regards : leur parfait témoin aurait-il soudain développé des dons de télépathie ? A.J. les éclaira.

— Mlle Winthrop m'a démontré sa compétence à lire sur les lèvres.

Les inspecteurs s'écartèrent pour laisser Claire et l'assistant du procureur entrer dans leur cercle. Les sourcils froncés de la jeune femme inquiétèrent A.J.

— Pourquoi parliez-vous de Sid Greenstreet ?

— Vous avez entendu parler de lui ? s'enquit-il.

— Je ne suis pas sûre d'avoir vu un de ses films, mais je connais ce nom. C'est le nom de code que l'équipe de Marcus Tucker utilise quand ils escortent un client important à l'intérieur ou hors du pays pour la compagnie. Comme ce M. Watanabe qui était à la réception hier soir. Pour les hommes chargés de sa sécurité, il est M. Greenstreet. Ça peut vous aider ? conclut Claire en levant les yeux vers A.J.

Il regarda Powers, qui regarda Banning, qui regarda Josh. Ils s'étaient compris sans dire le moindre mot. Puis il expliqua le fond de leur pensée :

— Peut-être que Mlle Justice a personnellement escorté quelqu'un de son côté. Ce serait le moyen idéal pour Galvan d'entrer et de sortir du pays afin de faire son travail.

— Où est ma fille ?

Entendant Cain Winthrop hurler à travers la porte close de la salle de conférences, A.J. baissa immédiatement les yeux sur Claire pour voir si elle aussi l'avait entendu.

Mais elle était encore occupée à défendre son père auprès de Dwight Powers.

— Mon père n'aurait pu faire aucune des choses que vous suggérez. Il ne vendrait jamais de drogue. Il préférerait la banqueroute que de voir sa firme utilisée à de tels desseins.

— Votre père n'est pas le seul à avoir accès au vingt-sixième étage, lui rappela Powers. Un autre employé de la Winthrop a pu se trouver ce soir-là avec Galvan. C'est pour cela que je souhaite vous placer en lieu sûr. Tous les suspects de cette affaire vous connaissent.

Finalement, A.J. pouvait être d'accord avec Powers. Claire devait être placée sous protection, loin de sa famille et de ses soi-disant amis, loin de leur influence. Jusqu'à ce que Galvan ne coure plus les rues et que son complice soit identifié, elle n'était pas en sécurité, même chez elle.

— Je veux voir Rodriguez !

Tiens ! Papa Winthrop se souvenait de son nom. Même si A.J. doutait que le père de Claire ait fait le rapprochement entre l'inspecteur qu'il avait devant lui et l'ancien gardien.

— Je me fous de qui vous pouvez bien être, aboya une

autre voix. Vous suivez la procédure, sinon vous sortez de mon commissariat ou vous vous retrouvez en cellule.

A présent le capitaine lui rentrait dedans dans la pièce principale. A.J. veilla à ne pas détourner son regard afin de ne pas attirer l'attention de Claire sur la confrontation qui avait lieu à côté.

— Je ne peux le croire, dit-elle en se mettant les cheveux derrière l'oreille puis en les replaçant dessus. Les membres du conseil sont des amis, de la famille. Aucun ne voudrait me faire du mal.

Se moquant bien de nourrir les suspicions de Josh sur ses sentiments à l'égard de Claire, A.J. prit la main de la jeune femme pour qu'elle puisse se raccrocher à autre chose que ses doutes et ses craintes. Les doigts ô combien expressifs se mêlèrent aux siens et les serrèrent fort.

A.J. fit de même dans l'espoir d'adoucir l'impact de ses mots.

— Vous ne pensiez pas non plus que quiconque pourrait vouloir du mal à Valérie.

La main de Claire devint glacée.

— Vous voulez dire que quelqu'un de ma propre famille ? Qu'une personne qui était chez moi hier soir a payé Galvan pour me tuer ?

L'attaque dans le sous-sol lui avait foutu une trouille bleue et l'avait laissé bouillant d'une rage qu'il n'avait pas ressentie depuis la mort inexpliquée de son père. Pour ne pas tendre la main vers ses blessures — des égratignures au poignet, une rougeur au cou — et s'excuser de l'avoir laissée sans surveillance, il fit glisser son pouce sur les articulations de ses doigts, à l'abri des regards.

— Il s'agit d'une forte probabilité.

— C'est pourquoi j'ai demandé à Josh de prendre des mesures pour vous mettre en lieu sûr, sous surveillance constante, ajouta Powers. Si vous avez une autre idée sur ce qui a pu amener Galvan dans notre ville et sur la liste des autres personnes qu'il veut supprimer, je vous écoute.

Claire resta muette, sous le choc, considérant sans doute à quel point sa vie allait changer. Plus d'école jusqu'à ce que tout soit réglé. Plus de lien avec sa famille. Ils allaient éloigner la princesse du château dans lequel elle avait été cloîtrée toute sa vie et la coller dans une maison quelconque, dans un quartier ordinaire de la ville, sans serviteurs, sans contact avec l'extérieur, et sans possibilité de venir en aide à ses élèves de Forsythe.

Un petit coup sec à la porte indiqua à A.J. que Cain Winthrop n'allait pas tarder à faire irruption. Les choses allaient tourner au vinaigre… Il lâcha la main de Claire à contrecœur.

— Votre père est là, la prévint-il.

Le capitaine Taylor entrouvrit la porte et passa la tête.

— Vous êtes prêt, Rodriguez ? Cet homme a le droit de voir sa fille.

A.J. acquiesça. Le capitaine disparut et Cain Winthrop entra en trombe.

— Où est-elle ? Est-ce qu'elle va bien ? Claire ?

— Papa ?

Sans hésiter une seconde, Claire courut vers lui.

— Ma douce. Dieu merci tu n'as rien.

L'homme aux cheveux blancs et au costume trois pièces la prit dans ses bras et la serra fort.

Comme un père, pensa A.J., soulagé de voir le visage heureux et rassuré de Claire. Winthrop serrait sa fille et la berçait — *comme un criminel garde ses ennemis à portée de main…*

C'était un scénario cruel à envisager : un père condamnant sa chair et son sang à mort. Sacrifiant ce qu'il disait aimer pour que son affaire prospère, et éviter la prison.

A.J. avait connu pire. Mais ce qui lui restait vraiment

en travers de l'estomac, c'était l'idée que ses relations avec Claire allaient en prendre un coup s'il finissait par faire arrêter son père.

Il ne devrait même pas s'aventurer sur ce terrain-là. Il était déjà trop vieux pour elle, trop classe ouvrière et — il pouvait le parier — trop expérimenté. Tout cela devait le dissuader d'avoir la moindre pensée virile, tendre ou un tant soit peu personnelle à l'égard de la jeune femme.

Ajoute à ça qu'elle s'inquiète pour les gens sur lesquels tu enquêtes, et une relation n'est même pas concevable.

— Vous ! dit alors Claire en bondissant sur ses pieds.

Elle bouscula son père pour avancer vers la porte, dans l'embrasure de laquelle Marcus Tucker se dressait. Son visage sévère laissa voir son appréhension devant l'élégant index dressé qui était sur le point d'attirer l'attention sur ses erreurs.

— Je croyais que vous étiez un super-expert de la sécurité. Mais vos hommes ont laissé un criminel connu — rien de moins qu'un assassin — entrer dans un immeuble où se trouvaient pas loin de deux cents enfants innocents. Vous étiez supposé arrêter Galvan et ne pas le laisser mettre mes enfants en danger !

A.J. mourait d'envie de l'encourager. Bon sang, il adorait son franc-parler ! Au fond d'elle, elle n'avait rien d'une bourgeoise effacée, il ne fallait pas se fier aux apparences. Il avait prévu de reprocher à Tucker la façon dont ses hommes avaient royalement bousillé l'organisation de la sécurité ; mais Claire, qui faisait la moitié de la taille de Tucker, avait la situation bien en main.

— Si A.J. n'avait pas été là pour faire partir Galvan, qui sait ce qui aurait pu arriver ?

— Je suis désolé que vous ayez été blessée, mademoiselle Winthrop, récita Tucker d'une voix monotone qui, selon A.J., manquait de sincérité. Mais l'erreur est humaine. Je peux vous assurer que cela ne se reproduira pas. J'ai bien l'intention de m'occuper personnellement de votre sécurité à partir de maintenant.

— C'est trop tard, vous ne trouvez pas ?

Cain posa une main sur l'épaule de sa fille.

— Rodriguez t'a sauvé la vie ?

— Oui.

Même si Claire n'avait pas pu percevoir le ton distant, presque troublé, de son père naguère colérique, elle avait dû ressentir le changement dans son contact. Elle se tourna vers lui, une question dessinant de fines rides d'inquiétude aux coins de sa bouche.

— C'est A.J. qui est venu me chercher dans le sous-sol, pas les hommes de Tucker. Qu'est-ce qu'il se passe, père ?

A.J. resta impassible quand Cain leva les yeux vers lui, le dévisageant comme s'il le voyait pour la première fois. Etait-il en train de faire le lien ?

— Rodriguez, articula-t-il en silence, les sourcils froncés.

Puis, avant que quiconque ait le temps de faire le moindre commentaire sur son comportement étrange, le P.-D.G. inspira profondément en se pinçant les narines, revint à lui, et s'en prit vivement à Tucker :

— Je croyais vous avoir dit d'assigner des gardes du corps à la surveillance de ma fille.

— Je l'ai fait, rétorqua Tucker, bombant le torse pour rappeler à chacun qu'il était le plus grand dans la pièce. Une équipe de quatre hommes — deux en uniforme et deux en civil. Stationnés à l'intérieur et à l'extérieur du bâtiment.

A.J., pas le moins du monde intimidé, ajouta :

— Que l'on n'a pu trouver nulle part quand Galvan s'est pointé.

Cain ne parut pas ravi de l'apprendre.

— C'est vrai ? demanda-t-il.

— Il est très difficile à repérer, monsieur Winthrop, fit

valoir Tucker. Mes hommes devaient être en patrouille. Je leur ai donné l'ordre de balayer les environs régulièrement. L'un d'eux devait ne jamais perdre de vue votre fille.

— Et avec tous ces dispositifs, Galvan a quand même réussi à s'approcher d'elle ?

Oh oh. Papa semblait très ennuyé par l'incompétence de son employé.

— Regardez cette marque sur son bras, monsieur. Apparemment, l'inspecteur Rodriguez ne l'a pas non plus repéré à temps, rétorqua Tucker.

— Mais je ne paie pas Rodriguez pour protéger ma fille !

— Se jeter la pierre ne sert à rien dans cette affaire, messieurs.

Powers voulait-il prendre part à l'altercation ?

Claire restait entre Tucker et son père, manifestement pour empêcher ce dernier d'en venir aux mains.

— Père, je t'en prie. Je vais bien, je te le jure.

A.J. s'apprêtait à l'éloigner de la dispute, mais Cain le coiffa au poteau. Ignorant ses protestations, il attrapa sa fille par les épaules et la poussa sur le côté.

— Je vous paie beaucoup plus que vous ne le méritez, Tucker, si vous n'êtes pas capable d'assurer la sécurité de ma petite fille.

— Si elle n'avait pas insisté pour continuer à vivre normalement…

— Vos hommes ont merdé !

— J'en assume l'entière responsabilité.

— Virez-les !

L'ordre cloua le bec à Tucker un instant.

— Ce sont *mes* hommes, monsieur Winthrop. Je vais m'occuper d'eux à ma façon.

— Est-ce toujours moi qui paie votre salaire ?

— Oui, monsieur.

— Virez-les.

Cain Winthrop était un homme qui avait l'habitude de faire les choses à sa manière.

— Viens, je te ramène à la maison, ajouta-t-il en attrapant Claire par le bras.

Elle essaya de se soustraire à lui et recula vers A.J.

— Je ne peux pas partir avec toi.

— Bien sûr que si tu peux, dit-il en lui prenant la main. Nous enverrons quelqu'un chercher ta voiture.

Elle se libéra d'un coup et recula un peu plus. A.J. toucha son dos pour la prévenir qu'il était derrière elle. Puis il effleura sa taille de ses doigts et comme elle ne sursauta, ni ne s'écarta, il laissa sa main là où elle était.

— Je suis venue avec A.J., mais le problème n'est pas là.

— Elle va être placée en lieu sûr, expliqua Powers.

— Elle ne témoignera pas contre Galvan.

— Si ! Je vais le faire.

— Non, gronda Cain, tu vas rentrer à la maison et…

— Je ne suis plus ta petite fille.

Et bam ! Envoyé !

Un silence tendu suivit ce coup d'éclat. Le dos de Claire se raidit, défier son père lui coûtait. A.J. sentit alors qu'elle s'abandonnait au contact de sa main, et il en fut troublé. A cet instant-là, un lien s'était créé entre eux, et il ne ferait rien pour le briser.

Claire s'était rangée de son côté. Contre le contrôle de son père. Contre l'incompétence de Marcus Tucker. Contre un tueur à gages d'Amérique centrale et un mystérieux soi-disant ami qui voulait sa mort.

S'il repliait davantage ses doigts sur sa taille, le contact amical se ferait un peu plus personnel. Il ne put s'en empêcher. A.J. Rodriguez n'était pas un homme qui faisait les choses à moitié.

Pour aussi étrange que cela puisse paraître, ce fut Claire

qui rompit le silence. Elle qui ne s'était pas exprimée avec ses mains jusqu'à présent se mit à signer.

— *Je ne suis plus un bébé depuis bien longtemps. Je suis assez grande pour prendre mes propres décisions. Et si c'est la mauvaise, alors tu dois me laisser vivre avec mes erreurs. Et en tirer des leçons. Tu dois me laisser grandir.*

— Je sais. C'est juste que…

Cain se mit à signer lentement. Manquait-il de pratique ?

— *Tu me fais tellement penser à ta mère. Je n'ai pas su bien m'occuper d'elle et je me suis promis de ne pas faire la même bêtise avec toi.*

— Alors laisse-moi faire. C'est la bonne décision. Je peux aider à faire arrêter l'homme qui a tué Valérie.

Winthrop tressaillit comme si les mots de sa fille avaient touché ses nerfs. Mais son expression redevint sévère quasi instantanément.

— C'est trop dangereux. Si cette décision-là est la mauvaise, elle pourrait te coûter la vie.

— Je n'ai pas l'intention de mourir, père, lui dit-elle avec un sourire serein et confiant qui aurait presque réussi à faire croire à A.J. qu'il n'y avait pas lieu de s'inquiéter.

— Mais tu as vu le visage de Galvan. Et il a déjà essayé de te supprimer une fois.

Apparemment, Marcus Tucker vit dans cet échange une occasion de se racheter.

— Je la surveillerai en personne, monsieur. Je prendrai tous les hommes à ma disposition. Je ferai ça bien.

Cain laissa retomber ses mains de part et d'autre de son corps.

— Je ne sais pas pourquoi, mais cela ne me rassure pas pour autant.

— La police de Kansas City va prendre en charge sa sécurité, intervint Powers. Comme ça, nous ne prenons aucun risque de voir des informations divulguées — même pas inadvertance, ajouta-t-il à l'intention de Tucker. Nous ne voulons pas que l'entreprise Winthrop soit impliquée.

Voyant qu'on lui retirait sa mission, Marcus protesta :

— Mon équipe…

— La ferme, Tucker ! lança Cain, avant de demander à A.J. : C'est vous qui assurez la sécurité de l'endroit où Claire sera ?

— Je serai l'un des hommes assignés, oui.

Winthrop caressa la joue de sa fille du bout du doigt.

— Nous n'avons jamais été séparés plus de quelques jours. Quand elle était malade, je restais avec elle à l'hôpital. Même quand elle était à l'université, on se voyait presque tous les week-ends.

— Avec tout le respect que je vous dois, monsieur Winthrop, ce n'est pas de vous qu'il s'agit.

A.J. sentit Claire retenir son souffle tandis que son père baissait les yeux sur la main qu'il posait sur elle. Mais Winthrop resta impassible.

— Non, en effet. Prenez soin d'elle, Antonio.

Ce disant, il le regarda droit dans les yeux. Il avait compris…

— Vous savez qui je suis ?

— Je connaissais votre père. Un brave homme.

— Oui, monsieur, c'en était un.

— Il était plus qu'un simple gardien, vous savez.

— Que voulez-vous dire ?

Winthrop marqua un temps d'arrêt puis répondit :

— Sa mort fut une tragédie. Et tellement inattendue.

Etait-ce de la compassion ? Ou un avertissement ? Mais Winthrop ne voulait ou ne pouvait en dire davantage. Après avoir suffisamment attisé la curiosité d'A.J. pour lui donner envie d'en savoir plus, il se pencha pour embrasser Claire et l'attira à lui pour la prendre dans ses bras.

— Prenez bien soin de ma petite… de ma fille.

— Tes vingt-quatre heures se sont écoulées. Tu as échoué.

L'homme aux longs doigts se détacha de la femme nue dans son lit et s'extirpa de sous les couvertures pour téléphoner en privé. Il se mit face à la fenêtre de l'hôtel, ouvrit le rideau et regarda le mémorial de la Liberté illuminé se détachant dans l'obscurité de cette nuit sans lune. Il leva les yeux vers la flamme qui brûlait en permanence à la tête du bâtiment et se demanda combien de temps encore il aurait à supporter les façons de faire du tueur qu'il avait payé.

— Je vous ai dit de ne pas m'appeler.

— Je me moque pas mal de votre rendez-vous galant. Ce n'est pas cette femme-là qui me préoccupe.

Il jeta un coup d'œil par-dessus son épaule à la femme à moitié endormie. Elle écarta ses cheveux de ses yeux en s'asseyant et laissa la couverture glisser jusqu'à sa taille. Son corps réagit en la voyant volontairement exhiber ses seins. Elle était prête à tout pour lui. Ou plus précisément pour l'argent et le pouvoir qu'il était disposé à partager avec elle.

Elle avait accouru dès qu'il l'avait appelée pour passer quelques heures en sa compagnie avant que le jour se lève et que la prochaine étape de son plan bien orchestré ne se mette en place. Il avait besoin de sexe, d'effacer toute la frustration de cette journée très éprouvante. Pas de s'occuper des ratages de Galvan. Il tourna le dos au mémorial.

— Demain, Ramon Goya envoie une cargaison avec le café que nous faisons entrer de Tenebrosa. Je dois pouvoir lui dire que nous pouvons tout distribuer sans accroc. Où en êtes-vous avec les deux derniers noms de la liste ?

— Tu ne comprends pas, *compadre*. Il n'y a personne d'autre sur la liste jusqu'à ce que j'en aie fini avec elle. Je dois préserver ma réputation. Cette pute de Winthrop est encore mieux avec les flics à présent. Je n'ai pas réussi à lui faire peur.

— Vous avez été trop loin.

— Pas suffisamment. J'aurais dû en finir une bonne fois pour toutes. Mais tu voulais t'amuser un peu. Résultat : elle ne change rien à sa version des faits et en plus le flic la tient par la hanche.

— Rodriguez ne m'inquiète pas. Ce n'est qu'un homme. Il a un point faible que nous exploiterons au besoin. Et je ne m'en fais pas non plus pour le témoignage de Claire.

— Ce n'est pas ta tronche qu'elle a repérée dans un rapport de police. Et tu sais fichtrement bien, *compadre*, que s'il m'arrive quelque chose tu seras le premier nom sur mes lèvres.

L'homme aux longs doigts regagna le lit avec encore plus de frustrations à apaiser. Il se lassait de devoir prendre de telles décisions. Qui aurait pu penser que le fait de se débarrasser d'une vulgaire secrétaire causerait autant de problèmes ? Tuer Valérie avait été une façon de faire taire un membre de l'équipe qui s'était soudain souvenu qu'il avait une conscience. Certes, avec un quart de million de dollars supplémentaire, elle aurait su se taire… Tant pis pour elle. La femme dans son lit allait désormais prendre la relève.

Tout ce dont il avait besoin était que Ramon Goya soit satisfait. Et pour y parvenir, il fallait que Galvan finisse le travail pour lequel il avait été payé.

Il se glissa dans le lit et laissa la femme mettre ses mains sur lui. Claire n'était qu'une enfant. Elle n'était pas un caïd de la rue, un dealer, un concurrent comme les autres noms sur la liste. Et, malgré le temps qui passait, il n'avait jamais pu tirer d'elle un quelconque profit dans l'entreprise.

Elle avait eu le tort de se trouver au mauvais endroit au mauvais moment.

« Vas-y », avait-il dit avant de raccrocher, conscient que de toute manière Galvan avait l'intention de tuer Claire, quel que soit son avis.

Il s'occuperait de ses problèmes de conscience plus tard.

7

Même quand l'endroit était sympa, les filatures c'était nul.

A.J. but une gorgée de café noir et regarda les deux garçons qui dérapaient à toute vitesse sur leurs vélos dans la plus profonde flaque du trottoir, s'éclaboussant entre eux et arrosant par la même occasion la pelouse du voisin. Ça avait l'air d'être un moyen extra d'occuper un samedi après-midi bruineux après une semaine enfermés en classe.

Si seulement il avait pu lui aussi partir à la campagne, trouver une vieille route, appuyer sur le champignon et faire voler l'eau. Mais ces années folles étaient révolues, et « insouciant » ne faisait plus partie de son vocabulaire depuis le coup de fil de sa mère qui l'avait brusquement ramené à la réalité dix-huit ans plus tôt.

« Ton père est mort, A.J. Où que tu sois, rentre à la maison. Il faut que tu sois un homme maintenant. »

Depuis, il avait grandi.

Mais toutes ces années passées dans la clandestinité à regarder derrière lui — toutes ces fois où il avait surveillé les arrières de ses partenaires — commençaient à le trahir. Il passait à côté de sa vie. S'amuser, rire, se détendre ne faisait plus partie de son quotidien, pas vraiment en tout cas.

Peut-être était-ce la raison pour laquelle il s'était senti tellement nerveux ces derniers temps ? Il posa son café sur le porte-tasse entre les sièges-baquets de la Pontiac et embrassa du regard le ranch en L gris foncé, derrière le mur protecteur de brique blanche et les arbustes à feuilles persistantes.

Elle était là. Avec Reed et Henley. Souriant et agitant ses mains avec la même élégance et la même précision, qu'elle fasse la vaisselle, joue aux cartes ou lise un livre. Etait-ce pour cela que la jeunesse et la vitalité de Claire l'attiraient tant ? Il avait besoin d'avoir autre chose que son travail dans sa vie. Et autre chose que son sens du devoir dans son cœur.

Il avait besoin de jouer aux cartes, d'échanger des sourires et de… rattraper le temps perdu.

Maudissant en silence les envolées inhabituelles de ses pensées, il sortit son portable de la poche de son blouson et appela le commissariat.

— Josh, quand tu viendras, tu ne pourrais pas m'apporter quelque chose de correct à manger ? Et du café noir.

— Tu es bien matinal, *amigo*. Notre tour de garde ne commence qu'à 13 heures A moins que tu n'aies passé la nuit là ?

— Je suis resté là à réfléchir.

En même temps, une surveillance n'offrait pas beaucoup d'autres distractions…

— Je pense qu'il te faut cette femme, sérieusement, pour qu'elle sorte enfin de ta tête.

— Maintenant que vous avez fini d'analyser ma vie sentimentale, docteur, peut-être pourrions-nous parler travail ?

— Si tu insistes.

Son partenaire était-il obligé de se montrer si effronté ?

— Banning a découvert trois comptes en banque sur lesquels Valérie Justice a déposé l'équivalent de dix mille dollars environ tous les trimestres ces dernières années. Winthrop se montrait généreux avec ses primes, mais jamais à hauteur de quarante mille dollars par an. Elle était impliquée dans autre chose.

— Des pistes sur le corps ?

— Rien dans son appartement. Si ce n'est que, selon Holly Masterson, Valérie a reçu une visite masculine la semaine dernière.

— Sid Greenstreet ?

C'était un pari risqué, mais s'ils pouvaient prouver que Galvan était avec Valérie avant le meurtre, cela étayerait le témoignage de Claire.

— Holly est en train d'extraire l'ADN de l'échantillon de sperme retrouvé sur place. Mais si Galvan n'est pas dans la base de données, nous n'aurons pas d'identification.

Les garçons repassèrent à vive allure sur leurs vélos, ils lui firent un signe de la main et A.J. leur répondit. La maison grise dans laquelle Claire se trouvait était toujours endormie.

— Pouvons-nous déjà impliquer Galvan dans l'un des meurtres de dealers ?

— Nous avons deux-trois traces ADN du lieu où la victime a été poignardée, nous pouvons faire des tests de compatibilité. Mais tu sais très bien qu'il ne restait pas grand-chose après l'explosion de la voiture de Slick.

— Certes…

Distraitement, A.J. considéra dans le rétroviseur la cicatrice en forme de croissant dont le rose contrastait avec la peau mate de sa joue envahie d'une barbe de quelques jours. On lui avait enlevé les points la veille.

— Mais il y a un lien, je le sais. C'est son absence de mode opératoire qui lui a valu le surnom d'« homme de la Renaissance ». S'il est bien responsable de la mort de tous ces dealers, alors il est aussi adepte des explosifs que du combat à mains nues.

— Et il manie également plutôt bien les armes à feu.

— Quel genre d'homme pourrait maîtriser toutes ces techniques ? Et être en assez bonne forme pour faire cette carrière depuis vingt ans…

Josh suivit le raisonnement.

— Tu veux parler d'un marine ?

— Ou d'un membre des forces spéciales. Comment savoir si Galvan n'aurait pas suivi ce type d'entraînement ?

— Tu veux que j'appelle Tenebrosa pour voir s'il y a un dossier militaire ?

Emmener l'enquête dans une nouvelle direction redonnait de l'énergie au corps privé de sommeil d'A.J. Pour la première fois depuis pas mal de jours, ils avançaient…

— Police d'Etat. Mercenaires. Forces rebelles. A Tenebrosa, les différents cartels de la drogue se livrent une véritable guerre civile depuis près de trente ans. Pourquoi ne pourrait-il pas avoir ce genre d'antécédents ? Si c'est le cas, quelqu'un lui connaît sûrement une adresse. Un numéro de téléphone. Un moyen de le contacter pour lui verser son chèque de pension ou louer ses services.

Il entendit le sourire de Josh dans sa voix.

— Tu penses qu'il existe des dossiers médicaux ? Si c'est un ancien militaire, il a dû être blessé pendant sa carrière.

— Mets Dwight Powers sur le coup. Il s'y retrouvera plus vite que nous dans toute cette paperasserie. Bien raisonné, partenaire.

Sur ces entrefaites, une auto tourna au coin de la rue en vrombissant. Il y avait beaucoup de chevaux sous ce capot. Mais quand la voiture passa devant lui, A.J. fut moins impressionné. La carrosserie de la vieille Chevrolet beige aurait bien eu besoin d'être arrangée et repeinte. En rouge ou noir, plus en rapport avec le bruit du moteur.

Le bruit du moteur… Il mémorisa la plaque d'immatriculation et essaya d'entrevoir le conducteur voûté.

Il avait déjà entendu ce bruit.

La Chevrolet s'engagea dans l'allée d'une maison à deux étages, plus bas dans la rue. Le conducteur, vêtu d'une veste de chasse réfléchissante orange et coiffé d'un bonnet en laine noir, descendit, s'étira et se frotta le bas du dos comme s'il venait de conduire pendant longtemps. A.J. le regarda se diriger d'une démarche traînante vers le coffre de la voiture et en sortir un sac de paquetage, tout un attirail de pêche et des cannes. Soit ce pauvre gars avait déjà dégusté sa prise, soit il rentrait bredouille.

Mais l'instinct d'A.J. n'était pas encore prêt à lui laisser éprouver la moindre compassion pour cet homme. Il démarra et se laissa envahir par la puissance de sa Pontiac.

— Josh, avant de venir, identifie-moi une Chevrolet Malibu de 78. Numéro six-huit-Charlie, quatre-Tango-trois.

— Il se passe quelque chose ?

L'homme ouvrit la porte d'entrée et se traîna à l'intérieur. Il était plus petit que Galvan et semblait plus trapu que l'agresseur décrit par Claire. Mais l'ampleur de sa veste pouvait tromper et A.J. n'avait pas bien vu son visage.

Il avança et s'arrêta devant l'allée pour mieux y voir.

— Et dis-moi qui habite au 7520 Fairway.

Il valait mieux pour lui qu'il descende d'une longue lignée d'amateurs d'activités en plein air, sinon il irait frapper à la porte pour se présenter.

— C'est à côté de la planque… Tu as besoin de renforts ?

— Pas encore, mais reste à côté du téléphone.

Il raccrocha, tourna au coin de la rue et composa le numéro de la résidence surveillée. Les faits lui disaient qu'un pêcheur fatigué venait de rentrer d'un long et monotone trajet au volant d'une vieille Chevrolet ; mais son intuition lui criait qu'il allait y avoir bientôt du grabuge.

— Non. Comme ça.

Sur le canapé, Claire tendit les mains et recourba l'index de l'officier Reed dans la bonne position.

— Pensez à la forme d'un X en écriture cursive. C'est ça. A présent, passons au Y.

Son récepteur lui renvoya la sonnerie métallique et lointaine de l'ouverture de *Guillaume Tell.* Quand Henley passa dans la pièce d'à côté pour répondre, elle sut que c'était un coup de fil officiel. Les flics qui la surveillaient depuis quarante-huit heures avaient vite pris le réflexe de ne pas la laisser « voir » leurs conversations. Même si elle préférait être au courant de ce qu'il se passait autour d'elle, ils avaient fait de leur mieux pour l'empêcher de s'inquiéter de phrases comme « localisation possible », « la garder en lieu sûr » ou « son père en sait davantage ».

Faisant comme si ces deux jours coupée du monde ne la rendaient pas nerveuse, Claire replia sous elle ses jambes prises dans un pantalon de lin brun clair, saisit le soda de leur repas à emporter et en but en gorgée.

— *S-E-X-Y.*

Elle se mit à rire devant les efforts de gamin que faisait Mike Reed pour épeler les mots en langage des signes.

— Vous pensez que je vais impressionner ma petite amie ? Et maintenant comment on dit : « Tu sais que t'es sexy toi » ?

— Au moins, vous n'apprenez pas de gros mots.

Elle posa son verre sur le bout de canapé, à côté du roman qu'elle était en train de lire, et lui montra quelques mots susceptibles de lui faire marquer des points.

— *Jolie. Femme.*

Elle voulait savoir de quoi Henley parlait au téléphone. Y avait-il eu une avancée ? Tenaient-ils Galvan ?

— *Chérie.*

Il lui tardait qu'il soit 13 heures pour revoir A.J. Que Mike s'amuse à flirter avec elle pendant son tour de garde ne la gênait pas, mais elle se sentait davantage en sécurité quand il était dans le coin. Et pas seulement à cause de la menace que représentait Galvan. Plus en sécurité *au fond d'elle*. Plus calme. Plus forte. Plus confiante dans la personne qu'elle voulait être. Quand A.J. était là, elle ne se sentait plus handicapée — ni par le fait d'être malentendante, ni par son argent, ni par son nom de famille.

Elle était Claire, tout simplement.

Il prendrait sûrement ça pour un simple béguin. Mais elle était en train de tomber amoureuse. Parce que avec lui, elle se sentait normale. Il lui donnait le sentiment que son avis comptait. Il la faisait se sentir femme, et pas petite fille.

Il la faisait exister. Point.

— Montrez-moi autre chose, dit Mike.

Claire se demanda s'il comprendrait, si elle lui conseillait de se contenter d'écouter sa petite amie, comme A.J. l'écoutait elle, au lieu de chercher à l'épater.

Mais ce que Mike désirait c'était l'éclat, pas la substance.

— Et celui-là alors ? fit-elle en repliant sa main en un poing, puis en tendant le pouce, l'auriculaire et l'index pour former une combinaison des lettres I-L-Y. Cela signifie : « I love you ».

— Hé, ne nous laissons pas emporter…

A l'extérieur, une violente déflagration déchira alors le silence. Le canapé en trembla.

— Qu'est-ce…

Sous le souffle de l'explosion, les fenêtres du salon volèrent en éclats. Claire entrevit un magma de feu et de métal de l'autre côté de la rue.

— Couchez-vous !

Mike l'attrapa et la précipita au sol. Puis il la couvrit de son corps en sortant son arme.

Claire entendit des cris et des hurlements, venant à la fois de l'intérieur et de l'extérieur de la maison, mais tout était flou. Mike était à quatre pattes, il la traînait vers le passage voûté qui menait à la partie de la maison qui n'avait aucune ouverture.

Elle se mit à genoux pour ramper seule. De minuscules répliques de l'explosion faisaient vibrer le sol sous ses mains. Un gros morceau de la structure en pin de la voûte éclata sous ses yeux. Mike lui appuya sur le dos pour qu'elle se couche tout à fait.

Oh mon Dieu. Ce n'étaient pas des répliques, mais des impacts.

L'officier Henley apparut dans le passage. Une balle l'atteignit au cou, juste au-dessus du col de son gilet en Kevlar, et il s'écroula.

— Non ! cria Claire en rampant vers l'homme inerte.

Mike l'attrapa par le col et la rejeta au pied du canapé. Un coussin explosa au-dessus d'elle et son rembourrage retomba en neige sur leurs têtes.

— Atteinte à la sécurité ! On nous tire dessus. Un officier à terre, dit Mike dans sa radio avant de se mettre à ramper vers la fenêtre la plus proche.

Un autre tir se perdit dans le parquet, juste à côté du garde.

— Mike !

Il se plaqua le dos au mur, remonta la fermeture de son gilet pare-balles, puis se pencha pour regarder à travers les lambeaux de rideaux qui pendaient encore au châssis de la fenêtre. Une violente secousse agita son corps et ses genoux s'affaissèrent.

Il s'effondra en s'agrippant l'épaule. Un cercle écarlate grandissait sur sa manche immaculée.

— Allez dans la pièce sécurisée ! ordonna-t-il en serrant les dents. Sortez d'ici !

De sa main valide, il passa son arme par la fenêtre béante et commença à tirer.

— Maintenant !

Des larmes brouillèrent la vue de Claire. Des gens mouraient pour elle. Ils mouraient !

Sortir d'ici était le plus sûr moyen de faire en sorte qu'ils ne soient plus des cibles et que leur vie soit épargnée.

Elle se mit à plat ventre sur le parquet de bois dur, rampa sous la table basse et la traîna sur son dos en direction du corps d'Henley.

— Je suis désolée, je suis tellement désolée, murmura-t-elle en touchant la main inerte de l'officier.

Un autre tir brisa un pied de la table basse, qui s'affaissa sur elle. Des échardes vinrent se planter dans sa cheville nue. Au lieu de pleurer, Claire passa sur le corps d'Henley et bascula dans l'entrée. Une balle la suivit dans le passage et alla se loger dans le mur en face d'elle.

Oh mon Dieu ! Qu'allait-elle faire ?

Elle avait besoin d'A.J. Il fallait qu'elle réfléchisse.

Elle fureta autour d'elle et repéra la porte de devant. C'était une sortie facile d'accès, à seulement quelques mètres. Mais Mike lui avait dit d'aller se réfugier dans la pièce sans fenêtre : la salle de bains au fond du couloir qui menait dans la cuisine.

Son audace lui dictait de ne pas se contenter de courir se cacher, de faire plus. Elle se redressa sur les genoux et rassembla toute sa force pour attraper le gilet d'Henley avant de se projeter en arrière, entraînant le corps sans vie avec elle dans le couloir. Bientôt, elle avait atteint l'angle menant au passage.

Une balle fit voler des fragments de bois et de plastique juste à côté de sa tête. Elle essuya les débris sur sa joue et défit les Velcro du gilet d'Henley. Du sang poissa ses doigts comme elle tirait le vêtement en Nylon doublé de plaques de métal par-dessus la tête du policier, avant de se le mettre sur la tête. Une pluie de verre provenant du dessus de la porte lui tomba dessus. Elle se baissa vivement. La balle avait-elle ricoché ou le tireur avait-il bougé ? Pouvait-il vraiment être aussi rapide ? Bon sang ! Personne ne pouvait donc arrêter Galvan ?

Sur une impulsion, elle prit l'arme dans la main sans vie du policier, puis elle se mit à ramper dans le couloir. Le revolver était plus lourd qu'elle ne le pensait. Plus froid aussi. Nom d'un chien, elle n'avait pas la moindre idée de qui elle allait tuer — elle ne savait même pas se servir de cette chose. Mais elle n'allait pas se contenter de mourir. Elle n'allait pas se contenter d'être une gentille petite fille et laisser Galvan s'en tirer si facilement.

Son sixième sens la fit alors se retourner sur ses fesses. Elle brandit l'arme à deux mains. La porte d'entrée s'ouvrit à la volée.

Elle hurla. Leva son arme. Un homme vêtu de sombre roula sur le sol. Elle trouva la détente.

Il se jeta sur elle.

— Claire, non !

— A.J. ?

La main de l'inspecteur se referma sur l'arme et il la lui retira avant de la prendre à bras-le-corps.

Trop abasourdie par cette irruption, trop figée par la peur, trop aveuglée par l'adrénaline qui déferlait encore dans son corps, Claire ne put que passer son bras libre autour du cou du policier et s'accrocher à lui tandis qu'il l'entraînait en rampant sur le sol pour s'arrêter net contre le mur.

Il l'enveloppa de son corps, et son étreinte la ramena à la vie. Appuyant sa joue rugueuse contre la sienne, il se mit à murmurer, l'effleurant de ses lèvres, et ses mots étaient profonds et puissants à son oreille.

— A.J., A.J.

Elle pouvait enfin répéter son prénom à l'envi et remercier le Seigneur qu'il soit venu la sauver. Mais déjà A.J.

se remettait sur pied, la gardant contre son torse pour la relever elle aussi. Il passa son bras autour de sa taille et l'emmena vers la porte qui ne tenait plus que par un gond, la portant à moitié. Ses pieds nus touchèrent les marches de béton, l'herbe humide et fraîche, puis elle se retrouva en train de courir vers la Pontiac échouée au milieu de la pelouse. De la fumée sortait du pot d'échappement, le moteur tournait.

A.J. ouvrit la portière, la déposa à l'intérieur, fit en hâte le tour du véhicule et monta à son tour. Une balle claqua sur le pare-brise, le verre se fissura autour de l'impact, il lui fit baisser la tête entre les genoux. Puis il enclencha une vitesse, appuya sur l'accélérateur et la voiture, embourbée dans l'herbe et la boue, fit une embardée qui projeta Claire contre la portière. Ils bondirent par-dessus le trottoir pour atterrir dans la rue. Au vrombissement du moteur qui faisait vibrer le plancher et à l'odeur âcre de gomme brûlée, elle sut que le véhicule avait réussi à retrouver son adhérence et qu'ils roulaient désormais à vive allure.

Elle sentit sa main sur sa nuque. Elle pouvait se redresser. Ils sortaient de la zone résidentielle pour s'engager sur une quatre voies très fréquentée. A.J. conduisait avec calme et assurance parmi les autres véhicules, adaptant sa vitesse à celle du trafic. Elle regarda autour d'elle, ils se dirigeaient vers le centre-ville.

— Henley est mort.

Ce furent les seuls mots qu'elle put prononcer. A.J. hocha la tête.

— Vous feriez mieux d'attacher votre ceinture, dit-il.

Claire obtempéra.

Il rangea son arme et sortit son portable d'un geste fluide. Il composa un numéro puis coinça l'appareil entre son épaule et son oreille pour libérer sa main et lui caresser la joue. Ses doigts tremblaient comme il effleurait sa peau.

Il écarta les cheveux devant ses yeux et les glissa derrière son oreille. Claire croisa ses bras sur le gilet pare-balles qu'elle portait. Elle avait envie de pleurer.

Pas parce qu'elle était blessée, mais parce qu'elle avait peur. Pas parce que Dominic Galvan avait tué un policier et en avait blessé un autre en voulant l'attraper.

Non, elle avait envie de pleurer parce que A.J. avait les larmes aux yeux.

Mais il les refoula d'un clignement de paupières, et son visage arbora une expression dénuée d'émotion dès que son interlocuteur décrocha.

— La résidence surveillée a été compromise.

Elle lut distinctement les mots sur ses lèvres.

— Je répète : la résidence surveillée a été compromise. Je disparais, Josh. J'emmène Claire. Je te recontacterai dès que je le pourrai.

Il écouta ce que Josh lui disait et opina.

— Toujours, *amigo*, dit-il en se tournant vers Claire, ses yeux dorés plongeant dans les siens. Je vais surveiller ses arrières à elle aussi.

— Qu'est-ce que cela veut dire, disparaître ? demanda-t-elle une fois qu'il eut remis son portable dans sa veste.

— A partir de maintenant, c'est juste toi et moi, *amor*.

Il tendit la main et entrelaça ses doigts aux siens. Claire frémit.

— C'est *moi* ton lieu sûr.

8

Bon sang, il tremblait en déverrouillant la porte de son appartement.

Il tenait Claire par la taille. Il savait que Galvan ne les avait pas suivis. Il avait conduit bien trop vite, pris trop de raccourcis pour que le meilleur des poursuivants puisse retrouver sa trace. Claire portait toujours ce fichu Kevlar, et lui — avec ses deux revolvers et l'arme de service qu'elle avait prise à Jordan Henley — était armé jusqu'aux dents.

Malgré tout, il sentait toujours la menace peser comme un linceul sur ses épaules. Les images de la Chevrolet Malibu volant en éclats et faisant exploser les vitres de la moitié du quartier passaient et repassaient dans son esprit. C'est juste après que les coups de feu avaient retenti. Une rafale de sniper super-puissante, à une seule fin : tuer.

Le pêcheur dans la maison gris foncé. Dominic Galvan. Il pouvait viser tout ce qui bougeait dans la résidence surveillée depuis son poste d'observation au deuxième étage.

Et Claire avait été l'une de ses cibles. Les balles volaient. Au moment où il avait tiré dans la serrure et défoncé la porte pour entrer, elle avait un gilet pare-balles, une arme — et elle était blessée.

Le danger que représentait cette arme braquée sur lui était presque passé au second plan quand il avait vu qu'elle avait du sang sur elle. Ses mains, ses pieds, son cou. Il croyait qu'elle avait été touchée. Qu'elle était en train de mourir. *Non ! Pas question ! Putain non !*

Il l'avait sortie de là. L'avait mise en sécurité — du moins pour le moment. Mais il ne parvenait pas à effacer ces images.

Et maintenant il pouvait la sentir sur elle — l'odeur de cuivre du sang. En douze années dans la police, la plupart dans la rue, en civil, il en avait vu, du sang. Beaucoup. Et même le sien. Il avait fait abstraction de ce qu'il ressentait et fait avec.

Mais en sentant cette odeur sur elle, son estomac se retournait, il avait la nausée.

La serrure céda enfin, il ouvrit la porte et la poussa à l'intérieur.

— Attends ici, lui ordonna-t-il.

Il referma à clé derrière lui avant de passer dans chaque pièce pour baisser les stores et vérifier que les fenêtres étaient bien fermées. Quand il revint dans l'entrée, elle n'avait pas bougé d'un pouce, emmitouflée dans son blouson de cuir trop grand pour elle, petite, les pieds nus, frissonnant tandis que le choc commençait à se dissiper.

Il lui prit les mains, qu'elle tenait toujours cramponnées à son estomac, les approcha de lui et les inspecta sous toutes les coutures, à la recherche de coupures ou d'égratignures.

— Tu es blessée ?

Il frotta du doigt ses articulations pour enlever le sang séché. Ce n'était pas le sien. Il remercia les saints qui l'avaient prise sous leur protection.

Ses yeux s'assombrirent et prirent une teinte indigo, contrastant avec sa peau pâle, alors qu'elle le regardait s'agenouiller à ses pieds. Echardes. Egratignures. Rien qu'il ne puisse pas soigner.

Mais pas tout de suite. Ses mains tremblaient encore. Il avait failli la perdre.

A.J. se releva et enfouit ses doigts dans les cheveux emmêlés de la jeune femme. Il replaça les mèches blondes derrière son oreille et jura en voyant du sang sur son lobe ainsi que sur le processeur. Là où elle était le plus vulnérable. Un flot de rage se déversa dans ses veines, il parvenait à peine à le contenir entre ses dents serrées.

— Il t'a blessée ?

— Il ne m'a pas touchée, murmura-t-elle.

C'était tout juste une entaille, une petite coupure sur le cuir chevelu. Mais de voir ce sang sur elle lui fit perdre toute mesure.

— Où t'a-t-il blessée encore ?

Ses mains étudiaient à présent son cou, ses épaules. Il y avait du sang sur le Kevlar. Il défit les Velcro du gilet, le fit passer par-dessus la tête de la jeune femme et le mit de côté. Son pouls résonnait dans ses oreilles.

— Où es-tu blessée ?

Ses mains se mirent à inspecter ses hanches, remontèrent et redescendirent le long de ses bras avant de s'attarder de nouveau sur son cou. Il était plus brutal qu'il n'aurait dû l'être, plus avide aussi.

— A.J.

Elle posa ses mains magnifiques — et tachées de sang — de part et d'autre de sa mâchoire et l'obligea à la regarder dans les yeux, exactement comme elle l'avait fait quand ils étaient sous les arbres.

— Je vais bien, A.J. Je vais bien.

Il entendit ses mots, il savait qu'elle était sincère, mais il avait besoin d'autre chose. D'un autre genre de preuve.

Il poussa un profond soupir qui lui déchira la poitrine, enfonça ses doigts dans ses cheveux et l'embrassa.

Au début, il ne fit que poser ses lèvres sur les siennes, étudiant leur contour, cherchant leur saveur. Mais quand sa bouche s'entrouvrit sur un doux soupir, il plongea sa langue à l'intérieur, et découvrit une texture capable d'illuminer son âme d'un sourire, une bouche dont l'insolence attisait son plaisir — l'embrasait de son désir et se pliait au sien.

Elle lui rendait son baiser, comme si elle le voulait vraiment. Ce n'était pas une timide exploration, ni de la soumission. Elle recevait son désir passionné, elle l'acceptait. Cela l'émouvait et exaltait son envie. De ses doigts qui le cherchaient et de ses gémissements, elle chassait les peurs et la colère.

Ses mains étaient sur son visage, dans ses cheveux, autour de son cou. Elle se mit sur la pointe des pieds, en demandant toujours plus, et A.J. céda au besoin impérieux de placer ses mains sous ses fesses pour la soulever. Il l'appuya contre la porte, ses hanches contre les siennes, libérant ainsi ses mains pour les faire descendre de part et d'autre de son corps et glisser ses pouces sous la courbe de ses seins. Ils étaient petits, mais pleins, et si chauds qu'il pouvait sentir leur chaleur à travers ses vêtements.

Son sang se fracassait dans ses veines pour affluer sous la braguette de son jean. Il taquina ses tétons dressés. Un gémissement monta de sa gorge, l'encourageant à substituer ses lèvres à ses pouces.

— Je ne veux pas qu'on te fasse du mal, murmura-t-il contre sa peau, oubliant qu'elle ne pouvait pas l'entendre. Je veux que tu sois en sécurité.

Il se remit à la caresser, et quand il l'entendit pousser des gémissements rauques de plaisir, il vint s'attarder sur la douceur de sa gorge et en recueillir les vibrations.

— A.J., dit-elle dans un souffle.

Elle ondula des hanches et, ce faisant, se frotta contre son érection.

— A.J. ?

Elle se figea un instant, ses joues rosissant, ses cuisses l'encerclant. Son excitation semblait la surprendre, lui plaire, l'inspirer. Bientôt, elle l'embrassait à pleine bouche. Un éclair passa entre eux. Il la dévorait avec toute la force du désir qu'il s'était refusé depuis trop de journées et de nuits sans fin.

Il l'écarta de la porte et l'enveloppa de ses bras, la gardant toujours contre lui. Elle incarnait la tentation à l'état pur — et aussi l'innocence. Il l'embrassa plus brutalement, plus profondément, lui soutirant ainsi la certitude que, oui, elle était bien saine et sauve.

Mais comme l'ardeur dans ses bras déclinait, et que ses craintes pour elle se changeaient en une raisonnable inquiétude, la raison reprit ses droits. Il se souvint de respirer et se rendit compte que la poitrine de Claire se soulevait et s'abaissait au même rythme effréné et erratique que la sienne. Il reposa alors la jeune femme sur le sol et, ultime preuve qu'il avait retrouvé son contrôle, il s'arracha à leur baiser.

C'était lui l'homme d'expérience. Lui qui savait où une telle étreinte pouvait les mener. Mettre Claire dans son lit dès le premier baiser aurait certes été tout à fait à son goût, mais cela ne semblait pas être très professionnel ni très adulte. Même si son corps n'attendait que de lui apprendre tout ce qu'elle désirait sur l'amour physique, au fond de lui il avait besoin d'autre chose.

Il se contenta donc de la serrer dans ses bras, une main sur sa hanche et l'autre dans ses cheveux. Les bras de Claire s'enroulèrent autour de sa taille et, dans un soupir qui apaisa ses dernières émotions tumultueuses, elle appuya sa joue contre son épaule et se blottit contre lui. A.J. posa le menton sur ses cheveux soyeux et se laissa imprégner de l'idée qu'elle était en vie et presque indemne.

Ils restèrent dans cette position pendant plusieurs minutes. Il aurait pu la tenir ainsi à jamais.

Cette étreinte n'avait été qu'un orage passager. Serait-il

suivi d'un autre ? Quoi qu'il en soit, la vie continuait. Et il avait la responsabilité de faire en sorte que sa vie à elle dure encore très, très longtemps.

— Je ne voulais pas que ça se passe comme ça, s'excusa-t-il en lui prenant le menton pour qu'elle lise sur ses lèvres. Mais je ne regrette pas ce baiser.

— Moi non plus. Je veux dire, moi non plus je ne regrette pas.

Il passa un doigt sur le sourire indulgent qui se dessinait sur ses lèvres gonflées.

— Je ne t'ai pas vraiment laissé le choix.

— Tout va bien, A.J., dit-elle en prenant sa main, calmant le feu de ses caresses coupables. Moi aussi, j'ai eu peur.

Ses yeux brillaient d'une confiance emplie d'espoir qu'il n'était pas certain de mériter.

— Et à présent ça va mieux.

Sur ces mots, elle se recula en déboutonnant le col ensanglanté de sa chemise, qu'elle décolla de sa peau.

— Où se trouve la salle de bains ? J'ai besoin de retirer ces vêtements et de me laver.

— Au coin à gauche. Je vais attraper une serviette et quelque chose à te mettre sur le dos.

A.J. glissa les pouces dans les poches de son jean et la regarda s'éloigner jusqu'à ce qu'elle ait disparu de son champ de vision. Il ne bougea que lorsqu'il entendit l'eau couler. Il dut alors s'efforcer de trouver une occupation afin de ne pas devenir fou en pensant à ce corps svelte et harmonieux, entièrement nu et ruisselant de savon sous la douche.

« J'ai eu peur moi aussi. » Moi aussi.

Elle avait donc deviné qu'au fond il n'était pas aussi dur et décontracté qu'il s'efforçait de le paraître depuis des années.

Il fallait reconnaître qu'elle était perspicace. Mais comment donc une jeune vierge de vingt-trois ans pouvait-elle s'avérer l'être assez pour percer les secrets d'un homme de douze ans son aîné ?

Un bar à strip-tease où des femmes pratiquement nues dansaient sur le bar et des videurs baraqués jetaient dehors quiconque ne consommait pas régulièrement ou ne donnait pas de gros pourboires aux serveuses n'était certes pas un endroit très distingué. Mais le Riverfront, le club pour hommes dans lequel A.J. et Claire avaient trouvé des emplois intérimaires sous les faux noms de Joe et Kiki, était assourdissant et bondé. Et personne ne posait de questions.

— J'ai vu les infos.

Dwight Powers semblait aussi dégoûté qu'il l'avait lui-même été quand il avait vu le visage de Claire apparaître sur l'écran de télévision de la salle du personnel.

— J'ai déjà appelé toutes les chaînes et tous les journaux. Son portrait ne sera plus diffusé.

A.J. servit deux bières et les déposa sur le plateau en liège au bout du bar. Le portable niché entre l'oreille et l'épaule, il se débrouillait pour rendre la monnaie, parler avec Dwight et surveiller les personnes présentes dans le club — une serveuse en particulier.

— Vous croyez que Winthrop offrirait une récompense pareille s'il avait vraiment voulu la mort de sa fille ?

Une fois de plus, A.J. se demanda à quel point le complice que Dominic Galvan avait au sein de l'entreprise Winthrop était proche de Claire.

— Tout Kansas City va être à sa recherche à présent.

— C'est un père, A.J. Tout ce qu'il sait, c'est que la résidence surveillée a été attaquée et qu'on a essayé d'attenter aux jours de sa fille. Si l'on se fie aux nouvelles, elle est en fuite, perdue ou étendue morte quelque part. Il souhaite seulement la tenir de nouveau dans ses bras.

Le lourd soupir que lâcha Dwight à l'autre bout de la ligne prévint A.J. que ce sujet le touchait peut-être d'un peu trop près. Mais soit cet homme avait un cœur de pierre, soit c'était un professionnel accompli, parce qu'il rebondit tout de suite après cette interruption involontaire.

— En ne le laissant pas savoir qu'elle se trouve avec vous, je suis pieds et poings liés.

A.J. secoua la tête. Il était absolument déterminé sur ce point : Winthrop ne devait pas savoir où sa fille se trouvait.

— Pour le moment, vous et Josh êtes les seules personnes en qui j'ai confiance. Il y a vraisemblablement eu des fuites sur la résidence surveillée. Soit Galvan a un indic au sein de la police de Kansas City, ce dont je doute, soit son complice a suffisamment d'influence pour avoir accès à nos réseaux d'informations les plus privés.

Marcus Tucker lui vint à l'esprit. Il avait l'habitude de travailler sous couverture et ses associés n'auraient aucun scrupule à divulguer ce type de renseignements. Bon sang. Ce pouvait également être la snob qui partageait la vie de Winthrop. Il aurait parié qu'elle était capable de beaucoup de choses pour parvenir à ses fins. Et on ne pouvait pas dire qu'elle s'était montrée amicale avec Claire, le soir de la réception. Et puis, bien sûr, il y avait « papa ». Peut-être que l'image du père accablé de douleur n'était qu'une façade et que supplier à la télé qu'on lui rende sa fille n'était qu'une froide manœuvre pour retrouver la trace de la seule personne qui avait le pouvoir de le détruire.

— J'ai contacté Tenebrosa, comme vous l'aviez demandé. L'armée gouvernementale va m'envoyer le dossier médical de Galvan. Je ne m'attends pas à des miracles. Mais j'ai eu une autre idée.

— Ouais ?

— Nous pourrions comparer les prélèvements d'ADN effectués dans l'appartement de Valérie Justice avec ceux des membres du conseil de direction de la Winthrop.

A.J. s'arrêta net, une bouteille de whisky levée au-dessus d'un verre qui datait de Mathusalem.

— Très très bonne idée, mais ils ne seront jamais d'accord pour s'y soumettre.

A l'autre bout de la ligne, Powers rit. Ce n'était pas qu'il trouvât ça drôle, non, c'était plutôt de la jubilation.

— Laissez-moi faire. A chacun son domaine ; vous, vous êtes l'inspecteur, ça, j'en fais mon affaire.

A.J. termina son cocktail. Il n'y avait peut-être pas que du mauvais chez l'assistant du procureur. En tout cas, il y avait chez lui des choses qui inspiraient le respect.

— Pour rien au monde je ne jouerais au poker avec vous, j'ai raison n'est-ce pas Powers ?

— J'ai entendu dire la même chose à votre sujet, Rodriguez.

Après avoir raccroché, il essuya le bar et se mit à préparer des verres propres. Son radar interne lui indiqua que Claire avait changé de direction et approchait du bar. Il alla au bout du comptoir, là où se ravitaillaient les serveuses, et la regarda venir vers lui.

Elle n'avait plus rien de l'héritière aux cheveux dorés, vêtue d'un tailleur de soie et portant des perles de culture, dont le portrait avait été diffusé à la télévision. Une couleur châtain avait terni l'or de ses cheveux, et les lunettes à monture noire qui mangeaient son visage lui donnaient un air singulier et vaguement intellectuel.

Mais toujours ce regard bleu et ces mains expressives qui avaient le don d'affoler son pouls. Même quand elle pointait un doigt sur lui et l'agitait nerveusement parce qu'elle était en train de perdre patience. Dans ces cas-là, il faisait de son mieux pour ne pas sourire.

— Tu te rends compte que je n'ai jamais servi de ma vie ? lança-t-elle en faisant claquer son plateau sur le comptoir. C'est la troisième fois de la soirée que je me trompe dans une commande.

A.J. fut pratiquement obligé de lire sur ses lèvres pour entendre ce qu'elle disait par-dessus les huées et la musique tonitruante. Le numéro de pole dance de Debbie Sensata touchait à sa fin.

— Je ne pense pas que l'expérience ait beaucoup d'importance dans ce job.

Il avait en fait suffi que le patron du club jette un coup d'œil à Claire et à son look punk sexy pour qu'il les engage aussitôt. A.J. ne put résister à l'envie de lui faire part de son point de vue. Il contourna le bar et s'approcha d'elle. Que les personnes présentes sachent qu'elle n'était pas libre ne nuisait pas à leur couverture. Il glissa une main autour de sa taille, savourant la douceur et la souplesse de l'espace de peau que révélaient la taille basse de son jean trop grand et le vieux T-shirt de Led Zeppelin qu'il lui avait prêté, et qu'elle avait noué.

— Fais-moi confiance. Contente-toi de sourire et de ne pas leur renverser les boissons sur la tête et tout ira bien.

— Très drôle, dit-elle en lui donnant un coup dans l'épaule, avant de frotter l'endroit où elle avait frappé comme si elle lui avait fait mal. Mais je n'entends pas ce qu'on me dit et en plus il fait trop sombre ici. Entre l'obscurité et les spots qui clignotent, il m'est très difficile de lire ce qu'ils disent. Je me sens stupide.

— Hé, fit A.J. en faisant remonter sa main le long de son dos, je pensais que tu verrais ça comme une aventure.

Il repoussa une mèche de cheveux de sa tempe, révélant ainsi son oreille. Sans le récepteur et le processeur vocal, on aurait dit que son oreille rose et délicate appartenait à quelqu'un d'autre. Ces appareils étant sans conteste ce qui permettait le plus facilement de l'identifier, il l'avait priée de les enlever.

— Oui, répondit-elle, mais j'aimerais que ce soit une aventure réussie. Tu as dit que nous avions seulement l'argent pour payer le loyer de cette semaine.

— Nous n'avons pas de problème d'argent.

Mais peut-être que pour une héritière qui vivait dans une grande maison et buvait du champagne, vivre dans un studio situé au-dessus d'un salon de tatouage posait vraiment un problème.

— Je voudrais au moins pouvoir m'acheter des sous-vêtements de rechange et de quoi manger.

— Je peux m'en charger, lui assura-t-il.

Il s'était immédiatement opposé à ce qu'elle mette ses bijoux au mont-de-piété ou appelle sa banque. Ces transactions laissaient des traces. N'importe quel détective amateur, et d'autant plus un homme avec l'expérience de Galvan, aurait pu la retrouver d'un simple coup de fil.

— Mais je veux participer. Je fais partie de cette enquête, moi aussi.

Elle referma un doigt sur son T-shirt, mais ce geste était plus un reproche qu'une caresse.

— Tes amis et toi risquez vos vies pour moi. Henley est mort. Si tout ce que je peux faire est mettre de l'argent sur la table pour que nous puissions manger, alors je le ferai.

— D'accord, *amor*. D'accord. Occupe-toi de la nourriture. Aussi longtemps que tu te fonds dans le décor et que personne ne te remarque. Et tu te mets à l'abri dès que je te le dis.

Elle redressa le menton de façon indignée, comme si elle était surprise d'avoir remporté si facilement la manche.

— Merci, dit-elle.

A.J. s'autorisa enfin à sourire.

— Maintenant, va, et sois la meilleure serveuse de cocktails possible !

— Monsieur Je-sais-tout.

Bonté divine ! Voilà bien longtemps qu'on ne l'avait pas appelé ainsi. Son commentaire taquin le fit remonter une bonne dizaine d'années en arrière.

— Tu sais, *Kiki*, dit-il en insistant bien sur son petit nom pour lui faire comprendre qu'il plaisantait, je ne crois pas que ta perte d'audition soit ton plus gros handicap, non, je pense plutôt que c'est ton caractère.

Elle ouvrit la bouche pour répondre, mais il la fit taire d'un baiser. Puis il lui donna une petite tape sur ses fesses rebondies et la renvoya au travail.

Elle n'était pas sitôt partie qu'il était déjà en train de passer la salle au crible, en quête d'une personne qui ne semblerait pas à sa place. Mais il ne pouvait s'empêcher de sourire.

Travailler sous couverture ne lui avait jamais paru aussi sympa.

Après un passage par la case toilettes, Claire se rendit tant bien que mal dans le vestiaire des femmes et s'écroula sur la première chaise qui s'offrit à elle. Elle aurait cru qu'après toutes ces années de danse, elle serait assez en forme pour endurer sept heures de service debout !

Elle retira les baskets qu'elle avait empruntées à A.J. et, la cheville posée sur son genou, se massa la plante du pied. Sa première soirée dans la peau de Kiki la serveuse de cocktails avait été plus rude qu'elle ne l'avait imaginé et lui avait donné une idée à la fois de l'attrait et de l'état de tension permanente du travail de couverture d'un policier. Elle n'avait rien résolu à l'affaire. Mais personne n'avait essayé de la tuer ce coup-ci.

Découvrir cette facette de Kansas City inconnue d'elle avait été une expérience intéressante. Par exemple, même si deux ou trois clients un peu trop démonstratifs l'avaient légèrement effrayée avec leurs gestes et leurs commentaires suggestifs, elle avait appris comment un sourire ou un mouvement de hanches pouvait transformer un pourboire d'un dollar en un billet de cinq. La bière renversée et les erreurs de commandes avaient certes été embarrassantes. Mais flirter avec A.J. avait été drôle. Et — aïe ! elle étira la jambe et pointa ses orteils — passer la soirée à courir avait été une véritable épreuve physique.

Mais elle était aussi fière de ses trente-cinq dollars de pourboire qu'elle l'avait été de l'obtention de son diplôme universitaire. Parce qu'elle les avait gagnés toute seule.

La danseuse exotique qui avait fait son numéro vêtue de guère plus qu'un string et quelques plumes entra alors d'une démarche chaloupée, perchée sur ses talons de huit centimètres. Elle enfila un peignoir en éponge blanc et s'installa sur une chaise à côté de Claire.

— J'ai dit : c'est toi la nouvelle ?

Claire ne l'avait pas entendue entrer, ni parler, mais elle lut sa question dans le reflet du miroir lumineux situé au-dessus de la coiffeuse devant elle.

— Je m'appelle Kiki.

— Debbie Dunning, répondit la danseuse en ôtant sa perruque argentée et en secouant sa queue-de-cheval châtain qui lui arrivait au milieu du dos.

Se trompant sur la raison pour laquelle Claire continuait à la regarder dans le miroir, elle expliqua :

— Sensata, c'est mon nom de scène. Ça veut dire « sage » en espagnol. Je trouvais ça drôle. Rien de ce que nous faisons ici n'est « sage ».

Claire hocha la tête. Elle avait saisi.

Debbie la fit sursauter en se tournant soudain vers elle et en se penchant pour examiner son pied.

— T'as un problème ?

— Je ne sais pas comment vous faites pour danser comme ça toute la soirée. Mes pieds me font atrocement souffrir.

Elle avait articulé de son mieux. Apparemment, Debbie n'y vit que du feu. Elle farfouilla dans un immense sac posé sur la coiffeuse et en sortit un tube de crème pour les pieds à l'eucalyptus.

— Tiens ! Essaie ça.

Il était cent fois plus simple de lire directement sur ses lèvres que dans le reflet du miroir.

— Et des chaussures à la bonne taille, ce serait mieux. A qui sont ces barques ?

— A…, commença Claire avant de se reprendre : A un ami. Joe.

— Ton petit ami, le barman ? Il est beau mec.

Elle aurait plutôt dit que c'était un demi-dieu terriblement sexy, mais elle ne voulait pas dévoiler ses fantasmes secrets.

— Ouais, se contenta-t-elle de répondre.

Ce n'était pas très éloquent, mais cela sembla suffire pour alimenter la conversation. Comme Debbie était tournée face au miroir pour ôter ses faux cils et un maquillage qui avait dû lui prendre une bonne semaine, Claire ratait des morceaux de phrases. Pour justifier ce qui pouvait passer pour un manque d'attention, elle fit comme si se masser les pieds pour faire pénétrer la crème requérait toute sa concentration, quitte à passer pour un peu bête.

— … tes propres chaussures ?

A.J. avait pourtant dit qu'on ne leur poserait pas beaucoup de questions dans un endroit comme le Riverfront. Mais elle ne voyait pas Debbie comme une menace ; la danseuse faisait simplement un effort pour se montrer amicale.

— J'ai… euh… perdu mes chaussures.

Déformer la vérité était nouveau pour elle.

— Je les ai perdues au… dernier endroit où je suis allée.

Apparemment, dans le monde de Debbie, ne pas posséder de chaussures à soi n'était pas incongru. Triste réalité…

— Tu fais quelle pointure ?

— Un 37.

Debbie se leva et disparut derrière une porte. Quand elle réapparut une minute plus tard, elle portait un jean et un pull sans manches. Elle tendit à Claire une paire de baskets blanches.

— Voilà. Une des filles qui travaillait ici les a oubliées. Elles devraient t'aller.

— Tu es sûre ?

— Certaine.

— Merci.

— Pas de quoi. Ici, nous autres filles devons prendre soin les unes des autres. A…

Debbie avait détourné brusquement la tête. Claire ne put lire la fin de sa phrase mais comprit le geste « attends une seconde ».

Debbie sortit son portable de son sac et répondit.

Des filles prenant soin les unes des autres, hein ? Venait-elle de se faire une amie ? Elle essaya de se rappeler la dernière fois où le courant était passé si vite avec une femme. Ce n'était certainement pas avec sa belle-mère. Et son mode de vie était tellement différent de celui de Gina que leurs relations pouvaient tout juste être qualifiées d'amicales.

Elle aimait cette indépendance. Elle aimait bien Debbie.

Cette dernière secoua son poing en l'air, la tirant de sa rêverie. Elle était en train, semblait-il, de supplier son interlocuteur. Tout à coup, elle s'écroula sur sa chaise et fourra rageusement le téléphone dans son sac.

Claire n'avait rien saisi de la conversation, mais quelque chose avait visiblement contrarié sa potentielle nouvelle amie. Après avoir attendu assez longtemps pour ne pas paraître impolie, elle lui demanda :

— Tout va bien ?

Debbie opina, mais le reflet de ses yeux rougis dans le miroir tenait un tout autre discours.

— Que s'est-il passé ?

— C'était l'un de mes profs, dit lentement Debbie en regardant Claire, l'air de se demander si oui ou non elle pouvait lui faire confiance.

D'un mouvement d'épaule, elle se mit debout. Claire l'imita, essayant de ne pas perdre son visage de vue tandis que la jeune femme arpentait la pièce.

— J'ai raté mon examen de chimie… que je le repasse. Mais si la dernière fois je n'ai pas eu assez de temps… quand vais-je trouver le temps d'étudier pour le rattrapage ? Je vais prendre du retard dans tout le reste… travaille tous les soirs.

Une strip-teaseuse qui suivait des cours de chimie ? Cela semblait autant tiré par les cheveux qu'une héritière servant dans une boîte de strip-tease. Peut-être que Debbie et elle avaient plus en commun qu'elles ne pouvaient l'imaginer.

— Tu étudies quoi ?

— Je suis des études d'infirmière. Je suis sur le point d'obtenir la partie pratique. Je voudrais pouvoir aller aux cours à plein temps et devenir infirmière diplômée, mais cela coûte cher. Alors je travaille tous les soirs et je n'ai pas le temps d'étudier, conclut-elle en levant les mains dans un geste d'impuissance.

Claire n'avait jamais *eu* à travailler avant ce soir. Cette semaine avait été décidément riche en premières fois… Première scène de meurtre, première voiture piégée, premier baiser d'un homme capable de lui faire oublier tout le reste…

La chaleur l'envahit en repensant à cet instant passionné

d'affirmation de la vie, cet aveu désespéré de leurs peurs et de leur besoin d'être rassurés, cette exploration spontanée de leurs désirs mutuels…

C'était comme si elle avait passé ses vingt-trois premières années dans une maison de poupée. Mais que, tout comme Debbie Dunning, elle apprenait à vivre dans le monde réel.

Et elle adorait ça. Elle se sentait plus riche. Plus vivante. Plus consciente de tout ce qu'elle risquait de perdre si Dominic Galvan la retrouvait.

Elle détestait la façon dont cet homme s'immisçait dans ses pensées pour en effacer ces joies et ces sensations de vivre qu'elle commençait tout juste à découvrir. Elle lutta pour retrouver ce sentiment d'amitié qu'elle ressentait pour Debbie.

— Est-ce que je peux faire quelque chose ? Tu sais, les filles qui veillent les unes sur les autres…

Debbie parut surprise par sa proposition. Puis elle secoua la tête et pointa l'horloge du doigt.

— Regarde l'heure. Je suis désolée de m'être épanchée sur toi.

Elle enfila une veste en jean, mit son sac à l'épaule et s'éloigna vers la sortie arrière.

— Il faut que je me dépêche de prendre le dernier bus. On se voit demain ?

Sans son maquillage et sa tenue de scène, Debbie ressemblait davantage à une étudiante qu'à une danseuse exotique. Plus à une amie.

— Bien sûr.

Elle s'arrêta à la porte, la main posée sur la poignée et attendit.

— Tu ne vas pas répondre ?

Claire fronça les sourcils d'incompréhension. Debbie jeta un coup d'œil en direction de quelque chose qui se trouvait dans son dos.

— Ton petit ami ?

— Ah ! dit Claire en se retournant vivement pour trouver A.J. debout dans l'embrasure de la porte, son blouson en cuir sur le dos et le sweat à capuche qu'il lui avait prêté dans la main.

Elle se demanda depuis combien de temps il frappait et si Debbie avait ou non compris qu'elle ne l'avait pas entendu.

— Joe.

— Tout va bien ici ? demanda-t-il en la regardant elle, puis Debbie, avant de revenir sur elle.

Elle pouvait voir à ses yeux qu'il était resté suffisamment longtemps derrière la porte pour s'inquiéter.

— Tout va bien, le rassura Claire. Debbie et moi faisions juste connaissance.

Debbie dut confirmer puisque A.J. hocha la tête et répondit :

— Pareil pour moi. Bonne nuit.

Puis il vint passer le sweat sur la tête de Claire, le tenant le temps qu'elle enfile les manches beaucoup trop longues pour elle. Mais il ne faisait pas cela par galanterie, non, il ne faisait que se rapprocher suffisamment pour la mettre en garde sans que quiconque puisse l'entendre.

— Fais attention à ne pas sympathiser avec n'importe qui. Ta tête est mise à prix, tu t'en souviens ?

— Debbie n'est pas une ennemie. Elle ne me ferait aucun mal.

— Tout ce qu'elle a à faire est de mentionner à la mauvaise personne qu'elle a vu une femme qui ressemblait à Claire Winthrop dans le club où elle travaille. Ceux qui veulent la récompense vont arriver par wagons, avec dans leur sillage Dominic Galvan.

Il lui attrapa les bras pour la conduire vers la sortie, mais Claire refusa de bouger.

— Attends. Il faut raccompagner Debbie à l'arrêt de bus.

A.J. la dévisagea. Elle soutint son regard et poursuivit :

— Nous sommes en pleine nuit et on ne peut pas dire que le voisinage soit vraiment génial. Elle n'est pas en sécurité toute seule.

— Tu n'as donc rien entendu de ce que j'ai dit ? *Tu* es sous ma responsabilité. Toi et pas une autre. Je ne peux pas te laisser seule ici.

— Alors je viens.

— Je ne veux pas que tu sois dehors la nuit.

— Si c'était moi et non Debbie, tu voudrais que quelqu'un m'escorte, non ? S'il te plaît…

L'espace d'une seconde, Claire se demanda si A.J. était vraiment le héros qu'elle pensait.

Mais c'était la dernière fois qu'elle en doutait… Il marmonna quelque chose, sûrement des mots espagnols à ne pas mettre entre toutes les oreilles, la prit par la main et se dirigea vers la sortie.

— Allez !

Dix minutes plus tard, ils faisaient signe de la main à Debbie qui montait s'asseoir dans un bus bien éclairé.

Dès que la porte se fut refermée, A.J. passa son bras puissant autour de la taille de Claire pour qu'elle marche tout près de lui.

— Et à présent on te ramène à la maison saine et sauve.

Claire bondit en avant, posa les mains sur sa poitrine pour l'empêcher d'avancer et, se mettant sur la pointe des pieds, l'embrassa sur la joue.

— Merci d'être si bon.

— Ouais, et ne va pas trop l'ébruiter, OK ?

Il tâcha d'arborer une expression sévère, mais les petites rides rieuses aux coins de ses yeux le trahissaient.

Il avait laissé ses mains s'aventurer sous le sweat qu'il lui avait prêté pour se poser sur sa taille nue. Le cuir de son blouson était doux sous les doigts de Claire, et elle sentait son corps dur en dessous. Dans cette nouvelle existence, il n'y avait rien de plus naturel pour elle que de s'accrocher à son cuir pour aller à la rencontre de ses lèvres.

Sûres de la posséder, les lèvres de l'inspecteur s'animaient contre les siennes, réchauffant la nuit et attisant le désir au plus profond de son être. L'échange était moins fougueux que dans l'appartement, mais plus déterminé que le rapide baiser chargé d'intentions dans le club.

A.J. avait une saveur chaude et virile. Le contact râpeux de sa barbe de plusieurs jours attisait son envie tandis que la caresse de sa langue l'apaisait.

Mais la fumée d'échappement du bus qui s'éloignait vint piquer ses narines et briser le charme du moment.

Claire laissa échapper un petit rire gêné devant cette démonstration publique d'affection, puis s'écarta. Cette étreinte suffirait largement à prouver à n'importe quel badaud que Joe et Kiki formaient vraiment un couple. Mais il était tard, le ciel était lourd de pluie et A.J. avait dit qu'il ne voulait pas qu'elle soit dehors la nuit.

C'est alors que la chaleur qui l'avait irradiée tomba soudain. Que son cœur eut un raté.

Le lampadaire au coin de la rue était allumé. A.J. était à ses côtés. Mais elle sentait de nouveau un regard posé sur elle. Elle le sentait *lui*. La chair de poule l'envahit.

Tapi quelque part dans l'obscurité, *il* les observait.

— Comment… ? dit-elle en se retournant vivement.

Le bus était déjà à quelques rues de là, les passagers n'étaient plus que de vagues silhouettes derrière les vitres bien éclairées. Etait-ce l'une des personnes à l'intérieur ?

— Claire ?

Elle aperçut un ivrogne de l'autre côté de la rue. Mais il semblait absorbé par ce qui se trouvait à l'intérieur de son sac en papier marron tout froissé.

— Claire, répéta A.J. en posant ses mains sur ses épaules.

Elle leva les yeux vers les fenêtres obscures et brisées des entrepôts qui bordaient la rue. Mais des doigts lui prirent brutalement le menton pour la forcer à regarder les yeux dorés qui lui faisaient face.

— Parle-moi ! lui ordonna A.J. Qu'est-ce qu'il y a ?

— Je le sens. Il m'observe. Il nous observe. Il est là.

9

— Que veulent dire ces symboles ?

Assise sur le matelas, Claire avait calé les oreillers dans son dos pour pallier l'absence de tête de lit. Elle venait de feuilleter un catalogue de couteaux et de sabres de collection, seule lecture dans tout l'appartement. Il n'y avait pas de télévision, ni de jeu de cartes. L'horloge au-dessus du lit indiquait 3 heures du matin, mais elle était agitée et ne parvenait pas à trouver le sommeil.

La chose de loin la plus intéressante dans cet appartement était l'homme assis à la table près de la fenêtre. Comme elle, A.J. s'était mis à l'aise pour la nuit ; d'après ce qu'elle pouvait voir, il n'était vêtu que d'un jean, dont il avait défait le bouton. Elle-même ne portait rien d'autre que sa culotte et un T-shirt qu'il lui avait prêté.

Depuis quarante-cinq minutes, il était assis là, face à la porte, lui tournant le dos, à travailler sans relâche. Avec des gestes mécaniques, il avait nettoyé ses trois armes, les brandissant tour à tour vers la porte sous la poignée de laquelle il avait coincé une chaise. Au moyen d'un Velcro, il avait accroché à sa cheville un petit revolver argenté, il en avait glissé un autre à l'arrière de son jean. Et là, il rangeait le gros pistolet noir — le Glock, comme il l'avait appelé — dans l'étui posé au centre de la table.

— Tu te prépares à une invasion ? demanda Claire.

Sa tentative maladroite de faire un peu d'humour resta sans réponse, comme si c'était lui qui avait des problèmes d'audition.

— Les tatouages chinois dans ton dos — juste en dessous de la cicatrice sur son épaule, trop ronde et trop parfaite pour avoir été autre chose qu'un impact de balle —, que signifient-ils ?

Il avait un dos magnifique. Musclé, doré et lisse. Encadré par de larges épaules et des triceps saillants, et paré de trois symboles bleu-gris dessinés sur sa peau.

Tandis qu'elle savourait le spectacle de ce dos et sentait ce que cette beauté virile éclatante éveillait en elle, elle fut soudain frappée de réaliser à quel point il était devenu froid et tendu. Et combien le fait qu'il ne l'autorise qu'à voir cette partie de son corps la glaçait.

— Les initiales A.J. sont pour quoi ? Papa a dit qu'il connaissait ton père. Antonio. C'est Antonio junior ?

Elle jeta le catalogue sur le sol et se contorsionna pour ramener ses jambes sous elle, avant de tirer le drap et la couverture sur ses genoux. Comment l'air, tellement empli de tension, pouvait-il être si glacial ?

— Moi, je n'ai jamais eu de surnom. Le fils de ma belle-mère m'appelle « demi-portion », mais ça m'est égal. Mon second nom est Landers. C'était le nom de jeune fille de ma mère. Mais C.L. ne sonne pas bien. Et il n'existe pas de diminutif pour Claire, alors j'ai toujours été… Claire.

Sans pour autant être un orage, la pluie drue et régulière qui tombait au-dehors couvrait les sons qu'elle *entendait*. Mais il ne devait pas y avoir quoi que ce soit à entendre de toute façon.

— Bon sang, A.J., tu vas me répondre ?

La frustration, attisée par la peur, s'empara d'elle.

— Je ne peux pas voir ce que tu dis. Je ne peux pas t'entendre.

La violence de ses émotions était telle qu'elle ne pouvait la contenir à force de patience ou de bienséance. Elle irradia dans tous ses nerfs… puis se consuma tout aussi vite, la laissant vidée, glacée et tremblante.

— Tout ce que je peux sentir, c'est qu'il m'observe.

Au bout d'un interminable moment, alors qu'elle le maudissait de se montrer assez cruel pour la laisser seule dans son monde de silence, A.J. se retourna. Son expression était sombre et ses yeux dorés ne brûlaient pas de leur feu habituel.

— Ils signifient « paix, force et honneur ». Je m'appelle Antonio Joseph, comme mon père. Maintenant, dors, Claire.

— Je ne peux pas. Tu me fais peur à manipuler toutes ces armes sans rien dire.

— Tu as raison d'avoir peur. Je ne suis pas à mon meilleur niveau sur ce coup. Galvan t'a déjà retrouvée deux fois. Il a tué un brave gars qui se trouvait sur son passage. Et ce soir, nous sommes restés dehors, au beau milieu du trottoir, exposés de toutes parts. Galvan n'aurait eu aucun mal à te tuer. Et moi, je faisais quoi ?

Tu te montrais gentil ? Tu célébrais la vie ? Tu m'aimais ?

Apparemment, il ne pensait à rien de tout ça.

— J'étais planté là, comme un punk excité qui ne pense qu'à se retrouver dans un lit, au lieu de te cacher et de te garder en lieu sûr. C'est ça qui aurait dû être ma priorité. Qui *devrait* être ma priorité. En permanence.

Apprendre qu'il avait eu envie de coucher avec elle la stupéfia, et lui plut. Mais savoir qu'il détestait avoir pensé à ça anéantissait tout son plaisir.

— Tu ne peux pas rester debout toute la nuit, rétorqua-t-elle, tâchant de raisonner plutôt que de se laisser emporter par ses sentiments mis à mal. Tu ne peux pas rester sur le qui-vive vingt-quatre heures sur vingt-quatre.

— Galvan ne dort pas, lui.

— Mais si, bien sûr. Il est aussi humain que…

Bon, OK, peut-être pas que n'importe qui. A.J. parlait au sens figuré, bien sûr. Galvan ne laisserait jamais tomber. Pas avant qu'elle soit morte. Ou d'être lui-même abattu.

Mon Dieu, était-ce ce à quoi ce petit jeu de cache-cache allait les mener ? A une confrontation dans laquelle elle ou Galvan — ou les deux — allait trouver la mort ? Ou A.J. ? Ou d'innocents spectateurs — ses élèves par exemple ?

Ses yeux s'emplirent de larmes.

— Je ne veux pas que tu meures pour moi. Je ne veux pas que d'autres personnes meurent.

A.J. se leva et prit le revolver dans son étui. Les pieds nus, il se dirigea vers le canapé brun de forme plus ou moins carrée, en souleva une extrémité et le tourna de sorte qu'il soit perpendiculaire à la porte.

— Servir et protéger. Voilà ce que je fais. Je ne suis plus un punk. Je suis un flic.

Il s'assit au bout du canapé, le dos contre l'accoudoir, et jeta ses jambes sur les coussins de façon à faire face à la porte, avant de poser son arme à côté de lui.

Claire essuya les larmes qui perlaient à ses cils et écouta ce qu'il lui disait. *Vraiment.*

Il devait faire son travail. Il devait se montrer responsable. Ce qu'il pensait ne pas avoir bien fait jusque-là. Il avait l'intention de rectifier le tir.

Ou mourir en essayant.

Paix. Force. Honneur.

Les symboles d'un homme qui était bien plus qu'un insigne et une arme. Des symboles de caractère, d'implication, de foi.

— Tu es plus qu'un flic, dit Claire calmement. Tu es plus qu'un outil de justice, de surveillance ou de mort. Tu es aussi un homme. Un frère. Un fils. Un ami.

Tu es quelqu'un que j'aime.

— Tu ne peux pas t'en vouloir parce que tu as été davantage l'un que l'autre ce soir. Etre flic est ton métier. Et je pense que tu es sacrément doué pour ça. Mais ce n'est pas qui tu es.

— C'est qui je dois être.

Elle ignora la détermination pleine de mépris dans son regard. Claire Landers Winthrop avait été tant de fois rejetée dans sa vie — mais jamais par une personne qui avait plus besoin d'elle que lui.

— Tu ne viens pas te coucher ?

OK, elle n'avait pas réussi à prononcer cette phrase naturellement.

— Non. Je suis bien ici pour dégommer. Tout en pouvant te surveiller de près.

Un sentiment — ou était-ce une intuition — s'insinua alors au fond d'elle, une sagesse qui lui laissa entrevoir une réalité autre. A.J. ne *voulait* pas être seul. Il pensait seulement que c'était son devoir.

Croyant en son instinct, elle sortit du lit, défit la couverture jaune et la prit dans ses bras.

— Que fais-tu ?

Elle s'assit sur le bord du canapé, face à lui.

— Claire ?

Elle posa sa tête sur son torse et s'allongea à son côté, les recouvrant tous deux de la couverture.

— Est-ce suffisamment près ?

Elle retint son souffle. Le cœur d'A.J. battait la chamade. Il prit une profonde inspiration.

Ce n'est que lorsqu'elle sentit ses lèvres sur ses cheveux et ses bras autour d'elle qu'elle se blottit dans sa chaleur et s'abandonna au sommeil.

Amelia Ward était une jolie personne. Elle allait et venait dans tout l'étage, vêtue d'une jupe un tantinet trop courte pour être professionnelle, mais juste assez pour lui rappeler pourquoi il avait troqué Valérie Justice contre un modèle plus récent.

Elle était bien partie pour rester de façon permanente au bureau, à condition qu'elle passe le test de Deirdre Winthrop et évite de s'intéresser de trop près à son mari. Du moins en public. Il ne pensait pas que Deirdre se préoccupe vraiment de la vie privée de Cain, tant qu'il ne l'embarrassait pas, que sa position n'était pas en danger, qu'elle conservait ses avantages financiers et que rien ne venait menacer les millions de dollars d'héritage qui revenaient à ses enfants.

Si Amelia avait des vues sur le patron, elle avait jusque-là fait preuve de discrétion. Et le fait qu'elle ait vite compris le mode de fonctionnement de l'entreprise Winthrop et qu'elle soit diablement efficace ne gâchait rien. Particulièrement durant une telle crise — avec une enquête pour meurtre, des héritières qui disparaissaient et des réunions reportées.

Le président du conseil était de nouveau sur les rails — il s'était chargé en personne de le lui demander expressément. Il se faisait beaucoup d'argent en se pointant avec de bonnes idées et en jouant le jeu, donnant l'impression que la compagnie passait toujours avant tout — et que la famille c'était la compagnie.

Il était même à l'origine de cette réunion inopinée. Les affaires comme toujours. C'était parfait pour convaincre les investisseurs et les partenaires que tout allait bien à la Winthrop malgré la tentative d'assassinat dont Claire avait été victime et sa disparition. Continuer de faire tourner la boîte aussi normalement que possible. Après tout, avait-il habilement suggéré, s'atteler à la tâche, en plus de dissiper les rumeurs et de détourner l'attention du public, occuperait les esprits et les empêcherait de nourrir d'horribles pensées sur le sort de Claire.

Il prit place à côté de Gina Gunn sur le canapé de cuir noir du hall, et feignit de s'intéresser aux poissons colorés de l'aquarium. Tous les membres du conseil et deux trois invités étaient là — arpentant le hall ou lisant le journal, tous se préparaient pour la réunion. Peter Landers. Gabriel et Gina Gunn. Marcus Tucker. Rob Hastings. Amelia Ward.

Cain les avait tous convoqués pour parler de la proposition des Japonais — et de la tentative de Dwight Powers de faire prendre à l'enquête une nouvelle direction. Ce foutu assistant du procureur se trouvait très futé de prendre comme prétexte les voyages du conseil dans les pays du tiers-monde et les pays douteux pour obtenir des dossiers médicaux — et même des extraits d'ADN. Il avait parlé de vérifier leurs passeports dans l'intérêt de la sécurité nationale. Les avocats de la boîte allaient le ridiculiser devant la cour dès qu'ils auraient fini leurs appels.

D'un autre côté, cela aiderait beaucoup à promouvoir l'image de la compagnie et de la famille si tout le monde fournissait volontairement un échantillon d'ADN pour prouver qu'ils n'avaient rien à voir avec la mort de Valérie — enfin, la mort « présumée », bien entendu. De toute façon, avant qu'ils retrouvent le corps… Et rien ne serait plus facile que de piocher dans ses fonds privés pour payer un laborantin afin que l'ADN donne un autre résultat. Peut-être pourrait-il même désigner Galvan ?

Son obsession de conquérir Claire perdait de son intensité. Ramon Goya attendait, et avec lui, les millions de dollars d'« importations » qu'il devait distribuer. S'il arrivait à se débarrasser de Claire, il pourrait remettre Galvan au travail.

— Vous êtes certain ?

Le ton enjoué sur lequel Amelia avait répondu à son interlocuteur dans son bureau capta son attention. C'était un mélange d'excitation et d'anxiété qui intrigua également les autres membres du conseil.

— Oui, c'est ça.

Il se leva et la regarda dévoiler un peu plus de cuisse comme elle se penchait sur son bureau pour écrire quelque chose sur son calepin.

— Donnez-moi votre adresse. Si tout se passe bien, la compagnie vous enverra un chèque.

— Amelia ?

Elle était d'évidence excitée par quelque chose.

— Patientez une seconde, dit-elle en posant la main sur le combiné et en leur faisant signe d'approcher.

Toutes les personnes présentes se massèrent devant sa porte.

— C'est quelqu'un qui dit savoir où Claire se trouve, reprit-elle à voix basse. Ils ont dû voir l'appel à la télévision avant qu'il ne soit retiré. Dois-je en parler à M. Winthrop ? Il voudra savoir pour sa fille, mais si c'est une blague, il n'a pas besoin d'être dérangé et contrarié davantage. Que dois-je faire ?

— Je m'en occupe, répondit-il.

Elle lui tendit le téléphone.

Une silhouette familière se hissa sur le tabouret au bout du bar.

— Ta mère sait que tu travailles dans un endroit pareil, Rodriguez ? Dans un club de strip-tease ?

— Cole Taylor, dit A.J. en souriant.

Il traversa le bar pour aller serrer la main à son ancien partenaire et plus vieil ami.

— Tu sais pas lire ? L'enseigne au-dehors dit « danseuses exotiques ».

— Oh ! alors c'est un endroit classe.

Cole passa ses doigts dans ses cheveux bruns courts et se retourna pour regarder la danseuse sur scène. Elle faisait rebondir un ballon sur sa poitrine.

— On a tellement à apprendre de toutes ces cultures étrangères…

Ces échanges complices étaient habituels chez eux. A.J. sourit.

— Oublie ma mère et dépêche-toi de te retourner sur ton tabouret ou j'appelle ta femme.

Cole leva une main en signe de reddition et sortit un billet de cinq dollars de sa poche.

— Bon, comme elle est capable de me coller un coup de pied au cul, je crois qu'il est plus judicieux de rester assis et de boire tranquillement une bière.

A.J. attrapa un verre et lui servit une pression.

— Alors, comment va Victoria ?

— Mon épouse est heureuse et en pleine santé, merci beaucoup, et son mari également.

Bien. Un autre ami de la police qui avait su conjuguer son métier et son amour pour une femme. Alors que lui n'arrivait même pas à concevoir comment sa relation avec Claire pourrait marcher une fois que tout serait réglé… s'ils s'en tiraient indemnes. S'il réussissait à ce qu'elle ne soit pas tuée ou que son cœur ne ressorte pas en miettes de cette aventure.

Il jeta un dessous de verre sur le comptoir et y posa la bière de Cole.

— Celle-là, c'est la maison qui l'offre, *amigo.*

Cole prit le verre et fit glisser son billet vers lui.

— Merci, *amigo.* Mais celle-là, je tiens à la payer.

Inutile d'insister. Il connaissait ce ton et ce regard. Ils avaient tous deux travaillé sous couverture pendant assez longtemps pour qu'il reconnaisse les signes indiquant que cette visite-surprise était en réalité une prise de contact — un moyen pour le département de communiquer avec un flic infiltré sans compromettre sa couverture.

A.J. tourna le dos aux clients du bar pour prendre le billet et lire le numéro de téléphone et le message inscrits au dos.

« Corps retrouvé. »

L'adrénaline déferla en lui et son pouls s'emballa.

— Tu plaisantes ?

Comme la musique s'arrêtait et que quelques applaudissements et sifflets ponctuaient la performance, Cole leva un verre pour porter un toast. Il se fondait dans le paysage à la perfection. Mais tout en jouant le rôle du bon vieux copain, il ne parlait qu'affaires.

— Les chiens policiers ont localisé Valérie dans une décharge au sud de la ville. Tu peux appeler Holly Masterson à ce numéro — elle procède à l'autopsie ce soir. Selon Josh, c'est elle qui dirige l'équipe d'investigations des scènes de crimes sur cette affaire.

— Je la connais, dit A.J. en mettant le billet dans sa poche.

Il fallait qu'il parle à Holly pour voir s'il n'y avait pas une preuve médico-légale pouvant alléger un peu la pression mise sur Claire en tant qu'élément clé de l'enquête. Une autre partie de lui souhaitait jeter un œil au corps pour voir ce que Claire avait vu. Il voulait que tout soit exactement comme elle l'avait décrit pour pouvoir aller trouver son père, sa famille par alliance et son aspirant petit-ami aux mains baladeuses, et leur enfoncer dans le crâne que Claire n'était pas quelqu'un qui racontait des histoires. Elle avait la tête bien sur les épaules et un très grand cœur. Et la prochaine fois que l'un d'entre eux s'amuserait à l'ignorer ou à la rejeter, alors il… putain !

Il ne ferait fichtrement rien. Elle devenait sacrément douée pour se débrouiller seule et se faire entendre. Elle pouvait très bien prendre soin d'elle sans son aide.

— Alors, c'est laquelle ?

Le regard inquisiteur de Cole le tira de ses pensées maussades.

— Je veux rencontrer la femme qui a finalement réussi à te faire perdre les pédales.

— Qui a dit que je perdais les pédales ?

Cole ne crut pas plus que lui à ces paroles de défi.

— C'est à moi que tu parles.

Il entoura son verre de ses mains et se pencha par-dessus le bar pour murmurer :

— Entre ce que Josh m'a dit et ce que j'ai vu ce soir, je peux affirmer que tu es troublé. Et le A.J. que je connais ne se laisse pas troubler.

Le A.J. que Cole connaissait n'aurait jamais mis la vie d'un témoin en danger parce qu'il ne songeait qu'à l'embrasser. Il n'aurait pas laissé des sentiments personnels s'immiscer dans son travail — il n'aurait même pas admis être capable d'avoir des sentiments.

— Je vais faire mon travail, le rassura A.J.

C'était exactement ce qu'il ne cessait de se dire, encore et encore, depuis qu'il s'était réveillé ce matin en serrant Claire dans ses bras. La jeune femme blottie sur sa poitrine comme un chaton satisfait, ses jambes mêlées aux siennes, il avait dormi en paix comme jamais. Son parfum valait tous les millions de sa fortune. Sa hanche était venue se nicher contre son aine, la pointe de ses seins s'imprimer sur son torse à travers le fin T-shirt de coton qu'elle portait. Elle avait glissé sa main sur sa poitrine pour venir l'enrouler autour de son cou, comme si elle était en train de rêver et de désirer la même chose que son corps à lui, on ne peut plus éveillé et assoiffé de désir.

— Tu recommences, le taquina Cole.

A.J. devait oublier les nuits paisibles et les matins passionnés. En tout cas, avec Claire.

— Je vais faire mon travail, répéta-t-il.

D'épaisses lunettes noires, un port de ballerine. Claire s'approchait du bar avec son plateau vide.

— Elle arrive. Hé Kiki !

— Kiki ? s'étonna Cole.

A.J. lui fit un clin d'œil.

— Elle a trouvé ça toute seule. Elle prétend avoir toujours voulu un surnom cool. C'est mieux que C.L.

— C.L. c'est pour quoi ?

— C.L. Claire Landers Winthrop.

A.J. se renfrogna. Pourquoi n'avait-il jamais percuté ?

Claire posa son plateau au point de ravitaillement et s'inclina par-dessus la rampe en laiton.

— Une rousse et une pression.

— Peter Landers est de ta famille ?

— Quel est le rapport ? fit-elle avec de grands yeux surpris.

— Il l'est ?

— Oncle Peter est le frère de ma mère. Il l'a présentée à papa à l'époque où l'entreprise a commencé à se développer. Elle adorait voyager. Lui aussi. Je pense que si elle avait vécu, papa n'aurait jamais choisi un travail de bureau.

— C'est Peter qui s'occupe de l'étranger maintenant ?

— En majorité, oui, dit-elle en haussant les épaules. Mais Gina, Rob et Gab aussi. Pourquoi ?

— Je n'en sais trop rien. Je n'avais jamais fait le rapprochement entre son nom et le tien.

— Winthrop se targue d'être une affaire de famille, récita-t-elle comme s'il s'agissait de la devise de la société.

Puis elle tourna la tête vers Cole et regarda sur le côté pour lui faire discrètement comprendre qu'ils n'étaient pas seuls.

— Mais je croyais que nous n'étions pas supposés parler de ça ici.

— Il n'y a aucun problème.

A.J. prépara les boissons en faisant les présentations.

— Voici Cole Taylor. Le grand frère de Josh. Il y a des siècles de cela, quand il était inspecteur, j'étais son partenaire. Cole, je te présente… Kiki.

— Je me disais bien que vous me rappeliez quelqu'un, dit Claire en acceptant la poignée de main de Cole et en souriant chaleureusement. Vous êtes le même que votre frère, mais en brun.

— Vous voulez dire en plus beau.

Ils rirent tous deux. Mais le sourire de Claire s'effaça rapidement, et elle les regarda tour à tour.

— Pourquoi êtes-vous ici ? Y a-t-il du nouveau dans l'enquête ?

A.J. pensa au message dans sa poche. Il hésitait à le lui révéler. De toute façon, pas ici, pas en public. Claire serait soit excitée en apprenant qu'il existait une preuve corroborant sa version des faits, soit bouleversée à l'idée qu'on était en train de pratiquer l'autopsie de son amie.

— A.J. ? fit-elle en tendant la main par-dessus le bar pour toucher son poignet. Je veux dire, Joe ? Que se passe-t-il ?

A.J. referma sa main sur la sienne et la serra.

— Va servir tes boissons et retrouve-moi derrière, devant le bureau du gardien.

— OK, maintenant je suis vraiment inquiète.

Il la relâcha.

— Va servir et sois patiente.

Avec un hochement de tête hésitant, elle prit le plateau et se fraya un passage au milieu des clients qui commençaient à s'attabler pour la performance suivante. Même s'il savait qu'il n'avait pas à attendre qu'elle soit suffisamment loin pour ne pas entendre, d'autant plus qu'ici elle ne portait pas son appareillage, A.J. attendit qu'elle soit occupée à servir ses clients pour revenir vers Cole.

— Tu as dit que Holly procédait à l'autopsie en ce moment même ? dit-il à voix basse, sur un ton pressant.

— Elle doit probablement en avoir terminé et être en train de taper son rapport.

— Tu as quelque chose de prévu pour les deux prochaines heures ?

Cole sourit.

— Je me doutais que tu allais me le demander. Va poser tes questions et obtenir tes réponses. Je veille sur Kiki.

Outre Josh, Cole était sûrement la seule personne en qui il avait assez confiance pour lui confier Claire.

— Que personne ne lui fasse de mal.

— Vas-y maintenant, ça suffit !

— Souviens-toi de tout ce que je t'ai appris.

— Elle t'a vraiment eu, n'est-ce pas ?

Que répondre ? Il n'était pas sûr d'être prêt à admettre ce que sa réponse pourrait impliquer. Il devait rester concentré sur l'instant présent. Sur l'enquête. Aider Claire à survivre.

Pour seule réponse, il tendit la main et serra l'épaule de Cole. Puis il lui donna une tape sur le bras, comme s'il envoyait son meilleur élément sur le terrain.

— Contente-toi de faire en sorte qu'on ne lui fasse pas de mal.

A.J. trouva Claire faisant les cent pas dans l'entrée de service. Elle lui tournait le dos. Joli spectacle… Elle portait deux débardeurs moulants superposés et le jean qu'il lui avait prêté descendait sur ses hanches.

Il avait beau savoir qu'elle pouvait être raffinée et élégante, pour lui, la vraie Claire Winthrop se trouvait là, sous ses yeux. Fière d'une rude soirée de travail. Insolente. Coriace. Sexy et vraie. Et tout aussi confiante et vulnérable qu'il était cynique et blasé.

Cole l'avait épinglé.

Il était bel et bien dingue de cette femme.

— A.J., dit-elle en se retournant vivement, le prenant sur le fait.

Mais elle était si préoccupée qu'elle en vint directement aux faits.

— Qu'a dit Cole ?

Ses doigts se refermèrent sur ses épaules, puis il laissa ses mains prendre naturellement place autour de sa taille.

— Je dois aller faire mon travail, et je veux que tu restes ici avec Cole, comme ça, je ne m'inquiéterai pas de Galvan.

— Je veux venir avec toi. Je croyais que nous formions une équipe.

Un couple de danseurs allait et venait à un rythme endiablé au bout du couloir, faisant prendre conscience à A.J. que l'endroit qu'il avait choisi n'était pas suffisamment isolé. La porte à sa gauche l'interpella, le nargua. La pancarte collée en son centre indiquait : « gardien ».

— Rentrons là-dedans.

Il ne voulut même pas penser à ce que pouvait laisser supposer le fait qu'il ouvre la porte et fasse entrer l'héritière dans la pièce.

Une odeur de peinture et d'ammoniaque lui piqua les narines. La pièce était si exiguë qu'ils avaient tout juste la place de tenir debout et de pivoter. Mais la porte se referma sur la musique assourdissante et les regards curieux, lui donnant l'occasion de glisser ses doigts dans ses cheveux, d'approcher sa bouche de la sienne et de lui voler un baiser. Et puis un autre. Et puis après, ce n'était plus vraiment voler puisqu'elle enroula ses bras autour de sa taille et l'embrassa.

— A.J…

Encore un.

— A.J., qu'est-ce…

Un de plus.

S'accrochant à la volonté du policier et ignorant les désirs de l'homme, A.J. éloigna sa bouche et prit une bouffée d'air empli de détergents qui le ramena à la réalité. Il attira Claire contre sa poitrine, posa son menton sur ses cheveux, et se mit à la bercer.

Dans un soupir, elle se blottit contre lui. Leurs deux corps s'épousaient à la perfection. Mais, même s'il adorait la tenir dans ses bras, l'heure tournait. Il se pencha en arrière, prit son visage entre ses mains et l'inclina vers lui pour qu'elle puisse lire sur ses lèvres.

— Ils ont retrouvé le corps de Valérie. Je dois aller au labo pour connaître les résultats de l'autopsie.

— Et pendant ce temps, que suis-je censée faire ?

— Rester en lieu sûr. Rester en vie.

Repoussant les cheveux de ses tempes, il dessina du doigt le contour de ses oreilles. Ses mains tremblaient de frustration.

— Sois là pour que je revienne.

Elle porta ses mains à sa mâchoire, caressa ses joues, sa bouche, apaisant ces sentiments nouveaux et effrayants qui le détournaient de sa mission. Cette même sérénité virginale qui avait calmé son manque d'assurance et sa culpabilité la veille le touchait de nouveau.

— Je serai là, promit-elle.

Il la prit dans ses bras et la serra fort.

Comment pourrait-il la laisser partir et reprendre le cours de sa vie quand tout serait fini ? En même temps, il ne pouvait s'imaginer participer à des réceptions comme celles que donnaient les Winthrop, et Claire, si rayonnante, n'avait pas sa place dans le monde sombre qu'il avait fait sien…

Il ne voulait pas la perdre. Ça lui ferait mal à en crever. Et au plus profond de lui, dans ce qui faisait de lui un homme, il savait également que si Claire était blessée — ou pis —, cela le détruirait.

Il se fit violence pour se détacher d'elle afin de pouvoir lui parler.

— Mon instinct me dit que nous touchons au but… que quelque chose de gros est sur le point d'éclater. Maintenant je dois aller réunir les faits pour en avoir le cœur net.

Claire acquiesça.

— Mais plus vous avancez et plus Galvan et son complice vont tâcher de vous repousser, n'est-ce pas ?

Sa conscience du danger déteignait-elle sur elle ?

— Cole veillera sur toi. Je lui confierais ma vie. Je lui confie la tienne.

Il prit son menton entre son pouce et son index pour s'assurer qu'elle écoutait bien ses conseils de prudence.

— Tu ne sors pas d'ici. Tu ne vas nulle part toute seule. Si tu as un problème avec un client, dis-le à Cole. Si tu as de nouveau le sentiment d'être observée…

— Tout ira bien, dit-elle avec un sourire qui fit presque s'envoler ses craintes.

Presque.

— Je sais. C'est l'autre qui m'inquiète.

Mon Dieu, elle souriait toujours.

— Ça me rend fou de penser que quelqu'un veuille te faire du mal. J'ai besoin de savoir que tu vas bien.

Claire acquiesça de nouveau. Peut-être comprenait-elle davantage que ses mots ?

— Et moi, dit-elle, j'ai besoin que tu trouves des réponses. Que tu découvres pourquoi tout cela m'arrive. Fais en sorte que ça s'arrête, A.J. Je veux retrouver une vie normale.

C'était bien ce qu'il avait l'intention de faire. Même s'il ne faisait pas partie de cette vie-là.

— Montre-lui de quel bois tu te chauffes. Si quelqu'un tente de te faire du mal, montre-lui de quel bois tu te chauffes.

— Tu ne seras pas parti longtemps, n'est-ce pas ?

— Non, juste deux ou trois heures.

— A.J., je…, commença-t-elle en attrapant son T-shirt.
— Quoi ?
— Fais vite.
Il se pencha pour un dernier baiser, rapide mais passionné, une promesse de tout ce qu'il avait à lui donner.
Puis il mit les voiles.

10

— Alors, vous connaissez A.J. depuis longtemps ?

Claire posa son plateau et s'autorisa à faire une halte de cinq minutes au bar auprès de Cole. Après deux trois soirs à se démener pour bien faire son travail, elle commençait enfin à prendre son rythme. Pendant les numéros, la plupart des hommes préféraient savourer le spectacle sans être dérangés. C'était le moment où elle pouvait se poser et ne plus s'inquiéter de mélanger les commandes.

Mais elle ne s'assit pas seulement parce que ses pieds étaient fatigués. A.J. était déjà parti depuis deux heures, et elle commençait à craindre que quelque chose ne l'ait retenu.

— Cela nous ramène bien des années en arrière, dit-il en souriant comme s'il cherchait à la séduire, mais elle savait qu'il ne faisait que jouer son rôle. Il était mon partenaire de formation quand j'ai commencé comme inspecteur. C'est le flic le plus instinctif que je connaisse. Il peut prendre soin de lui tout seul.

Etait-il si facile de deviner le fond de sa pensée ?

— Alors vous croyez vraiment qu'il va bien ?

Cole avait beau avoir un don pour se fondre dans le paysage, elle avait perçu chez lui, comme chez A.J., une certaine méfiance. Il était beaucoup plus grand et plus baraqué qu'A.J., son attitude était donc différente. Mais il y avait quelque chose d'identique dans son regard — cette façon d'observer en permanence, d'être toujours en alerte. Chaque fois qu'elle levait les yeux vers lui, elle rencontrait les siens.

— Je pense qu'il est sur une piste qui va faire avancer cette affaire.

— Qu'est-ce que le corps de Valérie peut bien pouvoir lui donner comme informations ?

Cole haussa les épaules.

— Si la balle est toujours dans le corps, nous pouvons retrouver l'arme. Qui l'a vendue et qui en a acheté une dernièrement. S'il y a eu lutte, il se peut qu'on retrouve des traces d'ADN de ses agresseurs sur elle. S'il n'y a pas de trace de lutte, cela signifie qu'elle connaissait le tueur — que c'était quelqu'un en qui elle avait confiance.

Il était impensable que quiconque dans la compagnie de son père ou dans sa famille puisse lui vouloir du mal. Cette idée l'effrayait davantage que d'avoir un tueur à gages sur les talons. Dominic Galvan était un ennemi qu'elle connaissait. Or il y avait un traître, parmi ses proches — quelqu'un à qui elle se fiait. Quelqu'un qui n'avait aucun scrupule à la trahir. Mais laquelle de ses connaissances pouvait bien être capable de meurtre ? Ou, s'il ne tenait pas l'arme lui-même, qui pouvait être assez impitoyable pour payer un tiers pour faire le travail ?

La foule des clients qui remplissait la salle peu éclairée lui parut soudain suspecte, et l'ébriété ambiante malsaine. *Quoi ?* aurait-elle voulu hurler. *Qui êtes-vous ? Pourquoi me faites-vous ça à moi ?*

Elle se retourna et passa en revue chaque table et chaque box. Tous semblaient absorbés par la danseuse sur scène ; mais elle sentit la peau de ses bras se hérisser et cessa de respirer : *il* était là. En train de l'observer. Encore.

— Hé !

Claire haleta bruyamment en sentant une main sur son genou. Dès qu'elle réalisa qu'il s'agissait de Cole, ce dernier retira sa main.

— Tout va bien. Que se passe-t-il ?

Crise de paranoïa ? Les nerfs qui lâchent ?

— Vous ne pensez pas que quelque chose ait pu arriver à A.J., n'est-ce pas ?

Elle ne pouvait pas affronter ça seule. Elle ne voulait pas être toute seule.

Cole se tenait toujours raide. Son comportement l'avait mis sur ses gardes.

— Il va revenir. Je ne l'ai jamais vu faillir à sa parole. Qu'est-ce qui ne va pas ?

Elle plongea ses yeux dans le regard grave de Cole. « Je ne l'ai jamais vu faillir à sa parole. » Etait-ce la raison pour laquelle A.J. se montrait si intransigeant avec lui-même ? Pensait-il qu'il se devait d'être ce flic irréprochable par excellence vingt-quatre heures sur vingt-quatre ?

Claire savait qu'il était plus que ça. Mais si l'échec n'était pas envisageable, alors comment pourrait-il laisser sa chance au bonheur ? A l'amour ? Lui laisser sa chance à elle ?

Pourquoi ne pouvait-il pas se contenter d'être seulement l'homme qu'elle aimait ? L'homme qui avait besoin d'apprendre à s'aimer un petit peu mieux.

Elle avait failli tout lui dire avant qu'il ne parte. *Je t'aime.* Mais le bureau du gardien n'était pas l'endroit idéal pour une telle déclaration et il était impatient de partir — d'aller mener l'enquête. Et… oh mon Dieu !

— Je crois que quelqu'un m'observe.

Etait-ce l'un des membres du groupe qui venait d'entrer pour un enterrement de vie de garçon ? Ou quelqu'un caché dans un des box isolés ?

Claire ne voyait rien et n'aurait pas l'occasion d'y voir davantage puisque Cole se leva et la mit devant lui, l'empêchant de voir les clients du club, ou plutôt, les empêchant eux de la voir.

— On y va, dit-il en la poussant vers les salles de derrière.

— A.J. a dit…

— Il a dit quoi ?

— Je n'ai pas pu voir…

Quelqu'un lui tapa sur l'épaule. Elle cria. Cole s'interposa. Le volume de la musique et le brouhaha des clients avaient sûrement dû étouffer son cri : nul, hormis Cole, ne sembla réagir.

— Attendez, dit Claire en avisant la personne qui l'avait accostée. Debbie ?

Debbie Dunning était encore en tenue de ville. Sans ses artifices, la tension ne se lisait que plus clairement sur son visage juvénile.

— Kiki, il faut que je te parle.

Elle repoussa doucement Cole, le temps de détailler son amie.

— Qu'est-ce qui ne va pas ? Tu as encore des soucis avec ton prof au sujet de l'examen ?

Debbie eut un geste évasif signifiant qu'il ne s'agissait pas de ça.

— C'est au sujet d'un gars.

Cole s'était remis à avancer, l'entraînant avec lui.

— Vous finirez cette conversation une autre fois, mesdames.

Ils étaient à présent dans l'entrée de service. Claire tentait tant bien que mal de suivre les grandes enjambées du policier.

— La première chose à faire est de vous mettre à l'abri, ensuite nous appellerons A.J.

Debbie s'était mise à courir pour les rattraper. Elle leur bloqua le passage.

— Claire, tu dois m'écouter.

Elle l'avait appelée Claire ?

Claire se figea.

— C'est bon, fit Debbie en grimaçant un sourire d'excuse. Je sais qui tu es. Je t'ai reconnue à la télé l'autre soir. Les chaussures m'ont fait penser que tu étais en fuite. Et… je crois que j'ai fait une grosse bêtise, ajouta-t-elle, mortifiée.

— Quelle bêtise ?

— Tu vas me détester.

— Quelle bêtise ? insista Cole, menaçant.

Debbie tressaillit. Claire, qui avait désormais davantage besoin de savoir que d'être protégée, posa une main sur le bras de Cole pour essayer une approche plus posée.

— Qu'est-ce que tu as fait, Deb ?

Regardant nerveusement Cole, Debbie répondit :

— J'ai appelé le bureau de ton père pour leur dire que je savais où tu étais.

— Tu as parlé à mon père ? demanda-t-elle spontanément, en proie à l'inquiétude.

Mais à en juger par l'expression de Debbie, il y avait un plus gros problème.

— A qui as-tu parlé ?

Le problème était plus grave qu'elle ne le pensait.

— Il est en chemin.

— Qui est-ce ?

— Je ne connais pas son nom. Sa secrétaire s'appelle Amelia quelque chose. Le gars a seulement dit que c'était lui qui s'occupait de ce genre d'affaires chez Winthrop. Je pensais utiliser l'argent de la récompense pour mes études. Mais après, j'ai repensé à la façon dont tu m'avais écoutée raconter mes malheurs et comme tu t'étais assurée que je rentre chez moi saine et sauve… Alors j'ai rappelé et j'ai dit que je m'étais trompée. Mais ce gars est comme un mauvais rencard qui ne comprend pas quand on lui dit non.

Elle s'arrêta un instant pour reprendre son souffle.

— Je suis désolée. Mais ce gars a dit qu'il allait venir pour te chercher et te ramener chez toi, ou qu'il allait me retrouver pour voir quelle espèce de salope sadique donnait de faux espoirs à ta famille qui souffrait tant de ta disparition.

Claire serra la main de Debbie.

— Il t'a menacée ?

— Ne t'inquiète pas pour ça, j'ai entendu pire.

L'image que Claire se faisait de sa famille et de ses amis ne cessait pas de se disloquer.

— Je voulais juste te dire que j'étais désolée et vous mettre en garde pour que vous ayez le temps de partir avant qu'il arrive. Tu ne veux pas être retrouvée, n'est-ce pas ?

— Je ne peux pas partir.

A.J. lui avait dit de rester là. Galvan était dehors, à l'attendre. Mais si un autre ennemi pointait le bout de son nez ici… Elle regarda Cole.

— Si je ne suis plus là quand A.J. reviendra, il va paniquer.

— Il comprendra. Votre sécurité passe avant tout.

— Il s'en voudra.

Peut-être qu'elle ne s'y entendait pas beaucoup en matière d'hommes, mais pour ce qui était d'A.J., elle en savait pas mal. Elle ne voulait pas être davantage un poids sur sa conscience qu'elle ne l'était déjà.

Une minute… « *Montre-lui de quel bois tu te chauffes. Si quelqu'un tente de te faire du mal, montre-lui de quel bois tu te chauffes.* »

Que devait-elle comprendre ? Qu'elle ne devait pas attendre que quelqu'un lui dise quoi faire ou se batte pour elle ? Qu'elle devait se défendre seule ? S'affirmer ? Tous ces clichés devaient forcément découler de quelque sagesse.

Les paroles d'A.J. lui avaient laissé croire qu'elle était

capable de se débrouiller seule. Que *lui* l'en croyait capable. Alors elle pouvait affronter tout ça.

— Je ne veux pas m'enfuir, dit-elle à voix basse.

L'idée qu'elle avait le pouvoir de faire la différence était à la fois excitante et effrayante. Mais elle pouvait le faire. A.J. le croyait. Pour sa vie à elle — et par égard pour lui —, elle voulait essayer.

— Je ne veux pas m'enfuir, répéta-t-elle avec plus de conviction. Je reconnaîtrai la personne à qui Debbie a parlé au téléphone, ajouta-t-elle en tirant sur la manche de Cole. J'observerai toutes les personnes qui entrent dans le club et nous saurons qui est le complice de Galvan dans l'entreprise de mon père. Ensuite, nous n'aurons plus qu'à le forcer à nous livrer Galvan.

— Nous ne savons pas à qui Debbie a parlé. Peut-être était-ce seulement un ami inquiet, répliqua Cole. Mais l'idée est de vous garder à l'abri. Si quelqu'un vous retrouve, alors Galvan le pourra aussi.

— Je reste.

— Négatif. Il est hors de question que je doive expliquer à A.J. que vous avez été blessée.

Claire agita ses poings, furieuse.

— J'en ai ras le bol que les gens me disent ce que j'ai à faire. Je n'ai besoin de la permission de personne pour être qui je suis. Je n'ai pas à décider en fonction de ce que les autres pensent.

Elle soupira puis mit ses cheveux derrière son oreille. Puis de nouveau en place. Cole n'était pas un ennemi, elle n'avait pas à déverser toute une vie de frustrations sur lui. Ses idées étaient plus claires à présent, elle se mit à signer en parlant.

— Je suis désolée. Mais je suis la seule ici à pouvoir identifier les membres de l'entreprise Winthrop.

— Peut-être est-ce pour cela que l'un d'entre eux souhaite

vous voir mourir, souligna Cole. Et s'il vous voyait avant que vous ne puissiez le voir vous ?

— Je pourrais me cacher.

— Et où ? fit Debbie. Il n'y a pas d'endroit dans ce club où tu puisses à la fois te cacher et voir les clients.

Le meilleur endroit pour voir les clients…

Une idée germa dans son esprit. A.J. avait, paraît-il, appris à Cole tout ce qu'il savait sur le travail sous couverture. Peut-être qu'elle aussi avait piqué quelques trucs au maître…

— Et si je me cachais bien en vue ? Deb, tu pourrais me préparer pour la scène ?

— Tu veux te déguiser ?

— Oui.

L'expression coupable de Debbie se mua en un sourire.

— Allez viens, ma copine, dit-elle en lui prenant la main.

A.J. referma la portière de sa voiture et traversa le parking en trottinant pour rejoindre l'entrée principale du Riverfront. Passer par-derrière pour éviter les questions du patron au sujet de sa pause-café de quatre heures importait peu, il ne souhaitait qu'une chose : rejoindre Claire aussi vite que possible. Il était resté absent pratiquement deux heures de plus qu'il lui avait promis.

La ponctualité était sûrement grandement appréciée dans des multinationales comme la Winthrop, mais dans la police, quand les morceaux d'un puzzle commençaient à se mettre en place, un bon élément s'y collait jusqu'à ce qu'il ait obtenu les réponses à ses questions.

Que Holly Masterson soit bénie pour son œil de lynx.

Valérie Justice avait été tuée proprement et comme Claire l'avait décrit. C'était une belle femme d'une cinquantaine d'années. Les impacts de balles étaient situés à des endroits précis pour tuer instantanément sans trop salir. Même s'ils n'avaient pas retrouvé de tapis de bureau, l'équipe de Holly avait découvert que des poches de sang s'étaient formées dans le corps — comme si Valérie avait été roulée et sanglée en serrant fort.

Malheureusement pour lui, le tueur qui l'avait transportée à la décharge avait sans le vouloir laissé une carte de visite. Holly avait déniché, dans les cheveux colorés et permanentés à grands frais de l'assistante, un cheveu brun fin et raide dont la racine intacte définirait l'ADN du meurtrier. Un cheveu qui correspondait avait déjà été prélevé dans la maison grise où s'était posté Galvan pour tuer Claire.

Grâce à Dieu, l'homme avait besoin d'un traitement contre la perte des cheveux. A présent, il ne leur manquait plus qu'un échantillon de Galvan et Dwight aurait son dossier. L'objet des poursuites deviendrait alors les correspondances établies par l'équipe médico-légale sur les deux lieux du crime, et non plus la parole du seul témoin que Galvan avait laissé derrière lui.

Il devait faire part de tout ça à Claire. C'était une avancée suffisante pour lui donner l'espoir d'une issue prochaine.

Mais l'indice le plus parlant était — imprimée dans la peau raide et gonflée de la nuque de Valérie — l'empreinte parfaite d'une bague d'homme. Comme si le bijou avait tourné et entaillé la peau de la victime tandis que l'assassin la soulevait pour la déplacer. Si le meurtrier n'avait pas pris la peine d'envelopper le corps de la sorte, la preuve aurait disparu avec le processus de décomposition.

Holly avait photographié la marque sous tous les angles et A.J. l'avait dessinée dans son calepin. Quatre lignes formant des angles à l'intérieur d'un cercle avec deux petits carrés de chaque côté.

Selon Claire, Galvan portait des gants de cuir noir. Apparemment, son complice de la Winthrop non. Il allait retrouver la main qui portait cette bague. Et cette main ne ferait jamais de mal à Claire.

A.J. poussa la porte, tenté d'entrer à grandes enjambées comme s'il était chez lui, mais sa raison lui dicta, comme toujours, d'attirer le moins possible l'attention. Il lui fallut attendre quelques instants pour que ses yeux, habitués à l'obscurité de la nuit, s'adaptent aux lumières criardes des stroboscopes et des projecteurs qui balayaient la scène.

La musique était trop forte, mais le rythme piquant de salsa s'accorda au pouls du sang latin qui coulait dans ses veines. Il se mit inconsciemment à battre la mesure avec son menton. Les pouces glissés dans les poches de son blouson, il s'attarda dans la pénombre et scruta le bar et les tables à la recherche de la *mamasita*[1] sexy qui se trompait dans les commandes et avait un cul d'enfer.

Quand un grand homme sortit de l'ombre pour se placer à son côté, A.J. n'eut aucune réaction. Il avait travaillé avec Cole pendant trop longtemps pour ne pas reconnaître son odeur ou sa silhouette.

— J'ai de bonnes nouvelles, *amigo*.

— Moi aussi, j'ai quelque chose à t'apprendre.

Le ton évasif de son ancien partenaire altéra légèrement son humeur optimiste. Il n'avait pas encore repéré Claire, mais Cole ne serait pas planté là à papoter s'il lui était arrivé quelque chose.

— J'ai le moyen d'épingler Galvan. Et une nouvelle piste pour retrouver son complice.

— Moi aussi, j'ai une piste pour le complice.

A.J. s'arrêta de battre la mesure. Quel genre d'enquête Cole était-il en train de mener ? Il était supposé veiller sur Claire. Il balaya de nouveau la salle du regard.

— Où est-elle ?

1. « Fille bien roulée. »

Cole leva les mains dans un geste de capitulation.

— Laisse-moi d'abord te dire que toi et moi partageons un penchant pour les femmes têtues.

La panique remonta comme de la bile dans sa gorge.

— Où est-elle ? insista-t-il.

L'espace d'une seconde, il crut que Cole n'allait pas répondre. Au diable l'amitié, s'il ne lui disait pas ce qui était arrivé à Claire, il allait le jeter au sol.

Puis il prit conscience que Cole était en train de le lui *dire*. Avec ses yeux.

A.J. suivit son regard. L'impatience se transforma en curiosité, et la curiosité en une brusque et éhontée montée de testostérone, comme ses yeux s'attardaient sur la danseuse agile aux joues et aux lèvres éclatantes qui faisait un grand écart vertical contre la barre de pole au centre de la scène, les plumes rouges de son éventail géant dissimulant de façon aguicheuse les parties cruciales de son anatomie.

La strip-teaseuse s'écarta de la barre en virevoltant, fit voler ses plumes et agita le petit ruban de dentelle rouge qui ornait ses fesses.

— *Madre de Dios*.

A.J. prit la direction de la scène en égrenant à voix basse une bonne partie de son vocabulaire espagnol.

Une grosse main se referma sur son bras et l'arrêta.

— Ne fais pas ça.

A.J. se retourna vivement vers Cole.

— C'est ça que tu appelles prendre soin de quelqu'un ?

— Du calme, A.J. Elle est sous couverture.

— Quoi ?

Un *bastardo* se permit de glisser un billet dans la culotte de la jeune femme.

— Hé !

— Elle a dit que c'était un truc qu'elle avait appris en t'observant.

Bon sang, son héritière si pure était la créature la plus sexy à avoir jamais foulé la scène du Riverfront. Et elle avait appris *ça* de lui ?

— C'est des conneries tout ça. Fais-la sortir de scène.

— Elle se cache bien en vue.

A.J. assimila les mots choisis de Cole. Avait-il vraiment parlé de ça à Claire ? Amener l'héritière dans son monde à lui. Changer d'apparence, de métier, être quelqu'un d'autre.

Se cacher bien en vue.

Son cerveau se remit en marche comme il digérait les paroles de Cole.

— Se cacher de quoi ?

La dernière pulsation de la musique résonna dans les os de Claire. Elle lâcha un cri joyeux et jeta son éventail sur la scène.

— Tu es d'un naturel ! s'exclama Debbie, tout sourire, en refermant le rideau sur son passage. Tu es danseuse, ça se voit.

Claire retira l'argent que les clients avaient glissé dans les différents élastiques qu'elle avait sur le corps et le mit dans les mains de Debbie.

— Voilà. Pour tes cours ou pour manger, ou ce que tu voudras.

— C'est toi qui l'as gagné, rétorqua Debbie.

— Tu en as plus besoin que moi. Et en plus, je n'y suis pas allée pour ça.

Serrant ses bras autour de sa taille, Claire, perchée sur ses talons, suivit Debbie dans l'escalier menant aux loges.

— C'était un petit peu bizarre au début. Bon, OK, très bizarre. C'était sûrement une bonne chose que je ne puisse pas entendre les commentaires.

L'adrénaline pulsait encore dans son corps.

— Ensuite c'était comme un entraînement. C'était électrisant. Stressant. Et j'ai réussi !

Debbie jeta un regard par-dessus son épaule et demanda :

— Tu l'as vu ?

— Oui. Ce monstre concupiscent avait les yeux qui lui sortaient de la tête. Il croit sûrement marquer des points auprès de mon père en essayant de me retrouver. Malgré tout, je n'arrive pas à croire qu'il travaille avec Galvan. D'abord parce que je ne pense pas qu'il a les moyens de se payer ses services. A moins qu'il ne trempe dans d'autres affaires que je ne connais pas… Où est Cole ? Je dois tout lui dire.

L'odeur agréable du cuir chaud l'arrêta au bas de l'escalier. Un blouson noir et un jean sortirent de la pénombre du couloir. Claire leva la tête vers les yeux dorés qui la transperçaient et frémit. L'adrénaline s'évanouit aussitôt.

Pas bon. Vraiment pas bon…

— A.J.

Il ne souriait pas. Il ne parlait pas non plus. Pas encore…

Nerveuse, elle enchaîna :

— Tout va bien ? Tu étais parti depuis tellement longtemps, je m'inquiétais. Tu as trouvé quelque chose ?

Elle désigna la scène du pouce.

— Une opportunité s'est présentée, alors je…

Sa voix s'évanouit et elle sourit maladroitement. A.J. daigna enfin lui adresser la parole.

— Cole est dehors, il emmène Rob Hastings au commissariat. J'ignore s'il est coupable d'autre chose que de m'énerver, mais Josh et Cole vont lui poser quelques questions.

Il retira son blouson et le posa sur ses épaules et ses bras nus, l'entourant de sa chaleur et de son odeur. Il referma les deux pans et les maintint de la main pour cacher son corps.

— Hastings n'est pas notre homme. Il y a quelqu'un d'autre à la Winthrop dont nous devons nous méfier.

Claire s'accrocha au cuir du blouson et tressaillit. Rob Hastings avait tout de même menacé Debbie. Il semblait tout à fait à sa place au milieu de tous ces hommes vulgaires se contorsionnant pour apercevoir autre chose que de la dentelle et des plumes pendant qu'elle dansait. Il était assez cupide, assez ambitieux et vil pour être ce traître. Mais A.J. avait l'air tellement sûr qu'il ne s'agissait pas de lui…

— Comment peux-tu savoir ?

— Travail de police.

A.J. jeta un coup d'œil par-dessus l'épaule de Claire.

— Debbie, vous pouvez nous laisser une minute ?

La strip-teaseuse tapota le bras de son amie et s'enquit :

— Ça va aller ?

Claire hocha la tête. Vu le visage sévère d'A.J., Debbie semblait ravie de pouvoir s'échapper, et comment lui en vouloir ? Mais Claire voyait au-delà de cette impassibilité inquiétante, au-delà du tempérament de dur à cuire.

C'était l'homme qui l'avait tenue dans ses bras la nuit dernière sur le canapé. Celui qui avait eu les larmes aux yeux quand elle avait manqué d'être tuée dans la résidence surveillée. L'homme qui s'interdisait de ressentir les choses si profondément, et dont l'apparence froide et distante se craquelait de plus en plus, à mesure que ses émotions remontaient à la surface.

C'est cet homme-là qui retira sa coiffe de plumes rouges et remit en place ses cheveux teints. Qui la serra fort contre son torse et lui murmura à l'oreille des mots qu'elle ne put comprendre. Il était facile de deviner qu'il avait besoin de la tenir dans ses bras et elle n'avait nullement l'intention de le priver de ce plaisir…

Un instant plus tard, il s'écarta. Il avait retrouvé le sourire.

— Alors, comme ça, ça t'a plu de jouer les strip-teaseuses ?

— C'est de la danse exotique, le reprit-elle en souriant. Oui, c'était plutôt sympa. Mais je ne pense pas en faire mon métier. J'ai essayé de faire un numéro à la Gypsy Rose Lee. Me montrer aguicheuse, sans réellement dévoiler quoi que ce soit. Je ne crois pas avoir été vraiment convaincante.

— Tu rigoles ? Tu étais sacrément convaincante, *amor*.

En lisant la pointe de jalousie possessive sur son visage, une vague de chaleur déferla jusqu'au bout de ses orteils — et adoucit les paroles qui suivirent.

— Maintenant, va te rhabiller. Je dois te ramener à la maison.

Claire se démaquilla et enfila son jean et ses débardeurs par-dessus son costume de scène. En sortant, elle avait toujours le blouson d'A.J. sur le dos, et comme il ne le lui réclamait pas, elle ne dit rien. Il était chaud et doux, c'était comme s'il la tenait encore dans ses bras.

En plus, elle n'était jamais contre le spectacle qu'offrait le torse du policier vêtu d'un simple T-shirt noir.

La nuit était noire, le ciel couvert, comme c'était le cas depuis une semaine. Le club fermait ses portes et les clients sortaient rejoindre leur voiture ou attendre un taxi.

— Tu veux m'attendre ici pendant que je vais chercher la voiture ?

Voyons voir… L'obscurité ou les ivrognes ? La moitié de l'éclairage du parking était hors service, et le lampadaire le plus proche était à un pâté de maisons.

— Ça t'embête ? demanda-t-elle en haussant les sourcils.

Il la fit reculer d'un pas dans le cercle de lumière qui se déversait de la porte d'entrée ouverte de la boîte.

— Pas si tu ne bouges pas de là.

La chevelure brune et le T-shirt disparurent rapidement dans l'obscurité du parking. Claire ravala le sentiment d'insécurité qui lui nouait la gorge. Elle savait qu'il était là, quelque part, même si elle ne pouvait pas le voir. Elle n'avait pas été abandonnée.

Pourtant, Cole était parti et elle ne voyait Debbie nulle part. Elle n'avait même pas eu le loisir de dire le fond de sa pensée à Rob Hastings. Traiter Debbie de salope ! Lorgner le numéro de Kiki alors qu'il était supposé chercher Claire Winthrop ! Y avait pas à dire, il se souciait beaucoup de sa famille. A.J. ne lui avait pas dit comment il savait que Rob n'était pas le complice de Galvan, mais il ne lui avait rien dit non plus au sujet de l'autopsie. Pourvu qu'il ait découvert quelque chose qui puisse les mettre sur les traces des assassins de Valérie — qu'ils aient enfin d'autres options que fuir et se cacher.

Un premier taxi arriva à la station, puis un autre. Claire s'emmitoufla dans le blouson d'A.J. et lut des bribes de conversations sur les lèvres des clients qui rentraient chez eux pour patienter.

— Je suis complètement bourré.

— Mec, ta dernière nuit de célibataire est finie.

— Ma femme n'a qu'à…

— … p'tit lot sexy.

Tiens, on parlait d'elle… Le taxi de devant partit et un autre avança. Le conducteur en descendit et abaissa sa casquette bien bas sur son front. Les voitures commençaient à s'aligner dans le parking.

— Donne-moi mes clés !

— Tu ne peux pas conduire !

— Mais que fait ce malade ?

Claire se retourna pour voir de qui le jeune homme était en train de se moquer.

A.J. surgissait de l'obscurité.

— Couche-toi ! lui cria-t-il en désignant le trottoir du doigt.

Là, ça ne rigolait plus. Ses genoux s'affaissèrent, presque dociles. Certaines personnes regardaient, à la fois intriguées et nerveuses, d'autres ignoraient simplement l'avertissement.

— Que tout le monde se couche ! hurla A.J. à la foule amassée, tout en agitant les bras pour attirer l'attention.

L'instant d'après, il était sur elle.

— Claire !

Un éclair jaillit du capot du taxi. Les bras d'A.J. l'enveloppèrent et il les propulsa tous deux vers le trottoir tandis que la nuit explosait autour d'eux.

11

C'est la troisième fois, fils de pute… , pensa A.J. en serrant les dents, une vive douleur irradiant dans sa cuisse gauche.

Il commençait à détester le son que faisait un moteur bien huilé. Depuis le parking, loin des bruits de la foule, il avait reconnu le vrombissement puissant qui avait précédé la mort de Slick Williams et l'explosion visant à faire diversion lors de l'attaque de la résidence.

La voiture piégée n'était plus qu'une carcasse et le taxi devant était en feu. Tout autour les gens criaient, gémissaient ou restaient muets d'effroi.

Mais seules deux personnes le préoccupaient.

— Claire ? *Amor ?*

Il lui retira ses lunettes et les posa sur le côté. Elle se mit à cligner des yeux, à un rythme anormalement lent. Elle était sous le choc. Il prit son visage entre ses mains pour vérifier si elle n'avait pas été blessée. Elle avait une bosse de la taille d'une noix à l'arrière de la tête — elle s'était sûrement cognée quand il l'avait plaquée contre le trottoir. Il se maudit dans les deux langues. Puis il dit une prière. Egalement dans les deux langues.

— Parle-moi, *amor*.

Il se mit à caresser son visage. Elle était si calme sous

son corps ! Mais il n'avait pas encore bougé. Galvan était quelque part, n'attendant qu'une chose : lui tirer dessus.

A.J. releva la tête et risqua un coup d'œil. C'était le chaos. La lueur des feux rendait les ombres derrière eux encore plus sombres et plus difficiles à identifier. Les gens sortaient en courant du club pour se mêler aux clients et aux passants blessés et peut-être même morts. Certains avaient ingurgité trop d'alcool pour réagir au choc ou à la douleur de façon sensée. Il aperçut quelques bons Samaritains, des hystériques, et une multitude d'endroits où le tueur pourrait se cacher.

Des cheveux bruns. Des yeux noirs. Un visage buriné. A.J. n'avait vu de Galvan qu'un portrait grené en noir et blanc. Comment diable pourrait-il le retrouver dans cette pagaille ?

Il se tourna sur le côté. Merde, sa jambe lui faisait vraiment mal. Il sortit son portable de sa poche et composa le 911. Son rapport de situation fut clair et bref, et les unités concernées se mirent rapidement en route.

Claire essaya soudain de le repousser et gémit. Il tâcha de rééquilibrer son poids sans toucher à l'éclat planté dans sa jambe, tout en faisant en sorte que la jeune femme ne soit pas dans la ligne de mire du tueur. Elle voulut inspirer profondément et grimaça.

— Oh mon Dieu, ça fait mal quand je respire. Ma tête…

— Claire ?

A.J. oublia sa formation aux soins d'urgence et déposa sur ses lèvres un baiser rapide.

— Dis-moi que tu vas bien.

— Le taxi a explosé ? demanda-t-elle en écartant ses cheveux de ses yeux, avant de tendre la main et de faire de même sur son visage à lui. J'ai l'impression qu'une tonne de briques s'est écrasée sur ma poitrine…

— Je me suis jeté sur toi plutôt violemment.

Ses joues avaient repris des couleurs, son regard était de nouveau clair.

— J'ai mal à la tête.

— J'ai bien peur que ce soit aussi à cause de moi.

— Je crois que tu viens de me sauver la vie, alors arrête ton mea-culpa.

Il ne put s'empêcher de sourire, soulagé. A en juger par son ton autoritaire, elle allait bien.

— Oh ! mon Dieu, dit-elle en regardant autour d'elle, les sourcils froncés, repoussant son torse pour pouvoir s'asseoir.

Il l'en empêcha.

— Je vais bien, A.J. Laisse-moi me relever. Nous devons aider tous ces gens.

— Tu n'aideras personne d'autre que toi-même. Galvan est dans les parages.

— Tu l'as vu ?

— Non, pas encore.

— Je crois que moi je l'ai vu. Il sortait d'un taxi. Casquette noire. Chemise claire ouverte.

— La moitié des personnes présentes correspond à cette description.

Elle se mit à se tordre frénétiquement sous son poids pour tenter d'examiner la foule. En remuant, elle bouscula sa jambe, calée entre les siennes. Elle accrocha quelque chose. A.J. jura.

— C'est quoi ? fit-elle en dépliant ses doigts devant ses yeux. Du sang. Mais je ne suis pas… Tu es blessé !

— C'est juste une égratignure.

— Tu es plein de sang !

Il fut touché par sa colère, apaisé par son inquiétude, mais totalement indigné par sa démonstration de force.

— Claire.

Las, elle était suffisamment agile, et il était suffisamment blessé, pour parvenir à s'asseoir.

— Il y a une trousse de premiers secours derrière le bar.

— Tu restes assise.

Elle se levait.

Le temps qu'il se remette sur pied, elle avait déjà réussi à se faufiler et à courir à l'intérieur du club.

— Claire !

Attraper le revolver à sa cheville ne ferait qu'effrayer les gens. Galvan allait sûrement tirer avantage de la situation et se mêler à la foule. Chemise claire. Casquette noire. Il devait rester vigilant pour le repérer. Et rester près de Claire pour la protéger.

Elle revenait déjà en courant au moment où il atteignait péniblement la porte. Si elle voulait jouer au docteur, très bien, mais ils allaient le faire dans un endroit plus sûr qu'au beau milieu du trottoir.

— Là-dedans, dit-il en ramassant le tabouret du videur et en s'asseyant derrière la caisse.

Les sirènes retentissaient au loin. Les secours seraient là d'une minute à l'autre. Mais jusqu'à ce qu'il ne voie de ses propres yeux quelqu'un portant un informe et une arme pour assurer ses arrières, il garderait son Beretta à la main pendant que Claire, agenouillée à son côté, inspectait sa blessure.

— On dirait un bout de miroir, dit-elle en levant les yeux vers lui. Je le retire ?

— Si tu peux l'avoir en un seul morceau, oui.

Elle retira son blouson et le posa au sol. Puis elle ôta l'un de ses deux débardeurs et s'en entoura la main pour éviter de se blesser.

— Quand tu vas le sortir, ça va saigner, la prévint-il. Tiens-toi prête à envelopper la plaie.

Elle se positionna dans en sens, puis dans l'autre, à la recherche du meilleur angle pour procéder.

— Je vais devoir couper ton pantalon pour bien faire. Oh mon Dieu, A.J., je suis tellement désolée. Ça va faire mal.

— Ne t'en fais pas pour ça. Sors-le. Je suis résistant.

Quand elle se pencha et ne put donc plus l'« entendre », il ajouta dans un murmure :

— Et toi, tu l'es plus que tu ne le penses, mon cœur.

Il regarda son blouson. L'épaule était éraflée. Si elle ne l'avait pas porté, ç'aurait été sa peau, et ce serait lui qui devrait la soigner…

— Fils de…

Au moment où elle retira le miroir, A.J. se mordit la langue pour ne pas jurer. Elle pressa ensuite son débardeur sur la plaie pour étancher le sang. La douleur avait au moins ça de bon qu'elle gardait ses sens en éveil. Elle enveloppa la cuisse à l'aide de gaze pour maintenir le vêtement bien en place.

— Je crois que tu as besoin de points.

A.J. secoua la tête.

— Ce n'est pas nécessaire. Serre bien. Le sang va s'arrêter.

Soudain Claire claqua des doigts et bondit sur ses pieds.

— Debbie fait des études d'infirmière ! Elle saura faire des points.

— Non.

Mais elle avait déjà contourné le comptoir et était dehors pour le sauver de son triste sort.

— Bon sang !

A.J. glissa le revolver à sa ceinture et mit son T-shirt par-dessus avant de se traîner derrière elle.

— Claire ?

Elle s'arrêta pour parler à un homme assis qui se tenait la tête. Puis elle serra la main d'un client. Même si elle était assez sensée pour se tenir recroquevillée, elle appelait son amie en se frayant un chemin dans le champ de bataille, attirant ainsi l'attention sur elle, et allait trop vite pour qu'A.J. puisse la rattraper.

Le bruit caractéristique que faisait la sirène de police en s'arrêtant lui indiqua l'arrivée de la première patrouille. Deux flics descendirent du véhicule et se mirent à organiser les secours et à poser des questions. En tant qu'officier présent sur les lieux du crime, il était de son devoir de s'avancer pour faire son rapport, mais pas avant d'avoir rattrapé Claire.

Une ambulance fit son apparition, puis ce furent les camions de pompiers et une autre patrouille de police. Les abords de la boîte étaient à présent noirs de monde. Théoriquement, cette présence policière renforcée signifiait un meilleur contrôle de la situation, mais en même temps Galvan n'en passerait que mieux inaperçu.

— Claire ?

Va te faire foutre, douleur... Son sang traversait le bandage, et courir n'allait faire qu'empirer les choses.

Peu après, A.J. repérait Debbie Dunning sur le parking, agenouillée près d'un blessé. Claire l'avait elle aussi aperçue. A.J. bifurqua pour la suivre et la ramener en lieu sûr dans la boîte ou la confier à l'un des patrouilleurs.

Chemise claire, casquette noire. *Fils de pute !* Dominic Galvan sortit de la pénombre et emboîta le pas de la jeune femme. Il marchait vite, avalant l'avance qu'elle avait sur lui. *Non !* A.J. se mit à courir. Sa jambe protesta et céda, mais il repoussa le sol pour se relever dès qu'il fut à terre.

— Claire ! C'est Galvan !

Il sortit son arme et visa.

Les secondes qui suivirent passèrent tel un cauchemar au ralenti.

Claire se retourna enfin.

Elle le vit. Elle vit l'arme.

Puis Galvan.

Ses pas se firent hésitants. Elle recula.

Galvan sortit un couteau de sa poche et continua d'avancer. Putain d'« homme de la Renaissance ». Entraîné à tuer par tous les moyens.

— Police ! Galvan, lâche ça !

Sans interrompre sa progression, le tueur à gages se tourna vers A.J., lui donnant un aperçu de ces yeux noirs froids et impitoyables que Claire avait si bien décrits.

Il voulait qu'A.J. le voie. Il voulait qu'il voie Claire terrorisée. Il voulait qu'ils sachent tous les deux que c'était lui qui allait gagner.

— Arme à feu !

Deux hommes en uniforme avaient dégainé leurs revolvers et criaient à A.J. de lâcher son Beretta.

— Je suis de la maison ! lança ce dernier.

Il savait pertinemment qu'ils ne lui laisseraient pas sortir son badge avant qu'il ait posé son arme à terre. Et ce n'était pas près d'arriver…

Claire vint vers lui en trébuchant.

— C'est Galvan ! C'est lui ! cria-t-elle.

La ligne de tir d'A.J. était dégagée.

— Galvan !

Debbie Dunning se redressa pour voir ce qui se passait. En plein dans sa trajectoire.

— *Madre de Dios*, jura A.J. en détournant son arme de la strip-teaseuse.

Les flics arrivèrent à lui, lui prirent son revolver et lui écartèrent les jambes, lui ordonnant de se coucher.

— Ne le touchez pas ! hurla Claire en s'agrippant au bras d'un des officiers, qui la secoua pour se libérer et lui conseilla de rester en dehors de tout ça.

— Non, mon cœur, ne te bats pas contre eux.

Mais elle n'avait pas lu ses mots et continua :

— Il est de votre côté ! C'est l'inspecteur A.J. Rodriguez, du département de police de Kansas City.

Puis, désignant le parking :

— C'est lui que vous devez arrêter !

Mais le tueur avait disparu.

Le temps que les officiers aient vérifié le badge d'A.J., lui aient rendu son arme et présenté des excuses pour s'en être pris à un supérieur, Dominic Galvan était déjà loin.

Tel un spectre, il s'était glissé comme il était venu dans la nuit.

Même si A.J. marchait avec une canne, Claire se glissa sous son bras gauche pour le soutenir, et ce, bien après que le médecin urgentiste qui avait recousu sa jambe l'eut déclaré officiellement guéri et prêt à reprendre le travail — sans excès — après une bonne nuit de sommeil.

Elle passa une main dans son dos et s'accrocha à sa taille pour le soulager un peu de son poids — non qu'il ait vraiment besoin de son aide pour traverser le couloir menant de l'ascenseur à son appartement, mais parce qu'elle avait désespérément besoin de se raccrocher à quelque chose de solide et de fiable pour ne pas sombrer dans la folie.

La peur, la fatigue, la frustration, la culpabilité l'accablaient. De violentes images la hantaient. A.J. était la corde de sécurité qui la reliait au monde réel, à la lumière et à la raison, et elle s'y rattachait de toutes ses forces.

Du reste, on aurait dit que lui aussi éprouvait le besoin de se raccrocher à quelque chose : depuis qu'ils avaient quitté le Riverfront, il avait presque en permanence gardé le bras sur ses épaules, quand il ne serrait pas sa main.

Des dizaines de policiers en uniforme et d'inspecteurs — sans compter des agents du FBI et un assistant du procureur, d'après ce qu'elle avait pu comprendre — avaient rappliqué sur un simple appel qu'A.J. avait passé depuis l'hôpital à son partenaire, Josh Taylor. « J'ai besoin d'aide, *amigo.* »

Il ne pouvait plus à la fois abattre Galvan, démasquer son complice, protéger Claire et remplir toute la paperasse, avait-il ajouté en essayant de plaisanter.

Claire avait failli pleurer en voyant le nombre d'amis et de collègues d'A.J. venus organiser une ronde de surveillance autour du quartier et de l'immeuble où il vivait afin qu'il puisse se reposer et récupérer. Des hommes s'étaient rendus au commissariat pour faire les rapports, d'autres au Riverfront pour recueillir les déclarations des témoins. Eux aussi, semblait-il, avaient découvert le secret d'A.J., à savoir que le policier tranquille, le caméléon de la police de Kansas City, l'ancien qui avait formé des éléments comptant parmi les meilleurs, était beaucoup plus qu'un bon flic.

C'était un homme bon.

A.J. ouvrit et la laissa entrer. Il verrouilla la porte derrière eux et la prit par la main pour la conduire dans le salon. La dernière fois, elle avait à peine remarqué la pièce. Mais le soleil se levait dans un ciel dégagé pour la première fois depuis une semaine, et ses rayons venaient réchauffer les tons bleu pâle et les teintes chaudes qui créaient dans son intérieur une chaleureuse ambiance méditerranéenne.

— C'est joli chez toi.

— Je ne peux pas m'en attribuer le mérite. Mes sœurs se sont occupées de la décoration. Selon elles, cet endroit avait besoin d'autre chose que de murs blancs et d'un lit de camp pour être vivable.

— Elles ont bon goût.

— Tu es sûre que tu ne veux pas que je te ramène chez toi ?

— J'en suis sûre.

Primo, il y avait le petit problème de ne pas savoir en qui elle pouvait avoir confiance chez son père et qui voulait la tuer. Secundo, elle craignait qu'une fois partie de chez lui, A.J. trouve un prétexte pour ne plus jamais l'inviter.

— Tu as faim ?

— Je suis affamée, mais je crois que je suis trop fatiguée pour avaler quoi que ce soit.

— Une boisson ?

— De l'eau, ce serait bien.

— Ça marche !

Il posa sa canne dans un coin, à côté d'une plante en tissu, et se dirigea vers la cuisine. Son boitement était presque imperceptible à présent, mais le pantalon vert qu'on lui avait donné à l'hôpital pour remplacer son jean déchiré était là pour rappeler à Claire qu'il avait été blessé.

En voulant la défendre.

Elle ferma les yeux et les rouvrit immédiatement, dans l'espoir que les images qui la harcelaient disparaissent. A.J. qui accourait à son secours. Qui la protégeait de son corps lors de l'explosion. Prêt à abattre l'homme qui la terrorisait, puis laissant filer sa chance pour épargner les passants innocents autour.

Des passants innocents qu'*elle* avait mis en danger parce que Galvan semblait se moquer du nombre de personnes blessées ou tuées, tant qu'il ne comptait aucun échec à son palmarès. Qui sait ? Peut-être allait-il rentrer dans le *Guinness des records* ? Claire rit, les dents serrées, d'un rire qui lui fit mal à la gorge.

— Voilà pour toi, dit A.J. qui revenait en lui tendant une bouteille d'eau.

Il désigna le canapé et les fauteuils encombrés.

— Mets-toi à l'aise. A vue de nez, je dirais qu'on va me faire la faveur de nous laisser vingt-quatre heures de paix.

Claire s'assit sur le bord du canapé brodé marron et crème et ouvrit sa bouteille.

— Tes amis ont vraiment l'air de t'aimer et de te respecter.

— Oui, va comprendre…

A.J. s'écroula dans un fauteuil en face d'elle et posa sa jambe sur un pouf avant d'ouvrir son jus d'orange. La fatigue aidant, le silence s'installa. Claire but trois gorgées d'eau. Deux nuits auparavant, elle avait dû lutter contre les intentions nobles et les idées fausses de l'inspecteur pour avoir le privilège de dormir entre ses bras. La nuit dernière, pas de sommeil. Juste la destruction et la douleur. Et ce matin ne semblait pas se lever sur quoi que ce soit ressemblant à de l'espoir.

— Ils ont l'air gentils, dit-elle pour relancer la conversation.

— Ouais.

Au moins, il ne lui tournait pas le dos comme la dernière fois. Mais le silence dans ses oreilles la laissait démunie face aux souvenirs coupables et aux craintes qui ne lui laissaient aucun répit. Elle reboucha sa bouteille et remarqua le sang séché entre ses ongles et ses cuticules.

C'était le sang d'A.J.

Il avait eu besoin de neuf points par sa faute. Un chauffeur de taxi était mort. Par sa faute. Dix-neuf blessés dans l'explosion, dont six dans un état assez grave pour nécessiter une hospitalisation.

Elle tâcha d'ôter le sang séché en grattant avec l'ongle de son pouce, mais il refusait de partir. Elle revoyait le regard noir et froid de Galvan. Le couteau qu'il avait brandi. Il pouvait lui faire du mal de multiples façons. Revolver, bombe, arme blanche… Pour lui, la tuer était un jeu — et avec A.J. dans la partie, peut-être même son dernier défi. Il avait le pouvoir — et l'intention — de la faire souffrir.

Et il y parvenait.

Claire bondit sur ses pieds.

— Puis-je de nouveau utiliser ta salle de bains ?

— Bien sûr.

— Je me sens sale et crasseuse.

A.J. se leva.

— Tu te rappelles où sont les choses ?

Elle opina, même si elle n'avait pas vraiment lu ses mots.

— Je suis épuisée, mais je n'arrive pas à me détendre.

— Tu n'as pas à te justifier. Va.

Bientôt, il lui tendait une serviette et un gant et fermait la porte derrière elle, la laissant seule au milieu de la pièce aux carreaux brun clair. Comme un automate, elle laissa tomber la serviette sur le réservoir des toilettes et tendit les mains vers la cabine de douche pour ouvrir l'eau. Elle la laissa chauffer. Elle voulait remplir la pièce de chaleur et de vapeur, que l'eau purifie chaque pore de sa peau.

Elle retira ses chaussures, défit la ceinture de cuir qui maintenait le jean d'A.J., , ôta son débardeur.

Debbie lui avait prêté deux débardeurs. Celui-ci était maculé de saleté et de sueur, et l'autre était tellement couvert de sang — le sang d'A.J. — que l'urgentiste l'avait jeté à la poubelle.

— Je t'en achèterai d'autres, Deb, promis…

Elle passa ses mains dans son dos pour défaire le soutien-gorge de dentelle rouge et ajouta :

— Et je remplacerai ton costume. Non, je paierai tes cours pour que tu n'aies plus à revenir dans cet endroit.

Zut, elle avait oublié que le soutien-gorge n'avait pas de crochet. Elle dut passer ses bras dans les bretelles et se tortiller afin de l'enlever par la tête.

Peut-être devrait-elle également payer les réparations du club ? Elle pouvait toujours piocher dans ses économies et acheter de nouveaux lampadaires pour le parking. Offrir un taxi à la ville. Donner une sorte de compensation financière à toutes les personnes qui avaient été blessées pour la simple raison qu'un soir, elle avait pris la décision de tenir tête à son père et qu'au lieu de ça elle avait eu le coup de bol d'assister à un meurtre.

Des gens mettaient leur vie en jeu pour elle. Se faisaient blesser. Mouraient. Et tout était sa faute. Tout…

L'élastique du soutien-gorge se prit dans ses cheveux et pinça la bosse derrière sa tête. Une vive douleur l'envahit, qui lui fit monter les larmes aux yeux.

Claire serra ses bras sur sa poitrine et resta debout dans la vapeur à pleurer.

Un souffle d'air frais effleura sa peau chaude. Quelqu'un avait ouvert la porte. A.J. avait dû frapper ou dire quelque chose doucement, mais elle ne l'avait pas entendu.

Il avait retiré son T-shirt et son arme. Il était là, devant elle, seulement vêtu du pantalon de l'hôpital, qui ne faisait que lui rappeler ce qu'elle détestait tant. Son torse était lisse, sa respiration régulière, mais l'inquiétude se lisait sur sa bouche magnifique.

Et ça aussi c'était sa faute, sans aucun doute.

— Je croyais faire ce qu'il fallait.

Elle était gênée de se montrer si vulnérable, et son menton tremblait tandis qu'elle essayait de s'excuser.

— Je ne voulais pas que tu sois blessé. Ni toi ni personne. Pourquoi tant de gens…

Les bras d'A.J. étaient déjà autour d'elle. Ses mains la tenaient tendrement, la protégeaient. Sa joue nichée contre son torse, contre les battements de son cœur, elle pleurait.

Lui parlait-il ? Elle l'ignorait. Mais elle était sous le coup de trop d'émotions pour protester quand il retira son pantalon et son slip, ouvrit la porte de la douche et l'attira à l'intérieur.

Le contact de l'eau sur son dos nu fut violent. Elle gémit et enfouit son visage dans la poitrine de l'inspecteur.

Bougeant avec elle, il la fit entrer en douceur sous le jet. Sa main dessinait des cercles lents dans son dos, et ses doigts venaient masser sa nuque tandis que l'eau chaude se déversait sur le sommet de sa tête et cascadait sur ses épaules, sur ses seins, s'insinuait entre leurs deux corps.

Au bout de quelques minutes, la chaleur de l'eau avait pénétré en elle, réchauffant son sang et la ramenant à la vie. Elle desserra ses bras de sa poitrine et fit glisser ses mains sur les flancs et le dos d'A.J. Elle s'accrocha à lui, pressant ses seins tendres contre son torse dur, inflexible. Elle ferma les yeux et embrassa la courbe d'un muscle, savourant le contact parfait de leurs deux corps.

Elle ouvrit la bouche pour protester quand il la lâcha, mais sa gorge était encore à vif des larmes qu'elle avait versées. Il posa alors une main sur sa hanche et la fit avancer d'un pas pour le suivre. L'angle de l'eau changea, la frappant en plein dos. Des doigts forts et doux se glissèrent dans ses cheveux et commencèrent un lent et délicat massage. Elle comprit.

Une odeur de propre masculine et piquante vint taquiner ses narines et lui donna envie de sourire. Pas de shampooing de fille pour ce mec. La mousse dégoulinait le long de sa nuque et poursuivait sa route le long de son dos. Il faisait attention à sa bosse et massait ses tempes avec plus de vigueur, la soulageant du mal de tête dû aux larmes.

Puis, accrochée à lui, confiante, elle s'inclina en arrière pour rincer ses cheveux. Quand la bouche d'A.J. vint embrasser sa gorge, elle retint son souffle avec un mélange de fascination et d'espoir. Ses lèvres étaient tendres, fermes — plus chaudes que l'eau qui tombait entre eux. Le picotement de sa barbe naissante dansait sur sa peau. Elle frissonna. A.J. adoucit le contact rugueux de sa langue.

Le bout de ses seins durcissait, réclamant plus que son manque d'expérience ne savait en demander. Il répondit à cette invitation silencieuse en refermant sa bouche sur l'un de ses tétons dressés. Enroula sa langue autour. Les doigts de Claire s'enfoncèrent dans son dos, elle haleta sous le plaisir brut et absolu qui parcourut son corps pour se concentrer dans l'endroit qu'il s'appliquait à éveiller. Il s'en prit à son autre sein, lui faisait subir le même tourment délicieux.

Professeur ès frissons.

Ses mains viriles suivirent la voie de l'eau dégoulinant le long de son dos et empoignèrent ses fesses. Il la souleva, attirant ses hanches contre les siennes, lui faisant découvrir comment son corps à lui réagissait.

A ce contact intime, Claire eut un gémissement. Elle ouvrit la bouche pour reprendre son souffle, et A.J. en profita pour l'embrasser.

Claire s'épanouissait, emportée par la force de ses baisers. Elle prit son visage dans ses mains et, d'une façon maladroite, fit remonter ses paumes le long de sa mâchoire, pressant ses pouces aux coins de ses lèvres. Elle inclina sa bouche dans un sens, puis dans l'autre, découvrant chaque manière dont elle aimait être embrassée — toutes offraient quelque chose de merveilleux.

Sa langue entraînait la sienne dans une danse folle. Claire épousa son rythme. La passion embrasait tout son être — et la fatigue des dernières heures s'évaporait. De même, les sentiments négatifs qui l'avaient submergée se retiraient au gré de l'exploration des mains d'A.J., de ses baisers dévorants, du frottement de son corps contre le sien.

Un instinct avide et désespéré déferla dans ses veines à un rythme effréné, sachant ce qu'elle voulait avant même qu'elle n'ait eu le temps d'en prendre conscience. Se purifier, devenir plus forte, renaître. Mais elle ignorait comment le demander. Elle ne savait pas comment exprimer ce que son corps et son esprit réclamaient à cor et à cri.

Quand les mains d'A.J. s'éloignèrent, elle crut qu'il était trop tard, qu'elle avait laissé filer sa chance, mal compris ses intentions. Son cœur bondit dans sa poitrine et elle eut un cri de protestation.

Elle sentit alors le contact rugueux du gant de toilette sur son dos. Il la lavait, achevant ce qu'elle n'avait pas été capable de faire. Il était tellement fort de corps et d'esprit… Il avait toujours pris soin d'elle, il l'avait toujours protégée. Ses égards lui redonnaient envie de pleurer. Elle avait envie de faire la même chose pour lui. Si elle pouvait… Si elle savait comment s'y prendre…

Elle posa ses mains sur ses épaules comme A.J. s'agenouillait devant elle pour passer le linge savonneux sur son ventre. Il fit glisser la culotte rouge qu'elle portait encore le long de ses hanches puis sur ses jambes. Il embrassait un endroit puis passait le gant de toilette. Si l'eau rinçait le savon, sa peau, elle, picotait encore du contact de ses lèvres. Il embrassa ses cuisses, puis enfouit son visage près du centre de son être. Ses sensations se concentrèrent sur la pression de sa bouche au cœur même de son désir.

Quand elle sentit ses genoux l'abandonner, il la retourna et se mit à frotter son dos. L'eau qui tiédissait lui frappa le visage, la réveillant du feu furieux qui faisait vibrer son corps à un sensuel rythme latin. Elle haleta au contact de ses dents sur ses fesses, avala une rasade d'eau et la recracha, une idée soudain en tête.

Relevant le défi de ces morsures taquines, elle se retourna et prit le gant des mains d'A.J. Elle le fit se relever et inversa leurs positions pour que ce soit lui qui se retrouve sous le jet, faisant écran de son corps pour ne laisser passer que des éclaboussures. Elle versa du gel douche sur le gant et lui rendit audacieusement la pareille.

L'élève devint le maître. Elle lava son corps, effaçant sa peur et sa culpabilité en même temps que la saleté d'une journée et d'une nuit sans fin. Elle lui enseigna le plaisir d'un savant coup de dents sur l'excroissance du menton. Et le fit frissonner en embrassant la fraîche cicatrice sur sa joue.

Elle fit glisser le gant sur ses tétons bruns qui réagirent de façon immédiate, puis elle les caressa de la paume de la main. La vibration d'un gémissement remonta dans sa poitrine ; il préférait ce contact au premier. Claire rinça son torse et approcha sa bouche de ses tétons tendus, y enroulant sa langue jusqu'à ce qu'il vacille lui aussi.

Puis elle se pencha pour laver délicatement sa cuisse blessée… et se figea. Ses yeux se trouvaient exactement au niveau de la preuve irréfutable du désir qu'elle lui inspirait. Elle fut d'abord choquée par ce membre dressé, voire effrayée par sa force. Mais A.J. n'était pas seulement force, il était également beauté. Elle ressentit un pincement au fond d'elle, un chagrin, face à cette preuve de son désir, de son envie d'elle. La tension envahit ses extrémités et se déversa en elle. Son excitation était moins visible, mais non moins puissante.

Et si son manque d'expérience dans la vie — et dans ce domaine en particulier — n'était pas un inconvénient, en fin de compte ? Peut-être pourrait-elle être la femme dont *lui* avait besoin. Elle se releva et referma sa main pleine de mousse sur son sexe. Elle haleta de surprise, quand il s'enfonça brusquement entre ses doigts. Le pouvoir qu'un homme et une femme pouvaient avoir l'un sur l'autre était si grand…

A.J. plongea son regard dans le sien, et elle y lut toute sa passion. Elle sut. Elle ne pouvait plus faire machine arrière. Elle ne le voulait pas.

L'eau était froide à présent, mais A.J. la pressa contre lui et mêla leurs deux corps dans un baiser torride. L'instant d'après, le robinet était fermé, une serviette l'enveloppait et il la prenait dans ses bras pour la porter dans la chambre.

Aucun mot ne fut prononcé jusqu'à ce qu'il l'allonge sur le lit. A.J. ne retira pas la serviette qui séparait leurs corps et s'allongea à son côté, une jambe en travers des siennes. Il ôta les cheveux du visage de Claire et les glissa derrière ses oreilles. Une goutte d'eau perla sur son nez et s'écrasa sur la joue de la jeune femme. Il l'effaça du bout de son pouce avec une tendresse infinie.

— Es-tu sûre de vouloir que je sois le premier, *amor* ?

Oui, et le seul.

Elle lui répondit d'un sourire et d'un baiser.

Quelques instants plus tard, la serviette avait disparu et Claire s'enfonçait dans les oreillers et les couvertures sous le poids de l'homme qu'elle aimait.

— Il se peut que ce ne soit pas agréable, la prévint-il. Voire douloureux. Et je ne veux pas te faire de mal…

— Tu ne me feras aucun mal. Sauf si tu t'arrêtes.

— Rassure-toi, je n'ai aucune envie de m'arrêter.

Il caressa ses seins, puis ses doigts s'aventurèrent au cœur de sa féminité et elle gémit sous la douce, si douce tourmente qu'il lui infligeait.

— C'est bon… tellement bon…

Lorsqu'il se glissa en elle, ses sensations étaient telles que la douleur n'existait plus. L'absolu du moment, la joie de le sentir la pénétrer, la combler, furent plus forts.

Puis il commença à onduler. Elle se laissa entraîner par le rythme de cette danse sensuelle, plus intense à chaque contact, chaque martèlement. Quand le crescendo silencieux atteignit son apogée, elle renversa la tête et poussa un cri. Il embrassa sa gorge, elle s'accrocha à lui comme il venait en elle une dernière fois pour parfaire cet instant.

L'esprit encore embrumé, dérivant, portée par les échos de cette danse dont son corps vibrait encore, Claire songea qu'elle était une femme, désormais. Elle sourit dans sa plénitude, tout contre la gorge d'A.J. dont le pouls s'apaisait : ce n'était pas tout à fait vrai. Il avait déjà fait d'elle une femme bien avant leur premier baiser.

A présent, elle était *sa* femme.

Ils se glissèrent sous les couvertures, repus et épuisés. A.J. vint presser son torse contre son dos, posa une main sur son sein, replia ses genoux sous les siens et nicha ses lèvres derrière son oreille ; et ainsi, peau contre peau, âme contre âme, leurs cœurs guéris de leurs blessures, ils s'endormirent.

12

— Ça va mieux ?

A.J. regarda Claire entrer dans la chambre de sa gracieuse démarche de ballerine en séchant ses cheveux dans une serviette. Il nageait un peu dans son peignoir de bain, mais d'une façon charmante, ce corps qui l'avait accueilli dans un abandon de douceur à lui voler son âme…

— J'allais déjà bien avant de dormir, dit-elle avec un sourire qui illumina la pièce, même s'il n'était pas vraiment certain que séduire une vierge était le meilleur moyen de la réconforter ou d'apaiser ses propres besoins émotionnels. C'est quoi ?

Elle suspendit la serviette à la poignée de la porte et traversa la chambre pour venir inspecter le plateau de sandwichs, chips et sauce qu'il avait préparé pendant qu'elle se douchait.

— Le petit déjeuner au lit ne me semblait pas très approprié à 1 heure de l'après-midi, mais je voulais faire quelque chose…

Pour la remercier ? S'excuser ? Lui demander de refaire l'amour ?

Si c'était le cas, alors la mise en scène était plutôt minable. Il aurait mieux fait de lui offrir des diamants ou de l'emmener dans un tour du monde. Mais il se disait que Claire Winthrop avait suffisamment d'argent pour s'offrir tous les diamants et tous les voyages qu'elle désirait. Il ne pouvait pas rivaliser dans son monde à elle, et elle n'avait aucun intérêt à rester dans le sien plus longtemps qu'il ne le faudrait.

— C'est gentil. Merci.

Elle déposa un rapide baiser sur ses lèvres et plongea une chips dans la sauce.

— C'est bon, dit-elle en mangeant.

Elle se dirigea vers la commode et se brossa les cheveux. Maggie Wheeler avait apporté des affaires de toilette à son intention une heure auparavant. Il y avait également une nouvelle tenue dans le placard.

Après sa douche, A.J., lui, s'était contenté de vider ses poches et d'enfiler un jean. Sa blessure à la jambe n'était guère plus qu'une douleur sourde à présent, et il était assez reposé pour penser à après. Plus tôt dans la matinée, il n'avait songé qu'à ménager Claire. Elle était trop fatiguée, trop effrayée, trop tout pour continuer. Quand il avait entendu l'eau couler, mais qu'il ne l'avait pas entendue entrer dans la cabine de douche, il avait compris que quelque chose n'allait pas.

Elle avait besoin de réconfort, et la seule chose qu'il avait à lui offrir, c'était lui-même. Cela avait semblé lui suffire. Quant à A.J., il savait désormais qu'elle était la seule chose dont il aurait jamais besoin.

Mais là la parenthèse enchantée était close. Le réel reprenait ses droits.

Dominic Galvan était toujours dehors, à attendre le moment de frapper — pour détruire Claire, et par conséquent lui avec. Il fallait qu'il pense comme un flic à présent. Ils devaient organiser un plan d'action — dans lequel lui partirait traquer Galvan pendant que Claire resterait quelque part à l'abri.

— C'est ta famille ?

La question innocente de Claire le tira de ses réflexions. Il vint regarder par-dessus son épaule le dernier portrait de famille qu'ils avaient pris tous ensemble.

— Oui, c'est nous. Ma mère Sofia. Mes sœurs Emilia, Luisa, Ana et Teresa.

— Et ton père, Antonio, dit Claire en effleurant le cadre argenté posé sur la commode.

Ce délicat hommage lui fit l'effet d'une caresse sur la peau.

— Tu lui ressembles. Enfin, maintenant.

Elle leva les yeux pour croiser son regard dans le miroir.

— Tu faisais plutôt voyou à l'époque avec tes cheveux longs, tes boucles d'oreilles et ton cuir.

— J'ai fait partie d'un gang pendant quelques années.

Les yeux bleus s'écarquillèrent.

— Ouais, je pense qu'avoir ça sur mon C.V. va sacrément impressionner votre père.

— Quoi ?

Elle se retourna pour le regarder droit dans les yeux.

— Qu'est-ce que mon père a à voir avec ça ?

A.J. secoua la tête. Il sentait poindre au fond de lui ce même ressentiment qui l'avait si souvent conduit à faire les mauvais choix.

— Tu te rends compte à quel point nous sommes différents, Claire ?

— Cela te pose un problème que je sois riche ?

— Cela te pose un problème que je ne le sois pas ?

— Je ne m'étais pas posé la question, dit-elle en haussant les épaules.

Bon sang ! Ces yeux… Elle était assez ingénue pour ne pas avoir prêté attention à leur disparité. Leurs âges, leurs milieux, leurs avenirs.

Peut-être qu'elle n'y pensait pas maintenant, toute à sa douce euphorie d'avoir perdu sa virginité — ou bien parce qu'elle savourait la sérénité de ces vingt-quatre heures de répit, hors d'atteinte de Dominic Galvan. Mais il n'y avait aucune chance pour qu'elle s'engage dans une relation à long terme avec lui. Elle serait contrainte d'abandonner trop de choses. Elle aurait trop à endurer.

— Mon père a travaillé pour le tien, il y a des années, dit-il lentement

— Oui, c'est ce que papa a dit au commissariat. Qu'il connaissait ton père. On aurait dit que cela te troublait d'ailleurs, dit-elle en resserrant le col du peignoir sur son cou. Je ne crois pas t'avoir déjà vu réagir de la sorte.

— Mon père était gardien dans l'immeuble Whintrop. Il balayait les sols de ses vingt-six étages et vidait ses poubelles. Et chaque soir ton père passait devant lui sans même un regard parce qu'il était au-dessus de lui.

— Ce n'est pas vrai.

Bien sûr qu'elle allait défendre son père.

— Papa s'est toujours fait un devoir de connaître toutes les personnes à son service — depuis son plus proche ami au conseil de direction jusqu'aux hommes responsables des chargements à l'aéroport. Et s'il ne connaît pas leurs noms, il sait ce qu'ils font dans l'entreprise et qui est leur responsable. Et il se montre toujours courtois et amical.

— Tu crois qu'il inviterait un fils de gardien à sa table lors d'un repas de famille ?

Claire se renfrogna.

— A.J., pourquoi dis-tu cela ? J'ai vraiment cru que nous vivions quelque chose de spécial tous les deux et tu gâches tout.

— Tu as raison, dit-il en retournant vers le lit. C'était une bonne partie de jambes en l'air.

— Une partie de jambes en l'air ?

Même si, au fond de son cœur, il savait que c'était un

acte d'amour, et non de luxure, il ne revint pas sur sa formulation grossière.

— Claire, mon cœur, cette semaine a été très éprouvante pour toi, et nous avons eu plein d'imprévus. Cela peut déformer…

— Je te conseille de ne pas me dire que je ne suis qu'une espèce de snob qui cherche à se donner du frisson en vivant à la dure avec le premier mec de la classe ouvrière qui tombe dans son lit.

Elle lui attrapa le coude pour qu'il se retourne vers elle.

— Cela m'est égal d'où tu viens — ce que tu étais quand tu étais jeune —, ce que ton père faisait pour vivre. Tout ce que je peux dire, c'est que je t'admire encore plus pour t'en être sorti. Un inspecteur respecté, un ami apprécié. Tu sauves des vies, tu fais passer les autres avant toi. Enfin… je croyais que c'était le cas…

— Je suis un flic, Claire. Et je ne serai jamais plus qu'un simple flic.

Il l'attrapa par les épaules.

— Je ne serai jamais un homme aussi bien que mon père.

— Quoi ?

Le visage de la jeune femme se vida de toute colère, et son corps se raidit sous ses doigts.

A.J. la relâcha et s'assit sur le lit, accablé. Pourquoi diable la rejetait-il alors que la garder près de lui était la seule chose qui réussissait à calmer sa douleur ? Probablement parce qu'il savait que ça ne pourrait pas durer pour toujours. Au bout du compte, elle avait vraiment vu qui il était et n'était pas. Et sans la menace qui pesait sur leurs vies pour les lier, il n'y aurait rien pour les empêcher de se séparer.

Et ce serait terriblement douloureux. Perdre Claire le tuerait.

— Parle-moi de ton père, A.J.

Le lit craqua. Elle s'asseyait derrière lui. La douceur

de sa voix lui fit fermer les yeux. Bon sang ! Elle allait se montrer gentille et compréhensive, là aussi !

Avec un soupir, il se prit le front entre les mains. Puis il posa un genou sur les couvertures et se retourna pour qu'elle puisse lire sur ses lèvres.

— Mon père a été tué quand j'avais dix-sept ans. Officiellement, il a été percuté par un chauffard ivre et sa voiture a pris feu.

— Officiellement ?

— Il n'y avait personne dans l'autre voiture. Et personne n'aurait pu survivre à une telle collision et repartir. J'ai toujours pensé que c'était une mise en scène. Qu'il avait été tué ailleurs et que l'accident ne servait qu'à masquer la véritable cause de sa mort.

— C'est terrible.

Oui, ça l'était. Surtout quand l'image d'un corps noirci dans une Pontiac carbonisée ne vous quittait pas.

— Quelques jours avant sa mort, mon père a essayé de me dire qu'il avait des problèmes — que certaines personnes ne seraient pas très contentes d'apprendre qu'il savait quelque chose.

— A-t-il dit de quoi il s'agissait ?

Il secoua la tête, se maudissant comme il n'avait cessé de le faire depuis dix-huit ans.

— Il a tenté de m'en parler, mais j'étais en pleine rébellion, et je ne l'ai pas écouté. Il était toujours sur moi, à essayer de faire de moi quelqu'un de mieux — pas seulement un homme. Je ne l'ai pas écouté. Et puis il est mort. J'ai essayé de découvrir ce qu'il avait voulu me dire. En vain.

— Oh ! A.J., dit-elle doucement, d'une voix émue qui le toucha au plus profond de son âme.

Les larmes commençaient à monter. Mais il ne pouvait pas pleurer.

— Il s'efforçait de m'apprendre à faire ce qui était bien.

A écouter plus que parler, et à dire la vérité. A se battre pour ceux qui ne peuvent pas le faire.

Le lit bougea. Elle s'approchait.

— Mais toutes ces choses-là, tu les fais.

— Je ne les faisais pas avant. Il a fallu qu'un homme bien meure pour que je change.

— Tu n'étais qu'un enfant.

Une main fraîche lui effleura le dos, il tressaillit.

— Tu as changé.

Elle l'étreignit.

— Je sais que ton père serait fier de l'homme que tu es devenu. Moi je suis fière de toi. Tu es un homme de paix. De force. D'honneur.

Elle déposa un baiser sous son épaule — à trois reprises, un sur chaque tatouage.

— C'est pour ça que je t'aime.

A.J. ne broncha pas.

« Je t'aime. » C'étaient les mots les plus beaux qu'il ait jamais entendus.

Et rien ne lui avait jamais fait plus peur de toute sa vie.

Il se retourna vivement pour la mettre sur ses genoux. Il ne lui disait pas tout ça pour lui donner une leçon, ni pour lui expliquer pourquoi ils n'avaient pas d'avenir ensemble. Non, il ne faisait que s'avouer pourquoi il refusait toujours l'idée de couple.

Il caressa son visage, ses lèvres, ses oreilles délicates.

— Quand je te regarde, j'ai honte. Regarde tout ce que tu as surmonté. Tu as perdu ta mère et ton audition, et tu te mets en quatre pour aider les autres alors que tu aurais tous les droits d'exiger que l'on prenne soin de toi. Depuis le début de cette affaire, tu as toujours tâché de faire ce qui était juste. Ce ne doit pas être facile de tenir tête à ton père et tu savais que Galvan était dangereux, mais tu as quand même tenu à témoigner. Tu…

— Tais-toi, dit-elle en posant un doigt sur ses lèvres. Tais-toi.

Elle l'embrassa, il la serra fort et s'abandonna au plaisir coupable de ce baiser. Il glissa une main dans son peignoir pour caresser un sein. Elle toucha son visage, ses épaules, son torse. Elle l'aimait. Elle était peut-être folle, mais il l'était encore plus de la croire.

Il avait envie d'elle, elle s'offrait à lui.

En un laps de temps faisant fi des convenances, il avait enlevé son jean. Il la mit face à lui, fit tomber son peignoir sur le sol et la pénétra d'une longue poussée, se rejetant sur le dos pour savourer la sensation de ce corps doux et chaud se refermant sur le sien. Là, il n'y avait plus de différences qui tiennent. Pas de question d'âge, ni d'argent, ni de hontes secrètes.

Il ne put tenir longtemps. Agrippant ses cuisses, il plongea dans sa chaleur humide et accueillante, puis la regarda crier de plaisir quand il jaillit en elle.

Elle s'effondra sur sa poitrine et il l'enlaça avec ferveur.

— *Te amo, mi amor*, murmura-t-il à son oreille, conscient qu'elle ne pouvait l'entendre. *Te amo.*

Quelques heures plus tard, A.J. descendit de sa Pontiac, garée en face de l'immeuble Winthrop, boutonna sa veste de tweed sur son T-shirt et son arme, contourna la voiture et ouvrit la porte à Claire.

Son tailleur de soie bleue semblait bien plus approprié que sa tenue à lui, mais Claire l'avait convaincu d'affronter son père et le conseil à sa façon. Ainsi, armé de sa connaissance de l'enquête et de sa foi fragile dans l'affirmation de Claire selon laquelle il valait n'importe quel homme, il escorta la jeune femme jusqu'au vingt-sixième étage.

Amelia Ward essaya de les arrêter.

— Mademoiselle Winthrop. Inspecteur.

Elle se précipita pour les intercepter avant qu'ils n'atteignent les portes d'acier noir de la salle de conférences.

— C'est un tel plaisir de vous revoir. Tout va bien à présent ? Votre père était si inquiet. Est-ce qu'il vous attend ? Les membres du conseil ont demandé à ne pas être dérangés. Ils discutent de la conduite à tenir au sujet de M. Hastings. Il a été arrêté, vous savez. Une histoire de comportement obscène et de refus d'obtempérer.

Claire entendit chaque mot, elle avait remis ses récepteurs et ses processeurs vocaux.

— Mademoiselle Ward, répondit-elle poliment, vous vous rendez bien compte que la personne que vous remplacez a été tuée parce qu'elle a commis l'erreur d'accorder sa confiance à la mauvaise personne, n'est-ce pas ?

L'assistante de direction déglutit.

— Je ne devrais pas faire confiance à votre père ?

— J'espère que si, dit-elle en écartant la femme rousse. Il voudra me voir.

A.J. se mordit la lèvre pour ne pas sourire de son ton incisif. Claire avait l'étoffe pour être elle aussi un requin de l'entreprise, comme les autres membres de sa famille — si elle le désirait. En l'espace d'une semaine, il avait compris qu'elle excellerait dans tout ce qu'elle voudrait être.

Ils entrèrent.

— Claire !

Cain Winthrop fut le premier à se lever. Il se rua vers sa fille. Il l'étreignit et l'embrassa.

— Oh mon bébé, mon bébé. Dwight Powers m'a dit que tu allais bien, mais je ne pouvais le croire avant de t'avoir vue de mes propres yeux. Tu m'as tellement manqué, bébé, tellement manqué.

— Papa, je t'ai dit que je ne voulais plus que tu m'appelles « bébé ».

Il se recula et l'examina.

— Je sais, ma douce. Je sais, je sais. Je ferai un effort. C'est juste que je suis tellement heureux de te revoir saine et sauve. Cela signifie-t-il que tu rentres à la maison ?

Le sang d'A.J. se figea quand Cain entoura sa fille de ses bras et lui tapota le dos. Il portait à la main gauche une chevalière en or sur laquelle figuraient quatre branches dorées recouvrant un rubis. Quatre lignes formant des angles, exactement comme l'empreinte qu'avait laissée le meurtrier dans le cou de Valérie Justice.

Un *W*.

Winthrop.

A.J. aurait voulu arracher ces mains de Claire. Mais ils n'étaient pas venus pour accuser qui que ce soit. Ils étaient là pour faire état de quelques faits au sujet de l'assassinat, dans le but de forcer la main au complice.

La main de Cain Winthrop.

L'homme que son père déclarait capable de déformer la vérité quand cela l'arrangeait. La vérité était qu'il était mouillé dans le meurtre de son assistante et que sa propre fille était le témoin visuel qui pouvait l'envoyer en prison à vie. Complice de meurtre. Préméditation. Et la liste des crimes s'allongeait…

Antonio Rodriguez Sr n'avait-il été qu'un nom de plus sur la liste des victimes de Winthrop ? Avait-il tout découvert des années plus tôt et était-ce pour cela qu'on l'avait fait taire ? Allait-il perdre la femme qu'il aimait dans la même conspiration ?

A.J. resta en retrait pendant que les autres personnes présentes autour de la table — son oncle Peter, Gabriel et Gina Gunn, Marcus Tucker — s'approchaient de Claire.

Elle les repoussa pour prendre un siège.

— Papa, Peter, tout le monde, A.J. et moi avons découvert des éléments très intéressants sur le meurtre de Valérie.

— Oh chérie, veux-tu vraiment parler de ça maintenant ? demanda Peter Landers en chaussant ses lunettes.

Ce dernier s'assit au bout de la table, face à Cain. Les autres membres du conseil s'installèrent entre eux deux. Personne ne pria A.J. de s'asseoir. Peu importe. Dans cette assemblée de prédateurs, il préférait être libre de ses mouvements.

— Peut-être qu'il vaudrait mieux que tu rentres te reposer à la maison et que tu nous laisses nous occuper de ça.

Claire secoua la tête.

— Le meurtre de Valérie me concerne plus que quiconque autour de cette table. C'est moi qui y ai assisté.

Voyant qu'elle avait l'attention de tous, elle poursuivit :

— Il y a dans notre ville un tueur à gages qui s'appelle Dominic Galvan. Il vient de…

Elle se retourna vers A.J.

— Quel est le nom de ce pays déjà ?

— Tenebrosa, répondit-il. En Amérique centrale. C'est un pays réputé pour ses guerres civiles et ses exportations de drogue.

— J'ai vu son nom aux informations, commenta Gab en feuilletant un dossier qui se trouvait devant lui. Quel est le rapport entre le trafic de drogue, ce tueur à gages et nous ?

— Je n'ai jamais entendu parler de lui, dit Gina.

— Je pense que l'un d'entre vous le connaît très bien, affirma Claire, provoquant une multitude de questions qu'elle fit taire rapidement. Qu'il était là la nuit où Valérie a été tuée. Qu'il a engagé Galvan. Et je…

Elle prit la main d'A.J., et à son contact, il comprit que, malgré sa brillante intervention, elle n'était pas sûre d'elle à cent pour cent.

— *Nous* pouvons le prouver.

Marcus Tucker recula sa chaise et fit le tour de la table.

— C'est de la calomnie, Rodriguez ! Aucun d'entre nous

n'est coupable, si ce n'est d'essayer de faire de son mieux pour cette firme, et cette écervelée avec son imagination…

Et encore cet énervant doigt boudiné pointé sur lui…

A.J. attrapa le doigt en question et le tordit.

— D'un, Mlle Winthrop connaît mieux le monde réel et comment y vivre que n'importe qui dans cette pièce. Et de deux, si vous l'insultez de nouveau devant moi, je vous brise le doigt.

Il relâcha Tucker et recula, sachant pertinemment que le chef de la sécurité voudrait lui rendre la monnaie de sa pièce. Tucker s'élança vers lui, mais sembla se raviser — une action aussi irréfléchie n'était peut-être pas la bienvenue devant un tel public, et en plus A.J. ne bougeait pas.

— Je ne le pensais pas, mademoiselle Winthrop, dit-il en regardant Cain pour l'inclure dans ses excuses. Je voudrais seulement savoir d'où vous tenez ces prétendues preuves que l'un d'entre nous travaillerait avec Galvan.

Claire chercha le regard d'A.J. avant de lâcher la bombe. Il hocha la tête pour lui dire qu'il était avec elle.

— Je sais que c'est un sujet plutôt délicat, mais l'un de vous avait une aventure avec Valérie. Et ça s'est terminé juste avant sa mort. Nous pensons que c'est pour cette raison qu'elle a été tuée. Elle savait que des malversations avaient lieu ici — les fraudeurs devaient sûrement utiliser notre réseau et nos accords douaniers pour transporter de la drogue depuis Tenebrosa et la distribuer. Le département de police pense que plusieurs meurtres sont liés à cette contrebande. Valérie avait été bafouée. Elle voulait se venger. Elle a dû menacer son amant de révéler qu'il se servait de l'entreprise pour s'enrichir.

Les joues de Gina pâlirent puis rougirent.

— C'est pour ça que Dwight Powers voulait des prélèvements de sperme. Pour découvrir quel homme avait couché avec Valérie.

— J'ai couché avec elle, confessa Cain en balayant du regard sa fille et ses beaux-enfants.

— Quoi ?

— Papa ?

— Cain !

Gab se leva et marcha vers son beau-père, un rictus accusateur aux lèvres.

— Espèce de fils de pute ! Tu as trompé ma mère ?

— Juste une fois. Le jour où Valérie a disparu.

Cain se leva à son tour et fit face à son beau-fils. Son visage de marbre ne laissait en rien deviner ses émotions.

— Tu connais ta mère. Ou peut-être pas, puisque tu passes tes soirées à te balader en ville — ou à faire des voyages d'affaires pour ne pas avoir à passer de temps auprès d'elle.

— Je ne te permets pas d'insulter…

— Je suis un vieil homme. J'ai bâti un empire à partir de rien. J'ai connu le véritable amour, avec la mère de Claire, mais il m'a été arraché bien trop tôt. Je n'ai pas besoin d'être dirigé ou manipulé. J'ai besoin qu'on m'aime et qu'on m'accepte tel que je suis.

Il se tourna vers Gina pour l'inclure dans ses explications, comme s'il voyait des similitudes dans les gènes familiaux.

— Tout ce qui intéresse Deirdre, c'est les affaires et les dollars. J'aimerais me retirer dans notre chalet près du lac, mais cela ne convient guère aux obligations sociales de votre mère.

Puis il s'adressa à Claire.

— Valérie et moi nous avons été amis pendant des années. D'une certaine façon, je pense qu'elle m'a toujours mieux compris que n'importe laquelle de mes femmes.

Il marqua une pause et reprit :

— Depuis quelques semaines, elle me laissait entendre qu'elle souhaitait que nos relations deviennent plus intimes.

Je me suis arrangé avec Marcus pour que l'on croie que Valérie partait en voyage aux Bahamas avec son petit ami. Elle est donc allée à l'aéroport, puis est rentrée se terrer dans son appartement pour la semaine. Elle m'a dit qu'elle resterait à ma disposition — quand je pourrais m'échapper et que j'aurais envie de la voir.

Cain secoua la tête, découragé.

— Je savais que Deirdre ne se douterait de rien si elle pensait que Valérie était à l'étranger.

Il se laissa retomber sur son siège. Claire agrippait les accoudoirs de sa chaise, comme si elle se retenait d'aller vers son père.

— Le jour où Valérie a disparu, poursuivit celui-ci, le jour où elle est morte, je suis allé chez elle. Je l'ai laissée me séduire. Bon sang ! Il n'y a eu aucune bagarre. Je lui ai parlé de divorcer et de m'engager plus sérieusement avec elle.

— Tu veux divorcer ?

Il écarta la protestation de Gina d'un geste de la main.

— Je n'étais pas amoureux de Valérie, mais avec elle, je pouvais me détendre. Une fois que nous avons fini de parler de ce que je pouvais lui promettre, je suis rentré à la maison. Et c'est là que Claire est arrivée en trombe en disant que Valérie était morte. Je l'avais vue seulement deux heures plus tôt. Je pensais à changer de vie pour elle.

Il balaya du regard toutes les personnes présentes.

— J'étais sûr que ce ne pouvait être qu'une erreur. Val avait juré de rester cachée, de se faire discrète pour que personne ne puisse deviner nos intentions. J'ai fait appeler Amelia pour qu'elle se fasse passer pour Valérie. Je voulais me rendre chez Valérie pour lui parler de vive voix — découvrir pourquoi elle avait pris le risque de se faire prendre, pourquoi elle m'avait trahi — avant que la police ne s'en mêle. Si elle se trouvait au bureau ce soir-là, cela ne présageait rien de bon.

Peter Landers se leva et s'éclaircit la voix.

— On se croirait vraiment dans un épisode palpitant d'*Arabesque*. Mais j'ai autre chose à faire.

Puis il regarda Cain et ajouta :

— Reprends-toi et ne dis rien de plus avant que je fasse venir nos avocats. Je m'occupe d'envoyer la caution de Rob Hastings comme convenu. Je suis toujours convaincu que nous ferions mieux de le remettre en liberté pour qu'il aille au civil et monte sa propre défense. Mais c'est le conseil qui décide.

Sur ce, il se pencha pour embrasser Claire sur la joue et ajouta :

— C'est bon de te revoir, ma chérie. Même si tu racontes n'importe quoi.

Il gagna la porte, s'arrêtant un instant pour poser sur A.J. un regard condescendant.

— Inspecteur, je pense que vous avez fait suffisamment de mal à cette famille. Puis-je vous suggérer de ne pas impliquer Claire la prochaine fois que vous nous referez le même cirque ?

Marcus Tucker, vexé, emboîta le pas à Landers.

— Cain, sois maudit ! dit Gina avant de bondir sur ses pieds et de contourner la table au pas de course pour rattraper l'un des deux hommes qui étaient sortis.

— Attends ! Je veux te parler !

— Je croyais que nous étions une famille, Cain, dit Gabriel Gunn en boutonnant sa veste. Je ne sais pas si maman pourra te pardonner.

Puis il embrassa Claire sur la tête et ajouta à son intention :

— C'est bon de te revoir, demi-portion. Rodriguez…

Lorsque le dernier membre du conseil eut quitté la

pièce, Cain Winthrop prit la parole. Son regard semblait lointain, comme s'il contemplait son passé.

— Vous savez, Rodriguez, il y a des années de cela, votre père est venu me voir pour me raconter une histoire comme celle-là. Il m'a dit qu'un soir il avait entendu Valérie parler au téléphone d'une cargaison venant d'Amérique latine. D'après lui, il s'agissait de quelque chose d'illégal — elle parlait d'éviter un contrôle des douanes et de faire un virement sur un compte masqué. Mais je ne l'ai pas cru. Pour me préserver moi ou la compagnie, j'ai fait confiance à ma famille.

Cain lui avouait enfin ce qu'il suspectait depuis le début...

— Il y a pourtant une personne qui a cru mon père et qui l'a empêché de parler, dit A.J.

Cain acquiesça.

— Je me suis toujours posé des questions sur cet accident.

— A.J., intervint Claire en repoussant sa chaise pour s'approcher de lui. Que veux-tu dire ? Que l'homme qui a assassiné Valérie est celui qui a tué ton père ?

C'était bien ça. Il allait la perdre. Mais son besoin de justice était plus fort que ce que son cœur réclamait.

Il soupira, contrit, et toucha le visage de la jeune femme pour la dernière fois. Puis il se dirigea vers Cain Winthrop et tendit la main vers la preuve accablante.

— Monsieur Winthrop, puis-je voir votre bague ?

— Tu ne peux pas arrêter mon père ! Ce n'est pas ce que nous étions convenus, dit Claire en courant après A.J. tandis qu'il rejoignait l'ascenseur.

Josh avait déjà passé les menottes à Cain Winthrop et l'emmenait.

— Tu m'as promis que si j'en disais assez, l'un d'entre eux nous apprendrait quelque chose. Que tu pourrais suivre la piste de leurs agissements et découvrir qui avait contacté Galvan.

— Ton père nous en a suffisamment appris. Il était avec Valérie cet après-midi-là. Il la suspectait de se servir de lui et de la compagnie et il n'a aucun alibi.

— Il ne l'a pas tuée et il ne laisserait personne me faire du mal.

— Il porte la bague, Claire. Et son ADN va correspondre à celui retrouvé dans le lit de Valérie.

Elle lui prit le bras.

— C'est donc ça ta preuve ?

Il agita le sachet en plastique étiqueté contenant la bague.

— Les faits l'accablent. Le dessin sur sa bague correspond à l'empreinte retrouvée sur le cou de Valérie. Faite après sa mort. Cela prouve qu'il a soulevé le corps et l'a déplacé. Maintenant nous allons faire en sorte que ton père nous livre Galvan.

Il lui tendit la main, mais elle s'écarta. Il n'eut pas l'air surpris.

— Je suis désolé de la tournure que prennent les choses. Mais au moins tu vas être en sécurité à présent. Tu n'auras plus à fuir ni à te cacher. Je te l'ai dit, j'ai besoin de te savoir en sécurité. Peu importe le prix à payer.

Il lui était aussi difficile de croire son père coupable que de se dire qu'A.J. ne l'avait pas utilisée depuis le début. Tout ce qu'ils avaient traversé, tout ce qu'elle lui avait donné — tout ça pour rien. C'était un flic dans l'âme, comme il l'avait lui-même dit. Et tout ce qu'elle avait vu de bon en lui, toute la confiance qu'elle lui avait accordée, tout ça ne voulait plus rien dire dès lors qu'il s'agissait de son métier.

Tout se brisait en elle. Les larmes lui montaient aux yeux, mais elle refusait de pleurer.

— Pas étonnant que tu ne croies pas que nous puissions

avoir un avenir ensemble. Ça n'a rien à voir avec l'âge, l'argent ou les milieux dont nous sommes issus.

Elle plongea son regard dans ses magnifiques yeux dorés une dernière fois.

— Tu penses que c'est mon père qui a tué le tien.

13

Claire fit un signe à Aaron en approchant des marches du porche. Entre le département de police et l'équipe d'hommes armés de Marcus Tucker, elle serait entièrement en sécurité chez elle.

Mais après tout, était-ce vraiment un problème si Dominic Galvan arrivait à passer au travers de toute cette sécurité pour l'atteindre ? Elle avait perdu son père ; à cause de ce qu'il avait fait, elle était pratiquement sûre de perdre aussi sa famille par alliance. Et elle avait perdu A.J.

Elle traversa le hall de marbre jusqu'à la bibliothèque, qu'elle arpenta en réfléchissant aux événements de la semaine passée. Quelle avait été sa première erreur ? Faire confiance à A.J. ? Lui offrir son corps ? Son cœur ? Penser qu'une femme naïve et surprotégée comme elle pouvait se débrouiller seule et changer le monde ?

Elle aurait mieux fait de rester dans son petit monde à part. Et laisser sa famille régler ses problèmes, décider pour elle — en matière d'hommes, de carrière, d'amis.

A.J. l'avait encouragée à penser par elle-même. Il ne la tenait pas pour une imbécile ou une ingrate quand elle exprimait son opinion ou son désaccord. Il avait soulagé sa conscience auprès d'elle, même si c'était à contrecœur, car il pensait qu'elle pourrait le comprendre, l'aider à rendre les choses plus supportables.

Si elle était restée dans son petit monde, elle ne serait pas en train de souffrir. Son père ne serait pas en prison. Et A.J. ne croulerait pas sous le poids de la culpabilité, sans voir qu'il était en tout point ce que son père voulait qu'il soit.

Mais elle était différente à présent. Plus intelligente. Plus solide. Elle était devenue la femme qu'elle avait toujours voulu être.

Pas une femme qui baissait les bras face aux obstacles qui se dressaient sur son chemin. A.J. ne pouvait que se tromper au sujet de son père. Il lui fallait laver son nom. Il n'avait pas tué Valérie et il n'aurait pas non plus tué le père d'A.J.

Claire s'assit à son bureau, posant son sac à côté d'elle. Elle alluma son téléphone ATS pour vérifier ses messages et finit par composer le numéro du commissariat.

— Inspecteur Rodriguez, je vous prie.

Elle enclencha le haut-parleur et lut les mots qui défilaient sur l'écran.

— Il n'est pas disponible pour le moment. Puis-je prendre un message, ou voulez-vous en laisser un sur sa boîte vocale ?

— Oui, passez-moi sa messagerie, je vous prie.

Ce qu'elle avait à lui dire ne pouvait être confié à un petit bout de papier rose. Elle voulait qu'il l'entende de sa bouche.

— A.J., commença-t-elle, c'est Claire. Je sais que parler n'est pas ton fort, mais je crois que nous devons vraiment le faire. Je voudrais au moins que tu m'écoutes. Je t'aime, A.J. Comment dit-on en espagnol ? *Te amo*. Je ne veux pas te perdre. Et je ne veux pas non plus perdre mon père. Peut-être qu'en fin de compte tu ne m'appartenais pas… enfin, pas vraiment. Pff…

Le répondeur enregistra son soupir de dépit et Claire

secoua la tête. Elle se leva, monta le volume pour que sa voix puisse être captée par le téléphone, et se mit à faire les cent pas.

— Quoi qu'il en soit, appelle-moi quand tu peux. Je serai…

Un frisson violent la parcourut. Elle sentait le regard posé sur elle. *Il* était là. *Il* l'observait.

Elle se retourna vivement et fronça les sourcils en reconnaissant l'homme.

— Oncle Peter.

Depuis combien de temps était-il là ? Elle regarda dans l'entrée derrière lui, puis dans l'escalier, à travers chaque fenêtre. Non. Ce n'était pas possible. Peter aimait sa mère. Il l'aimait. Mais la sensation d'être observée avait cessé. La tension qu'elle lisait sur les traits de son oncle était-elle le fruit de son imagination ?

— Qu'y a-t-il ?

Le vent avait décoiffé les cheveux gris acier de Peter Landers et deux sillons désapprobateurs creusaient son front.

— Tu as tout entendu ?

Il traversa la pièce droit sur elle. La détermination de sa démarche lui fit croiser les bras autour d'elle.

— Il est arrivé quelque chose ?

— Je vais te le dire, dit-il en l'attrapant par les épaules.

Sa bouche prit un pli sévère et il inspira profondément avant de prendre la parole :

— Galvan a découvert que Cain avait été arrêté. Il devait penser que ton père allait le donner.

Il s'arrêta un instant, fermant les yeux comme s'il ne pouvait pas poursuivre.

Elle posa une main sur le revers de sa veste.

— Qu'est-ce que Galvan a fait ?

Il ouvrit les yeux et plongea son regard dans le sien.

— Une bombe a été posée au commissariat.

— Au commissariat ?

Mon Dieu, non !

— Est-ce qu'A.J. va bien ?

— A.J. !

La vieille expression de bienveillance de son oncle s'assombrit d'un regard menaçant. Il détacha ses mains en la bousculant légèrement, comme si soudain le simple fait de la toucher le rendait malade.

— Et ton père alors ? Tu ne veux pas savoir comment il va ?

Claire mit ses cheveux derrière son oreille. Des images du carnage du Riverfront et de la résidence surveillée affluèrent dans son esprit.

— Bien sûr que si. A-t-il été blessé ? Combien y a-t-il eu de victimes ? Quelqu'un a été tué ?

— Je ne connais pas encore tous les détails, mais nous ferions mieux d'y aller. Je vais t'y conduire.

— J'ai une voiture. Je peux conduire.

Il fut dans l'entrée avant elle. Son impatience devait sûrement être due à son inquiétude.

— Ma voiture est garée juste devant. Allons-y !

Pendant d'interminables secondes, Claire fut incapable de bouger, obnubilée par la main tendue de son oncle.

Il portait à son majeur la même chevalière en or que son père… Un bijou pour le remercier de vingt-cinq années de bons et loyaux services à la Winthrop. Un rubis surmonté d'un *W* aux angles assez saillants pour laisser leur empreinte dans le cou d'une femme morte…

Son sac à la main, Claire recula d'un pas. Ce n'était pas possible… Si ? Ses poumons semblaient refuser de fonctionner normalement. Elle désigna la bibliothèque du pouce.

— J'ai… j'ai oublié mon sac.

Elle se précipita vers le bureau et s'y assit. Dieu merci,

l'écran était toujours en train de transmettre, il avait capté presque tous les mots de leur conversation. Elle tapa un message pour que Peter ne puisse pas l'entendre. *S. O. S.* Non, la police ne répondait pas à ça… *9. 1. 1.*

Elle leva la tête et dit à son oncle, qui l'avait suivie et s'était arrêté sur le seuil :

— Je peux conduire. Je t'assure.

— J'ai dit que j'allais conduire. Ton père a dû être transporté à l'hôpital à l'heure qu'il est. Nous devrions nous dépêcher.

— Nous prenons ta Lincoln Continental ? articula-t-elle soigneusement près de l'appareil.

— Quoi ? fit Peter d'un air renfrogné.

Son regard glissa sur la machine, et il comprit immédiatement.

— Espèce de conne ! Après tout ce que j'ai fait pour te garder en vie. Mais à présent tu mérites tout ce qui va t'arriver.

Il marcha vers elle. Claire bondit sur ses pieds.

— A.J., viens ! murmura-t-elle avant de déconnecter l'appel.

Son oncle attrapa la machine pour la jeter contre un mur de livres. Puis il lui agrippa le poignet et l'attira violemment contre lui, tordant son bras derrière son dos. La douleur irradia dans son épaule comme il la poussait vers la porte.

— Maintenant, fais un joli sourire au garde et je dirai à Galvan de ne pas le tuer.

— Je t'en prie, ne tue personne, balbutia-t-elle.

Elle leva les yeux. Peter posait sur elle un regard froid et vide. Celui d'un homme capable de laisser son beau-frère aller en prison pour lui. De vendre de la drogue ou de tuer une collègue menaçant de le trahir. De traiter avec un homme comme Galvan.

Elle déglutit péniblement. Tout ça n'était pas bon. Vraiment pas bon.

Il sortit son portable et composa un numéro. *Bien sûr...*

— Je t'amène un petit cadeau. Et cette fois-ci, je veux que tu fasses bien les choses.

A.J. fit le tour de la table d'interrogatoire pour la énième fois. Il y avait quelque chose qui clochait.

Trouve de quoi il s'agit, A.J. Trouve de quoi il s'agit.

S'était-il précipité sur la mauvaise conclusion ? Son instinct lui hurlait quelque chose qu'il ne parvenait à saisir.

Etait-ce le regard glacial que Claire lui avait jeté parce qu'elle se sentait trahie qui affectait son jugement ? Dieu sait combien l'idée que son travail lui coûtait l'amour de Claire l'emplissait d'un vide immense. Réclamer justice pour son père lui paraissait bien futile à côté du bonheur que faisait naître en lui un sourire de la jeune femme. Ou de son sentiment de rédemption quand elle l'avait accueilli dans son corps, de la grâce salvatrice qu'il pouvait ressentir chaque fois qu'elle touchait son visage ou le défendait contre ces reproches qu'il s'infligeait à lui-même.

Mais Cain Winthrop n'avait pas d'alibi pour la nuit du meurtre — il aurait été seul chez lui. Il avait eu une aventure avec Valérie. Il avait prétendu que Claire avait inventé cette histoire de toutes pièces. Il avait suffisamment d'argent réparti dans les banques de suffisamment de pays pour mener à bien un marché illégal.

Et il portait cette satanée chevalière.

Claire avait la certitude que son père était innocent. A.J. pouvait-il la croire quand il ne parvenait même plus à croire son propre instinct ?

— Classez l'affaire, Rodriguez, lui lança Dwight Powers. Nous tenons notre homme. Et quand l'avocat des

Winthrop aura fini de lui expliquer la différence entre la prison à vie et vingt ans de liberté sur parole s'il coopère, nous aurons aussi Galvan.

A.J. mit ses mains sur ses hanches et regarda l'assistant du procureur.

— Je ne comprends pas comment un père peut laisser sa propre enfant être traquée de la sorte.

Powers haussa les épaules.

— C'est sûrement la raison pour laquelle il a craqué et tout dit. Je ne m'attends pas à ce qu'il passe aux aveux.

— Techniquement, il a avoué avoir eu une aventure avec la victime, pas de l'avoir assassinée. Nous avons un témoin pour le situer sur la scène de crime, et tout le reste ne repose que sur des présomptions.

Powers plissa les yeux.

— Vous réfléchissez encore ?

— Ouais, dit A.J. en attrapant sa veste sur le dossier de sa chaise. Après tout ce que nous avons traversé, arriver à Winthrop est trop facile. Beaucoup trop facile.

— Vous croyez qu'il est victime d'un coup monté ?

— Ou alors il protège quelqu'un.

A.J. poussa la porte. Oui, il devait sûrement passer à côté de quelque chose…

— Où allez-vous ? lui demanda Dwight.

— Faire mon travail.

— *Madre de Dios !*

Le chapelet de jurons qui s'ensuivit, à la fois en espagnol et en anglais, apprit à Josh Taylor, à Merle Banning, au capitaine Taylor ainsi qu'à une demi-douzaine de policiers qu'il se passait quelque chose de terrible.

— Il tient Claire. Ce fils de pute tient Claire.

La plupart des personnes présentes n'avaient encore jamais vu A.J. Rodriguez perdre son sang-froid.

A.J. écouta une fois de plus la fin de l'enregistrement.

— J'arrive, *amor*. Fais attention à toi. J'arrive.

Josh fut le premier à prendre la parole :

— Dis-moi tout, *amigo*.

A.J. raccrocha brutalement son téléphone.

— J'ai besoin d'une immatriculation, celle de la Lincoln Continental de Landers. Je suis sûr qu'elle est nouvelle. Il me faudra également sa localisation dès que possible.

Claire voulait parler ? se dit-il. Il parlerait jusqu'à ne plus avoir de voix si c'est ce qu'elle voulait. Il avait seulement besoin d'une chance d'être avec elle. De tout lui dire. Une chance de lui ouvrir son cœur.

Où Landers pourrait-il bien l'emmener ?

A.J. ferma les yeux et respira lentement, inspirant par le nez et expirant par la bouche.

Soudain, il ouvrit les yeux. Il savait.

— J'arrive, *amor*.

— Il y a un problème ? fit Dwight Powers en sortant de la salle d'interrogatoire.

— Relâchez Winthrop.

A.J. regagnait déjà l'ascenseur, tout en vérifiant les chargeurs de son Beretta et de son Glock.

— Mettez vos hommes sur le dossier de Peter Landers. Et découvrez s'il tient Cain Winthrop pour responsable de la mort de sa sœur.

— La plaque porte le numéro Beta-Delta 1-5-6, Lincoln noire. J'ai lancé un avis de recherche national sur lui, cria Banning.

— Tiens-moi informé. Envoie des unités à la décharge où ils ont déposé le corps de Valérie Justice.

Ils n'allaient pas recommencer.

Josh s'habilla pour suivre son partenaire.

— Qu'est-ce que nous cherchons, A.J. ?

Enlèvement, tentative de meurtre, subornation de témoin, trafic de stupéfiants — bon sang, comme si poser les mains sur Claire n'était pas assez criminel.

— Si je ne reviens pas avec Peter Landers, c'est que je suis mort.

Le premier impact de balle toucha son pare-brise, et A.J. fit une embardée sur la voie venant en sens inverse.

Il jura entre ses dents, mais resta concentré sur sa conduite. Un hélicoptère de la police avait repéré la Lincoln Continental et confirmé sa destination. Il avait fini par la rattraper en prenant la I-71 en direction du sud à une vitesse dépassant la limitation de près de cinquante kilomètres-heure. Et par une nuit pluvieuse, c'était un jeu dangereux.

Malgré les coups d'essuie-glace, les éclairs illuminant la nuit et le tournoiement rouge et blanc de la sirène sur son tableau de bord, A.J. parvenait à les distinguer. Tous les trois à l'avant de la Lincoln. Landers, Claire et Galvan.

Sa frêle beauté et son courage en sandwich entre deux tueurs. Cela signifiait qu'elle était vivante. Quel que soit le plan que Galvan avait mis au point pour l'éliminer, il n'avait pas encore réussi à le mener à bien.

Heureusement, à cette heure tardive et par ce temps de chien, il n'y avait pas grand monde sur les routes. Au sortir de la ville, l'autoroute traversait un dédale de collines, de criques à basse altitude et de ravines érodées ; le moteur de la Lincoln Continental était puissant et négociait les descentes et les montées sans jamais perdre de vitesse. Mais la vitesse était ce pour quoi sa Pontiac Trans Am avait été construite. Il avait passé des années et dépensé une petite fortune à la restaurer pour qu'elle soit le bolide dont son père avait toujours rêvé, mais il était prêt à la mettre en pièces pour que Claire reste en vie.

Il appuya sur le champignon. Galvan passa son bras armé par la fenêtre et envoya une seconde rafale. A.J. fit une nouvelle embardée, parvint à se rétablir et, grâce à son centre de gravité très bas, reprit rapidement le contrôle de son véhicule.

Ils approchaient de la décharge.

La pestilence des lieux pesait dans l'air humide et s'insinuait par les interstices de la voiture. L'odeur lui brûla les sinus et mit ses sens en alerte. S'ils arrivaient avant lui, il perdrait son avantage. Deux personnes à pied avec un otage au lieu d'un seul véhicule.

A.J. mit le pied au plancher.

— Tiens bon, *amor*.

Il serra les dents et s'accrocha bien avant l'impact. Dans un bruit assourdissant, la Pontiac vint percuter la Lincoln noire. Son pare-chocs crissa contre le pneu avant droit. La Continental chassa sur la chaussée humide et se mit à tourner sur elle-même encore et encore.

— Claire !

Le monstre dériva sur un talus et s'envola dans les airs, pour s'écraser lourdement au sol et se figer dans un dernier rebond, prisonnier de la boue de la décharge.

A.J. fit déraper les trois roues qui lui restaient sur le bas-côté et s'arrêta net. Bientôt, son Glock à la main, il descendait tant bien que mal la colline en glissant dans la nuit lourde de pluie.

Une portière de la Continental défoncée s'ouvrit.

— Police ! Pas un geste !

Dès l'instant où il vit la manche ensanglantée de Landers, il la saisit et le tira hors du véhicule, le projetant face contre terre dans l'amas puant des détritus mouillés. Il pressa son arme dans sa nuque.

— Restez couché !

— Vous n'allez pas vous en sortir, inspecteur !

Landers peinait à s'exprimer en raison de l'entaille dans son cuir chevelu, mais il se montra néanmoins assez téméraire pour tourner la tête et le narguer.

— Vous allez perdre, d'une façon ou d'une autre.

A.J. enfonça son genou dans le dos de Landers.

— J'ai dit : couché ! Et je vais prendre ça comme preuve, ajouta-t-il en lui arrachant sa chevalière en or.

Il la fourra dans sa poche.

— Claire ! cria-t-il en scrutant l'intérieur sombre de la Lincoln.

Pas de réponse, mais il distinguait deux silhouettes. Pourvu qu'ils lui aient juste enlevé ses appareils auditifs et rien de plus…

— Claire !

Il jeta un coup d'œil en haut de la colline, en direction de l'autoroute déserte. L'orage avait probablement retenu l'hélicoptère au sol. Mais bon sang, où était donc son renfort ?

— Claire ! cria-t-il de nouveau en attrapant les menottes à sa ceinture.

— Laissez tomber, inspecteur. Elle est déjà morte.

— La ferme !

La minute qu'il lui fallut pour menotter Landers fut celle de trop. Le temps qu'il se relève, attrape son arme et se retourne pour la braquer sur la voiture, la Continental était vide. Landers se mit à rire. A.J. jura.

— Claire !

La pluie s'abattait sur lui, plaquant ses cheveux sur son crâne. Elle frappait les ordures à une telle cadence que son bruit l'empêchait d'entendre quoi que ce soit d'autre que sa propre voix. Il avait laissé sa torche dans sa Pontiac, et sa visibilité était pratiquement nulle.

Il sortit sa radio de sa poche et lança un appel.

— Suspect à pied avec otage. Armé et dangereux. Je répète : armé et dangereux. J'ai besoin de renfort, les gars.

Un éclair déchira le ciel, l'éblouissant un instant.

— Ne lui fais pas de mal, Galvan. Ou, sur la mémoire de mon père, je te jure que tu es un homme mort.

Il ferma les yeux et pria pour qu'un miracle se produise.

— Parle-moi, mon cœur. Parle-moi, murmura-t-il.

La réponse lui parvint comme un battement d'air dans le vent. Une sensation qui ondula le long de son cou, le pouls d'un rythme qu'il ne pouvait que sentir, pas entendre.

Le Glock à la main, il fit le tour de la Lincoln et tâcha d'y voir quelque chose dans les taches de lumière et d'ombre créées par l'orage et le décor surréaliste que dessinaient toutes sortes de déchets.

Il tendit l'oreille aux sons qui allaient le mener à Claire. Etait-ce le bruit de ses pas ou l'orage qui le guidait ? Ou peut-être suivait-il tout simplement son cœur…

Il les retrouva, quatre cents mètres plus loin, en train d'essayer de rejoindre l'autoroute. Du moins, Galvan, lui, essayait. Qui pouvait imaginer de quoi était capable le corps d'une danseuse quand elle voulait se libérer d'un tueur professionnel ? Elle se contorsionnait, se tortillait, glissait, frappait. Ses mains paraissaient attachées, et Galvan se servait de ce lien pour la remettre sur pied, la tirer derrière lui, la punir de son manque de coopération.

Bon sang !

— Galvan ! Lâche-la !

Le bourreau de Claire se retourna et tira. A.J. plongea au sol. Des ordures jusqu'au menton, il resta baissé et se couvrit la tête comme les balles sifflaient tout autour de lui. Quand la fusillade cessa, il se remit debout et courut vers eux à perdre haleine. Ils étaient en train d'escalader une pente pour remonter vers la route et la terre ferme.

Plus près. Plus près.

— Claire !

Elle ne répondit pas, ne cria pas. Il avait dû la bâillonner. Galvan se fatiguait à traîner Claire derrière lui. Il tira au hasard dans la direction d'A.J. Raté.

Bon sang. Il n'y avait qu'une façon d'y arriver.

A.J. s'élança en haut de la pente boueuse. Il bondit sur Galvan et appuya sur la détente comme ils tombaient tous deux au sol. La balle atteignit le tueur et lui fit lâcher son arme, qui se perdit dans l'obscurité. Mais « l'homme de la Renaissance » était entraîné pour tuer de nombreuses manières et le combat n'allait pas s'arrêter là.

Comme deux voyous des rues luttant pour leur survie, ils échangèrent des coups en haut du talus. Un couteau se matérialisa soudain dans la main de Galvan. Il se précipita sur A.J., qui dévia le coup. Avant même que son avant-bras ne ressente la douleur, il emmêla ses jambes dans celles du tueur et tourna sur lui-même, l'emportant dans sa chute. Ils dégringolèrent.

Galvan atterrit dans la boue, surpris, et releva la tête pour reprendre son souffle. A.J. fut plus vif et, se redressant sur ses jambes épuisées, braqua son Glock sur lui.

— C'est fini, Galvan. Vous êtes en état d'arrestation.

A.J. haletait. La chute avait meurtri son ventre, son bras le brûlait et demain matin, il aurait un fichu œil au beurre noir. Galvan se retourna sur le dos, crachant de la boue et du sang. Puis il lissa ses cheveux en arrière et sourit comme l'arrogant fils de pute qu'il était.

Un éclair jaillit, illuminant Claire assez longtemps pour rassurer A.J. ; sa petite tigresse courageuse lui souriait.

Il eut à peine le temps de lui rendre son sourire que l'obscurité avait repris ses droits.

— Alors, Rodriguez, dit Galvan, toujours à terre. Vous

allez entrer dans l'histoire comme celui qui a triomphé de Dominic Galvan…

Sur ce, il donna un coup de pied dans la main d'A.J., faisant sauter son arme. Puis il roula et tendit le bras pour s'en emparer. A.J. se pencha vivement et prit son second revolver à sa cheville. Galvan se redressa sur un genou et visa.

A.J. tira.

L'instant d'après, A.J. rangeait les deux revolvers et s'accroupissait pour vérifier le pouls de l'homme étendu au sol. Il était mort.

Il se releva, parcourut la distance qui le séparait de Claire, prit un couteau dans sa poche et libéra ses poignets. Alors, il l'attrapa par le cou et l'embrassa, optant ainsi pour un moyen de communication qui ne nécessitait jamais de traduction.

— J'ai eu ton message.

Épilogue

Quatre mois plus tard…

Esquivant les bulles de savon, les tapes et les vœux de bonheur des amis et de la famille, A.J. se précipita hors de l'église en serrant la main de Claire dans la sienne.

Il embrassa sa mère et ses quatre sœurs, serra la main de Cain Winthrop et échangea étreintes et coups avec son témoin Josh et son plus vieil ami Cole. Peter Landers n'avait pas reçu d'invitation dans sa cellule, pas plus que son ancienne maîtresse Gina Gunn. Dwight Powers avait laissé de côté son dossier d'accusation pour assister au mariage.

Bien qu'A.J. les apprécie tous, il n'avait d'yeux que pour sa femme.

— Viens !

Ils dévalèrent l'escalier vers le cadeau de mariage que Claire lui avait offert : une rutilante Pontiac Trans Am classic noire. Son père l'aurait adorée. Comme il aurait adoré Claire.

Tout en enfouissant la soie de l'élégante robe blanche de Claire autour du siège, A.J. se demanda combien de temps il lui faudrait pour déshabiller cette beauté. Quand il s'assit derrière le volant et referma sa portière, la première chose qu'il fit fut d'arracher son nœud papillon noir et de défaire son col. Et la seconde fut d'attirer sa femme à lui.

Claire se laissa faire volontiers, comme elle l'avait toujours fait, l'acceptant et l'aimant quand lui-même n'en était pas capable. Leur baiser fut doux et avide. Interminable.

Les huées, les sifflets et les applaudissements de ses amis du commissariat lui rappelèrent de respirer.

Il forma les mots avec ses doigts comme elle le lui avait appris :

— *Je t'aime, Claire.*

Elle sourit et répondit :

— *Te amo,* Antonio.

Il l'embrassa de nouveau, puis il démarra, et ils partirent à vive allure vers leur nouvelle vie. Une conseillère et un policier. La nouvelle bienfaitrice de l'école Forsythe et son homme à tout faire, bénévole à temps partiel.

L'intuition l'avait emporté sur les faits. Ouais, peut-être qu'il était un peu trop vieux pour elle, mais elle le faisait se sentir jeune. Et s'ils venaient de mondes différents, ils avaient beaucoup en commun — la passion de la salsa par exemple et surtout, leur passion l'un pour l'autre.

A.J. aimait Claire. Et elle l'aimait en retour.

Affaire classée.

Retrouvez prochainement, dans votre collection

BLACK ROSE

Le poison du doute, de Nicole Helm - N°694

Qui est réellement Reece Montgomery ? C'est la question que se pose Lianna depuis que le séduisant photographe a loué une chambre dans son Bed and Breakfast. Car Lianna – qui a fui son passé après la mort de son mari – se méfie de tous les étrangers. Et elle sent bien que Reece n'est pas celui qu'il prétend être. Surtout depuis qu'il s'est mis en tête de les protéger, elle et son fils Henry…

Pour sauver notre enfant, de Julie Anne Lindsey

« Tu dois partir d'ici pour protéger notre enfant… » Silencieux, Max fixe Allie qui le défie du regard. Bien sûr, il sait à quel point elle aime Grand Rapids où elle a emménagé après leur divorce. Mais l'heure n'est plus aux hésitations. Car deux attentats meurtriers ont mis la ville à feu et à sang et, s'il veut avoir l'esprit libre pour enquêter, il a besoin de savoir que son ex-femme et leur bébé d'un an sont en sécurité…

Étrange faux-semblant, de Paula Graves - N°695

Dans un café du Tennessee, Jack Drummond croit reconnaître une de ses ex-petites amies, Mara Jennings. Mais, alors qu'il veut la saluer, il se fige. Car la femme qui se tient devant lui n'est pas Mara… Curieux, il cherche à en savoir plus et finit par arracher la vérité à l'inconnue : à la mort de sa jumelle, elle a pris son identité pour échapper à la bande de hackers dont elle venait de démanteler le réseau.

La mémoire piégée, d'Elle James

Dawson Gray sera votre garde du corps… » Savvy se réveille à l'hôpital, bouleversée : les médecins lui apprennent qu'elle est amnésique, mais aussi accusée d'avoir tué un homme. En attendant que l'enquête aboutisse, elle sera surveillée vingt-quatre heures sur vingt-quatre par un parfait inconnu. Un inconnu pas plus ravi qu'elle par cette situation…

Retrouvez prochainement,
dans votre collection

BLACK ROSE

Un troublant allié, de Marie Ferrarella - N°696

Elle, amoureuse de Josh Youngblood, son meilleur ami ? Pourtant, si Bridget analyse objectivement les sentiments qu'elle éprouve pour son coéquipier, elle doit bien s'avouer qu'ils ont changé de nature... Est-ce dû à cette affaire de tueur en série qui leur fait passer tant de temps ensemble ? Non, elle divague ! Comment pourrait-elle avoir succombé au charme de Josh qui enchaîne les conquêtes ?

Protège-moi, de Julie Miller

Bailey le sait : affronter devant un tribunal le psychopathe qui a failli avoir sa peau sera une épreuve terrible. Mais elle témoignera contre lui, elle se l'est juré. Pourtant, tandis que la date du procès approche, un sentimen de malaise s'empare d'elle. Dans l'ombre, quelqu'un l'épie... Elle se résou alors à demander sa protection à Spencer Montgomery, le policier qui l'c tirée des griffes de son agresseur...